OCEANSIDE PUBLIC LIBRARY
330 N. Coast Highway
Oceanside, CA 92054

D0337510

ADELANTE

El año
que cambió
mi vida

El año
que cambió
mi vida

Lorna Martin

Traducción de María Alonso

VERGARA
GRUPO ZETA

Barcelona • Bogotá • Buenos Aires • Caracas • Madrid • México D.F. • Montevideo • Quito • Santiago de Chile

Título original: *Woman on the Verge of a Nervous Breakdown*
Traducción: María Alonso
1.ª edición: marzo 2009

© Lorna Martin, 2008
© Ediciones B, S. A., 2009
   para el sello Javier Vergara Editor
   Bailén, 84 - 08009 Barcelona (España)
   www.edicionesb.com

Printed in Spain
ISBN: 978-84-666-4054-1
Depósito legal: B. 473-2009

Impreso por A & M GRÀFIC, S.L.

Todos los derechos reservados. Bajo las sanciones establecidas
en las leyes, queda rigurosamente prohibida, sin autorización
escrita de los titulares del *copyright*, la reproducción total o parcial
de esta obra por cualquier medio o procedimiento, comprendidos
la reprografía y el tratamiento informático, así como la distribución
de ejemplares mediante alquiler o préstamo públicos.

3 1232 00921 3432

A mis padres

Ésta es una historia real, aunque la identidad de algunas personas ha sido modificada para proteger su intimidad.

El estado de enamoramiento [...] es notable desde el punto de vista psicológico, y constituye el prototipo normal de la psicosis.

SIGMUND FREUD,
Tótem y tabú

A menudo parafraseado como:
Cuando te enamoras pierdes la cabeza.

Prólogo

Iba a llegar tarde. Otra vez. Así que ahí estaba yo, pese a mi condición de agnóstica declarada, rogándole a Dios y a la Virgen que el Gatwick Express acelerara. Ésa era la única esperanza que me quedaba de llegar al aeropuerto a las 7:45, la hora límite para facturar en el vuelo de regreso a Glasgow. Pero no estaba dando resultado: el tren avanzaba a paso de brontosaurio.

De pronto, me asaltó la imagen del conejo blanco de *Alicia en el País de las Maravillas* farfullando con un enorme reloj de oro en la mano «¡Llego tarde! ¡Llego tarde!». Empecé a reiterar como un disco rayado mi propia versión adaptada de la frenética cantinela del conejo: «Venga, vamos, por favor, Dios mío, por lo que más quieras, vamos, coño, que llego tarde, ¡llego tarde! ¡¡¡Llego TARDE, TARDE, TARDE, TARDE, TARDE, TARDE, TARDEEEEE!!! ¡¡Socorrooooo!!»

Cada pocos segundos intentaba distraerme leyendo el periódico o escuchando música en el iPod, pero era inútil. Por más que contemplara, absorta, las palabras del diario, éstas se desintegraban en el tránsito de la retina al córtex del cerebro volviéndose tan indescifrables como si estuviesen escritas en chino o en árabe. Embutí el periódico en el bolso y lo intenté con mi lista de «favoritos» del iPod, pero sólo era capaz de aguantar los primeros cinco segundos de cada canción antes de pasar a la siguiente. Recorrí mis veinte canciones favoritas en cuestión de un minuto y medio. No lograba pensar en nada que no fuera el tiempo. Cada gota de energía de mi cuerpo estaba concentrada en enviar mensajes subliminales al conductor del convoy para que pisara a fondo el acelerador. Cerré los ojos y, en el interior de los párpados, se me dibujó un gigantesco reloj de arena donde parecía que la refulgente arena rosa se precipitase cada vez más rápido. Al abrirlos, me quedé mirando el reloj de mi móvil con cara de psicótica y contemplé cómo transcurría otro precioso minuto.

La semana anterior había perdido dos vuelos. Con éste ya serían tres en un período de diez días, lo cual comenzaba a ser ligeramente preocupante. Y lo mismo podía decirse del hecho de que, también la semana anterior, me hubieran impuesto la novena multa por exceso de velocidad y hubiesen estado en un tris de retirarme el carnet. Mis desvaríos no llegaban a las cotas de los de Britney Spears, que se afeitó la cabeza en público, pero ahora me doy cuenta de que intentaba comunicar algo.

Mi hermana Louise y nuestra amiga común Katy —que trabajan como psicólogas en la famosa cadena de hospitales psiquiátricos privados Priory (el equivalente británico a la clínica Betty Ford para personas con adicciones, depresión y otros problemas mentales) y tienen la irritante costumbre de llevar razón en casi todo lo que dicen— han inferido siempre multitud de conclusiones de mis eternos retrasos. Afirman que se trata de un signo de rabia reprimida y egoísmo inherente, y me miran con expresión de lástima cuando insisto en que el único motivo de mi impuntualidad reside en mi irremediable desorganización y mi resistencia a llevar reloj («No quiero que el tiempo controle mi vida», declaré en una ocasión, provocando una carcajada general).

Ese asunto había alcanzado su máximo grado de dramatismo unos años atrás, una noche que quedamos para celebrar los planes de boda de Louise. Yo irrumpí en el restaurante con una hora de retraso, una retahíla de excusas y las mejillas sonrojadas: había estado con mi nuevo novio, que era un cielo, y nos lo habíamos pasado en grande. Era la primera vez en seis años que lograba que una relación durase más de media docena de citas, así que entre la satisfacción de lo que para mí era toda una hazaña y la eclosión de amor que se produce al principio de toda relación, me sentía como flotando en una nube. Sin embargo, volví a la tierra de golpe y porrazo cuando Louise y Katy acometieron su asalto verbal: que cómo podía ser tan egoísta, que si me creía una persona especial, que si no me daba cuenta de que mi falta de puntualidad constituía un claro síntoma de agresividad pasiva y egocentrismo hiperdesarrollado combinados con una autoestima excesivamente baja...

—Se me fue el santo al cielo —gimoteé de forma patética—. Me lo estaba pasando bien con el chico con el que acabo de empezar una relación. Creí que os alegraríais por mí. Además, ya es la segunda vez que Louise se casa. No creo que sea tan grave, la verdad.

Esa mañana, mientras el Gatwick Express se aproximaba a su destino, intenté no pensar en sus comentarios (ni en los míos). Sin embargo, noté que el corazón me palpitaba con fuerza, las manos me sudaban, y percibí los primeros síntomas de un inminente dolor de cabeza provocado por la tensión autoinducida. «Toma aire, contén la respiración y expúlsalo muy despacio», me dije mientras esperaba a que el tren se detuviera. Antes de que las puertas tuviesen ocasión de abrirse por completo yo ya me había colado por la ranura como una rata callejera y había echado a correr a toda velocidad hacia el ascensor y las escaleras mecánicas, que estaban atestadas. Al final conseguí llegar al mostrador de facturación, sudando la gota gorda y sin aliento, sólo treinta segundos tarde, un logro que incluso me hizo sentir orgullosa, puesto que, en comparación con mi actuación de la semana anterior, no estaba nada mal.

Cuando la auxiliar de tierra me comunicó que el vuelo saldría con cuarenta y cinco minutos de retraso y añadió que preguntaría a su supervisora si todavía podía colarme en el avión, yo me puse loca de contento, recuperé la esperanza y di gracias a los astros que me protegían o a quienquiera que fuese el que aparecía siempre de forma providencial para sacarme las castañas del fuego cuando me hallaba al borde del abismo. Por desgracia, las buenas vibraciones se acabaron de sopetón sólo unos instantes después, cuando la auxiliar regresó con malas noticias.

—Por favor —le supliqué—, se trata de una emergencia. Verá, soy periodista y... —me interrumpí— me esperan para realizar una importantísima entrevista a... eh... al Primer Ministro de Escocia. —Pronuncié esas palabras con el tono con que lo haría alguien que acaba de conseguir la exclusiva mundial para entrevistar a Osama bin Laden.

Pero aunque hubiera tenido una cita con el hombre más buscado del planeta, dudo que las cosas hubieran marchado de otro modo. A juzgar por su expresión, la auxiliar de ventas no albergaba la menor intención de solidarizarse con las exigencias y la presión de la profesión que yo había elegido. Así que decidí cambiar de estrategia.

—No se trata sólo de mi trabajo —añadí mintiendo descaradamente—. Necesito llegar a mi casa urgentemente porque mi... —titubeé por un instante, crucé los dedos dentro del bolsillo del abrigo y proseguí—: Necesito llegar urgentemente porque mi abuela se, eh..., se ha puesto enferma.

—Lo siento —me contestó, mirándome con un gesto de comprensión o, más bien, de compasión—, pero mi supervisora ha dicho que no. Además me ha dicho que le recuerde que nuestros mostradores de facturación cierran exactamente media hora antes de la hora de salida prevista y que la compañía recomienda enérgicamente a los pasajeros que facturen con dos horas de antelación.

Abrí los ojos como platos y evité parpadear por unos instantes para intentar contener las lágrimas de autocompasión que amenazaban con brotar de mis ojos de un momento a otro y comenzaban a nublarme la vista, una mueca con la que sin duda debía de parecer una perturbada.

—Se lo ruego. Imagino que les vienen muchos listillos inventándose toda clase de excusas ridículas para que les permitan embarcar. Gente que se cree tan especial que piensa que las normas no les atañen, como si disfrutaran de algún tipo de privilegio, pero le juro que yo no me lo estoy inventando. Mi abuela acaba... —Hice una pausa—. Mi abuela acaba de ser trasladada al ho..., al ho..., al ho...

No, no podía decirlo. No podía decir que mi abuela, una entrañable ancianita de noventa y tres años había sido trasladada al hospital con algo terrible porque, si algún día realmente se daba el caso, yo tendría que soportar el peso de la responsabilidad durante el resto de mi vida. Menudo mal karma...

—Hay otro vuelo dentro de tres horas —me dijo la mujer con una sonrisa de complicidad.

—¿¡Tres horas!? —Esas dos palabras fueron la gota que colmó

el vaso—. ¿Tres horas? Mi abuela podría m…, m…, m… —tartamudeé entre sollozos.

Estaba tan inmersa en mi papel que casi había acabado convenciéndome de que mi abuela, que a esas horas debía de estar haciendo punto tan tranquila mientras esperaba a que empezara en la tele el magazine matinal, había caído gravemente enferma.

—Mi abuela. Tres horas. En tres horas puede ocurrir cualquier cosa. Mi abuela tiene noventa y tres años. Nueve, tres. ¿Se imagina lo que es tener casi cien años y estar sentado al borde del precipicio, en soledad, esperando a…, bueno, ya me entiende, esperando, mientras tu tiempo, tu precioso tiempo, se consume? —Luego me embarqué en una disquisición sobre la intolerable injusticia de que se penalizase a los pasajeros por llegar tarde y la compañía, en cambio, saliera impune cuando se producían retrasos en el vuelo—. Todo esto es una farsa —sentencié con los labios temblorosos.

Me limpié el moquillo que me caía de la nariz con el dorso de la mano antes de dirigirme como una fiera al bar, balbuceando entre sollozos una sarta de improperios por lo bajo, sin importarme un carajo estar dando el espectáculo y que la gente me mirase.

Las víctimas de mi ira incluían: las compañías de bajo coste por su doble rasero y su inaceptable inflexibilidad, la auxiliar de facturación por su incapacidad para convencer a su implacable supervisora para que me dejara pasar, y toda la red ferroviaria británica por incumplir su obligación de trasladarme al aeropuerto con puntualidad. «En Alemania o en Suiza, donde cuentan con un sistema de transporte supereficaz, integrado y bien dotado de fondos, nunca pasan estas cosas —pensé, planteándome por un fugaz instante trasladarme de país—. Si hubiese volado con British Airways, esto jamás hubiera sucedido… —me dije jurándome que nunca en la vida volvería a viajar con una compañía de bajo coste—. Y si no fuera por la arpía de la supervisora, en estos momentos estaría sentada en el puto avión que en estos instantes se encuentra aparcado junto a la puerta de embarque y no va a moverse de allí hasta una hora más tarde, joder.»

Todos ellos tenían la culpa, todos menos yo. Los chivos expiatorios eran mis mejores amigos. Veía chivos en los que expiar mis culpas por todas partes y no es que me gustaran, no, me encantaban… Culpar a otros era siempre mi reacción instintiva y resultaba mucho más fácil que afrontar los embarazosos e inoportunos hechos tal como eran, es decir: que yo adolecía de una total y absoluta falta de responsabilidad, que durante las últimas semanas había tirado a lo tonto cientos de libras que no me sobraban en cambios de vuelos y noches de hotel y, lo peor de todo, que por pura desesperación acababa de inventarme una mentira moralmente inexcusable en un vano intento de salvar mi propio pellejo.

Cinco minutos más tarde, incumpliendo la regla de oro de no beber antes de mediodía, decidí entregarme al consuelo y la compañía de un sensacional gin-tonic doble, que automáticamente desbancó a los chivos expiatorios del puesto de mis mejores amigos. Mientras la dosis de alcohol matinal fluía por mis venas, el resto del mundo a mi alrededor proseguía con las actividades de su vida cotidiana: hombres y mujeres de negocios corrían a coger sus vuelos mientras hablaban por el móvil; grupos de amigos parloteaban con la euforia del primer día de vacaciones; jóvenes parejas de enamorados se cogían de la mano, reían y se lanzaban tiernas miraditas aislados en su propia burbuja como si el resto del mundo no existiera. «Joder, seguro que se casan y tienen niños y viven felices y comen perdices», pensé para mis adentros, luchando por dominar aquel arranque de cólera contra unos completos desconocidos. Y rápidamente busqué alivio en el reconfortante pensamiento de que no duraría mucho: él se aburriría al poco tiempo y se largaría con otra —más joven y más guapa—, porque así ocurre siempre.

¿Sería capaz algún día de establecer una relación normal, madura y funcional con un ejemplar humano del sexo masculino?, me pregunté. Me habían ofrecido eso y más, pero en cuanto lo veía ahí delante, a mi alcance, salía corriendo despavorida porque no me sentía preparada, dispuesta o capaz de renunciar a mi independencia y mi amada libertad. Por el contrario, había tomado la decisión consciente de embarcarme en la relación más destructiva de mi vida.

En algún recóndito recoveco de mi bolso todavía conservaba un mensaje de Emily, una de mis mejores amigas, de la semana anterior. Saqué el teléfono y lo leí como por centésima vez:

«Lo siento, Lor, xo dijiste q kerías saberlo. Ayer volvieron a verlos en 1 plan de lo + cariñoso. M han dicho q ella pasó la mañana en el despacho de él. Kn las prsianas bajadas!»

Volví a leerlo otra vez. Y otra vez. Y otra vez, antes de soltar otra sarta de improperios, en esa ocasión contra los dos capullos mencionados en el mensaje: Christian, un guapo e inteligente abogado que, casualmente, estaba casado, y Charlotte, una pasante que, casualmente, no era su mujer.

Pese a que yo jamás había visto a Charlotte en persona, disponía de varias fuentes bien informadas que pasaban el día en los tribunales de justicia de la ciudad y la noche en los bares de la zona de Merchant City, en Glasgow, y de ese modo yo subsanaba mis lagunas. Según mis informadores, Charlotte era una chica magnífica y brillante, y tan menuda que tenía que comprarse la ropa en los departamentos infantiles de las tiendas. (Sin embargo, no quería amargarse por eso y al parecer se había propuesto contárselo a todas las mujeres con las que se cruzaba.) No obstante, el hecho de que la talla «XS» le quedase grande no era su única cruz. Por lo visto, Charlotte no tenía amigas porque, como ella pregonaba a los cuatro vientos: «Es que soy demasiado guapa. Las chicas no me soportan porque se sienten amenazadas. Por eso prefiero jugar con los chicos. Por eso soy una chica de hombres.» Ah, una última cosa, Charlotte además besaba el suelo por donde pisara Christian. El único problema era que yo hacía lo mismo.

Sé que esto no constituye ninguna defensa ni justificación, pero me he pasado la vida considerando el adulterio como un delito casi tan abyecto como el asesinato. No es que fuera partidaria de la muerte por lapidación, pero no andaba muy lejos. Durante las conversaciones que mis amigas y yo bañábamos en vino, yo era la que juraba con toda mi alma que nunca jamás en la vida engañaría a un hombre o infligiría esa clase de daño a otra mujer. Había sufrido en mis propias carnes el desconsuelo de la traición y me había prometido a mí misma, desde mi convicción más profunda, que jamás haría algo así. Me sentía completamente incapaz de hacerlo porque era inmoral. Yo, desde mi pedestal, miraba a Las Otras como patéticas depredadoras destruyehogares que destrozaban matrimonios perfectos sin piedad. (¿Y los hombres? Bueno, los hombres son hombres, ¿no? ¿Qué se supone que puede hacer un pobrecito hombre indefenso si una arpía descarada se le abalanza al cuello?)

Y sin embargo... Sin embargo, allí estaba yo, el tercer vértice de un caótico triángulo que estaba a punto de convertirse en un abominable rectángulo.

Una vez cruzada la línea, fue como si me hubiese dividido en dos para sobrellevar esa doble vida. Cuando coincidían las dos Lorna, la mala le decía a la buena que todo el mundo lo hacía (el 80% de las personas eran infieles en algún momento de su vida, según una encuesta de lo más oportuna, aunque poco científica, que me vino al pelo) y, lo que era más importante, el demonio le decía al ángel que en el fondo yo ejercía el control absoluto de mis sentimientos: «Sólo estoy pasando un buen rato. Él no me gusta. No lo quiero. Simplemente, por una vez en mi vida, estoy siendo un poco traviesa. No te preocupes. Relájate. Todo está bajo control.»

Pero cuando me enteré de lo de Charlotte, la otra Otra, comencé a comportarme como la esposa traicionada de una novela, le declaré mi amor eterno a un desconcertado Christian y llegué incluso a amenazarle con contárselo todo a su mujer para arruinarle la vida.

Yo sabía que mi reacción no era sólo trágicamente irónica —además de inapropiada, desproporcionada y completamente injustificada, por decir sólo algunos de los muchos adjetivos que me venían a la mente—, pero me sentía como si contemplara la Tierra desde la Luna a través de un telescopio y escuchase la historia de la vida desgraciada de otro. El problema es que no era así. Porque la vida desgraciada era la mía.

Una lágrima cayó dentro de mi gin-tonic. Corría el serio peligro de convertirme en la clase de persona patética por la que siempre había sentido un terrible desprecio.

Dos años antes, había logrado el trabajo de mis sueños en el *Observer*, el semanario dominical más antiguo del mundo. Mi familia se había llevado una tremenda alegría y se había sentido orgullosa de mí. Cuando se lo conté a mi abuela, se puso más contenta que yo. Dijo que estaba impaciente por contárselo a toda la familia, a los vecinos, a los auxiliares sanitarios del servicio a domicilio y a las enfermeras del distrito, y luego me preguntó si algún día yo llegaría a conocer al Papa. Su decepción fue notable cuando se enteró de que se trataba de EL *Observer* (tirada de casi medio millón; escritores famosos: George Orwell, Michael Frayn, Hugh McIlvanney, y otros) y no el (escocés) *Catholic Observer* (tirada de 16.000; escritores famosos: el párroco del barrio).

Aunque en un principio yo también estaba entusiasmada con mi nuevo trabajo, me invadió la terrible sensación de que no era lo suficientemente buena para el puesto y que habían cometido un tremendo error al aceptarme. Mi hermana, en un intento por ayudarme, me decía cosas como «atrévete a ser mediocre» y «asume de una vez que no eres tan importante», o sacaba a relucir algún dato que había leído recientemente y mencionaba una ley del universo poco conocida: el 87% de los trabajadores de todas las profesiones son unos incompetentes.

Aterrorizada por la posibilidad de que yo pudiera formar parte de ese 87% (aunque me decía a mí misma que pertenecía al afortunado 13%, ¿o debería decir desafortunado 13%?), fantaseaba a menudo con despedirme, sobre todo tras la debacle con Christian. Y la verdad es que ofertas no me faltaban. Sólo una noche antes, un encantador ricachón que había conocido en unas vacaciones familiares me propuso que me fuera con él a Egipto y se ofreció a «cuidar de mí para siempre». Sin embargo, como yo no estaba totalmente segura de querer que alguien me cuidara para toda la vida, ni siquiera un egipcio sexy, rechacé la oferta, muy a mi pesar, y me planteé la posibilidad de desplazarme a una zona en guerra para probar suerte como corresponsal en el extranjero. Cuando caí en la cuenta de que estaba más al tanto de los álbumes recopilatorios de Take That que de los sucesos que acontecían en la Franja de Gaza, reconsideré mi plan.

Mientras apuraba la copa matutina que acababa de meterme entre pecho y espalda, me di cuenta de que yo era la única mujer de treinta y tantos que conocía —la semana siguiente, de hecho, cumplía los treinta y cinco—, que no tenía pareja, ni hipoteca y ni siquiera gato. Tenía más fobia a los compromisos que la mayoría de mis amigos varones y, al igual que muchas mujeres de mi edad, era víctima de los miedos más contradictorios: miedo a quedar atrapada en una relación con alguien de quien no estuviera perdidamente enamorada, y miedo a estar sola; miedo al día en que deseara establecerme y tener niños, y miedo a renunciar a la independencia y la libertad que tanto veneraba.

En las últimas semanas, varios amigos íntimos y colegas me habían sugerido con mucho tacto que tal vez debía plantearme «ver a alguien» (refiriéndose al polo opuesto de una cita: un psicólogo). Pero mi visión de la cultura de la psicoterapia no era, en general, muy positiva y suscitaba en mí algo a medio camino entre la risa y la repugnancia. ¿Por qué pagar a alguien para que me diga que empleo el humor, o lo intento, como mecanismo de defensa? ¿O para que me explique por qué no dejo que nadie se acerque a mí? ¿O que quiero la aprobación de mi padre? Ya sé todas esas cosas. «En una terapia —declaró Louise en una ocasión— todo lo que crees que sabes sobre ti mismo y sobre los demás se pone patas arriba.» «Puede que eso les pase a otros —pensé yo para mis adentros—, pero a mí, no. Yo me conozco mucho mejor de lo que jamás llegará a conocerme nadie.»

Esa mañana, sin embargo, ya no estaba tan convencida. Decidí que no quería pasar el resto de mi vida manteniendo las distancias con el resto del mundo.

Pensé en mi abuela que, cuando contaba treinta y pocos años, estaba sacando adelante a nueve hijos sin ayuda de nadie, todos apretados en una casucha desvencijada, mientras su marido combatía en una guerra y trabajaba en los astilleros. Comparé mi vida con la de mi madre, que a mi edad trabajaba hasta el amanecer en el turno de noche de enfermera en un geriátrico mientras sacaba adelante a dos hijas y se las arreglaba con un marido que trabajaba la mayor parte del tiempo fuera de casa. Pensé también en los admirables personajes que había tenido el privilegio de conocer gracias a mi trabajo; individuos que habían sobrevivido a guerras y genocidios, que habían sufrido pérdidas inimaginables en sus vidas, pero que habían aprendido a levantarse y a sobreponerse para continuar. Las palabras de un hombre que había perdido a su hijo en las circunstancias más atroces permanecían indelebles en mi memoria: «La vida no puede posponerse, hay que vivirla ahora. No espere que suceda algo, no se aferre a ilusorios acontecimientos del futuro; no espere a que sea demasiado tarde para aprender a vivir.»

Al pensar en él, me sentí aún más avergonzada y culpable. ¿A qué estaba esperando, exactamente? ¿Acaso formaba parte de las crueles ironías del ser humano el hecho de que tenga que sucederte algo terrible para darte cuenta de que la vida son dos días? Yo tenía un trabajo maravilloso, unos amigos fantásticos y una salud de hierro, y aun así me pasaba la vida huyendo. Del amor. Del compromiso.

No tenía una vida desgraciada, pero no era feliz, y además estaba bloqueada, así que decidí que tenía que hacer algo.

Abrí una libreta que me había comprado de camino al bar. Mi intención era escribir a «las autoridades» sobre los problemas de transporte del condado. Pero cambié de idea, escribí «Notas sobre la recuperación» en la primera página y comencé a apuntar. Tras doce páginas de divagaciones y flujo de conciencia, anoté: «Creo que necesito ayuda.» Me resultó más fácil escribirlo que decirlo, pero sabía que necesitaba hacer algo más que expresar mis pensamientos por escrito, de forma que, antes de que pudiera arrepentirme, llamé a Katy y le pedí el número de teléfono de la mejor psicóloga de la ciudad.

La negación absoluta

Enero

A mí no me pasa nada

«*A mí no me pasa nada. En serio. No me pasa nada, nothing, niente, que no, joder, que no me pasa nada. No soy una alcohólica crónica, ni drogadicta ni anoréxica. Tampoco me pasé la infancia encerrada en un armario debajo de las escaleras ni tuve un padrastro despiadado que me pegara palizas. Nunca he estado en un país en guerra, en un avión secuestrado ni he sufrido ninguna pérdida que me haya dejado traumatizada. Jamás he pisado un hospital. Como paciente, quiero decir. Todos mis amigos y familiares gozan de buena salud, al menos que yo sepa. De forma que, como verá, no me pasa absolutamente nada. Y por tanto, no necesito someterme a una terapia.*»

Eso es exactamente lo que habría dicho si hubiese conseguido plasmar en palabras mi ansiosa verborrea mental. Eran las siete y veinte de la mañana del tercer día del año nuevo y faltaban veinte minutos para que diera comienzo mi primera sesión de terapia. Me encontraba sentada en el coche, frente a un inmenso edificio victoriano de la zona de West End de Glasgow ensayando y repasando lo que pensaba decirle a la mujer con la que estaba a punto de iniciar una íntima relación personal. Cuando la penumbra del alba comenzó a disiparse, pudo apreciarse el fino manto de escarcha que lo cubría todo, desde la inmensa aguja gótica de la torre de la antigua universidad, que sobresalía en el horizonte, hasta las escaleras que conducían a la consulta psiquiátrica. En la calle no había un alma, salvo algún que otro deportista madrugador o algún sacrificado dueño de perro que había salido a pasear al animal. Era una hermosa estampa y reinaba una gran quietud. En el interior de mi coche, sin embargo, la historia era bien distinta. Recorrí todo el dial de la radio con un gesto histérico hasta detenerme en *Good Morning Scotland*, subí el volumen a tope en un intento desesperado por acallar el incesante runrún de mi cabeza, pero a pesar de tener la radio a todo trapo, el volumen no era suficiente.

«A lo mejor ni siquiera debería molestarme en entrar. Nadie me obliga a hacerlo. Y tampoco es que esté para que me encierren ni nada por el estilo, aunque sería escurrir el bulto. Además, llevo semanas esperando la cita de hoy. Quizá debería ir a la sesión de hoy y ya está. Seguro que la psicóloga estalla en carcajadas y me dice que, comparada con todos los pirados a los que ve, soy la mujer más cuerda y centrada que ha conocido jamás. Sí, entraré hoy, aunque sólo sea para oír que no me pasa nada, que todo es normal, que yo soy normal.»

Esa noche me había despertado a las cuatro de la mañana con el corazón acelerado y la nuca empapada en sudor, y ya no había vuelto a conciliar el sueño. Mientras contemplaba la posibilidad de divulgar mis más íntimos y embarazosos secretos, empecé a preguntarme dónde me estaba metiendo y qué era exactamente lo que esperaba conseguir.

Yo siempre había sido escéptica respecto de las psicoterapias. Salvo en el caso de las personas que habían padecido algún suceso traumático en su vida, siempre había despreciado la llamada «cura a través de la palabra» por considerarla un estrafalario timo para perdedores débiles, patéticos y autocompasivos que disponían de tiempo y dinero a raudales y que sólo podían quejarse de lo duro que resultaba no tener nada de lo que quejarse. En otras palabras, las personas que querían lamentarse sobre su problema con el sobrepeso, la autoestima, el alcohol, el compromiso y que de paso culpaban de ello a su padre, emocionalmente ausente, y/o a su madre, crítica en exceso. Yo era la primera en buscar cabezas de turco cuando perdía un vuelo, pero cargar con todas las culpas a la carne de mi carne me parecía un tanto excesivo.

Sin duda, mi desconfianza tenía que ver con Louise y Katy, quienes se habían pasado años soltando rollos de psicología barata para explicarlo todo, entre otras cosas, por ejemplo, las personalidades descarriadas de los políticos belicistas.

—Nada es atribuible al petróleo, las armas de destrucción masiva ni la eliminación de regímenes despóticos —decían—. Todo se debe a conflictos irresueltos con los padres y a unas ansias neuróticas por obtener poder y control.

—Sí, claro, lo que vosotras digáis... —les decía yo.

—Todo lo que nos impulsa, lo que nos motiva, subyace oculto en algún lugar recóndito de nuestra mente —seguían diciendo—. Todo lo que nos ha ocurrido.

Ellas insistían en que, hasta que todos esos elementos inconscientes pasan al consciente, estamos condenados.

—¿Condenados a qué? —fui tan estúpida como para preguntar en una ocasión.

—A vivir una farsa. A vivir una mentira sin ser nunca quienes somos en realidad. A tomar resoluciones y decisiones autodestructivas. A dejarnos arrastrar por impulsos de celos, competitividad, manipulación y control de los que ni siquiera somos conscientes, pero que conducen nuestra vida por derroteros insospechados. A permanecer eternamente niños o adolescentes encerrados en la personalidad que nuestros padres nos imponen sin darse cuenta.

Caso resuelto, por lo visto.

—¿A quién le importa qué es lo que hace que uno sea como es? —solía objetar yo—. Eres así y punto. No lo puedes cambiar. No puedes hacer nada al respecto.

—Desde luego, con esa actitud, no.

Y así se sucedían siempre las conversaciones.

A mi convencimiento de que habían cruzado esa delgada línea que separa la cordura de la locura se añadía su implacable insistencia en que a todo el mundo le viene bien un poco de terapia. Durante sus sermones más enardecidos, solían incluso sugerir que una temporadita en el diván debería ser obligatoria para todo aquel que quisiera tener hijos.

—Si no logramos llegar a ser quienes realmente somos antes de reproducirnos —sostenían—, nos limitamos a pasarle toda nuestra mierda, inconscientemente, a la siguiente generación.

A diferencia de ellas, yo no disponía de tiempo para comerme el tarro removiendo el pasado. Desde luego no ante otras personas. Y mucho menos si encima tenía que pagarles. Yo, por supuesto, estaba convencida de que me conocía a mí misma y, de hecho, siempre me había considerado una persona avanzada en el terreno del autoconocimiento. ¿Y quién no? Eso sí, mis exploraciones interiores y mis ejercicios de «ombliguismo» prefería hacerlos en la intimidad de mi propia casa. Y, si necesitaba compartirlos con alguien, para eso estaban mis amigos y mi familia. La psicoterapia me parecía que no era más que una excusa para eludir responsabilidades.

—La vida es demasiado corta y preciosa para desperdiciar el tiempo dándole vueltas a la historia pasada que no podemos cambiar —solía decirles yo.

Sí, era cierto que yo tenía una inmensa y vieja mochila emocional llena hasta los topes, pero ¿quién no? Soy una estoica y aguerrida escocesa, y los escoceses no hablamos de sentimientos. Los hombres de mi tierra presumen de ser los menos emotivos y comunicativos del Reino Unido, por no decir del mundo. Nos remangamos y nos ponemos manos a la obra. En mi extensa familia hay miembros que piensan que no hay más «terapia» que la ocupacional ni más depresión que la del 29. La represión de nuestros sentimientos es un mecanismo de supervivencia. Louise y Katy eran, sin duda, unas traidoras nacionales porque, hablando en términos generales, los escoceses, salvo cuando estamos borrachos, preferimos comernos una pierna de niño frita antes que hablar de temas sentimentales.

Si tienes un problema, afróntalo. Eso solía decir yo y era lo que creía que había estado haciendo hasta entonces. Cambia de trabajo. Deja tu relación. Si te resulta demasiado difícil, distráete. Emborráchate. Haz ejercicio. Lee un buen libro. Implícate en un proyecto que merezca la pena. Viaja al extranjero. Vete al cine. Proponte un objetivo. Desintoxícate. Escucha a Abba. Piensa en las personas que están peor que tú y en la suerte que tienes, como diría mi madre. Búscate un *hobby* o sal a que te dé el aire, como diría mi abuela. Si no te queda otro remedio, tómate la pastilla de la felicidad, pero no pierdas el tiempo, el dinero y la única vida que tienes confesándoselo todo a un desconocido y pasando después el resto de tus días culpando a tus padres de todos tus problemas. Eso pensaba yo.

Pero todo eso fue antes de perder el norte.

Durante los últimos meses, como si perder aviones y pagar sistemáticas multas por exceso de velocidad no fuese suficiente, no podía dejar de llorar. Derramé tantísimas lágrimas que empecé a pensar en la historia y la cultura de las lágrimas: de dónde proceden, por qué algunas personas lloran con mucha facilidad y otras no, por qué las mujeres lloran con mayor frecuencia que los hombres, si corría el riesgo de deshidratarme o si, en realidad, tal como empezaba a sospechar a esas alturas, mi reserva de lágrimas era un pozo sin fondo. El llanto acabó convirtiéndose en una especie de segunda profesión. Lloraba desconsoladamente, como una pobre niña abandonada, en el despacho de mi editor, en el departamento de recursos humanos, en el pub con mis amigas, en The Coach and Horses delante de colegas del *Observer* (a algunos de los cuales ni siquiera conocía), en los vestuarios de la piscina, y en la cama a las dos, las tres y las cuatro de la mañana. Un día vi a un anciano solo en un bar tomándose media pinta de Guinness. Cuando alzó el vaso para llevárselo a la boca, se le resbaló y la cerveza se le derramó en los pantalones. Yo le ayudé a limpiarlo y luego corrí al baño llorando como una Magdalena. Lo mismo me sucedió con un músico de la calle que tocaba el violín espantosamente mal. Al oírlo cogí un berrinche de escándalo y dejé mi monedero tiritando.

En otra ocasión, estando en Londres después de perder otro avión, le supliqué a un columnista del *Observer* que no se aprovechara de mí porque era un poco vulnerable. En el improbable supuesto de que no me hubiera oído o entendido, yo repetí insistentemente «po favo no te aproveches de mí poque últimamente estoy un poguiiito vulnerable» mientras nos dirigíamos a su casa. Cuando vi claro que su única intención era ofrecerme amablemente que durmiera en la habitación de invitados de su casa, vi la oportunidad de coger una llantina y la aproveché. «¿Por qué, por qué, por qué —sollocé desconsoladamente—, por qué ni siquiera ha intentado aprovecharse de mí?»

Durante esa época, también realicé algunas llamadas un pelín histéricas a Christian, suplicándole que no volviera a ver a Esa Tal Charlotte y amenazándolo con contarle a todo el mundo lo que había ocurrido entre nosotros si seguía viéndola. Mi lado racional sabía que eso no sólo era una chifladura, sino que además yo tenía tantas probabilidades de cambiar su comportamiento como de cambiar el clima, pero mi lado más irracional había tomado las riendas y se negaba a bajar del burro.

Así que allí estaba yo, chantajeando al marido de otra mujer porque no podía soportar la idea de que se enamorara de otra Otra. Seguro que en uno de esos programas de la tele donde la gente airea los trapos sucios me habrían recibido con los brazos abiertos, pero yo me sentía abochornada y despreciaba profundamente a la persona en la que me había convertido.

Antes del trío de vuelos perdidos, había vuelto a recurrir al arsenal de las consabidas y eficaces estrategias de sosiego: me obligaba a ir a la piscina, hacía escapadas para dar vivificantes caminatas por los montes escoceses, me enfrascaba en el trabajo, me emborrachaba, hice un mes de abstinencia, pensé en las personas que estaban peor que yo, reflexioné sobre lo afortunada que era, anoté mis pensamientos en un cuaderno, escribí poemas verdaderamente terribles sobre la angustia del amor no correspondido, volví a tomar Prozac... Sin embargo, en esa ocasión, nada parecía proporcionarme el refugio, la válvula de escape o la serenidad que necesitaba. Esa vez, sabía que iba a tener que adoptar medidas mucho más drásticas.

En esos momentos eran las 7:35, una hora a la que, en circunstancias normales, yo seguiría en la cama. Me sentí como una colegiala a punto de empezar el curso en una escuela nueva, aunque, eso sí, con zapatos mucho más bonitos. Pero mi caso era peor porque yo estaba allí voluntariamente y con una acusada falta de sueño. Más bien me sentía como un hombre casado que visita un sórdido prostíbulo por primera vez, me sentía como si estuviera a punto de cometer un obsceno delito y temiera que me pillaran *in fraganti*. Me planteé la posibilidad de volver a casa, enterrarme debajo del edredón y gastarme la fortuna que había pedido prestada al banco para la terapia en algo que me proporcionara una satisfacción más inmediata, como un fondo de armario nuevo, una tele de plasma gigante o unas vacaciones en algún destino exótico. O las tres cosas. En parte para impedir que mi mente siguiera cambiando de opinión y en parte para evitar el riesgo de que alguien me viera, salí disparada del coche, subí las escaleras a todo correr y llamé al interfono. Sólo me faltaba un viejo y sucio impermeable para completar mi disfraz de incógnito.

La puerta se abrió y, siguiendo las instrucciones que me habían dado por teléfono, subí tres tramos de escalones, abrí una segunda puerta y tomé asiento en un pequeño vestíbulo reconvertido en sala de espera. Respiré hondo varias veces —el aroma a café era tan intenso que casi podía paladearlo— y examiné detenidamente el espacio. Había una butaca de color verde oscuro y dos marrones, y el suelo estaba revestido de anchos tablones de madera de pino. En la pared estaban colgadas cuatro fotos de paisajes: en la primera reconocí de inmediato las montañas nevadas de Torridon, que probablemente constituían la cordillera más espectacular de Escocia; la segunda parecía de un atardecer en Loch Lomond, y estaba envuelta en esa atmósfera rosa purpúrea que hace que quieras subirte al coche y plantarte allí; las otras dos eran de una agreste y paradisíaca playa solitaria. Concretamente creo que se trataba de Luskentyre, en la isla hébrida de Harris, una playa que suele figurar entre las veinte más bonitas del mundo.

Ya en el pasillo, había un retrato en blanco y negro de un hombre anciano con barba. ¿Era Freud? Eso sin duda sería un acto de clara desconsideración hacia el cliché, porque desde luego no era la famosa foto en la que el doctor sostiene un puro en la mano. Quienquiera que fuese, se hallaba sentado a su mesa de trabajo con una siniestra expresión en el rostro. Su mirada era dura y desconcertante. ¿De veras no era Freud? ¿No tenía un ligero aire de *cowboy*? ¿Un aire de misógino obsesionado con el sexo que creía que las mujeres sentían envidia del pene de los hombres y odiaban a sus madres por traerlas al mundo «insuficientemente dotadas»? ¡Menudo personaje!, como diría mi amiga Emily. En ese instante me estaba preguntando muy seriamente dónde me estaba metiendo. Quizá simplemente era el retrato del abuelo de mi psicóloga, pensé para intentar tranquilizarme.

Junto a un dispensador de agua refrigerada había dos pilas de revistas manoseadas: el *Atlantic Monthly* y el *National Geographic*. Yo eché un vistazo a los familiares márgenes amarillos de la segunda y cogí el número que estaba encima. Era de 1985 y contenía un reportaje sobre la hambruna en Etiopía. Eso confirmó mi visión de que aquél era un lugar para gente obsesionada con el pasado. También me recordó lo triviales que eran mis problemas, y me retrotrajo al año 1985. Por entonces yo tenía quince años, el fin del mundo tal como yo lo conocía, aunque en esa época no supe verlo.

Al cabo de unos minutos, oí una puerta. Una mujer esbelta, de estatura media, de entre cincuenta y tantos y sesenta años, apareció y me tendió la mano.

—¿Lorna? —preguntó con un levísimo esbozo de sonrisa, y acto seguido se presentó.

—Hola, encantada de conocerla —le respondí con un firme apretón de manos—. Muchas gracias por recibirme —agregué en tono de gratitud.

A mí me pareció un poco extraño y desconcertante que no compusiera una amplia sonrisa y dijera: «No hay de qué, querida.» No sólo no fue así, sino que además se dio media vuelta y se alejó por el pasillo. Yo la seguí con actitud sumisa. A decir verdad, me la había imaginado con un toque hippy, melena larga y suelta a lo Kate Bush, ropa de comercio justo y la clase de zapatos cómodos e informales que lleva mi abuela. Sin embargo, tras la primera impresión, me pareció que tenía más aspecto de directora de colegio o ejecutiva con el traje color burdeos y el jersey rosa oscuro, su melena castaña, bien repeinada, que le rozaba los hombros, sus gafas de montura metálica y su actitud de empresaria. La sensación general era la de una Helen Mirren, pero más ceñuda, en su papel de *Su Majestad, la Reina*.

—Ya puede pasar —dijo tras abrir la puerta de su consulta y señalar dos sillones de piel situados uno frente al otro en un ángulo ligeramente abierto.

Me senté y eché un vistazo a la habitación. Había un diván —¡el famoso diván!— apoyado contra una pared. No sé si era de piel negra, como me lo había imaginado, porque, al igual que el famoso, estaba cubierto con un oscuro tapiz persa. No tenía brazos ni respaldo, de modo que parecía una camilla o un banco más que un cómodo y tentador sofá. Junto al suelo, colocada estratégicamente, había una caja de pañuelos de papel. Serían para las personas realmente destrozados, pensé yo, contenta y aliviada de no contarme entre ellas.

Le dediqué a la terapeuta, la Doctora J, una cálida y amable sonrisa. Ella me respondió con una expresión inescrutable, una especie de media sonrisa que desde luego no se reflejó en su mirada. «Qué desagradable», pensé con cierta incomodidad. Después intenté ser diplomática y romper el hielo dándole las gracias de nuevo y comentando el intenso y balsámico aroma a café que se respiraba en el aire, obligándola prácticamente a que me ofreciera una taza. Pero no lo hizo, y el único y precario premio de consolación que obtuve fue un leve gesto de asentimiento.

Previamente me había imaginado una escena cálida en la que ella me abrazaba, me estrechaba entre sus brazos, como si fuera su hijita, y me decía que ya no tenía que preocuparme porque ella cuidaría de mí. «Todo va a salir bien; la Doctora J está aquí para cuidarte. No te ocurrirá nada malo. La Doctora J se encargará de eso», había supuesto que me diría. Pero estaba claro que el despertar a la cruda realidad no había hecho más que empezar.

A diferencia de los asesores personales, los libros de autoayuda, las revistas y los oradores inspiracionales, la Doctora J no se proponía liberarme de mis miedos, revelar mi verdadero potencial, ayudarme a cumplir mis sueños y convertirme en una mujer de éxito rica, feliz y realizada a finales de ese año. Ni siquiera se ofreció a ayudarme a encontrar otra pareja. De hecho, la Doctora J no hizo promesas ni se comprometió a darme ninguna clase de garantía. Se limitó a sentarse en silencio, mirándome con una expresión inescrutable en el rostro. Fue una sensación extraña. Muy, pero que muy extraña. Distinta a cualquier otra sensación que yo hubiera experimentado antes.

Seguro, me dije, que está preguntándose por qué he venido, qué me pasa, qué me ha impulsado a llamarla. Seguro que se muere de ganas de hacerme varias preguntas. De averiguarlo todo acerca de mí y de mi vida. Pues, por lo visto, no era así.

Cuando el sonido del silencio alcanzó cotas insoportables, le lancé otra amplia y suplicante sonrisa. Nada. Por un momento pensé en darle las gracias una vez más, pero al final opté por echar otro vistazo a mi alrededor. Sobre su gran escritorio de caoba, que estaba situado a su espalda y frente a un enorme ventanal, había un ordenador, una pila bien alineada de revistas y el reverso de dos fotos enmarcadas. En la pared, a la izquierda de su mesa, había lo que parecían varios títulos y diplomas enmarcados, con letras doradas grabadas. También advertí una escultura de una madre y un niño. A mi izquierda, frente al diván, había una estantería atestada de libros infumables que se alzaba hasta el techo y, al lado, detrás de mí, un inmenso tapiz de tonos terrosos que cubría la pared.

La miré y me pregunté cómo sería su vida: si estaría casada —no llevaba alianza—, si tendría hijos...

Al final, cuando ya estaba a punto de sufrir una crisis nerviosa, pronuncié la frase inaugural, que en realidad hablaba por sí sola:

—Lo siento, pero es que no sé muy bien qué hacer.

En mi voz no se apreciaba más que un ligero atisbo de desesperación. Ella parpadeó un par de veces, pero no dijo nada.

Gracias a Hollywood, yo estaba familiarizada con esa imagen caricaturesca del psiquiatra que se sienta frente al paciente en silencio, sin ninguna expresión, se frota la barbilla de vez en cuando, y pregunta: «¿Y por qué crees tú que pasa eso?» o «¿Qué te sugiere eso?» Pero estaba convencida de que esa imagen que reflejaban las películas era precisamente eso: una caricatura.

Aunque empezaba a dudar.

«¿Qué coño está pasando aquí? —pensé—. ¿Para qué estoy pagando?» Era espantoso. Sonreí nerviosa, crucé las piernas, volví a descruzarlas, me arranqué unos cuantos pellejitos de las cutículas, comencé a juguetear enroscándome el pelo en el dedo y, justo cuando iba a empezar a temblarme una pierna, ataqué de nuevo. Con una incontinencia verbal posiblemente comparable a la de Vicky Pollar, prorrumpí:

—Siento muchísimo todo esto. Es la primera vez que acudo a esta clase de terapia y no tengo muy claro cómo funciona. No sé qué hacer ni qué decir porque el caso es que no tengo ningún problema que pueda calificarse de grave. En realidad no me pasa nada. De verdad.

Solté una carcajada y asentí enérgicamente con la cabeza para reforzar mi sinceridad.

—Francamente —proseguí mientras me disponía a soltar una versión del discurso que llevaba preparado—, no soy alcohólica crónica, drogadicta ni anoréxica. De niña no pasé ninguna calamidad ni sufrí abusos o malos tratos... —Y así continué hasta llegar a la conclusión—: De modo que, como ve, no creo que necesite terapia.

Ella me lanzó una mirada circunspecta antes de fruncir uno o dos milímetros las comisuras de los labios para componer una sonrisa ofensivamente leve.

Como yo ya no podía soportar otro silencio, continué enseguida:

—Lo que intento decir es que en el mundo hay gente que está mucho peor que yo. La gente se muere. La gente no tiene qué comer. En el mundo pasan cosas terribles. Y yo vengo aquí... Es patético, lo sé. Mi vida es un camino de rosas. Tengo un trabajo fantástico y unos amigos estupendos. Estoy sana como una manzana. Me avergüenza estar aquí porque sé que en la vida hay altibajos, que no siempre es fácil. A veces me da la sensación de que simplemente carezco de las herramientas necesarias para afrontarla. A lo mejor debería irme a casa y pensar en lo afortunada que soy, o cambiar de aires, o buscarme algún *hobby* nuevo... O tal vez ofrecerme voluntaria para algún proyecto humanitario en el Tercer Mundo...

Todo ese rollo lo pronuncié como un gran interrogante con la esperanza de que ella me orientara o me tranquilizara, pero no hizo ninguna de las dos cosas. Se limitó a asentir con un movimiento casi imperceptible de cabeza mientras murmuraba:

—Hummm...

Eso no era lo que yo quería. Todo era diametralmente opuesto a la consulta inicial. En el Reino Unido, se suele concertar una primera cita con un psicoterapeuta diferente al que posteriormente te tratará. Mi evaluación había tenido lugar unas semanas antes con el director de uno de los servicios privados de psicoterapia psicoanalítica más importantes del país, cuya sede se encontraba en Londres. Yo había programado la consulta para que coincidiera con uno de mis viajes de trabajo a la capital. El psiquiatra que me recibió era un hombre afable, cálido y paternal que comenzó preguntando con ternura:

—¿Qué te ocurre, hija?

Yo no sabía si responderle «todo» o «nada», así que le dije:

—Todo —y al cabo de un instante, agregué—: nada. —Y acto seguido rompí a llorar.

Él me sonrió con simpatía y yo contemplé la idea de trasladarme a Londres, o viajar allí tres veces a la semana, para que fuera él quien me tomara en sus brazos y me salvara la vida.

Una vez que me hube recompuesto, tomó notas atropelladamente mientras yo respondía a preguntas sobre mi familia, mi trabajo y mis relaciones, ya con la ligera sensación de que me estaban desnudando.

Hacia el final de la sesión, él preguntó:

—¿Y por qué ahora?

—Es el último recurso —admití tras una breve pausa—. Ya lo he intentado todo: cambiar de aires, hacer ejercicio, cambiar de trabajo, beber, no beber, salir, quedarme en casa, buscar nuevos *hobbies*. Se me han agotado la energía y el entusiasmo y me da miedo verme así.

Él asintió con la cabeza.

—Además —apunté con cautela—, últimamente se me han pasado por la cabeza..., ya me entiende..., pensamientos sombríos. No cometería una locura, pero no puedo dejar de preguntarme qué sentido tiene seguir adelante. Tengo la sensación de que atravieso una y otra vez la fase adolescente de «no sé qué hago aquí, para qué vivir si al final todos vamos a morir...». Sólo que es peor, porque hace dos décadas que dejé atrás la adolescencia.

—Todo el que reflexiona sobre la vida, contempla la alternativa —arguyó con naturalidad—. Y, por increíble que parezca, el mundo está lleno de gente que, pese a su apariencia de adultos, siguen siendo adolescentes enfadados.

—Yo no estoy enfadada —objeté con dulzura. Él me sonrió con un rictus de compasión.

Después de más o menos hora y media, se quitó las gafas y las posó sobre la libreta que tenía en las rodillas, juntó las palmas de las manos, apoyó la barbilla sobre las puntas de los dedos índice y cerró los ojos. Yo me sentí como si fueran a darme los resultados de un importante examen. Al cabo de unos segundos, me miró con un gesto de asentimiento y una tierna sonrisa.

—Creo —anunció en un tono de voz suave y comprensivo— que la psicoterapia podría resultar de gran ayuda.

Yo reproduje un par de veces esas palabras en mi cabeza. ¿Él «cree» que someterme a psicoterapia «podría» resultarme «de gran ayuda?». Soy periodista, me encanta el melodrama. Estoy acostumbrada al sensacionalismo, la hipérbole y los grandes titulares que prometen remedios milagrosos para las situaciones más desesperadas. «Menos mal que no es el jefe de relaciones públicas del sindicato de loqueros», me dije. Lo que me había dicho no era exactamente el rotundo apoyo ni el incentivo lucrativo que yo, ilusa de mí, esperaba recibir. Sin embargo, incluso en ausencia de la firme promesa de que conseguiría curarme y cambiar de la noche a la mañana, no pude evitar sentir un atisbo de triunfalismo. Yo me bastaba y me sobraba para darme bombo. Una vez sometido mi caos mental a su pronóstico, comencé a sentirme ligeramente aturdida, como si me hubieran inyectado un chute de adrenalina y anfetamina.

«Soy una candidata idónea para la psicoterapia —me dije con orgullo—. ¡Aleluya! Estoy retomando las riendas de mi vida. Voy a encauzar mi biografía antes de que sea demasiado tarde. Voy a encontrar la paz, la felicidad, la serenidad y el sentido de la vida. Y seguro que encuentro novio, un hombre fabuloso con el que tendré unos niños preciosos, y viviremos todos felices, como en las películas. Hoy es un gran día. Soy una candidata idónea para la terapia psicoanalítica intensiva. ¡¡¡Ale-luuu-ya!!!»

Sentí el deseo de besarlo, pero hasta mi sentido del melodrama tenía sus límites. Entonces, como si pudiera leerme la mente, se apresuró a decir:

—Antes de nada, conviene aclarar qué cabe esperar de la terapia.

Descarté la opción de revelarle mi fantasía romántica y reflexioné largo y tendido la respuesta. ¿Qué era exactamente lo que buscaba? ¿Ser feliz como un pájaro y vivir sin preocupaciones como un niño? ¿Liberarme de todos mis miedos? ¿Una vida sin problemas ni luchas? No del todo. Yo no vivía tan al margen de la realidad. Era consciente de que los problemas, las luchas y la tristeza formaban parte del hecho de estar vivo. Al fin y al cabo, tenía todas mis citas favoritas de autoafirmación colgadas en la pared, frente a mi mesa de trabajo. «Pero ¡una vida llena de felicidad! Nadie podría soportarla, porque sería el infierno en la Tierra.» George Bernard Shaw, uno de mis escritores preferidos. Yo sabía que la búsqueda de la felicidad por la felicidad era contraproducente, pero jamás me había sentido tan desesperanzada y desorientada ni tan falta de energía, entusiasmo e ilusión. Tampoco había sentido nunca tanto descontrol sobre mis propios sentimientos.

Una de las cosas que me habían hecho pasar de escéptica recalcitrante a conversa potencial fue observar la transformación que sufrió una buena amiga gracias a la psicoterapia profunda. De una mujer nerviosa y tremendamente infeliz había pasado a ser una persona mucho más satisfecha, alegre y en paz consigo misma. Parecía como si hubiera dejado de llevar el peso del mundo sobre los hombros, de modo que su caso era para mí un gran aliciente.

Pero había algo más. Yo llevaba toda la vida con la sensación de que no era lo bastante buena, lo bastante lista, lo bastante atractiva, lo bastante divertida... En definitiva, de que no era lo bastante algo, lo bastante nada. No sabía de dónde venía ese cuento porque no había tenido unos padres ambiciosos, exigentes o hipercríticos. En el pasado, yo siempre había tratado de ver el lado positivo y me había reafirmado pensando «Es mi forma de ser y punto», y que era mucho mejor tener una personalidad de Tipo A, impulsiva, insegura, perfeccionista, y con unos objetivos claros, que una de Tipo B, vaga y con escaso rendimiento. Pero lo cierto era que estaba empezando a traumatizarme. Estaba cansada y harta de pelear constantemente por un objetivo tan inasequible. A eso se añadía, además, el deprimente descubrimiento de que los muros autoprotectores que había alzado a los veinticinco años —con los que me impedía a mí misma acercarme a la gente por miedo a volver a perder a un ser querido— habían resultado contraproducentes. Muchos de mis amigos estaban empezando a sentar la cabeza, a casarse, a tener hijos, y tenía la sensación de que el tiempo se me agotaba. Pero, antes de embarcarme en otra relación insana, quería conocerme mejor a mí misma y, en concreto, averiguar por qué repetía patrones autodestructivos en las relaciones y qué subyacía tras mi miedo al amor, la pérdida, el rechazo, el fracaso y el compromiso. Supongo que mi última esperanza era que la siguiente vez que se cruzara en mi camino la oportunidad del amor verdadero, yo me hallara en un buen lugar y no la dejara escapar.

—Quiero recuperar las ganas de vivir —dije. Sé que sonó muy melodramático, pero fue la única forma que encontré de describir cómo me sentía—. Quiero recuperar la ilusión. Quiero volver a amar la vida en lugar de sentir que es una cuesta arriba interminable.

El psiquiatra se inclinó hacia delante, me lanzó una mirada indulgente y sonrió con complicidad mientras yo, naturalmente, rompía a llorar otra vez.

—No hay remedios rápidos para la condición humana —fueron las primeras palabras finales de aquel ser encantador. Prácticamente me las dijo susurrando, como si estuviera contándome un secreto de gran relevancia—. Durante la terapia habrá momentos duros. Será doloroso y frustrante. Se descubren cosas de uno mismo que no resultan agradables, pero a largo plazo, en general se llega a la conclusión de que ha merecido la pena.

Yo sabía que esa clase de terapia era cara, así que le pregunté si disponían de algún servicio de psicoanalistas en prácticas. No es que yo sea una rácana. Nunca he sido de esas mujeres de zapatos y bolso de novecientas libras, aunque a la hora de invertir una cantidad que podría resultar obscena en una hidratante de Clarins o una máscara alargadora de pestañas, no me lo pienso dos veces. Tampoco me tiembla la mano al gastarme el sueldo que gano con el sudor de mi frente en cortes de pelo y mechas, masajes o la cuota de un gimnasio al que luego no voy y que acaba costándome la bochornosa cifra de cien libras por una sesión de sauna al mes. Pero la idea de pagar a alguien unos honorarios más altos que mi alquiler simplemente para mantener una conversación seguía pareciéndome un tanto absurda.

En cualquier caso, no había psicólogos en prácticas disponibles a precios más asequibles, y el doctor me derivó a la Doctora J, una profesional altamente cualificada y con una excelente reputación. Me recomendaron que realizara tres sesiones a la semana durante un período indefinido cuyo mínimo, eso sí, sería de un año. Aunque es preciso comprometerse a largo plazo para que esa clase de terapia funcione, no es como apuntarse a un gimnasio. No te matriculas en cualquier cosa y pierdes el dinero si lo dejas. Aquí simplemente conciertas las citas a una determinada hora y pagas la factura a fin de mes. Puedes marcharte en cualquier momento. Yo dejé de lado por un momento todos los recelos y las reservas y solicité un préstamo de ocho mil libras, que justifiqué frente al director del banco como una serie de «arreglillos domésticos» porque me pareció que sonaba mejor que «arreglillos mentales». Con esa cantidad uno podía pagar la entrada de un piso, un coche nuevo o un viaje alrededor del mundo, pero ninguno de esos proyectos me resultaba atractivo. Lo único que quería era averiguar qué coño estaba pasando en mi cabeza.

En esos instantes, sentada frente a la Doctora J, comencé a pensar que tal vez yo estaba más loca de lo que creía. Un maniquí habría sido perfectamente capaz de desempeñar el mismo papel que ella. Parecía que hubiese hecho un voto de silencio por el que yo estaba pagando, y conseguía que a su lado Margaret Thatcher pareciera una adorable consejera sentimental.

Decidí atacar de nuevo y mostrarme muy firme.

—Tal como dije antes, no tengo muy claro lo que tengo que hacer —insistí con desesperación—. ¿Sigo contándole cosas de mi vida o prefiere que me quede en silencio un rato y así puede hacerme preguntas más directas?

Tras una breve pausa en la que no apartó los ojos de mí, respondió:

—Como le resulte más agradable.

Yo lancé un sonido extraño a medio camino entre un resoplido de desdén y un gruñido de risa sarcástica.

—¿Perdone?

—No es necesario que se disculpe —dijo antes de repetir en el mismo tono de voz baja—: Haga lo que le resulte más agradable.

—¿Lo que me resulte más agradable? —repetí yo como un loro, con una expresión ceñuda de escepticismo, como si estuviera hablándome en otro idioma, cosa que, hasta cierto punto, era verdad.

Ella asintió.

—Bien, perfecto —me aventuré a decir entre titubeos, colocando las manos debajo de las piernas—. ¿Es mejor que me tumbe en el diván o me quedo aquí sentada? ¿Cuál es la diferencia? ¿Qué suelen hacer otros clientes, o pacientes, no sé cómo los llama? ¿Cómo se obtienen los mejores resultados, cuál es el método más rápido?

La Doctora J se quitó las gafas y miró al techo durante unos momentos. Yo seguí su mirada. Cuando volvió a posarla en mí, me incliné hacia delante. Ella volvió a colocarse las gafas.

—Da lo mismo. Lo que le resulte más agradable.

—Pero ¿qué suelen hacer los demás pacientes?

—¿Por qué le interesa tanto?

«Esto es rarísimo. Yo sólo quería que me echara una mano, nada más. Un poquito de ayuda, no me parece que sea mucho pedir.»

Dada mi instintiva aversión a cualquier clase de enfrentamiento abierto, eso sólo lo pensé pero, por supuesto, no se lo dije. Me limité a sonreír con toda la cortesía de que era capaz en esas circunstancias y sopesé fugazmente la posibilidad de que ésa fuera mi primera y última sesión. Era demasiado absurdo para mí.

Como no quería marcharme sin más, quedarme callada, ni darle la oportunidad de volver a soltar su eslogan otra vez, comencé a farfullar sobre mi miedo a desarrollar dependencia de la terapia (aunque sabía que no me ocurriría).

—Bueno, pues entonces... —dije sin moverme de la silla—. He oído que hay personas que acaban sometiéndose a terapia durante años. —Solté una risa nerviosa—. No me gustaría convertirme en una de esas mujeres débiles y necesitadas. Siento desprecio por esa clase de mujeres.

—¿Desprecio? —repitió ella, como si nunca hubiera oído esa palabra.

Yo asentí con un gesto enérgico.

—Es una palabra muy fuerte para una mujer que, según dice, se siente débil o está atravesando dificultades —señaló, sin haber entendido ni una sola palabra de lo que yo había querido decir.

—Bueno, tal vez «desprecio» no sea la palabra más adecuada —admití de inmediato con la sensación de que me estaba riñendo—. Digamos entonces que las detesto, sí, detesto a las mujeres débiles, blandas, necesitadas y desvalidas.

—Humm —murmuró, posando la barbilla sobre el pulgar de la

mano izquierda y mirándome fijamente de un modo que me hizo sentir como un mono de feria.

Yo seguí con la misma canción durante el resto de la sesión, diciéndole que temía que la terapia me lavara el cerebro, porque el asunto me parecía un poco parecido a un culto; que temía convertirme en alguien que no era, perder mi sentido del humor, acabar odiando a mis padres y volverme una andrófoba empedernida. Yo había leído casos de gente que había recuperado falsos recuerdos de la infancia durante la terapia y me aterrorizaba que a mí pudiera ocurrirme lo mismo. Al fin y al cabo, aunque no era ninguna experta en Freud, sabía lo suficiente, y me preocupaba que esa clase de terapia acabara impulsándome a asesinar a mi madre y a acostarme con mi padre. Compuse una mueca de «¿Se-imagina?-Buah-uf-menudo-asco» y luego solté una carcajada. La Doctora J siguió con la mirada clavada en mí, tal como había hecho de principio a fin del monólogo, como si en esa ocasión fuese yo la que hablaba en otro idioma. En swahili, o algo así.

Hice una pausa para coger aire. Y entonces anunció:

—Tenemos que dejarlo por hoy.

Mientras recogía mi bolso, le dije:

—Gracias. Muchas gracias, de verdad —aunque no tenía ni la más remota idea de por qué le estaba tan agradecida—. Nos vemos el viernes —añadí tras ponerme mi pesado abrigo de invierno—. A las siete, ¿verdad? —pregunté para confirmar, aunque sabía perfectamente que ésa era la intempestiva hora que habíamos acordado. Eran las únicas horas que le quedaban libres: lunes a las 7:40, miércoles a las 18:00 (menos esa primera semana) y viernes a las 7:00—. A esas horas yo suelo estar en la cama —dije finalmente para intentar entablar una conversación normal y amistosa—, pero estoy comprometida con la terapia, así que nos vemos a las siete.

Ella se limitó a responder con un gesto formal de asentimiento y una leve sonrisa evasiva.

Bajé las escaleras al trote y corrí hasta el coche, donde permanecí sentada en estado de total estupor. «Mi terapeuta está como una puta regadera», escribí en el mensaje de texto que envié a Katy.

«Proyección —me respondió—. Vuelcas en ella todo tu arsenal de ira reprimida. Pobre mujer.»

«Será idiota...», murmuré mientras pulsaba el botón de borrar. Todavía conmocionada, me dirigí a Kember & Jones, mi cafetería favorita, para desayunar e intentar concentrarme en la lectura de los periódicos.

A la mañana siguiente partí de nuevo hacia Londres para asistir a una junta editorial semanal en el *Observer*. En ocasiones el periodismo tiene muy mala prensa, pero como forma de ganarse la vida, a mí me parecía insuperable. Comparado con los demás trabajos vulgares que había hecho, vivir sometida constantemente a plazos de entrega y rodeada por algunas de las personas más inteligentes y agudas que había conocido era aterrador, emocionante, estresante y adictivo. A mí me encantaba. Todo lo que envolvía mi trabajo me fascinaba. Pero no todo el monte es orégano, siempre hay algún inconveniente, y el de mi trabajo era las juntas editoriales, que me producían un auténtico pavor y de las que con frecuencia conseguía librarme. No había ni un solo día en que el mero pensamiento de tener que dar mi profana opinión sobre el resto de los semanarios dominicales y luego debatir los asuntos de índole internacional delante de algunos de los periodistas de mayor prestigio del país no me provocara un molesto nudo en el estómago. Al igual que me ocurría al pensar que tendría que proponer y discutir temas para los artículos de la edición del siguiente fin de semana.

Aunque por una vez logré ser puntual, esa mañana me sentía incapaz de afrontar la situación, así que decidí hacer tiempo durante media hora en el Costa Coffee que había junto a la estación de metro de Farringdon con una taza de té con leche a mi vera y así, como de costumbre, llegar tarde.

Cuando al fin irrumpí atropelladamente en la sala de reuniones, descubrí con terror que la junta se había pospuesto. No obstante, mi jefe y algunos reporteros se encontraban en la sala de redacción. Mientras lanzaba una larga retahíla de sofocadas excusas, entreoí que alguien decía:

—Esta semana supongo que deberíamos publicar un artículo largo sobre Travis.

—Sí, me parece buena idea —asintió Tracy, la editora de internacional—. Un perfil del personaje sería fantástico.

A mí me extrañó un poco, pero en mi afán por complacer siempre a mis superiores, me ofrecí voluntaria. Después de todo, mi puesto oficial era el de redactora de nacional y Travis es una banda escocesa.

—Podría encargarme yo —sugerí con entusiasmo, mientras dejaba el bolso y la chaqueta en una silla. En el trabajo me había acostumbrado a ocultar mi estado natural de ligero terror tras una máscara de falsa seguridad profesional, lo que solía producirme, como odioso pero frecuente efecto secundario, una incontenible y cargante verborrea—. ¿Cuál es el tema central? ¿Van a sacar disco nuevo o algo así? Yo, sinceramente, creo que lo tienen difícil para superar «Why Does It Always Rain On Me?». Me encanta esa canción. —Estaba a punto de ponerme a tararear el estribillo—. Me fascinan esas letras tan profundas. Podríamos incluir algo sobre los temas que inspiraron esa canción. Además, creo que el cantante acaba de ser padre. Podríamos contar en qué medida ha cambiado su vida el hecho de ser padre y cómo ha influido en las letras. Y también podríamos elaborar una tabla con otros...

En ese instante me detuve, al darme cuenta de que algo no iba bien. ¿Dónde estaban los gestos de aprobación y agradecimiento?

—¿De qué demonios estás hablando? —me espetó Tracy, medio riendo mientras sacudía la cabeza con expresión de desconcierto—. ¿Quién ha sacado un nuevo disco? ¿Quién acaba de ser padre?

Yo titubeé antes de responder con un hilo de voz:

—Eh..., Travis. ¿No queríais un artículo sobre ellos?

Se hizo un silencio sepulcral.

—Chá-vez —dijo Tracy lentamente, pronunciando con énfasis cada sílaba—. Estamos hablando de Hugo Chávez, el presidente de Venezuela. Estábamos pensando en escribir un artículo sobre él después del fiasco de las elecciones parlamentarias del mes pasado y antes de las presidenciales.

—Ah. —¿Un fiasco? Hugo no conocía el significado de esa palabra.

Socorro, tierra, trágame y llévame a un lugar más seguro.

Algún transmisor defectuoso del cerebro me dijo que era buena idea fingir que nadie me había oído a pesar de tener la cara incandescente de vergüenza, y conseguí cubrirme de gloria del todo.

—Ah, sí, claro. Las elecciones fueron un fiasco. Un fiasco absoluto. ¿No ha pasado lo mismo hace poco en algún otro país? ¿En Bolivia o Nicaragua, o Estados Unidos, o Escocia, o algún sitio así? Todas esas elecciones son así. Ja, ja. Bueno. Genial. Chávez. Hugo Chávez. Elecciones. Venezuela. Estupendo. Bien, disculpadme, pero tengo que ir al servicio.

Seguí emitiendo la misma risa nerviosa mientras atravesaba la redacción marcha atrás en dirección a la puerta. Tracy, que sabe lo que ocurre en todos y cada uno de los rincones del planeta, se quedó mirando como si no supiera si reír o llorar.

Salí disparada hacia el servicio y me encerré en una de las cabinas. «Joder, qué puta mala suerte, pero ¿qué me está ocurriendo?» Encima de todo lo que me estaba pasando, encima, iba a tener que buscarme otro trabajo. No iba a poder mirar a esa gente a la cara nunca más. Tendría que comenzar desde cero. En otro lugar. Un lugar donde nadie me conociera, ni a mí ni mi ineptitud para distinguir a Chávez del puñetero Travis. Pero antes, tendría que asistir a la junta de redacción que había intentado perderme y fingir que no era una idiota redomada.

Me desplomé en una silla al fondo de la sala e intenté esconderme detrás del responsable de política y el de investigaciones. Kamal, que era un buen amigo aparte de mi jefe, se hallaba al extremo de una larga mesa, y Lucy, su ayudante y otra buena amiga, estaba sentada a su izquierda. Sobre la mesa estaban esparcidos todos los dominicales, y el mero hecho de verlos me provocó una repentina crisis nerviosa. Cuando acabaron de comentarlos entre todos (a excepción de mí, que no abrí el pico), la conversación se centró en la semana siguiente. Alguien tenía una entrevista exclusiva con el Primer Ministro; el responsable de investigación había descubierto que unos oficiales británicos habían autorizado la exportación a Irán de una partida de material radiactivo que, según los expertos, podía usarse en el programa de armamento nuclear. Hicieron una ronda, y todo el mundo aportó sus fantásticas ideas.

—Lorna, ¿tienes en mente algo interesante para esta semana? —preguntó Kamal.

Mierda. Yo había abrigado la esperanza de que, al evitar todo contacto ocular con él, se hubiera olvidado de mí. No tenía nada. Me estrujé el cerebro, histérica, en busca de cualquier atisbo de inspiración. Silencio. Kamal me miró expectante.

No quisiera dar la imagen de que trabajo con un atajo de tiranos aterradores. Nada más lejos de la realidad. Muchos de ellos, además de colegas de trabajo, son buenos amigos. El terror, el miedo y el complejo de inferioridad residían únicamente en mi interior. Desde el primer día en que empecé a trabajar con ellos, me habían ofrecido apoyo, ayuda y mucho ánimo.

—Eh, bueno... Últimamente he tenido muchas cosas en la cabeza, pero, eh..., la nueva ley del tabaco va a destruir el medio ambiente, por lo visto —me aventuré a decir con cautela. Kamal me miró con expresión socarrona. Yo le expliqué que todos los sistemas de calefacción exteriores originarían un aumento considerable de los gases invernadero—. Podríamos titularlo algo así como «El planeta envuelto en humo». —Por unos instantes reinó un incómodo silencio. Kamal no llegó a decir «Eso es una soberana estupidez», pero por la expresión de su cara supe que los tiros iban por ahí.

—Humm. ¿Alguna otra cosa? —preguntó.

Con un repentino subidón de sangre a la cabeza, dije:

—Ya que lo mencionas, tal vez sí. Verás, es por una amiga mía, una chica soltera, de treinta y tantos, que aparentemente lo tiene todo: un trabajo fabuloso, buenos amigos, salud inmejorable... En principio nada le va mal, pero, por otra parte, tampoco puede decirse que las cosas le vayan bien. Durante mucho tiempo, ha ido por la vida sonriendo y fingiendo que no sucedía nada. Se hace pasar por una persona segura y feliz, pero la fachada ha empezado a desmoronarse. El caso es que, a pesar de su total escepticismo, ha decidido someterse a terapia. Pero no una vez a la semana, ni durante ocho o diez semanas, eso es cosa de niños. No hay remedios rápidos para la condición humana, ¿sabéis? Son muchas las cosas que pasan en nuestro inconsciente de las que ni siquiera nos damos cuenta y que nos conducen por caminos insospechados. Ella se ha metido a fondo en el asunto y va a hacerlo en serio: tres veces a la semana en el diván. Y resulta que tiene una psicóloga tremendamente seria, aterradora, que es como un cruce entre demonio y monje trapense. Así que, después del año que le espera, o el asunto acaba con ella o ella acaba con el asunto y se cura.

Silencio. Todos los presentes intercambiaron miradas y luego se volvieron hacia mí.

—No soy yo, si eso es lo que estáis pensando —dije soltando una risotada de indiferencia. Acto seguido compuse una expresión contrita como diciendo «Joder, ¿es tan obvio?».

Kamal sonrió. Él había sido uno de los muchos colegas del *Observer* que se habían transformado en mi paño de lágrimas durante las semanas y los meses anteriores, y quien me había insinuado con tacto y delicadeza que tal vez me vendría bien hablar con alguien.

—El caso es que... —proseguí— esta amiga mía, bueno, puede que se preste a escribir un artículo sobre el tema. Pero tendríamos que cambiarle el nombre, porque no querrá que la gente sepa que está yendo al psicólogo. No es que se avergüence, ni mucho menos, ¿por qué iba a avergonzarse? Pero ya sabéis cómo es la gente, que enseguida juzga a los demás. Ella no creo que quiera que la gente se lleve una idea equivocada y crea que está mal de la cabeza, porque a ella no le pasa absolutamente nada. —Esa frase no sonó nada convincente—. Bueno, a lo mejor sí le pasa algo —me apresuré a añadir—. Pero no es nada serio. Tiene algunos asuntos que resolver, pero son asuntillos sin importancia.

—¿Y quién no? —apuntó Kamal—. Pero hay que ser muy fuerte para admitirlo, y más aún para afrontarlo y ponerle remedio.

Después de la reunión, mantuve una larga charla con él sobre el artículo. Él me dijo que cuestiones como las relaciones, la salud mental y los sentimientos tenían una importancia extraordinaria y que, sin embargo, a mucha gente le costaba hablar de ellas. También me dijo que consideraría un acto de valentía el hecho de que escribiera sobre ello, pero me animó a pensar antes sobre los posibles riesgos de desnudarme sobre el papel.

Yo seguí su consejo y, unos días más tarde, lo llamé para comunicarle que había decidido escribir sobre mi experiencia en la terapia y que firmaría con mi propio nombre y no con pseudónimo.

—Puede que a otras personas les sirva de ayuda y que esto contribuya a destruir el estigma —le comenté. En ese momento, yo sinceramente creía que ésas eran mis únicas motivaciones para compartir un secreto tan íntimo con un público potencial formado por los más de un millón de lectores del *Observer*.

La noche siguiente me encontraba en uno de mis locales favoritos, el Chinaski's, un bar *fashion* de Charing Cross, a escasos minutos de mi piso, con mis amigas Rachel —treinta y dos años, trabaja en la tele, es alta, con curvas, morena y con el pelo largo y rizado; una amiga maravillosa; antes trabajábamos juntas y nos conocíamos desde hacía ocho años—, Emily —treinta años, una abogada brillante, tipo Jennifer Aniston, pero más atractiva; la conocí en un curso de postgrado de periodismo que acabó dejando para dedicarse a la abogacía— y Katy —treinta y seis años, psicoterapeuta, piernas impresionantes, melena castaña hasta los hombros y flequillo a la moda. Aunque había sido la mejor amiga de mi hermana desde que éramos adolescentes, en el último año se había producido un acercamiento entre nosotras porque ambas éramos solteras treintañeras—, y decidí contarles a todas —hasta ese momento sólo lo sabía Katy— que había comenzado una terapia.

—¿Una terapia? —gritó Rachel—. ¿Estás de coña? Pero si siempre has dicho que eso era un verdadero timo.

—Ya lo sé —dije asintiendo con la cabeza—. Y creo que todavía lo pienso.

—Ya sabes lo que dicen —apuntó Emily mientras despachaba los restos del vino—. Que todo el que va a ver a un psicólogo debería hacerse mirar la cabeza. ¡Ja, ja, ja!

Yo estaba a punto de embarcarme en una elaborada justificación de por qué me sometía a la terapia y probablemente añadir, como quien no quiere la cosa, la máxima del famoso psiquiatra escocés R. D. Laing de que, si bien todos tendemos a creer que sabemos quiénes somos, muchos somos en realidad extraños para nuestro verdadero yo, u otro de mis clásicos, éste de Sócrates, de que uno tiene que conocerse primero para luego poder transformarse, pero no me dio tiempo. Katy, eufórica, no perdió la oportunidad de improvisar uno de sus sermones.

—A mí me parece fantástico. No hay una sola persona en esta

mesa, es más, seguramente no hay nadie en este bar, a quien no le beneficie un poco de terapia. Míranos. —Ella se incluyó por cortesía, pero en realidad quería decir «Miraos», en segunda persona—. Somos mujeres inteligentes, de éxito, independientes, pero en lo que atañe a las relaciones, somos un puto desastre. Siempre culpamos a los hombres por sus deficiencias emocionales, su fobia al compromiso o su falta de madurez, pero, basta ya de engañarse, nosotras somos iguales. —Hubo quejas de discrepancia, entre ellas las mías, pero Katy elevó la voz hasta un volumen bochornoso y prosiguió—: Por desgracia —gritó—, la mayor parte de la gente se comporta como una criatura en las relaciones. Manipulan, coaccionan, y no se comunican con sinceridad y transparencia. Buscan una figura maternal o paternal. Reproducen los patrones insanos. Son pasivos-agresivos. Mantienen relaciones con personas a las que en realidad no aman porque son tan narcisistas que creen que la vida del otro carecería de sentido sin ellos. O mantienen relaciones con personas a las que no aman porque no soportan la idea de la soledad, o de que otros no lo quieran o se enfaden con él. La terapia psicoanalítica te libera de todo eso y te enseña a construir relaciones sanas, adultas e igualitarias.

De pronto, olvidando la extraña e incómoda experiencia de la mañana anterior con la Doctora J y la pasajera tentación de no regresar, se me dibujó una sonrisa de oreja a oreja y me sentí ilusionada. Curarse iba a ser fantástico. Sin embargo, mi burbuja particular de felicidad duró un brevísimo instante, ya que Rachel la hizo estallar cuando por fin consiguió meter baza.

—Si tan maravillosas son las terapias, ¿se puede saber cómo es que tú no has encontrado todavía a un Don Perfecto con el que casarte y liarte a tener un montón de preciosos churumbeles?

«Buena pregunta —me dije—. Sí señora, muy buena pregunta.»

Katy sacudió la cabeza con gesto de resignación y miró al techo.

—Existen otras maneras de tener una vida plena y feliz —replicó con desenfado.

—¿No me digas? —pregunté perpleja. Yo quería saber cuáles eran. Eché un vistazo alrededor de la mesa y me consoló comprobar que Rachel y Emily estaban tan asombradas como yo.

De modo que pedimos otra botella de vino y nos pusimos a hablar de algo más interesante: las deficiencias emocionales y la fobia al compromiso de los hombres presentes en nuestras vidas, o al menos en la periferia de nuestras vidas.

A pesar de mi recelo, volví a la consulta de la Doctora J a por más de lo mismo. Las primeras sesiones se desarrollaron de la misma manera. Todas las normas habituales de la sociedad civilizada se quedaban fuera de la consulta. No «charlábamos». Ella no me sondeaba con preguntas. Tampoco me daba consejos ni recomendaciones. Yo me sentaba, sonreía, esperaba a que ella dijera algo («Háblame de cómo te ha ido el día, de tu madre, de tu padre, de tus fantasías sexuales, de tu vida sentimental, de tus sueños, de tu primer recuerdo»), lo que fuera, pero nunca lo hizo. Así que yo le soltaba un rollo, y otro, y otro, sobre lo primero que me venía a la cabeza, hasta que me decía que la sesión había terminado.

Si la persona estándar habla a una media de ciento ochenta palabras por minuto, yo calculo que durante esas primeras sesiones logré situarme entre las doscientas cincuenta de un subastador exaltado y la media de trescientas cincuenta de un diputado debatiendo con entusiasmo una propuesta de ley gubernamental. Las palabras me salían a ráfagas, como una ametralladora. Contando las pausas para llorar y los silencios ocasionales, debía de soltar unas catorce mil palabras (una novela corta) en cada una de esas sesiones de cincuenta minutos. La Doctora J, por su parte, hablaba a un ritmo de menos de una palabra por minuto. «Ya puedes pasar... Hemos terminado por hoy.» De vez en cuando, si tenía el día parlanchín, hacía hincapié en una determinada palabra, que normalmente parecía del todo irrelevante, y me dirigía por la dirección más insospechada. Era todo muy pero que muy raro.

Una mañana, mientras al otro lado de la ventana caía la nieve en un alegre caos, yo me puse a hablarle de mi fugaz paso previo por una terapia. Había sido un tratamiento cognitivo-conductual (TCC), el más practicado y popular de todos los modelos aplicados en el mundo occidental. Esa clase de intervención es de corta duración y mucho más estructurada que el tratamiento de la Doctora J. En la TCC, el terapeuta desempeña más el papel de amigo u «orientador personal» y no tiene el menor interés en lo que sucede en tu inconsciente, sino que simplemente pretende que cambies tu manera de pensar, de sentir y de comportarte enseñándote a cuestionar los pensamientos automáticos negativos. Yo había asistido a cinco sesiones dos años antes, cuando no padecía nada especialmente interesante ni grave; exactamente los mismos miedos y ansiedades, aunque menos acusados, que me atormentaban ahora.

Por entonces, hacía poco que trabajaba para el *Observer* y, a pesar de que viajaba a Londres una vez a la semana, el resto del tiempo trabajaba desde casa y estaba resultándome muy difícil adaptarme al paso del ajetreo y el bullicio de una sala de redacción en la ciudad al aislamiento casi absoluto. Recuerdo que leí que el primer año de maternidad es el más solitario en la vida de una mujer, ya que se ve apartada de los colegas de trabajo y los amigos y apenas disfruta de la compañía de otros adultos, y yo me sentía un poco así. Obviamente, no me pasaba las noches en vela ni sufría los infernales desarreglos hormonales de una madre, pero hasta entonces no había sido consciente de hasta qué punto somos animales sociales y había subestimado la importancia de mis compañeros de trabajo. Como la mayoría de los seres humanos, yo estaba acostumbrada a pasar, desde los cinco años, casi todos los días rodeada de gente con la que poder hablar, primero en la escuela, luego en la universidad, y después en los diferentes puestos de trabajo. Por primera vez en mi vida, afrontaba los días sin colegas y con las cuatro paredes de mi casa como única compañía.

Sin embargo, después de cinco sesiones de TCC, lo dejé.

—Es una solemne estupidez —le dije a la inexpresiva Doctora J—, un método superficial y simplista. Tienes un pensamiento negativo, lo rechazas y lo sustituyes por uno positivo. Sonríe y serás feliz. Realiza una buena acción. Elabora una lista de las cosas que te han ido bien hoy. No es más que un parche. Se trata de disimular los agujeros. Las pérdidas se interpretan como ganancias; los reveses, como oportunidades. Por un tiempo consigues sentirte bien, hasta que te das cuenta de que el poder del pensamiento positivo no es tan maravilloso como lo pintan. Pensar en positivo todo el tiempo resulta engañoso. De hecho, acabas llegando a la conclusión de que la psicología positiva es una mierda pinchada en un palo.

—A algunas personas les funciona —respondió ella, para irritación mía. En mis oídos, sus palabras sonaron tan frías como si acabaran de entrar, por la ventana que había a su espalda, directamente de la calle.

A diferencia de la TCC, la psicoterapia psicoanalítica, a la que yo me estaba sometiendo ahora y que había comenzado un siglo atrás con los descubrimientos de Freud, parte de la base de que las motivaciones inconscientes determinan nuestro funcionamiento. Entre ellas figuran los impulsos, las ideas, los deseos y los miedos, que actúan de forma oculta e inconsciente y que, sin embargo, ejercen una gran influencia sobre nuestra actitud y comportamiento. Esta clase de terapia es, según algunos datos que había encontrado en Internet, el más ambicioso y complejo de todos los métodos de «cura mediante la palabra», y su objetivo consiste en ayudar a las personas a entender y resolver sus problemas aumentando la consciencia de esas motivaciones subterráneas y de cómo afectan a sus relaciones, tanto del pasado como del presente. En algunos aspectos, es el extremo opuesto de la psicología positiva: en lugar de desentenderse de los sentimientos negativos o incómodos, o intentar transformarlos de inmediato en algo positivo, el propósito es entrar en contacto con emociones difíciles o incómodas que se hallan soterradas en lo más recóndito y generar mecanismos para manejarlas. Frente a otras terapias, la psicoanalítica se distingue por su propósito de crear cambios profundos y favorecer el desarrollo emocional. En definitiva, se trata de averiguar por qué sentimos lo que sentimos, tememos lo que tememos, pensamos lo que pensamos y hacemos lo que hacemos. Todos los estudios hacían hincapié en que «la relación con el terapeuta resulta crucial». Pero por lo visto yo tenía un ligero problemilla para entablar una relación mínimamente normal con la Doctora J.

Después de relatarle mi breve experiencia previa con la psicoterapia, le conté que hacía unos años había entrevistado en Nueva York al «abuelo» de la TCC.

—Me vino a decir, no se lo pierda, que yo era una miserable demente del amor —dije en mi empeño por arrancarle una sonrisa a la

Doctora J—. Pero después añadió que todos los seres humanos están mal de la cabeza, que todos, sin excepción, estamos chiflados. ¡Y eran palabras de un prestigioso psicoterapeuta!

Ella no me pidió más datos, se limitó a observarme como si fuera una especie de singular fuente de distracción, pero yo seguí a lo mío.

Albert Ellis, que tenía noventa y un años cuando lo conocí y que había fallecido recientemente a la edad de noventa y tres años, era considerado una eminencia mundial de la psicoterapia y había sido calificado por la American Psychological Association como el terapeuta más influyente del siglo XX (después de Carl Rogers y por delante de Freud).

Después de entrevistarlo, asistí a uno de sus infames talleres de los viernes por la noche. A través de la llamada terapia en vivo, Ellis llevaba treinta años aplicando su método único a dos voluntarios delante de una audiencia formada por más de un centenar de personas. Él constituía la excepción a la regla de que los terapeutas de la TCC se caracterizan por su amabilidad y calidez, aunque hay que reconocer que lo compensaba con su carisma y su sentido del espectáculo. Yo decidí que era una de esas oportunidades que sólo se presentan una vez en la vida, y como me encontraba a miles de kilómetros de mi casa, me ofrecí voluntaria y subí al escenario. Así que le conté a la Doctora J cómo había sido la «sesión», que él me entregó después grabada, y que discurrió como sigue:

> YO: (gritando por un micrófono porque Ellis era un poco duro de oído): Creo que tengo un poco de miedo al rechazo.
>
> ELLIS: Ponnos un ejemplo.
>
> YO: Pues, por ejemplo, nunca le pediría a un hombre que saliera conmigo por miedo a que me dijera que no. O jamás le contaría a un hombre que me gusta por miedo a que no me correspondiera.
>
> ELLIS: ¿Cómo te sentirías si un hombre te rechazara?
>
> YO: Bueno, pues me sentiría estúpida, me sentiría fatal. Humillada, pensaría que no soy suficiente para él, rechazada, en definitiva. Avergonzada.
>
> ELLIS: ¿Sabes lo que pasa? Que eres otra miserable demen-

te del amor. En esta ciudad salen hasta de debajo de las piedras, y seguro que en la tuya también. Eres una chiflada con una necesidad desmedida del amor y la aprobación de los demás. ¿Por qué habría de querer y aprobar todo el mundo a Lorna, eh? Lo que pides es una exigencia casi divina. Tú no eres distinta a cualquier otro ser humano: estás igual de jodida. Por supuesto que habrá hombres que te rechacen. La manera de superar esa fobia es acostumbrándote a ella. Si alguien no quiere estar contigo no significa que seas una indeseable o una apestada. Cuando alguien te rechaza, tienes dos opciones: ponerte triste y decir «vaya, qué lástima», o llorar y berrear hasta que no puedas más, como obviamente sueles hacer, y decir «es terrible, no valgo nada, no puedo soportarlo, soy una apestada, nada me sale bien, oh, nadie me quiere». Nadie quiere a la pobrecita Lorna. ¡Buaaa, buaaa...!

YO: (muda por el estupor).

ELLIS: No te preocupes, creo que podré devolverte un poco de cordura, pero vas a tener que dejarte la piel.

YO: (todavía muda, todavía estupefacta).

ELLIS: En primer lugar, vamos a tener que insensibilizarte al rechazo. Cuando regreses a tu casa en Glasgow, entra en un bar y elige a unos cuantos hombres que sepas casi con total seguridad que te van a rechazar. Proponles una cita y deja que te rechacen. Luego escoge a otros diez y consigue que te rechacen otras diez veces. Repítelo una y otra vez hasta que empieces a ver que el rechazo no es agradable, pero tampoco es un drama.

YO: Humm.

ELLIS: Creo que también te vendría bien probar a hacer algunos de mis ejercicios para combatir la vergüenza.

YO: ¿Eh?

ELLIS: Sube a un autobús o al metro y anuncia las paradas a voz en grito. Compórtate como si fuera la actitud más normal del mundo. ¿Cuáles son las paradas que hay en tu línea de metro?

YO: Eh..., Hillhead, Partick, Buchanan Street.

ELLIS: Muy bien, pues sube al metro y exclama a grito pelado: HILLHEAD. Entonces todo el mundo se volverá a mirarte porque pensarán que estás loca, pero a ti, en lugar de parecerte vergonzoso, te resultará divertido. O entra en una tienda y proclama la hora a gritos: ¡Son las diez y treinta y tres y todo va bien! Estos ejercicios pueden servirte, como han servido a muchos de mis clientes, para comprobar que nadie puede hacerte sentir vergüenza, ridículo, humillación, enfado o ansiedad. Nadie puede provocar en ti casi ningún sentimiento a menos que te den con un bate de béisbol en la cabeza. Eres tú quien controla tu estado de ánimo y quien tiene la clave para decidir cómo quieres sentirte.

YO: ¡Vale!

ELLIS: Una última cosa, no te preocupes más de la cuenta porque no estás sola. Prácticamente todos los seres humanos tienen una fuerte tendencia, innata y aprendida, a comportarse como bebés toda la vida.

—Era un viejo loco —le dije a la Doctora J, que había permanecido impasible y en silencio a lo largo de todo el relato—. Lo más curioso —proseguí— es que cuando regresé a Glasgow seguí sus consejos al pie de la letra para intentar conseguir lo que él me había dicho: insensibilizarme al rechazo. Pero no logré reunir valor para pedirle una cita a ningún hombre, y a diez ya no digamos. No sólo me preocupaba el hecho de que me rechazaran una y otra vez, sino que además temía que alguno pudiera decirme que sí. Me daba miedo quedar para tomar una cerveza con un tipo que supuestamente tenía que rechazarme y acabar atrapada para los restos con alguien que en realidad no era el amor de mi vida. ¿Qué me estaba pasando?

Haciendo caso omiso no sólo de mi pregunta, sino de todo lo que había dicho en el último cuarto de hora, me miró con cara de póquer y me preguntó:

—¿Cómo se siente ahora mismo?

Yo intenté no fruncir las cejas, a pesar de que la pregunta era hasta cierto punto extraña e improcedente.

—Bien, me siento muy bien, gracias —respondí automáticamente.

Se hizo el silencio.

—¿Qué siente respecto a nuestra relación? —preguntó al cabo de unos instantes.

Yo paseé la mirada por la consulta, noté que me llevaba el pulgar a la boca (no para chuparme el dedo, no estoy tan crujida, para morderme la uña). No tengo ni la más remota idea de por qué su pregunta me hizo sentir tan incómoda, pero el hecho es que fue así.

—Bien —repetí, encogiendo los hombros y esforzándome por no parecer asustada.

—¿Está segura? ¿Algún otro sentimiento? ¿Hostilidad, quizás? ¿Rabia? ¿Frustración?

—No —respondí negando con la cabeza. A mí me habían enseñado a comportarme con educación. Yo no pensaba decirle que ella estaba como una cabra y que aquella situación me incomodaba de mala manera—. En serio, me siento muy bien. Eso de hablar, todo esto de la terapia, es fantástico. Es un alivio quitarse tanto peso de encima. Sí, es estupendo. Me está ayudando mucho.

—Humm —murmuró, apoyando la barbilla sobre el pulgar de su mano izquierda—. ¿No está dándole un falso barniz optimista a sus verdaderos sentimientos?

—No —respondí, sintiéndome cada vez más como un delincuente sometido a interrogatorio.

Me dio la impresión de que no me creía, pero yo hablaba completamente en serio. Aunque me parecía que sus habilidades sociales dejaban mucho que desear, los últimos días me había sentido mucho mejor. A pesar de su imperturbable rostro, de los silencios, y de lo raro que era todo aquello en general, era fantástico hablar de mí, mi yo y mis circunstancias de manera ininterrumpida y sin que nadie me llevara la contraria durante casi tres horas a la semana. Durante las tres primeras semanas salía de las sesiones con una mezcla de confusión, euforia vertiginosa y alivio. Me resultaba extrañamente fascinante desahogarme de todos mis males y que alguien me dedicara toda su atención exclusivamente a mí. Al principio, era como una suerte de confesión para no creyentes, pero sin ni siquiera la penitencia de rezar unos cuantos Ave Marías, ni la tranquilizadora recompensa de garantizarse, en caso de que a uno le interese, un puesto en el cielo.

De hecho, me había sentido tan bien que estaba empezando a

creer que me había curado. Siempre he aprendido rápido, pensé piropeándome. A lo mejor son los demás los que necesitan meses o años de tratamiento. A lo mejor a mí me basta con unas cuantas semanas para sacarlo todo.

Empecé a plantearme que tal vez había llegado la hora de despedirme de la Doctora J y pulirme el resto del dinero del préstamo en unas vacaciones de lujo y una renovación de mi fondo de armario. Lo pensé hasta que, en el trabajo, me enviaron de viaje a Koh Samui, en Tailandia, y cometí una absurda estupidez que me hizo ver que aquello no era más que la punta del iceberg.

Febrero

¿Es bueno hablar?

A las diez de la mañana hora local, cuatro vuelos y dos días después de salir de Glasgow, llegué al aeropuerto de la isla de Koh Samui. Llevaba puestos unos vaqueros, mi jersey negro favorito de cuello alto, una chaqueta de punto hecha a mano, un abrigo con forro de borreguillo, guantes térmicos y botas de piel. Cuando salí de casa estaba nevando, pero no tardé en descubrir que, en Tailandia, el verano duraba casi todo el año, y las veinticuatro horas del día. Para cuando recogí mi maleta de ruedas —que daba un poco la nota, ya que uno de cada dos bultos era una mochila— parecía una conductora de *rickshaw* (esos carritos de pasajeros tirados por un hombre) después de un largo turno de trabajo. Aunque cuando tengo el pelo empapado de sudor y aplastado contra la cabeza no es mi mejor momento, el calor era sólo uno de mis problemas. Lo que verdaderamente me estaba martirizando era el hecho de no tener alojamiento.

Cuando mi jefe, Kamal, me había preguntado dos días y medio antes si quería viajar de inmediato a la isla tailandesa para escribir un artículo sobre el mito del paraíso tras el asesinato de un joven mochilero y varias supuestas violaciones, yo respondí que sí antes de que acabara la frase. Yo rara vez le digo que no a alguien, y mucho menos a mi jefe. Además, siempre he considerado los viajes al extranjero como oportunidades de oro que había que aprovechar antes de que se los propusieran a otro.

Pero, en mi fuero interno, yo sabía que, mientras le daba las gracias una y otra vez a Kamal por haberme proporcionado esa fantástica oportunidad, me estaba agarrando a la posibilidad de poner nueve mil kilómetros entre la historia de Christian y yo. Para mi vergüenza, yo todavía jugaba el papel (emocional, no físicamente) de la otra, o una de las otras, al menos. Incluso lo había llamado el día antes de irme, en un arrebato de ansiedad, después de oír que, a pesar de que él juraba y perjuraba que no, seguía viendo a Charlotte.

—Éste es el cuento de nunca acabar —le solté sin darle tiempo ni a decir hola—. ¿Por qué eres tan débil? ¿Por qué los hombres sois tan débiles? ¿Por qué no eres capaz de decirle que no? —Intenté recuperar el aplomo citando una frase magnífica de la comedia de enredo *Mujeres*, de George Cukor, que decía que un hombre sólo puede escapar de sí mismo viendo a un hombre diferente en el espejo de los ojos de una mujer. Pero me hice un lío, lo dije al revés y Christian estalló en carcajadas.

—¿De qué estás hablando? Ya te he dicho mil veces que entre ella y yo no hay nada. Sólo somos amigos, quedamos para salir, tomamos café, vamos a comer y discutimos sobre los casos.

—Eso es lo que me da miedo.

—¡Ja, ja! Lorna, en serio, te estás imaginando cosas. Si quisiera, podría tenerla, me lo ha puesto en bandeja, y precisamente por eso no me interesa. Tú sabes mejor que nadie que prefiero los retos difíciles, alguien que intente resistirse por todos los medios y que al final se derrita. Así que haz el favor de calmarte de una puta vez.

Yo me disculpé entre lágrimas por comportarme como su peor pesadilla. No estaba a la altura de los persuasivos razonamientos de un abogado de prestigio, y menos de uno del que encima estaba perdidamente enamorada.

Sacudí la cabeza para ahuyentar el recuerdo de esa desagradable conversación, cogí mi portátil, mi móvil, mi cuaderno y un par de mudas. «Vaya por otro sello en mi pasaporte», pensé. Cuando le conté emocionada a mi hermana Louise lo de mi viaje, ella se echó a reír y dijo que yo sería capaz de cualquier cosa con tal de no viajar por mi propia mente. Yo la perdoné, porque me parecía natural que la envidia la corroyera por dentro. Al fin y al cabo, ella no estaba trabajando, se pasaba el día encerrada en casa con su hijo de veinte meses, Lewis (el rey Lewis para la familia), que era una auténtica monada pero que, como conversador, tenía sus limitaciones. Lewis, para regocijo de todos mis familiares, me llama «oh-oh», una ternura por su parte que no me molestaría en absoluto de no ser porque es capaz de pronunciar versiones mucho menos ambiguas de todos los demás nombres: mamá, papá, abu, aba, e incluso Kiti. Y a eso hay que añadir, por supuesto, el hecho de que «oh-oh» es el término internacionalmente conocido para «tenemos un problema». He invertido infinidad de horas en intentar enseñar a Lewis a levantar la lengua para pronunciar la letra «L» y ver si así consigue reproducir el sonido ligeramente exótico de «Lo-lo», o Lola, o incluso La-la, que tiene unas connotaciones mucho menos turbadoras. Pero no hay manera. Es superior a sus fuerzas. Frunce levemente la frente con desconcierto y, mientras me señala con uno de sus dedos regordetes, se le dibuja una sonrisa y repite, tan campante: «Oh-oh.»

Haciendo honor a mi apelativo, en esos instantes estaba allí, echando humo aunque intentando por todos los medios mantener la sangre fría, en la diminuta terminal del aeropuerto, preguntándome qué hacer. Se suponía que debía haberle pedido a la secretaria de la redacción que me reservara alojamiento, pero no lo había hecho pensando que ya buscaría un sitio al llegar. «Todo saldrá bien», me dije. No era la primera vez que me presentaba en un destino remoto con lo puesto y nunca había tenido problemas para encontrar alojamiento. Además, eso encaja con la imagen que a mí me gustaba dar de mí misma, la imagen de una periodista aventurera, valiente e intrépida en busca de la verdad y la justicia, o al menos de un buen artículo.

Pero hasta yo misma estaba empezando a pensar que me había equivocado al no planificar el viaje con antelación. Una horda de taxistas se arremolinaron a mi alrededor, todos con la famosa sonrisa tai, que hay que reconocer que resulta un poco desconcertante. Yo estudié sus rostros y, basándome en poco más que en su pequeña coleta y el gorro, dirigí una inclinación de cabeza —como la reina de la fiesta que escoge pareja para el baile— a un chico joven que dijo llamarse Burut. Cuando cogió mi maleta, advertí en sus ojos esa mirada perdida y legañosa de los adictos a la metadona, pero ya era demasiado tarde y la situación lo suficientemente complicada como para cambiar de opinión. En cuanto cerramos las puertas de su destartalado taxi, sin embargo, desenrolló tranquilamente una bolsa transparente llena de hojas verdes, sacó una y empezó a masticarla. Luego levantó una ceja y me pasó la bolsa. Yo negué con la cabeza y tragué saliva. Después averigüé que las hojas eran lo que llaman en tailandés *ton lamphong*, una planta altamente tóxica que gran parte de la población tailandesa masticaba a todas horas. Aunque es legal, si no estás acostumbrado provoca unas tremendas alucinaciones que te dejan zombi, según leí en mi guía de la Lonely Planet. Tomándome por una borrachina, Burut me ofreció una lata de cerveza Singha tibia que decidí aceptar para contrarrestar la ofensa de haber rechazado las drogas. Acto seguido él se abrió otra para sí.

—Muy bien, ¿dónde ir? —preguntó él chapurreando mi lengua.

Yo le mostré los cuatro hoteles que había señalado en mi anticuada guía y le pregunté cuál de ellos me recomendaba.

—Lleno, lleno, lleno, lleno —contestó entre carcajadas señalando uno por uno los hoteles. Era temporada alta, me explicó, y agregó que la isla estaba tan llena que algunos «stragüero» (extranjeros) habían acabado durmiendo en templos sagrados.

Para no sufrir un ataque de nervios, pensé que probablemente Burut estaba tomándome el pelo. Los tailandeses son famosos por su malicioso sentido del humor. Yo sonreí con picardía. Seguro que trabajaba a comisión para el dueño de algún otro hotel.

—¿Puedes recomendarme algún sitio? —le pregunté sonriente.

Él negó con la cabeza y se encogió de hombros.

—¿Una cabaña de playa? —dijo al fin.

De no ser porque en las cabañas de playa y sus alrededores era precisamente donde se habían producido los recientes ataques, yo habría dormido allí encantada. Tomando mi aterrorizado silencio como respuesta, Burut se dedicó durante las dos horas siguientes a llevarme por la isla conduciendo con pericia, aunque a volantazo limpio, por las estrechas carreteras sembradas de baches. No sé cómo, pero en varias ocasiones logró evitar que chocáramos de frente con *jeeps* que viajaban en plena noche sin luces, flotillas de motocicletas y numerosos *tuk-tuks* que se abrían paso a base de furiosos bocinazos. Yo fui suplicando a los gerentes de los hoteles que me procuraran un techo donde dormir para esa noche. Me habría conformado con un trastero, o un pesebre. Pero comprendí que Burut no me había tomado el pelo: no quedaba ni una sola habitación en toda la ciudad. Enterré la cabeza entre las manos, todavía en el asiento del taxi, exclamando una y otra vez:

—¿Qué voy a hacer? ¿Qué coño voy a hacer? Esto es una pesadilla. Esto es una puta pesadilla. —Y de pronto, sin venir a cuento, me vino a la mente la imagen de la Doctora J levantando una ceja con sarcasmo.

A esas alturas era ya la una de la madrugada, las seis en el Reino Unido. Podría haber llamado a mi madre, a mi jefe o a Louise, o a Katy, a Emily o a Rachel para pedirles que entraran en Internet y me echaran una mano, pero me daba vergüenza destapar ante cualquiera de ellos mi estupidez supina. El menor asomo de paternalismo prepotente en la voz de cualquiera de ellos habría podido conmigo.

De modo que cuando al final Burut sugirió «¿Quiere quedar en mi casa?», en ese momento no me pareció una insensatez tan grande aceptar la invitación. En mi defensa, debo alegar que él me había asegurado que tenía una novia inglesa. Yo le pregunté si podía hablar con ella, pero, tras consultar el reloj, me dijo que era imposible. Era demasiado tarde, dijo. A esas horas ya estaría durmiendo y él no quería despertarla. Además, añadió en el último momento, habían discutido y estaban enfadados. Al menos creo que eso fue lo que dijo.

La otra alternativa que me quedaba era dormir en una cabaña en la playa, pero, teniendo en cuenta los recientes sucesos, me parecía demasiado arriesgado. Además, había pasado las tres últimas horas con Burut y, aunque estaba colocado y borracho como una cuba, se había comportado como un auténtico caballero. Por otra parte, yo era una experta y competente periodista de mundo que trabajaba para el universalmente famoso semanario londinense *Observer*, por el amor de Dios. Ya me había alojado como invitada de honor en casas de nativos en Bosnia y algunos países africanos (esos viajes los hice acompañada, pero claro, ese detalle nada insignificante decidí pasarlo por alto). ¿Para qué iba a alojarme en un aséptico hotel de cinco estrellas occidentalizado teniendo la oportunidad de vivir la auténtica Koh Samui, conocerla a través de los ojos de alguien de allí, relacionarme con la población local, descubrir lo que se escondía tras esa imagen de postal? Esto es el último grito en periodismo de calle;

quizá me den un premio, pensé, dejándome llevar ligeramente por la emoción de la mera posibilidad. Al acabarme la segunda Singha, mientras estrujaba la lata, pensé qué vestido me pondría para la ceremonia de entrega, si era más apropiado llevar el pelo suelto o recogido, y lo que iba a decir en el discurso de agradecimiento.

«Pero ¿es que has perdido la cabeza, maldita cabra loca? ¿No te das cuenta de que este tipo podría ser un psicópata y tener un hacha en el maletero? ¿Y que encima nadie en el mundo sabe dónde estás ahora mismo?» Todas éstas son preguntas que debería haberme hecho en ese momento.

Sin embargo, lo que pregunté fue:

—¿Me prometes por lo que más quieras que tu novia es inglesa? —Y lo hice en tono de súplica, obviando el pequeño detalle de que, si Burut hubiera sido un maníaco asesino, no habría tenido reparos en soltar una mentirijilla sobre su situación sentimental a su próxima víctima.

Él asintió y repasó los nombres en la agenda del móvil para mostrarme que, en efecto, figuraba una Linda entre sus contactos y que había recibido un mensaje de ella. Ése era el nombre que había mencionado la primera vez, de forma que yo, sumida en mi insensata desesperación, lo tomé como una prueba convincente de que Burut era un miembro honrado y decente de la comunidad local. Lancé un hondo suspiro de alivio, me disculpé por haberlo acribillado a preguntas personales indiscretas y acepté la invitación.

Todavía debía de quedarme algún atisbo de sentido común, porque le pregunté si podía darme su número de teléfono para enviárselo a una amiga, y le mandé un mensaje a Rachel con su nombre y su número. A todos los demás, les envié mensajes ambiguos como: «Todo bien. Hablams +tarde. Bss.»

Todo pensamiento negativo sobre lo que estaba haciendo o sobre el asunto, nada trivial, por el que yo me había desplazado hasta allí, quedó automática y convenientemente relegado a los rincones más recónditos de mi mente.

Burut estuvo cantando la media hora de viaje hacia el interior de la isla por una espeluznante carreterucha que discurría entre exuberantes montañas hasta su casa. Yo me soplé otras dos cervezas, pensando que una pequeña tajada me ayudaría a soportar aquello.

Incluso me planteé la posibilidad de masticar unas hojas, viendo el estado de alegría y placidez que habían provocado en él. En un momento dado, se detuvo al fin junto a un grupo de cabañas prefabricadas plantadas en medio del bosque. Eran ya cerca de las dos de la madrugada. Después de abrir la puerta delantera, entramos en un pequeño salón con una cocina más pequeña todavía a un lado. Él comenzó a liarse un porro. Cuando me lo ofreció, lo rechacé con un movimiento de cabeza y le pregunté dónde iba a dormir. Me condujo entonces a una angosta habitación de invitados con una cama individual pequeña y poco más. Cerré la puerta, me desplomé en la cama y me quedé dormida.

A la mañana siguiente conocí a Linda. Parecía mucho mayor que Burut pero, a pesar de la sequedad inicial, no le desagradó del todo la idea de ejercer de anfitriona de una visitante inesperada. Sugirió que Burut fuera mi chófer y mi «intermediario». Ella me haría un buen precio por el paquete de servicios y la habitación, en la que me propuso pasar una segunda noche. Ahora, desde la distancia, todo parece demasiado descabellado para ser cierto, pero, en ese momento, dándomelas de una especie de híbrido entre periodista aventurera y estudiante Erasmus madurita, acepté el ofrecimiento agradecida.

Esa tarde, Burut me llevó a recorrer la isla y a conocer a gente que más tarde podría entrevistar para mi artículo. Durante el recorrido, además de ir masticando hojas, se bebió varias cervezas. Por la noche, fuimos a la ciudad de Lamai a cenar. Después me dejó un rato sola para que explorara por mi cuenta y quedó en recogerme a medianoche en un café. El tráfico era infernal y el aire resultaba irrespirable a causa del polvo y la contaminación. Los tenderetes de venta del letal whisky local y de artículos falsos de marca competían por el espacio de las aceras con perros callejeros y vendedores ambulantes de pollos y patos. En la estrecha calzada, cientos de motocicletas intentaban adelantarse unas a otras entre estridentes pitidos, mientras *jeeps* destartalados avanzaban lentamente, anunciando a bombo y platillo por los altavoces las mejores fiestas de la ciudad y combates femeninos de boxeo.

Dentro y fuera de los locales de chicas, iluminados con neones, donde se celebraban fiestas y exhibiciones de fenómenos humanos, los hombres occidentales maduros, barrigudos y medio calvos, ataviados con horteras vestimentas, se pavoneaban sin pudor del brazo de hermosas jovencitas tailandesas. «El mundo se ha vuelto loco», pensé. Hablé con varios mochileros y luego, sobre las doce, Burut y yo regresamos a su casa.

Burut, a esas alturas, estaba más colocado todavía que la noche anterior. En el camino de vuelta se distraía cada dos por tres, se volvía a mirarme y se echaba a reír. Yo le devolvía la sonrisa con gesto nervioso, sin apartar ni un instante la vista de la carretera para poder avisarle si venía una curva cerrada, o incluso en última instancia agarrar el volante. Cuando llegamos a su casa, se llevó el dedo a los labios para pedirme que no hiciera ruido y señaló hacia la habitación donde dormían Linda y él.

Yo dejé mi bolso con sigilo, me agaché para sacar la funda de las lentillas y entonces, ¡joder, joder, joder! Entonces noté algo. Era una mano, sin duda, la misma mano que unos instantes estaba liando aquellas hojas grandes y verdes, en ese momento se posó con suavidad, pero con firmeza, sobre mi trasero. Yo me quedé de piedra. AyúdameDiosmíoporloquemásquieras. ¿Qué iba a hacer? Me pregunté si podría sacar fuerzas suficientes para echar a correr a toda velocidad y salir de allí sana y salva. Pero ¿adónde iba a ir? Eché un vistazo a mi alrededor para ver si había algún objeto punzante a mano, pero no encontré nada, así que respiré hondo, me incorporé y me giré ciento ochenta grados. En lugar de abalanzarse sobre mí —supongo que estaba demasiado colocado para eso— se acercó tambaleándose como un zombi, con los brazos extendidos, la mirada perdida y la boca abierta, hasta quedarse a escasos centímetros de mi rostro desencajado por el pánico. Yo me tapé la boca y la nariz con las manos y me volví bruscamente hacia la zona de la cocina, buscando desesperadamente algo que poder utilizar como arma.

Mientras revolvía en un cajón con la esperanza de encontrar un rodillo de amasar, me volví hacia la zona del salón, esperando ver a mi agresor avanzando hacia mí con los pantalones por los tobillos. Pero gracias a las milagrosas propiedades del *ton lamphong* y la Singha, Burut se había desmoronado en el sofá, con la boca abierta de par en par. «Calma, calma, calma», me dije mientras regresaba de puntillas hacia el salón para recuperar mi bolso. ¡Mierda! Estuve a punto de pisar a un gatito. El animal soltó un estridente chillido que despertó a Burut. Éste me miró furibundo, farfulló algo incomprensible por lo bajo y se dirigió dando tumbos a su cama. Yo, por mi parte, pasé el resto de la noche sentada como un palo en una silla, congelada, y con una mezcla de alivio, vergüenza y disgusto por mi espectacular estupidez.

Por la mañana, le di a Linda un taco de dinero y le pedí que llamara a un taxi para ir a la ciudad portuaria de Na Thon. Ella quiso despertar a Burut para que me llevara, pero, poniéndole otro fajo de bahts en la mano, logré convencerla de que no era buena idea. Le dije que, después de dos noches conduciendo hasta tan tarde, merecía que lo dejáramos dormir, y ella, al final, accedió.

Una vez en Na Thon, entré en un cibercafé y, al cabo de unas cuantas horas navegando por Internet y haciendo llamadas de teléfono, conseguí una habitación: una habitación en el hotel más caro de la isla. Totalmente occidentalizado. Y totalmente aséptico. Mi actitud de reportera intrépida se había esfumado por completo. Y estaba destinada a volverse menos tangible todavía cuando, un rato después, esa misma tarde, me senté en un bar a relajarme por primera vez desde que puse un pie en el país y me robaron el móvil, mi única vía de contacto con el exterior. Por suerte, estaba esperando a un fotógrafo que venía desde Bangkok. En cuanto lo vi aparecer por la puerta, me lancé a sus brazos y le pegué un fuerte achuchón.

—Esto es horrible, las cosas no pueden ir peor —le murmuré al oído.

—Sólo es un teléfono —dijo intentando escapar a mi acaparador abrazo.

Entre los dos conseguimos, a lo largo de los tres días siguientes, encontrar testigos suficientes para redactar el artículo. Entrevisté a ejecutivos, turistas y el jefe de la policía local. Pero el sábado por la mañana, cuando habían transcurrido exactamente cinco días desde mi llegada a la isla y estaba a punto de enviar el artículo, mi ordenador se murió y perdí todo el trabajo. No tenía copia de seguridad. Llamé a Kamal llorando, con un ataque de histeria, y él reaccionó con la serenidad, el aplomo y el optimismo habituales. Pero eso no cambiaba el hecho de que había dos planas en blanco que llenar. En ese momento yo disponía de una hora y media para sacarme de la manga un artículo de tres mil palabras basándome en lo que encontrara en Internet en el ordenador del vestíbulo del hotel. Hay periodistas capaces de marcarse un texto cuidado y bien redactado con la misma facilidad con que a mí se me saltan las lágrimas, pero yo no pertenezco a esa especie. No sé cómo, pero no sólo logré acabarlo a tiempo, sino que además exhibí mis conocimientos en el uso adecuado de los tópicos lingüísticos. Sin embargo, empezaba a preguntarme si eso de generar tanta palabrería absurda era lo mío. Tenía la impresión de que en esa hora y media había envejecido una década.

Una vez que hube enviado el artículo, por fin, me fui derecha al bar del hotel y me tomé una Singha y un tequila doble. A media tarde, completamente exhausta y un poco achispada, salí tambaleándome a la terraza y me quedé dormida, vestida de arriba abajo (gracias a Dios), en una hamaca. Cuando me desperté, a última hora de la tarde, después de haber soñado que una gigantesca hoja verde me perseguía cuchillo en mano por una cocina ante el regocijo de la presente Doctora J, apenas podía abrir los párpados, que el sol me había abrasado por completo.

Al día siguiente, cuando embarqué en el avión, intenté convencerme de que mi aspecto no era tan ridículo, a pesar de la gruesa capa rosa y brillante de loción de calamina que llevaba sobre los párpados hinchados y rojos como cangrejos. Parecía que me hubiera maquillado con una vistosa sombra de ojos roja y que ésta me hubiera producido una terrible reacción alérgica. Pero no sólo regresaba más roja; también más sabia. Estaba empezando a comprender que lo que yo llamaba improvisado y aventurero no era en realidad más que insensato e irresponsable. Había aprendido a fuerza de palos que huyendo de las dificultades de mi vida no obtendría una respuesta. De hecho, cuando contemplé por la ventanilla del avión la paradisíaca isla de Koh Samui, me di cuenta de las inmensas ganas que tenía de volver a mi fría y desapacible Glasgow y, por raro que parezca, a mis sesiones con la Doctora J.

«De todas las maravillas del mundo, ¿cuál es la más maravillosa? Que ningún hombre, por muchas veces que presencie la muerte de los que le rodean, cree que él mismo vaya a morir.» Cité esa frase en la siguiente sesión con la Doctora J. Pertenece al Mahabharata, una epopeya escrita en sánscrito en la antigua India. Le conté que la había leído en la revista que hojeé en el viaje de regreso.

—Eso fue exactamente lo que ocurrió en Koh Samui. Yo estaba convencida de que a mí no podía pasarme nada malo. Pienso que las cosas horribles que leo y que relato muchas veces en mis artículos sólo le ocurren a otra gente, pero no a mí. Me comporté como una ingenua adolescente que se cree inmune a los peligros del mundo. Es..., no sé..., como si me creyera especial, y por tanto invulnerable... —me lamenté sacudiendo la cabeza.

Había acumulado tales ansias de reanudar la terapia que había olvidado, por pura conveniencia, que el recibimiento no sería cálido. Cuando le conté mi peripecia en Tailandia, no se mostró ni solidaria ni crítica con mi comportamiento. Tampoco expresó ningún alivio al ver que seguía sana y salva, ni se rio de mis párpados abrasados. La Doctora J se limitó a escucharme, sentada en su sillón, con el mismo rictus inexpresivo y desconcertante de siempre, murmurando «humm» y asintiendo de vez en cuando.

Después de narrarle todos los detalles, en muchas ocasiones tapándome la cara con las manos, le dije que todo aquello me había hecho reflexionar, por primera vez en mi vida, sobre las causas de mi actitud. En el pasado, en el supuesto de que hubiera dedicado medio minuto a pensarlo, habría llegado a la conclusión de que tenía que conseguir el artículo, que era mi trabajo, que las cosas eran así, que yo era como era, y que no había más que hablar. Sin embargo, durante el largo viaje de regreso a casa, pensé en todas las veces que había puesto mi vida en peligro sin reflexionar más de dos segundos en las posibles consecuencias.

Yo no acababa de entender cómo el tiempo relativamente corto que llevaba de terapia me había llevado a plantearme esa cuestión, pero el caso es que era así.

—No estoy intentando compararme con Martha Gellhorn, John Simpson o cualquiera de los cientos de periodistas que arriesgan su vida para informar sobre las guerras o investigar violaciones de derechos humanos en países remotos —le expliqué a la Doctora J—, pero he asumido muchos riesgos, innecesarios en muchos casos, a lo largo de mi carrera. Y por primera vez pensé, y cuando digo pensar, hablo de pensar de verdad, en el porqué. ¿Por qué demonios lo hacía? ¿Por qué me resistía a planificar las cosas? ¿Por qué no le había hecho caso a mi jefe y le había pedido a su ayudante que me reservara un hotel? ¿Por qué me quedé a dormir en casa de un taxista al que había conocido tres horas antes? ¿Por qué no era capaz de pedirle, como mínimo, al taxista que no bebiera ni tomara drogas mientras conducía? ¿Por qué, por qué, por qué? ¿Tan poco valoro mi vida? ¿O es que de verdad me creo infalible? No sé cuál de las dos cosas es peor. O cuál es más estúpida.

Si la Doctora J tenía su propia teoría o estaba intrigada por conocer la mía, se lo guardó para sí. Es más, hasta ese momento no había enseñado ninguna de sus cartas. Todavía no había compartido conmigo ninguna opinión, observación, comentario agudo, insinuación demoledora o lo que quiera que estuviera pensando de mí. Lo cual —la verdad sea dicha— era un tanto egoísta por su parte, teniendo en cuenta sus honorarios. A esas alturas, estaba pagando a alguien literalmente por escucharme. Absurdo, ya lo sé.

Así pues, no me quedaba otra opción que echar un vistazo a mi alrededor en busca de alguna pista sobre la personalidad de la Doctora J. Ella iba, como siempre, vestida de punta en blanco con uno de esos trajes prohibitivos y unos elegantes zapatos cubrían sus pies, que era capaz de mantener completamente quietos, sin alterar ni un ápice la postura. Toda ella era como una versión adaptada de *El pensador*, sentada con la mano derecha bajo el codo izquierdo y la mano izquierda ahuecada, sustentando la barbilla. La luz de la estancia, procedente de dos lámparas de techo, era tenue y cálida. En un rincón había una planta enorme, un eucalipto, creo. Como fuente de información, no era gran cosa. Luego empecé a fantasear sobre las dos fotografías enmarcadas que tenía sobre la mesa: algunas veces imaginaba que la Doctora J tenía dos hijas y que los marcos contenían retratos de ellas; otras, pensaba que a lo mejor eran de su *golden retriever* o de su marido, si tenía, o de sus padres. O quizá de Freud. O de sus pacientes favoritos.

Cuando se vio claro que la doctora no tenía la menor intención de compartir sus impresiones sobre mi escapada a Tailandia, decidí seguir contándole las mías. No las más perturbadoras, es cierto, porque ésas todavía no me sentía capaz de expresarlas en palabras.

Sin embargo, sí le hablé de que todo aquello me había hecho pensar sobre otras tonterías que había hecho en el pasado.

—En los dos trabajos que tuve antes de entrar en el *Observer*, presenté la dimisión tres veces en cada uno a pesar de no tener ofertas de otras empresas. En cuanto algo me molestaba o pasaba un mal día, decía: «Estoy harta. Esto se acabó. Me largo.» Por suerte, trabajaba para unos jefes que me dejaban retirar la dimisión cuando, una hora o un día después, volvía suplicándoles como un corderito. Al igual que en Tailandia, siempre había pensado que la causa de esa actitud era mi libertad de espíritu y mi espontaneidad, pero estoy empezando a creer que hay algo más.

La Doctora J decidió ejercitar sus cuerdas vocales.

—¿Tal vez sería mejor decir impulsividad, más que espontaneidad?

—Sí, exacto —asentí, aunque ignoraba cuál era la diferencia hasta que llegué a casa y lo busqué. (El niño que todos llevamos dentro se rige por impulsos. La persona espontánea es flexible y le gusta tomar decisiones sobre la marcha. La persona impulsiva lleva la espontaneidad al extremo. Se deja llevar por el niño que habita en su interior y no piensa en las consecuencias de sus acciones. A veces resulta ingenua, como un niño.)

—Pero ¿cuál es la alternativa? —le pregunté a la Doctora J—. ¿No asumir ningún riesgo? ¿La alternativa es no salir a explorar el mundo, no vivir la vida? ¿Quedarse en casa, sin atreverse a asomar la nariz a la calle, para que no pase nada malo?

Durante unos instantes, permaneció en silencio.

—¿Cree que ésas son las dos únicas opciones: un extremo o el otro? —dijo al fin.

No había el menor atisbo de acusación o censura en su pregunta, pero daba igual. Yo me ofendí.

—No, por supuesto que no. No creo que sólo existan dos opciones —protesté.

En ese momento decidí no contarle la conversación que había mantenido esa misma mañana con Kamal después de que él me hubiera preguntado si quería viajar a China al cabo de unos meses.

—Ni hablar —le había respondido yo—. No quiero parecer ingrata y de hecho te agradezco que me lo ofrezcas, pero después de lo de Tailandia no quiero volver a salir del país nunca más. No quiero volver a cubrir noticias en el extranjero. Me quedo en Glasgow para siempre.

Como no estaba acostumbrada a decirle que no a mi jefe, me había sentido muy bien al descubrir lo que yo creía que era mi nueva faceta de mujer firme. En ese instante, sin embargo, gracias a esa extraña mujer que se suponía que iba a conseguir que me sintiera mejor conmigo misma, el factor «sentirse mejor» desapareció. En su lugar, me di cuenta de que en realidad yo lo interpretaba todo en clave de extremos, de blanco o negro, de todo o nada. Humm.

Aunque recordaba las palabras de aquel psiquiatra mayor sobre que no debía esperar milagros, yo seguía anhelando en secreto una transformación rápida y tangible: mi pasaporte al cielo laico. Siempre había sido una persona impaciente. Necesitaba ver que mis esfuerzos daban sus frutos.

Sin embargo, hasta mediados de febrero no reuní el valor suficiente para proporcionarle a la Doctora J los detalles del eje Christian, Oh-oh y Charlotte, el asunto con el que llevaba meses obsesionada y el principal motivo por el que había recurrido a la terapia. Durante algunas de mis disertaciones había mencionado de pasada que estaba implicada en una «situación comprometida», pero hasta ese día no había entrado al fondo del asunto.

—Tengo la mente inundada de visiones de ellos dos juntos riendo, hablando, tonteando... —admití una sombría mañana, después de darle todos los detalles espinosos—. Aquí —proseguí señalando mi cabeza—, tengo claro que se trata de algo absurdo e irracional, pero no soy capaz de convencerme aquí —concluí señalando mi corazón—. Y eso me está volviendo loca. A él todo esto le resbala: sale, se lo pasa bien y tontea con la primera mujer estúpida que se cruza en su camino. Y yo, mientras tanto, me quedo en casa llorando. Y sé que la culpa es mía y sólo mía, y eso me hace sentir peor. Estoy enfadada conmigo por haber sido tan gilipollas.

En ese instante advertí un débil parpadeo en los ojos de la Doctora J.

—¿Se siente enfadada consigo misma? —me preguntó lenta y

74

pausadamente, como si cada una de las palabras pronunciadas hubiese sido escogida con extrema escrupulosidad.

—Sí —solté con brusquedad—. Por eso no puedo dejar de llorar. Cuando me enfado, cosa que no ocurre a menudo, porque no suelo sentir rabia, lloro.

—¿Lo hace de forma sistemática, lo de volver la rabia contra usted misma?

La miré con el rostro desencajado, entre confundida e irritada, y suspiré. Se había empeñado en centrarlo todo en la rabia, pero eso no tenía nada que ver conmigo. La rabia es algo muy poco atractivo que yo rara vez sentía (tal como le había explicado una y otra vez). Así que de pronto interrumpí su desacostrumbrado intento de extender el discurso, y expuse mis propias interpretaciones.

—Le hablaré de algo sistemático —apunté—. Hay un patrón que se repite en mí una y otra vez: siempre me enamoro del hombre equivocado, del tipo de hombre que no es capaz de decir que no cuando aparece otra mujer, lo cual acaba sucediendo antes o después, y le alaba su frágil ego; la clase de hombre que finge estar solo cuando en realidad tiene pareja; el típico que necesita tener siempre detrás un grupito de mujeres locas por sus huesos. Un capullo, vamos.

—Siempre resulta más fácil centrarse en los defectos y las debilidades de los demás y culparlos de lo que nos pasa —dijo ella con su habitual serenidad—. El problema es que al hacerlo eludimos asumir nuestra parte de responsabilidad. Lo verdaderamente interesante sería descubrir por qué te atrae esa clase de hombres.

—Una vez leí en alguna parte que la diferencia entre las ratas y los seres humanos reside en que, cuando una rata se ve atrapada en el centro de un laberinto, no vuelve jamás a ese lugar. Las personas, en cambio, reproducen los mismos patrones de relación destructiva e infeliz una y otra vez, e intentan crear un final feliz. Yo lo he notado con mis amigas. Siempre les atrae el mismo tipo de persona. Algunas quieren convertirse en la madre de su novio, otras intentan controlarlo o hacerle cambiar. Y ahora empiezo a ver lo mismo en mí.

El único hombre con el que he salido y que no encajaba con mi tipo era mi entrañable ex, un escocés alto, moreno, guapo, agudo e inteligente, un periodista político de primera línea que quería mantener una relación estable y tener hijos. Era una persona extraordinariamente segura de sí misma, la clase de chico que sabes que jamás te engañaría, y eso me hacía sentir segura a mí. Pero por lo visto yo no quería estar con alguien responsable y fiel.

—No sé por qué. Sólo sé que tenía la sensación visceral de que no era La Persona —le dije a la Doctora J.

Además, me dio miedo que después de casarnos yo me desmandara y me concomiera el sentimiento de culpa, o me desmandara y me concomiera lamentando mi error. Así que, a los treinta y dos años, después de dos años juntos, cada uno siguió su camino. Hacía unos días me había encontrado con él, después de un año sin vernos, y parecía más feliz que nunca.

—Ahora yo estoy sola y él está viviendo un idilio con su nueva novia —protesté—. Me dijo que acababan de volver de una escapada genial a Amsterdam. ¿Cree que algún día podré hacer mis propias escapadas con alguien especial? Bueno, después de una temporada de terapia, quizá..., ¿no?

La Doctora J estudió mi expresión con detenimiento durante unos segundos antes de regresar a un comentario anterior.

—Antes ha dicho usted que no estaba convencida de que su ex novio fuera La Persona. —Pronunció las dos últimas palabras muy despacio, como si no supiera qué significaban.

—Por desgracia, no, no creo que lo fuera —afirmé.

—¿La Persona? —repitió con sequedad—. ¿A qué se refiere con La Persona? ¿Qué sería diferente de usted ahora mismo, de su vida, si La Persona, como usted dice, formara parte de ella?

Yo miré a mi alrededor, incómoda.

—¿Que a qué me refiero con La Persona? —pregunté despacio para cerciorarme de que la había entendido bien—. ¿Que qué sería diferente en mi vida si hubiera encontrado a La Persona?

Ella asintió.

«¿Cómo carajo va a ayudarme en algo esta mujer si ni siquiera sabe qué es La Persona?», pensé, desanimada. Y a continuación, intenté ilustrarla sobre el tema.

—La Persona es, bueno, La Persona. La persona en la que piensas a todas horas, la que invade tu espacio mental, la que te hace temblar como un flan, la que te deja sin habla. Es esa persona con la que pasas horas soñando despierto, con la que te imaginas corriendo por la playa de la mano, y riendo, con la que te lías y sientes cosas maravillosas, con la que te acuestas, con la que... todo. La Persona es ese compañero del alma con quien tienes un lenguaje propio y compartes bromas, y os llamáis con nombres ridículos y os marcháis de escapada y de vacaciones a lugares exóticos. Y te conoce como la palma de su mano. Y es la persona con la que quieres casarte y tener niños y vivir felices y comer perdices. Es eso La Persona. La que lo es todo para ti, igual que tú lo eres todo para él. Lo intuyes, algo dentro de ti te lo dice. ¿Qué sería diferente en mi vida si hubiera encontrado a La Persona? Todo.

—Humm —respondió ella, asintiendo con la cabeza y mordiéndose ligeramente el labio inferior.

Entonces nos sumimos en uno de los silencios ya habituales, aunque no por eso menos incómodos. Yo miré por la ventana que había a su espalda y contemplé la tormenta de nieve que lo cubría todo.

—¿Sabe una cosa? —anuncié al fin—. Ni siquiera creo que necesite un terapeuta para que me diga por qué me cuesta establecer un compromiso. Ya lo sé.

Y entonces me lancé a hablarle de Johnnie, mi primer amor, el chico de pelo rizado que cantaba y escribía las canciones de su grupo de música y que me rompió el corazón a la edad de veinticinco después de ocho gloriosos años juntos. Él era la persona con la que yo pensaba casarme, tener hijos, envejecer y recorrer el mundo. Él era el amor de mi vida, mi verdadera alma gemela, mi norte, mi sur, mi este y mi oeste... Yo creía que nuestro amor duraría toda la vida. Y me equivoqué.

—Me escribía canciones —dije con la clase de modestia que daba a entender que él era John Lennon y yo Yoko Ono pero quería quitarle importancia—. El grupo firmó un contrato con Parlophone, el sello discográfico de los Beatles. Su debut fue calificado en iTunes como el mejor álbum de Britpop del noventa y siete. —Todo eso no impresionó lo más mínimo a la Doctora J, pero yo ya había cogido carrerilla—. Nos recorrimos el país de arriba abajo en una furgoneta y muchas de las veces yo los acompañaba en los bolos, dando mi apoyo durante años al susodicho y a su perro antes de que nos ofrecieran un contrato. Dejé todos mis sueños a un lado, diseñé las portadas de las maquetas caseras y me pateé todas las discográficas. Cuando, al final, conseguimos un contrato... —Hice una pausa para dar un respiro a la realidad—. Cuando, por fin, ellos firmaron un contrato con una discográfica, vimos cumplido nuestro gran sueño. ¡¡¡Todo ocurrió en la fiesta del veinticinco cumpleaños de Robbie Williams!!! ¡Yo aparezco en una foto en la portada de uno de los CD! Si quiere un día lo traigo y se lo enseño. O puedo recitarle un par de estrofas de alguna canción...

La Doctora J no dijo: «Ah, me encantaría. Sería estupendo. Venga, que le doy la entrada: un, dos...» Tampoco suspiró irritada. Se limitó a escuchar, tomando buena nota de todo, imagino, con ese semblante tan inconcebiblemente imperturbable.

«Seguro que ni siquiera ha oído hablar de Robbie Williams —me dije para consolarme—. Y seguro que no sabe qué es iTunes. Seguro que está celosa porque no salió con un cantante cañón de un grupo famoso que escribía conmovedoras canciones sobre ella. Seguro que, como mucho, salió con el percusionista de los bongos de Mott the Hoople. Grrr.»

Yo estaba a punto de seguir novelando mi perfecta relación cuando la Doctora J preguntó, con voz monótona:

—¿Cómo terminó la relación?

Miré rápidamente a un lado y a otro como los vendedores de «top manta». Sabía que los terapeutas tienden a buscar la parte negativa de las cosas, pero yo no tenía ganas de responder a esa pregunta, así que me hice la loca y le conté una anécdota que a mí me parecía divertida sobre la primera cita a la que acudí después de dejarlo con Johnnie.

—Cuando rompimos, pasaron tres años antes de que pudiera dejar de llorar durante el tiempo suficiente para salir a tomar algo con alguien. Eso fue lo que tardé en aceptar que ese tiempo que él había decidido tomarse para «encontrarse a sí mismo» no era sólo una fase. Cuando este otro chico tan mono me invitó a salir, me pareció buena idea llevar el disco del grupo de Johnnie a nuestra cita para enseñárselo. Le conté con pelos y señales las historias en las que estaban inspiradas las canciones, le canté unos cuantos fragmentos e insistí en que escuchara con atención las letras de todas las baladas.

Borré la amplia sonrisa que exhibía hasta ese momento y miré cariacontecida a la Doctora J.

—«It's just not the Same When You're not Around» es mi canción favorita. Dice... —Y entonces hice algo que no recomiendo hacer a nadie durante la terapia. Le canté algunas de las canciones. Después del primer verso, paré para aclararle a la Doctora J—: El «you» soy yo. En serio. —Y luego continué, medio canturreando medio hablando, y desafinando como una descosida, mientras ella me miraba sin pestañear, con los ojos muy abiertos.

Al final, sonreí con gesto melancólico, aunque ufano, y advertí que por primera vez, para mi satisfacción, la doctora luchaba por mantener la calma y la compostura. De pronto una arruga surcó su frente tersa y siempre imperturbable. Parecía debatirse entre hablar o seguir callada. Al final se decantó por lo segundo. Se inclinó ligeramente hacia delante y me miró como si fuera un monstruo de dos cabezas.

—Bueno, ¿por dónde iba? —pregunté yo en voz alta—. Ah, sí. El caso es que quedé para tomar algo con ese surfista, un tipo legal y encantador. Le dije, medio de cachondeo, que igual me salía un sarpullido, o me daba urticaria, porque era la primera cita que tenía desde que empecé a salir con Johnnie a los diecisiete años. —Me avergoncé al recordarlo y sacudí la cabeza, entre carcajadas—. Pero la cosa no acabó ahí. ¿A que no sabe lo que ocurrió después? —Hice una pausa para intensificar el efecto dramático. Ella me miró impertérrita. Entonces proseguí—: Él me dijo que iba al servicio y no volvió. —En ese instante estallé en carcajadas, pero en el hipotético caso de que la Doctora J estuviera riéndose conmigo, lo hizo de forma silenciosa y sin alterar la expresión del rostro. Es decir, como un cadáver.

Luego, levantó la ceja derecha como medio milímetro y repitió la pregunta inicial:

—¿Cómo terminó la relación?

Yo resoplé y me mordí el labio inferior. Los terapeutas deben de hallar alguna clase de placer perverso y cruel en el sufrimiento de los demás. Estaba claro: no había escapatoria.

La relación había terminado a primera hora de una mañana de enero, unos diez años atrás. Johnnie había propuesto que saliéramos a dar una vuelta con el coche, se había detenido delante de la casa de mis padres y, con la cabeza apoyada en el volante, había farfullado algo sobre «otra persona». Al principio, yo no lo oí bien, pero después, cuando lo repitió, no había lugar a error. «¿La has besado?», le pregunté yo ingenuamente, dándole las gracias por aquel acto de honestidad y diciéndome a mí misma que probablemente no pasaba de ser una aventura pasajera. Él asintió.

—¿Más que besaros?

Él asintió de nuevo.

—¿Cuánto hace?

—Bastante —murmuró.

—¿Cuánto?

—Un año.

¡Aaaaaaaaaahhhhhhhhh! Yo había lanzado un desgarrador alarido, un sonido que ni siquiera me sabía capaz de emitir. Había sucedido, me habían roto el corazón y el daño ya era irreparable. El final del primer amor y de la inocencia. Él se desahogó dándome más detalles: ella era una fan rubia y estilosa que a mí me había llamado la atención en varios de los conciertos; todo el mundo de nuestro círculo de amigos lo sabía, y además desde hacía meses. Yo fui la última en enterarme.

—¿Así que todas las veces que fui a Londres para intentar ayudar al grupo a conseguir un contrato, todas las maquetas que envié, todo el tiempo que dediqué a buscar fans para tu club de fans, todo ese tiempo tú ya estabas con ella? —Él ocultó el rostro y asintió.

Yo me sumí en un berrinche descomunal, pero a los pocos minutos, al volverme y ver que Johnnie seguía con la cabeza apoyada en el volante, se me pasó y me acerqué a abrazarlo.

—Eh, tranquilo, no te preocupes, no pasa nada. —Y entonces me embarqué en la tarea, mucho más importante, de consolarlo—. Imagino lo difícil que te habrá resultado contármelo —dije para tranquilizarlo—. Pobrecito.

En ningún momento le grité, le chillé, ni le di una bofetada. Tampoco le rayé sus discos favoritos, le pinché las ruedas de la bici ni me dediqué a acosar a su nueva novia (nueva, ¡ja!). Es más, le pedí que nos presentara y, cuando lo hizo, le di un fuerte abrazo y le dije algo así como: «Tranquila, no te preocupes, no estoy enfadada. Lo entiendo. Es un chico magnífico, ¿a que sí? Es normal, estas cosas pasan.» Johnnie sonrió con expresión de gratitud. Yo sabía que no había nada menos atractivo que una mujer enfadada y, dado que todavía esperaba recuperarlo, lo último que quería era ponerme histérica y montar un número bochornoso.

Cuando una de mis amigas lo llamó «puto traidor», salí inmediatamente en su defensa. No soportaba que nadie se metiera con él. Puse toda clase de excusas: es el vocalista de un grupo de música; es guapo, tiene talento, es un artista atormentado; yo fui su primer amor, era inevitable; ella lo cazó y él no pudo resistirse. Pasó mucho tiempo hasta que yo fuese capaz de repasar nuestros dos últimos años juntos y ver la cantidad de indicios que había de que algo no iba bien. Visto en retrospectiva resultaba obvio, pero el amor me había cegado. Yo lo tenía subido en un pedestal y sólo veía lo que quería ver.

Jamás había experimentado tanto dolor ni me había sentido traicionada de ese modo, razón por la cual proclamé a los cuatro vientos que yo nunca le haría algo así a otra persona. Así que me acurruqué en posición fetal y tardé cuatro años en levantar cabeza.

Después de darle a la Doctora J todos los detalles escabrosos, concluí diciendo:

—Me di cuenta de que había sido un error dejar de lado mis sueños para ayudar a mi novio a alcanzar los suyos. Y, pensándolo bien, supongo que también llegué a la conclusión de que la única manera de escapar al dolor de la pérdida era evitando establecer lazos fuertes. Y eso es exactamente lo que creí estar haciendo. Pero luego ocurrió lo de Christian, y ésa es la razón por la que estoy aquí. Hasta ese momento yo estaba convencida de que mantenía el control de mis sentimientos. Pensaba que uno podía decidir si quería enamorarse de alguien o no. Y pensé que si me enamoraba de quien no debía, sería capaz de pararlo. Usted ya me entiende...

La Doctora J me miró con escepticismo, y una vez más, adoptó una perspectiva un tanto peregrina.

—Ha descrito la relación con Johnnie como... —Hizo una pausa y miró fijamente el tapiz oriental que cubría el diván mientras buscaba la palabra exacta—: Creo que dijo «dichosa». No, «gloriosa». Dijo usted que fueron ocho años gloriosos.

Teniendo en cuenta que no tomaba notas, su memoria era prodigiosa.

—Fueron los mejores años de mi vida —dije con gesto de asentimiento—. Mi primer amor, ocho años gloriosos y dichosos de una relación perfecta, pura e inocente, de esas que sólo se viven una vez en la vida, de esas en que lo das todo y no pides nada a cambio. Fue maravilloso. No discutimos jamás. Ni una sola vez.

Al cabo de un segundo, la Doctora J repitió:

—No discutieron jamás.

«¿Pero qué mosca le ha picado?», me pregunté para mis adentros. Era como si aquella mujer sintiera la imperiosa necesidad de cuestionar y poner en tela de juicio la validez de todas y cada una de mis afirmaciones.

—No, jamás discutimos —confirmé—. Ni una sola vez en los ocho años.

—¿Y qué ocurría cuando se enfadaba usted con él? ¿Cómo se lo hacía saber?

—Es que nunca me enfadaba con él —contesté frunciendo el entrecejo—. Yo lo quería y, como he dicho antes, nuestra relación era perfecta. Éramos almas gemelas.

Ella pestañeó varias veces mientras posaba la barbilla sobre la mano izquierda y el codo izquierdo sobre la palma de la mano derecha.

—Pero él mantenía una relación —dijo al fin— con otra persona... —En ese punto se detuvo, pero la indirecta estaba clara: «A mí me parece que eso es una discusión no verbal como una casa.»

Yo, decidida a no permitir que estropeara mi visión de color de rosa, repliqué:

—Sí, salía con otra, pero, como he dicho antes, ya lo afronté y lo superé en su momento. Lloré, y mucho. Y lo saqué todo fuera, que, según tengo entendido, es lo que a ustedes, los terapeutas, les parece más importante. Y no estoy amargada ni enfadada. No quiero estar amargada ni enfadada. No puede hacerme sentir algo que en realidad no siento.

Resoplé con espíritu rebelde y agaché la cabeza hacia la minifalda vaquera, los leotardos de lana negros y las botas de borreguillo. (Los días que iba a terapia, tardaba horas en decidir qué ponerme y me cambiaba de ropa más veces que cuando tenía una cita.)

Por una vez, la Doctora J rompió el silencio.

—Yo no he hablado de amargarse ni enfadarse —dijo con serenidad.

¡Grrrrrrr!

Tras un largo silencio, añadió:

—¿Qué siente ahora mismo? ¿Algún sentimiento de rabia o resentimiento hacia mí?

¡Grrrrrr, grrrrrr, y grrrrrr al cuadrado! «Que no, porras, que no estoy enfadada contigo, plasta egocéntrica de las narices», grité (para mis adentros). Respira hondo cogiendo aire por la nariz, aguanta la respiración, cuenta hasta diez y vuelve a expulsar el aire muy despacio por la boca. Repetí la rutina dos veces antes de decir, con la misma serenidad que ella:

—No estoy enfadada con usted. Yo no me enfado nunca. Enfadarse desgasta, y además es degradante y antiestético. —Sonreí con toda la serenidad que pude, aunque al acabar la sesión, cerré la puerta con un poco más de fuerza de la normal y, mientras bajaba las escaleras, farfullé por lo bajo: «Mala bruja prepotente.»

Nadie dijo que la terapia fuera a ser fácil, pero, sinceramente, yo no esperaba que fuera a ser tan tremendamente frustrante. Esa noche rescaté un libro que Katy me había dejado.

«La experiencia del paciente con la terapia psicoanalítica rara vez es fácil o cómoda. El hecho de que el terapeuta no responda de la forma que él esperaba puede provocar en él una confusión o frustración considerables. Es posible que el paciente espere más consuelo y reafirmación de los que en realidad obtiene. Puede incluso parecerle que el terapeuta tiene respuestas que oculta de forma intencionada. El terapeuta genera cambios mediante la alteración de los patrones usuales de relación y entendimiento consigo mismo del paciente. Para que la terapia comience a surtir efecto es necesario que el paciente se sienta desestabilizado, desafiado o hasta impactado. La experiencia puede resultar desconcertante, y ¡puede ser aún peor!»

Cerré el libro y suspiré hondo. Intenté ver un DVD pero no lograba concentrarme. Tenía la cabeza llena de conversaciones imaginarias pero, por una vez, no con Christian, sino con la Doctora J.

A la siguiente sesión acudí en busca de algunas respuestas. Necesitaba saber qué pasaba por la mente de la Doctora J. ¿Qué pensaba de mí? ¿Que estoy loca? ¿Que soy como todos los demás pacientes o, y esto estaría bien, que soy un poco diferente? ¿Un poco especial, más interesante? Pero preguntarle no serviría de nada. A esas alturas yo ya tenía claro que me devolvería la pelota y, con su sosiego y su aplomo habituales, me preguntaría por qué me interesaba tanto su opinión sobre mí.

Yo no sabía por qué, pero me importaba. Tampoco es que tuviera un interés desmedido, pero me producía mucha curiosidad. Y, en cualquier caso, se suponía que ella era la experta, y que por eso yo le pagaba una auténtica fortuna. Yo quería simplemente que hiciera algo, que dijera algo, lo que fuese, para convencerme de que yo no era estúpida y ella no era un bicho raro.

De modo que, en lugar de preguntarle directamente, decidí entrar en su juego y retarla a ver quién aguantaba más en silencio. Yo estaba convencida de que, si me quedaba callada un buen rato, ella acabaría desesperándose y sintiéndose incómoda. Y seguro que, cuando ya le resultara totalmente insoportable, acabaría animándose a hablar.

Silencio.

Al principio, yo estaba tranquila, y decidí convertirlo también en una competición de miradas. Yo la miraba y sonreía, y ella me miraba con una de sus típicas e inexpresivas medias sonrisas. Transcurrió un largo y eterno minuto. El lejano tic-tac de su reloj, del que yo no me había percatado hasta ese día, sonaba cada vez más alto. Desvié la mirada sin querer hacia la ventana. Mierda, mierda, mierda. La Doctora J era buena, muy buena, jugando a este juego. Hacía una mañana heladora, aunque muy luminosa. El cielo estaba azul y despejado. Se oía el canto de los petirrojos, algo en lo que, de nuevo, yo no había reparado hasta ese día. De hecho, no sabía que los pájaros cantaran en invierno. Chiu, chiu, pío, pío. Volví a sonreír. Ella seguía mirándome directamente a los ojos, en esa ocasión con su desconcertante rostro impávido. Fuera comenzó a ladrar un perro.

El ruido —guau, guau, chiu, chiu, pío, pío, guau, guau, pío, pío, tic-tac, guau, guau, chiu, chiu, tic-tac, guau, guau— fue *in crescendo* hasta volverse ensordecedor.

—Mire —exploté al fin, después de unos tres minutos que a mí me habían parecido treinta—, necesito saber si lo estoy haciendo bien. Necesito saber si el tipo de cosas que le estoy contando son las adecuadas. Necesito saber si cree que efectivamente me pasa algo que vaya a poder ayudarme a solucionar. ¿Puede hacer que me recupere? ¿O cree que soy la típica persona que se agobia y se preocupa demasiado por todo y que debería salir por esa puerta y seguir con mi vida? Sinceramente me resultaría de gran ayuda saber lo que está pensando.

Escudriñé su rostro en busca de algún indicio sobre qué le pasaba por la cabeza. Pensé fugazmente en las entrevistas que yo había hecho en el pasado en mi trabajo y en lo fácil que resultaba detectar sentimientos como el enfado, el desprecio, el disgusto, la emoción, la felicidad, la confusión, la tristeza o la sorpresa en el rostro de las personas. Sin embargo, parecía que la Doctora J tenía la asombrosa habilidad de ejercer un control prácticamente absoluto sobre sus músculos faciales.

Tras otro prolongado silencio, ella dijo:

—Lo que me interesa es la pregunta que hay detrás de la pregunta. Me pregunto por qué mi opinión sobre usted es tan importante. ¿Por qué le importa tanto lo que yo piense de usted?

Yo no soy una persona violenta. Jamás he perdido los nervios (salvo en una ocasión, justo antes de comenzar la terapia, cuando perdí la cabeza con Christian). Nunca me he peleado con mis padres. Yo jamás discuto. Ni siquiera elevé el tono de voz cuando fui profesora de secundaria en un instituto y trataba todos los días con adolescentes (aunque unas cuantas veces me encerré en el servicio de profesores a llorar, pero ésa es otra historia). No se me dan bien las discusiones. Soy una persona conciliadora. Me gusta que todo el mundo se lleve bien con los demás. Huyo de la confrontación. Pero ¿por qué coño es incapaz esta tía de contestar a una simple pregunta?

—Lo único que quiero saber es si lo estoy haciendo bien —insistí en tono de súplica—. Nada más. Es una pregunta sencilla.

Por un momento pareció a punto de decir algo, pero luego se lo pensó mejor y, en lugar de hablar, se quitó las gafas, alzó la vista y contempló fijamente su punto favorito del techo durante un buen rato mientras meditaba, imagino, lo que iba a decir. Yo la estudié con detenimiento. Lucía un traje de chaqueta negro, un jersey magenta y zapatos negros de piel. Tenía los ojos vivos y despiertos, y tan azules como el trozo de cielo enmarcado por la ventana que se abría a su espalda. Exhibía una figura esbelta y un aspecto saludable. El discreto maquillaje que llevaba era muy natural y su cutis, terso e impecable. Y luego estaba ese intenso aroma a café que se respiraba siempre en el aire, tanto en la sesión de esas intempestivas primeras horas de la mañana como en la de la tarde. Pero a pesar de lo mucho que me apetecía una taza de café, estaba claro que nunca era la hora del café para mí.

Al final, la Doctora J apartó la vista del techo, se colocó nuevamente las gafas y clavó la mirada en mí. ¡Gracias, Dios mío! Yo le devolví la mirada y sonreí.

—¿A usted le parece que lo está haciendo bien? —preguntó.

«Se acabó. Esto ya pasa de castaño oscuro. Está claro que es una estafadora profesional y que me ha estado tomando el pelo. Esas nueve palabras serán las últimas que me diga.» Nos sentamos en silencio durante un buen rato, un rato más largo del que yo había pasado jamás sin hablar a alguien, salvo en los minutos de silencio impuestos para apoyar alguna causa altruista. Seguí pensando en la posibilidad de levantarme y marcharme, pero algo me lo impedía. Me mordí las uñas, suspiré y me sumí de nuevo en una reflexión sobre lo extraño que era todo aquello.

Luego carraspeó y me preguntó cómo había salido de la sesión anterior. Yo gruñí para mis adentros. Sin duda, con aquella mujer era imposible tener la fiesta en paz.

—Bien —mentí.

—¿No salió enfadada, irritada o frustrada?

«Qué pesadilla, por Dios», pensé resoplando de nuevo.

—No —dije con los ojos llenos de lágrimas de frustración—. ¿Sabe una cosa? Mi jefe del periódico me dijo en una ocasión que yo siempre estaba feliz y sonriente, que era muy sociable y que era genial tenerme en el equipo.

Ella me miró como diciendo «¿Y?».

—Yo no me enfado, en serio —le expliqué.

Pasamos el resto de la sesión en silencio hasta que ella echó un rápido vistazo al reloj y dijo:

—Hemos terminado por hoy.

Yo, haciendo gala de la cortesía y los buenos modales que me habían enseñado mis padres, me levanté y dije:

—Muchas gracias. Adiós. —Después me marché dando un portazo y agregué por lo bajini, con mi fuerte acento de Glasgow—: Maldita charlatana chiflada.

Cualquiera diría que les hubiera dicho a Louise y Katy que iba a tirar la toalla de forma definitiva e irrevocable.

—No voy a dejarlo —protesté—. Simplemente he decidido buscarme otro terapeuta. Alguien con más habilidades sociales o, al menos con alguna, alguien un poco más afable, más cálido. Alguien que sonría de vez en cuando. Y que me dé alguna respuesta, si no es mucho pedir. Todo el mundo necesita respuestas. Y ella no es capaz de contestarme a una pregunta tan sencilla como «¿Qué tal lo estoy haciendo?».

Ellas sacudieron la cabeza con gesto de desesperación. Estábamos en el Wee Pub, en la adoquinada calle Ashton Lane, el corazón del cosmopolita barrio del West End de Glasgow, según lo describían los folletos turísticos, tomándonos la botella de vino de rigor después de la cata. Alguna gente considerará que tomarse más néctar de uva tras dos horas de clase dedicadas a ello resulta un tanto excesivo, pero incurrirían en un error. Se emplea tanto tiempo en agitar, oler y discutir las variedades y buqués que apenas se dedica tiempo a emborracharse.

Louise y Katy se toman las catas muy en serio; tan en serio, de hecho, que probablemente se definirían como enófilas compulsivas. Se presentan a exámenes y compiten entre ellas para ver quién acuña la joya lingüística más chic a la hora de describir un Pinot Noir.

Yo, por el contrario, había abandonado un año atrás las clases oficiales después de la primera sesión introductoria, ya que me di cuenta enseguida de que jamás iba a alcanzar el grado adecuado o, mejor dicho, ningún grado, de sofisticación. No había sido capaz de pasar del «Humm, qué rico, ¿me sirve otra copita?» y mi vino favorito seguía siendo el Sauvignon Blanc neozelandés. Era demasiado impaciente y ansiosa para pasarme media hora en un acalorado debate sobre si algo olía a cuero curtido, pimienta negra o hierba recién segada. Así que solía reunirme con ellas para tomar algo después, siguiendo el sabio consejo del profesor sobre la práctica como única forma de alcanzar la perfección.

Las dos alumnas, que al parecer eran incapaces de colocar el trabajo en el lugar que le correspondía, se lanzaron como posesas a analizar mi decisión de abandonar a la Doctora J mientras hacían una cata a ciegas de un tinto.

—Mirad —repliqué yo indignada, a punto de escupir el Sauvignon—, sé que es una profesional experta, altamente cualificada, y que goza de una excelente reputación, así que no voy a echarle la culpa. Deberíais estar orgullosas de mí porque estoy afrontando este asunto con madurez y asumiendo mi parte de responsabilidad. Estoy segura de que es una terapeuta maravillosa, pero no me cae bien y creo que el sentimiento es mutuo.

Katy tenía la nariz dentro de una copa.

—Afrutado en nariz con aromas a frutos de bosque, como a grosella, y quizás un toque a cereza. Y también un toque a chocolate negro. Oooh, un aroma intenso maravilloso. Lorna, la terapia funciona así. Y no, no lo estás afrontando con madurez. ¿Es que no te das cuentas de que actúas como una niña pequeña que quiere que el maestro le ponga un informe entusiasta en la cartilla escolar? Y si no te lo ponen, sales corriendo porque no puedes soportar la incomodidad. —A continuación prosiguió con el vino—. Si ahondo un poco más, percibo también un toque especiado. Este tipo de terapia gira en torno a la relación personal que tú estableces con el terapeuta y la exploración de esa dinámica. Ahí está la clave. De esa forma descubrirás por qué te resulta tan difícil mantener relaciones adultas estrechas y saludables, por qué tienes problemas a la hora de intimar con otras personas, por qué sólo te sientes capaz de anudar lazos superficiales. Viejo mundo. ¿Ródano, quizá?

Louise negó con la cabeza y olfateó el vino de la copa de Katy.

—Muy aromático, es verdad. Tiene un cierto deje a jarabe. Y puede que un delicado matiz a madera.

—¿Qué quieres decir con eso? —repliqué indignada—. ¿Que uno debería quedarse quieto en las situaciones incómodas? Si fuera así yo debería seguir trabajando en un banco y saliendo con un chico del colegio.

—Ya vuelves a plantearlo todo otra vez en plan blanco o negro, todo o nada —dijeron al unísono, mirándose con complicidad.

—Lorna —agregó Louise mientras contemplaba fascinada la copa de Katy—, esta clase de terapia no es fácil. No debería serlo. Es un proceso lento, doloroso y bastante extraño. Plantéatelo como un proyecto lento de deconstrucción y reconstrucción. Y no esperes obtener resultados palpables en todas las sesiones. Habrá horas de frustración. Qué color más bonito tiene este vino, ¿no os parece? Y deja en la copa un lagrimeo maravilloso. Estoy segura de que tu terapeuta empezará a mostrarse más comunicativa con el tiempo, pero ahora está poniéndote a prueba e intentando proyectar algo de luz sobre tu inconsciente para que salgan a la superficie las motivaciones ocultas. —Sonrió, y acto seguido añadió—: Katy, ¿tú sabías que los freudianos más estrictos no dan ninguna interpretación hasta pasados los seis primeros meses?

—¿Cómo? —exclamé yo escandalizada—. ¿Y para qué coño le pago?

—Ten un poco de paciencia —contestó Louise—. Además, no creo que sea una freudiana radical. Ya no quedan muchos. Bueno, Katy, déjame degustar el vino. —Louise dio un sorbo, removió el buche dentro de la boca para paladearlo y después cerró los ojos—. Humm..., tiene un paladar concentrado exquisito, carnoso y afrutado. Delicado, pero a la vez un tanto áspero. La otra cosa a tener en cuenta, Lorna, es que las personas suelen resistirse a los cambios, aunque digan que quieren cambiar. Los cambios resultan aterradores. Así que, en resumen, piensa que ella está intentando desmontar todos tus mecanismos de defensa, esos que llevas construyendo desde la infancia, para ayudarte a desenmascarar a tu falso yo. Es una pelea. No resulta agradable descubrir que no eres la persona que creías. He conocido a pocas personas que se hayan construido una coraza tan resistente como la que te has construido tú, y ahora tendrás que romperla y despojarte de ella para rehacerte a ti misma de nuevo. No va a ser un camino de rosas....

—¿Sudafricano? —apuntó Katy.

Louise negó con la cabeza y recomendó a Katy que lo probara —ya que hasta ese momento ésta sólo lo había removido, observado y olfateado— y acto seguido me pidió pruebas que avalaran la conclusión de que yo no caía bien a la Doctora J.

—Nunca me dice lo que piensa; nunca sonríe, y cuando digo sonreír me refiero a sonreír de verdad, de corazón; parece de piedra; carece de sentido del humor; jamás se ríe de mis chistes. En resumen, no parece humana. Podría ser un robot —sentencié.

Ambas me miraron y revolvieron los ojos con gesto de resignación.

—¿Argentino? —sugirió de nuevo Katy—. Un argentino calentorro, ¿no? Dios, me encanta, sexo servido en copa. Humm...

—¡No! La terapia no tiene que ser una orgía de risas, jijí por aquí, jajá por allá. Te imagino perfectamente intentando hacerla reír, esforzándote por conseguir que responda como quieres que te responda todo el mundo. Lo que quieres es que ella te apruebe y te acepte de la misma forma que necesitas la aprobación y la aceptación de todo el mundo. Pero, como sigas así, acabarás dándote cuenta de cómo esa actitud limita tu vida. Seguro que te has pasado horas y horas hablándole de Johnnie.

—Pues no, mira por dónde —repliqué—. Bueno, quizá sí, pero sólo un poco.

Ella me ignoró por completo y con voz burlona y cantarina, dijo:

—Yo salía con el vocalista de un grupo de música, guapísimo, por cierto, que escribía canciones sobre mí, lo que significa que debo de ser especial. Soy una persona adorable, doctora, se lo prometo. Tenía una persona a mi lado que me quería, se lo prometo. Puedo demostrarlo.

Me tragué el Sauvignon cuando Louise continuó.

—Tú te sales de tu papel para intentar convertirte en su favorita, en su paciente especial. Nosotras vemos a gente así todos los días, ¿no es cierto? La gente está desesperada por ser especial —dijo con un gesto de la barbilla dirigido a Katy—. No te lo tomes a mal, pero, precisamente gracias a los fuertes muros que te protegen, eres (y esto puede parecer paradójico, como casi todo en el comportamiento humano) totalmente transparente. Ponte en su piel. Probablemente ella está deseando agarrarte por los hombros y zarandearte hasta hacerte entrar en razón, o gritarte, pero se está mordiendo la lengua, y lo está haciendo por algo.

—Tú —apuntó Katy— eres transparente para todo el mundo salvo para ti misma. ¿Neozelandés? Y ya sabes lo que dice Freud respecto de las bromas, ¿no?

Las dos se echaron a reír y cabecearon con aire entendido. Yo les seguí la corriente, reí y cabeceé, aunque no tenía ni pajolera idea de qué iba el asunto.

Intenté salir en mi defensa, pero Louise me interrumpió.

—Sólo haces las cosas cuando crees que vas a destacar —afirmó en tono acusador—. Éste es un ejemplo de tantos. —Y luego, dirigiéndose a Katy, agregó—: Sí, neozelandés, magnífica estructura.

Katy le preguntó si sabía la variedad de uva.

—Si lo acompañara con un poco de queso o de chocolate, me ayudaría. Lorna, desde el día en que te conocí, cada vez que te enfrentas a una situación que no te gusta, sales corriendo. Piensa en todos los trabajos que has tenido. Debes de haber pasado ya por unos cincuenta sitios distintos. Te falta perseverancia. ¿Pinot Noir?

—¡Sí! —dijo Louise—. En algunos Pinot se aprecian notas a mermelada, ¿no te parece? Algunos carecen de la sutileza de los grandes tintos de Borgoña, pero éste es soberbio.

—No creo que huya de las cosas —dije negando con la cabeza—. Eso es mentira podrida. —Y entonces declamé la cita estrella de mis citas favoritas, que había colgado con chinchetas sobre mi escritorio y que además me sabía de memoria—: «La perseverancia. Nada en el mundo puede ocupar el lugar de la perseverancia: ni el talento, pues nada hay tan común como las personas fracasadas con talento; ni la genialidad, pues la genialidad no reconocida es el pan nuestro de cada día; ni la instrucción, pues el mundo está lleno de marginados cultos. Sólo la perseverancia y la determinación son omnipotentes.»

Al concluir, sonreí satisfecha.

—Me encanta esa cita —añadí—. Es la base de mi filosofía de vida.

Katy y Louise intercambiaron una fugaz y elocuente mirada antes de estallar en carcajadas.

—Sí, Lorna, es una cita maravillosa de autoafirmación, pero no va más allá —dijo Louise—. Tú te pasas la vida dándole vueltas a las citas y a las palabras y a lo maravillosas que son y, efectivamente, lo son, pero no olvides que son un arma de doble filo. Puedes encadenar palabras y expresar cualquier cosa con ellas. Puedes esconderte detrás de las palabras, pero no puedes esconderte de los sentimientos. Al menos no para siempre. Piénsalo: tú puedes decirle a alguien «te quiero», «te quiero», «te quiero», o decirte a ti misma «lo quiero», «lo quiero», «lo quiero», pero las palabras no harán aflorar sentimientos que no existan previamente. La gente dice continuamente cosas que no piensa porque se ve arrastrada por la excitación del momento. Pero las acciones y el comportamiento dicen mucho más que las palabras. —Tras esa frase, ambas asintieron con vehemencia.

Louise sacó a relucir todo un catálogo de proyectos fracasados en los que yo me había embarcado con un arrollador entusiasmo y que había abandonado tras no conseguir demostrar que era excelente y, en algunos casos, ni siquiera competente: atletismo, violoncelo, tenis, pilates, yoga, clases de francés, alemán, italiano, gaélico, latín, meditación, pintura, escritura creativa, surf y *snowboard*.

Cada vez que yo emprendía un nuevo proyecto, Louise sugería con cansancio que, por una vez en la vida, aceptara el riesgo de ser mediocre, de hacer algo por el mero placer de hacerlo y no por la ambición de alcanzar algún triunfo imposible como ganar una medalla o convertirme en la próxima Jacqueline du Pré, pero a mí me parecía absurdo. Para mí, mediocridad equivalía a fracaso. Yo solía atribuir su actitud a la envidia, y le preguntaba qué clase de perdedor se esforzaría por ser mediocre. Entonces me miraba con lástima y ponía cara de: «No entiendes una palabra de lo que te digo, ¿verdad?»

—Oh, Dios mío —gritó Katy de repente—, ¿os acordáis del

proyecto del atletismo? ¿De la carrera de los diez kilómetros? Eso sí que fue bochornoso...

Era cierto. A los veintitantos yo me convertí durante una temporada en una obsesa del ejercicio que hacía largos sin parar en el carril rápido de la piscina del barrio o daba vueltas a la manzana corriendo compulsivamente. Cada vez que contemplaba mi propio reflejo en un escaparate, veía a una atleta en plena forma que estaba a punto de dar la campanada y batir el récord nacional de los 10.000 metros. Estúpido, ya lo sé. Llevaba haciendo *footing* menos de seis meses. Pero la obsesión da lugar a engaño. Al principio mi único objetivo era ponerme en forma y disfrutar de las ventajas de un buen cuerpo: fama, felicidad en estado puro, novio cañón, sexy y perfecto, éxitos a diestro y siniestro, etc., etc. (Louise y Katy insistían en que todo era una estrategia de control y evasión.) Al final, conseguí tener un cuerpazo, aunque parecía una lanzadora de peso rusa más que la elegante sílfide en la que había soñado convertirme, pero para entonces ya no me importó porque tenía el nivel de endorfinas por las nubes.

Al poco tiempo, sin embargo, se me pasó la adicción al ejercicio de la noche a la mañana cuando Jenny, una maratoniana de Dundee de ochenta y nueve años, me adelantó en una carrera popular de diez kilómetros. Era la primera carrera en que participaba y me llevé un gran chasco, puesto que ya me había imaginado los titulares del periódico local al día siguiente: «Una principiante desconocida pulveriza el récord de la carrera», junto a una foto en la que yo aparecía envuelta en una manta térmica plateada y derramando lágrimas de emoción al recibir la medalla de oro, el cheque y un ramo de flores de manos del señor alcalde mientras mi fibroso bíceps brillaba bajo el sol de mediodía.

Segundos después de que la anciana me adelantara, viví una experiencia cercana a la muerte. Me puse incandescente, empecé a sudar por todos los poros de mi cuerpo y el aceite de bebé que me había extendido por el pelo para no despeinarme y evitar que se me rizara (delante de las cámaras) me resbaló por las pestañas y empezó a nublarme la vista.

Conseguí, todavía no sé cómo, arrastrarme renqueando entre jadeos y sin aliento hasta Great Western Road, agobiada por el bochorno de haber anunciado a los cuatro vientos las expectativas que tenía puestas en esa carrera y haberles exigido a Louise y Katy que fueran a la línea de meta a las 10:30 para presenciar mi victoria. A las 11:38 crucé la meta, en el puesto 3.549. Había 3.600 participantes.

Las dos se partieron de risa al acordarse. Ja, ja, ja.

Louise me recordó otra ocasión en que, según ella, me había comportado como una niña pequeña. Por aquel entonces yo trabajaba de periodista para el diario *Herald* de Glasgow. El rotativo acababa de introducir un nuevo sistema de evaluación y yo no obtuve un resultado excelente, pero tampoco espantoso. Sencillamente obtuve un resultado intermedio. Dado que acababa de regresar de un viaje de una semana a Malawi, un país azotado por el sida y la hambruna, y, en mi opinión, había escrito un artículo bastante conmovedor sobre el tema (a mí me hizo llorar), me sentí dolida, así que irrumpí en el despacho del jefe de redacción blandiendo una carta de dimisión amarga pero maravillosamente redactada.

—Pero si no has obtenido una mala evaluación —me dijo con cara de perplejidad—. Has obtenido el mismo resultado que todos los demás: regular.

—Ése es el problema —repliqué yo entre sollozos—, que es regular. Sólo regular. Yo no quiero trabajar para alguien que me considera regular.

Como me ocurría con muchas otras de las cosas que había hecho en el pasado, me sonrojé al recordarlo.

Tal vez Louise y Katy habían dado en el clavo.

—Por una vez en tu vida —me suplicó Louise— sé constante. Persevera hasta el final con esto no sólo para ponerte a prueba, sino para encontrarte a ti misma.

A veces ese par de lunáticas me resultaban odiosas, pero tenía que demostrarles como fuera que no me estaba rajando, así que no me quedaba otro remedio que darle otra oportunidad a la Doctora J.

—Otra cosa, chicas —exclamó Louise con entusiasmo, cambiando de tema, gracias a Dios—. En abril vamos a dar una fiesta. —Su marido, Scott, es médico de urgencias del Royal Infirmary, un hospital de la ciudad—. Vendrán muchos médicos atractivos y hay uno en especial al que quiero que conozcas, Lorna. Acaba de llegar a la ciudad y está como un queso.

En primer lugar, no me interesa conocer a hombres nuevos. En segundo lugar, con un médico en mi vida me basta y me sobra. Y en tercer lugar, ¿por qué la gente casada hace planes con tanta antelación?

—Genial —dije mientras me levantaba—. Voy a pedir más vino. ¿Bastaría con una garrafa de cinco litros?

Marzo

El rey y yo

El lunes por la mañana amaneció un día gris y lluvioso, y soplaba un fuerte viento. En los diez minutos de coche que tenía hasta la consulta, decidí que iba a empezar a tumbarme en el diván. Desde la primera sesión en que le pregunté a la Doctora J si era mejor tumbarse o sentarse y ella se había descolgado diciendo «Haz lo que te resulte más agradable», no había vuelto a salir el tema.

La noche anterior le había preguntado su opinión a Katy y ella me había explicado que, por alguna extraña razón, había muchos pacientes que preferían tumbarse y no tener delante al terapeuta porque así les resultaba más fácil conectar con el inconsciente y las motivaciones ocultas de la conducta. «Aunque muchos otros se sienten demasiado vulnerables y prefieren quedarse sentados», agregó.

Al oír eso, de alguna forma decidí que yo no iba a ser de los «muchos otros vulnerables». Además, pese a lo mucho que había despotricado en los dos últimos meses, me di cuenta de que no le había contado a la Doctora J nada de lo que no hubiera hablado antes con otras personas. No sabía si había mucho más que decir, pero estaba convencida de que haría falta tomar medidas drásticas para desmontar la coraza de autoprotección (o de autoengaño, como probablemente lo denominaría la Doctora J) que me había construido con los años.

Es sorprendente lo fácil que resulta caer en la rutina. Aparqué el coche en el sitio de siempre, esperé los tres minutos que faltaban para el comienzo de la sesión, luego corrí hasta su apartamento, agazapada para protegerme de las inclemencias, y llamé al interfono.

Cuando me abrieron la puerta, subí los tres tramos de escalones, me senté en el mismo sillón de siempre en la sala de espera, cogí el mismo número del *National Geographic* que hojeaba todos los días, y le eché un vistazo por encima sin siquiera leer nada. Luego oí el clic de la puerta, las suaves pisadas, la media sonrisa, el «Ya puede pasar».

Yo, como de costumbre, la seguí hasta la consulta, me quité el abrigo y lo dejé sobre el bolso, que coloqué a mis pies. Ella lucía un traje de chaqueta beige de los caros con una blusa marrón de seda. Un conjunto más elegante de lo que pueda parecer contado así. Chic, incluso. Yo eché una ojeada por la ventana que había a su espalda. La lluvia que caía sin cesar era arrastrada por el viento y golpeaba contra el cristal.

—Creo que hoy probaré a tumbarme en el diván —anuncié. Aunque técnicamente no se trataba de una pregunta, lancé la frase con entonación interrogadora, y esperaba, al menos medio esperaba, alguna clase de respuesta.

Ella no llegó a decirme «Haz lo que te resulte más agradable», pero me dirigió una mirada que venía a significar lo mismo. Me levanté, di los tres o cuatro pasos que me separaban del diván e intenté tumbarme en él, pero me pareció demasiado incómodo. ¿Cómo es posible que tumbarse en un diván resulte un suplicio? Debería ser relajante. Lo intenté de nuevo, apretando los párpados y los dientes como si fueran a ponerme una inyección para soportar el sufrimiento que estaba por llegar. Al tumbarme ella quedaba detrás de mí, aunque no del todo; quedaba en la diagonal derecha, a mi espalda. Yo ya no podía ver su cara ni sus reacciones. En cierto modo, era como estar en el dentista. Pero en lugar de tener a alguien detrás preparando el instrumental para explorar mi boca y hurgar en ella, tenía a esa mujer anónima disponiéndose a ahondar en las profundidades de mi inconsciente.

Sé que esto puede sonar dramático y patético, pero fue una de las experiencias más extrañas e incómodas que he vivido jamás. Intenté ponerme de lado para ver al menos una parte de ella, aunque sólo fueran los zapatos, pero acabé incorporándome de nuevo antes de respirar hondo e intentarlo por tercera vez. A mí no me parecía que tuviera «problemas asociados a los sentimientos de poder o control», pero al tumbarme allí los hombros se me encajaron debajo de las orejas, apreté los puños, los músculos del rostro se me acartonaron y sólo fui capaz de pensar que en esos instantes ella tenía todo el poder, todo el control. Me daba la sensación de que había perdido todo mi poder y había quedado completamente a su merced. Podía estar riéndose, entornando los ojos, bostezando, haciéndome gestos obscenos con los dedos, quedándose dormida... Yo no alcanzaba a verla pero ella sí podía observarme, y eso me hacía sentir mucho más vulnerable de lo que jamás había imaginado.

Debería aclarar una cosa antes de continuar. Me da un poco de vergüenza admitirlo, pero siempre he sido mejor que mi hermana Louise. Creo que por eso la rivalidad entre hermanas nunca ha supuesto un problema en la familia, porque nunca he tenido motivos para sentir celos. Sí, es cierto que ella es muy guapa, que tiene una preciosa melena rizada, los ojos azules, la dentadura perfecta y hoyuelos en las mejillas. Pero yo soy más alta y más joven. Tengo un trabajo más interesante. Soy libre y soltera. Y, desde luego, soy más ambiciosa: tengo más formación, siempre he sido más académica y todos mis informes escolares decían que mi comportamiento era ejemplar. Louise, sin embargo, era propensa a la distracción, ni siquiera ahora es capaz de concentrarse para sacarse el carnet de conducir, y tiene a sus espaldas un matrimonio frustrado. Cuando se divorció no había cumplido ni los treinta, con eso lo digo todo, aunque el divorcio no la desanimó. Después de unos años de un frenesí de vida nocturna salvaje, ahí está: casada de nuevo, en esta ocasión con un médico de urgencias de manual, guapo y obsesionado con los aparatitos tecnológicos. Sólo para demostrar que estoy siendo totalmente honesta y objetiva, citaré, como reconocimiento, algunas de sus virtudes: tiene una paciencia infinita, es una excelente cocinera y una madre, sorprendentemente, nada neurótica. En una ocasión le pregunté si le gustaría que de mayor Lewis fuera un famoso cantante, actor, artista o deportista. Ella hizo un gesto negativo con la cabeza y afirmó que lo único que deseaba para su hijo era que fuese una persona segura de sí misma y con buenos modales. Como mencioné anteriormente, mi hermana carece de ambición, y eso le hace tener sus cosas buenas, aunque estoy convencida de que si yo pusiera empeño también conseguiría ser paciente y cocinar bien. Si no lo hago es porque no me apetece y, como no me apetece, no tengo problemas de rivalidad con Louise.

Por esa razón, a pesar de que yo, ilusa de mí, siempre había pensado que tendría una familia mucho antes que ella (ella nunca había mostrado ningún instinto maternal, al menos ninguno que yo hubiera notado, mientras que yo siempre había pensado de mí misma que había nacido para ser madre), no le guardo el menor asomo de rencor por el hecho de que Lewis, su precioso muñeco rubio de pelo rizadito y ojos azules, esté acaparando toda la atención que yo, como ex bebé de la familia, había esperado siempre para mí. Así que realmente nunca ha habido ningún problema entre nosotras.

La Doctora J abordó el espinoso asunto como de costumbre: con la astucia y el tino de un francotirador profesional.

Una mañana de marzo, cuando ya llevaba un par de semanas tumbándome en el diván, comencé a examinarme las uñas mordisqueadas y moteadas por restos desconchados de Chanel Rouge Noir mientras le contaba a la Doctora J lo que me rondaba por la cabeza: una canción sobre el tiempo y las estaciones del año. Era la favorita de mi sobrino y yo no lograba quitármela de la cabeza, hecho que atribuí a las horas que había pasado con él el día anterior, durante las cuales la habíamos cantado juntos como unas cien veces, y a que esa mañana había visto unos narcisos.

—Ya huele a primavera —comenté.

Detrás de mí se hizo un gran silencio. ¿Se habría dormido? A lo mejor simplemente estaba aburrida. Al menos podría haber removido unos papeles para hacérmelo saber. O haber bostezado en alto. O haberse revuelto en el asiento de cuero.

Del informe climatológico pasé a embarcarme en un apasionado relato sobre lo mucho que adoraba al reyezuelo Lewis, como lo llaman en mi familia, y la relación tan especial que tenía con él.

—Es un tipo de amor que no puede compararse con ningún otro. No me imagino lo que debe de sentir una madre. No sé cómo lo hacen. Yo soy incapaz de decirle que no a Lewis. Me pongo triste cuando lo veo triste a él. Quiero a otros miembros de mi familia, por supuesto, y he querido a algunos hombres, y a amigos. Sin embargo, el amor que siento hacia un niño, un niño que ni siquiera es mi hijo, sino mi sobrino, es inmenso. Haría cualquier cosa para protegerlo. Ya me angustia pensar qué pasará cuando tenga que enfrentarse al cruel mundo real. Me angustia pensar que alguien pueda romperle el corazón, o que los niños del colegio le peguen.

Decidí que quería enseñarle una foto de él a la Doctora J. Me levanté del diván, me acerqué hasta la silla donde había dejado el abrigo y el bolso, y rebusqué hasta encontrar mi móvil. Como fondo de pantalla tengo puesta una foto donde sale especialmente mono, tomada en medio de un ataque de risa tan fuerte que acabó provocándole hipo. Es un primer plano en el que aparece con la boca abierta y un intenso brillo de alegría en los ojos azules.

—No me diga que no es una ricura —comenté volviendo a tumbarme y sosteniendo el móvil en alto con la mano derecha.

—Es un niño muy guapo —respondió ella, y hasta es posible que estuviera sonriendo.

Los bebés son maravillosos: son como el pegamento, o como imanes, porque son capaces de unir incluso a las personas que no se gustan. ¿Y si resultaba que el rey Lewis era el ingrediente mágico que la Doctora J y yo necesitábamos desde el principio? De pronto sentí el deseo de saltar del diván y abrazarla; después de todo, ella no era un maniquí ni un robot. Era un ser de carne y hueso, y también tenía su corazoncito. Me contuve, pero interpreté su inusitada respuesta como un signo de aliento.

—Los domingos lo llevo a nadar y los lunes al grupo de niños que empiezan a andar —dije con orgullo.

Ahora bien, lo que dije no era del todo cierto. Lo llevo a la piscina dos veces al mes, con suerte, y al grupo de gateo sólo lo había llevado una vez, y fue porque mi madre, que se ocupa de él dos días a la semana, no se encontraba bien y no había nadie disponible salvo Oh-oh, para disgusto de mi madre, que ni siquiera se esforzó en disimularlo. Sin embargo, las palabras me salieron sin pensar y, una vez dichas, me sonaron bien. Por si acaso la Doctora J no había oído mi declaración de buenas acciones como tía de la criatura, aunque nada hacía pensar que así fuera, las repetí en un tono más alto y volviendo ligeramente la cabeza hacia la derecha.

—Los domingos lo llevo a nadar y los lunes al grupo de niños que empiezan a andar.

Cuando me quedó claro que, en caso de que el dato hubiera impactado a la doctora, pensaba guardarse sus impresiones para sí, cambié de táctica e intenté arrancarle otra sonrisa. De esa forma, aunque yo no pudiera verlo, sentiría la calidez que irradiaría desde su sillón.

Recordé que poco antes de Navidad, cuando Lewis tenía en torno al año y medio, yo estaba en el mostrador de Clarins, en los grandes almacenes de Frasers, con el niño en brazos mientras dos de las dependientas le hacían cucamonas.

—Oh, qué ricura de bebé tienes —exclamaron deshaciéndose en elogios.

—Bueno, en realidad es mi so... —pero me detuve—. Gracias —dije, radiante de orgullo—. ¿A que es precioso?

—Desde luego. Mira qué ricitos. Y qué hoyuelos. ¿Cómo se llama?

—Lewis, aunque para mí es mi muñequito —dije atosigándolo a besos.

Y entonces mantuvimos una breve conversación en lenguaje de bebés, durante la cual animé a Lewis a exhibirse como un mono de feria mientras yo disfrutaba del papel de madre enamorada de su hijo. Hasta que de pronto, Louise, que se suponía que había aprovechado la ocasión para salir de compras, apareció.

—¡Mamá! —exclamó Lewis dedicándole una adorable sonrisa y extendiendo los brazos hacia ella.

—¡Hola, tesoro! Ven aquí y dale un achuchón a mamá.

Las dependientas me miraron con suspicacia al ver que me ponía como un tomate, signo inconfundible de que me habían pillado *in fraganti*.

—Es mi sobrino —me excusé con desesperación. Y acto seguido di una vuelta por la tienda y acabé pagando por mis acciones delictivas el desmedido precio de casi ciento cincuenta libras en productos Clarins que no necesitaba en absoluto.

Volví mentalmente a mi sesión de terapia.

—La verdad es que fue muy gracioso —dije riendo.

—Humm —oí a mi espalda.

—La llegada de Lewis al mundo ha transformado a mi familia por completo —confesé al cabo de un rato—. Ahora mi madre y mi hermana están muy unidas, más unidas que nunca. Viven como... como en una luna de miel. Quedan para comer y se ven mucho. Y mi padre, uf, mi padre está completamente irreconocible. Es fantástico.

Durante los veinte minutos siguientes le conté a la doctora los detalles de esa transformación. Mi padre se ha vuelto divertido y dicharachero, y ha recuperado la ilusión de vivir ahora que ve el mundo a través de la mirada inocente y curiosa de Lewis. Después de décadas negándose, ha empezado a asistir a clases de baile con mi madre. Tres días a la semana. Y practican los pasos en el salón mientras beben champán. Eso lo sé porque el domingo pasado, cuando fui a comer a su casa, me di cuenta de que habían enrollado la gran alfombra del salón y la habían arrinconado, así que hice algunas averiguaciones.

—La hemos quitado porque tu padre —dijo mi madre, soltando una risita picarona en dirección a mi padre— ha tenido algún que otro problemilla con la expresión corporal. Sí, los movimientos de tango, ¿verdad, Owen? Y como bailamos en una gran función el mes que viene, hemos estado perfeccionando los pasos.

—¿Expresión corporal? ¿Perfeccionando los pasos? —exclamé a voz en grito, volviéndome hacia la ventana con horror—. Espero que cerréis las cortinas. Por lo que más queráis, decidme que sí, que cerráis las cortinas. La gente que pasa por la calle puede veros. Ay, Dios mío, qué horror, ahora mismo hay una pareja mirando —grité, y me hundí en el sofá para que nadie me viera.

—Ah, pero si son Yvonne y Ian, los vecinos del número 15 —exclamó mi madre mientras los saludaba efusivamente con la mano—. Ya nos han visto bailar miles de veces...

Yo compuse un gesto de «socorro-quiero-vomitar».

Mi madre y mi padre se miraron y se echaron a reír como dos tortolitos adolescentes.

—No nos importa que nos vean bailar, ¿a que no, Owen?

—Claro que no, cielo —respondió mi padre—. Venga, hagámosles una pequeña demostración.

Mientras mi padre ponía un CD de música latina, mi madre me explicó:

—El tango es un baile apasionado y sexy, y claro, como tu padre es un escocés de libro, le está costando un poco, porque el baile consiste en expresar toda la pasión y los sentimientos con el cuerpo. —Entonces miró a mi padre y se echó a reír. Él meneó la cabeza y dijo:

—Oh, Rose, compórtate.

Yo me acurruqué en el sofá, me tapé el rostro con las manos y miré por un hueco entre los dedos. Mi padre, un hombre alto y delgado de pelo cano, ojos marrones y gafas metálicas, rodeó con el brazo derecho la cintura de mi madre y posó la mano en la parte inferior de su espalda. Mi madre, de pelo cano y corto, ojos verdes, menor estatura que mi padre pero con más curvas, se puso de puntillas, elevó los codos y agarró la mano izquierda de mi padre a la altura de la cabeza. Estaban fundidos en un estrecho abrazo, pecho contra pecho.

—¿Preparado? —preguntó mi madre, dirigiendo la barbilla con un gesto brusco y teatral primero hacia la derecha y luego hacia arriba—. Piensa que en este baile los movimientos no son fluidos, como en el vals. Es más... ¿Cómo lo describirías, Owen?

—Más sincopado. Más *staccato* —dijo mi padre, o un hombre que estaba en el salón y se le parecía mucho.

Y con gesto de máxima concentración, se pusieron a bailar sin ningún tipo de pudor por el salón como si fueran concursantes del concurso de baile que ponían los lunes en la tele. Mi padre iba contando en alto: «Lento, lento, rápido, rápido, lento. Un, dos, tres, cuatro, lento, rápido, rápido, lento.» Mi madre lo seguía en silencio y, de vez cuando, realizaba un brusco giro con la cabeza hacia la derecha y de ahí nuevamente a la posición inicial. Ah, y en una o dos ocasiones, lanzó la pierna hacia arriba y rodeó a mi padre con ella.

La función terminó con un giro y un estrecho abrazo. Mi padre, invadido por un sentimiento de satisfacción de lo más extraño en él, dijo:

—Ay, Dios mío, me encanta bailar y me encanta esta mujer. —Y le dio un beso a mi madre.

Yo comencé a aplaudir; despacio, al principio, a causa del impacto.

—Se os da bastante bien —dije, sin conseguir ocultar mi incredulidad—. Pero la verdad es que no me parece adecuado.

Antes de que naciera Lewis, los pasatiempos de mi padre eran limitados, consistían en leer libros, en particular libros sobre el imperio romano, tocar la guitarra, y asistir a los partidos de fútbol del Celtic. Ahora, sin embargo, prefería ponerse a gatas en el suelo y hacer de Thomas la Locomotora, o bailar tango en el salón con la cintura de mi madre en una mano y una copa de Moët en la otra, a la vista de todos los vecinos. ¿Qué demonios estaba pasando en mi familia?

Me di cuenta de que, a lo largo de mi soliloquio, la Doctora J no había dicho ni una sola palabra. Me la imaginé sentada detrás de mí con la mirada fija que adoptan los cocodrilos tendidos al sol a la espera del momento oportuno para abalanzarse sobre su presa.

—Bailan, se toman de la mano en público, y hasta es probable que... —Ay, Dios, no, no pude continuar, sólo pensarlo resultaba de lo más perturbador—. Es raro ver a todo el mundo tan feliz, pero también es maravilloso —dije asintiendo con la cabeza para concluir. Misión cumplida.

Tras un breve silencio, ella atacó.

—Me pregunto —dijo—, si en el fondo todo eso le hace sentirse bien.

Yo fruncí el entrecejo. Me puse alerta. La doctora llevaba muchísimo tiempo sin hilvanar una frase de tantas palabras. Además, yo no acababa de saber adónde pretendía llegar.

—¿A qué se refiere cuando dice «en el fondo»? —pregunté con la mirada clavada en el techo y el rostro desencajado.

Ella estaba más parlanchina de lo normal.

—Ha habido un cambio importante en la dinámica de su familia, y yo me pregunto si en el fondo es cierto que se siente fenomenal, o si eso ha hecho aflorar otros sentimientos en usted —aclaró.

—No —dije meneando la cabeza—. No soy consciente de ninguna otra clase de sentimientos.

Silencio. Un largo silencio interrumpido sólo por el tic-tac del reloj.

—A veces albergamos sentimientos de los que no somos conscientes —afirmó—, pero eso no significa que no existan, o que no sean profundos o importantes. El nacimiento de un bebé, por maravilloso y alegre que sea, puede provocar otros sentimientos. La llegada de un niño puede resultar un perturbador toque de atención para reconocer tu propio envejecimiento y la naturaleza perecedera de la vida. Yo simplemente me pregunto si existen sentimientos de celos, quizá de Lewis, o de su...

—De-nin-gu-na-ma-ne-ra —la interrumpí, incorporándome del diván y volviéndome hacia ella—. Yo no soy una persona celosa. Nunca siento celos. Al igual que el enfado, los celos me parecen un sentimiento absurdo, feo y destructivo. Es una pérdida de tiempo y energía.

Ella me miró fijamente con esos ojos que yo solía calificar de inexpresivos pero que —estaba empezando a darme cuenta—, junto con los silencios, constituían una de las armas más poderosas de su oficio. En efecto, era su modo de decirme: «Piensa detenidamente en lo que acabas de decirme. Piénsalo despacio. Y esta vez, pregúntate qué hay de verdad en ello. Plantéate a quién pretendes engañar, porque desde luego conmigo no tienes nada que hacer. Piensa en cómo te sientes de verdad. No en cómo crees que deberías sentirte, sino en cómo te sientes en realidad. No pienses en lo que sientes en la parte superficial, en la parte visible de la flor; escarba en la tierra e intenta entrar en contacto con los sentimientos latentes que brotan de las propias raíces.»

Me sentí tentada de hacer un chiste y confesarle que estaba celosa de Angelina Jolie o de quienquiera que estuviera saliendo con George Clooney, pero de pronto me noté un poco temblorosa e incapaz de esbozar una sonrisa ni ningún otro gesto de jovialidad.

Estaba claro que ella no pensaba desistir.

—Lo que me pregunto es si alguna vez ha sentido usted celos de algún amigo o familiar —apuntó.

—Yo diría que no —respondí con un ligero titubeo—. Siempre he tenido la firme convicción de que es mejor compararse con uno mismo que con los demás. Y eso es lo que he hecho siempre, creo.

—Entonces ¿jamás ha tenido problemas de celos? —preguntó, dejando entrever un pequeño atisbo de incredulidad en su tono de voz tan uniforme.

Por un instante recordé fugazmente la imagen de Christian y Charlotte dándose el lote, pero era demasiado nauseabunda, así que la aparté de mi mente y dije:

—No. Bueno, la gente suele hablar de la rivalidad entre hermanos, pero yo jamás he tenido celos de Louise. De hecho, y sé que esto puede sonar muy mal, siempre me he sentido superior a ella. Así que no, jamás he encontrado motivos para envidiarla.

—¿A qué se refiere cuando dice que se siente «superior»? ¿En qué sentido cree que es usted mejor que su hermana? —preguntó la Doctora J tras una pausa.

—En muchos sentidos —dije. De pronto mi voz sonó débil y temblorosa.

Repasé para mis adentros lo que en ese instante me pareció un triste catálogo de mezquinas razones que utilizaba para reforzar lo que poco a poco iba dándome cuenta que era mi débil autoestima.

Suspiré hondo, volví a recostarme en el diván y traté de rememorar cuál fue mi reacción cuando Louise se separó de su marido a los veintisiete años. Fui con mi madre a recogerla al aeropuerto. Ella había dejado toda su vida en Londres, donde llevaba seis años viviendo con su marido. Al llegar, con aspecto demacrado y acompañada por una sola maleta que contenía todas sus pertenencias, rompió a llorar. A diferencia de mí, mi hermana no suele llorar en lugares públicos, así que el tema era verdaderamente grave. Mi madre la abrazó y la consoló, pero yo me mantuve al margen, torcí el gesto y comencé a murmurar y a resoplar. Era su elección, ella era la que había decidido marcharse, pensé yo para mí. Su marido era un hombre maravilloso y la quería de verdad. Se había casado por la Iglesia. Yo no lograba entender a qué venía tanto drama. Desprecié su desgracia como si se tratara de una herida autoinfligida y no le ofrecí ni una sola gota de comprensión o consuelo, sino sólo un desdén ligeramente disimulado. Yo, como si fuera una fundamentalista religiosa, pensaba que la gente buena y simpática no se divorciaba. Mi hermana intentó explicarme mil veces que era la decisión más dura que había tomado en toda su vida, que tenía la sensación de que se había casado demasiado joven y que era preferible romper un matrimonio infeliz a vivir infeliz para siempre. Sin embargo, yo me negaba a escucharla, me limitaba a mirarla desde el pedestal de la superioridad moral del que ahora comenzaba a caer.

La Doctora J me devolvió a la realidad.

—Antes dijo usted que Louise nunca había mostrado ningún instinto maternal, pero que es una madre fantástica.

De pronto sentí el deseo de responder: «No es fantástica. Si he dicho "fantástica", he exagerado. Es correcta. Es como cualquier madre decente: prepara comidas ricas para su bebé, juega con él, le canta canciones y se levanta por la noche a darle de mamar. Siente un amor incondicional hacia él, daría su vida por él, pero tampoco es nada del otro mundo, yo también lo haría. Así que no la definiría como "fantástica". Es buena, pero seguro que todas las madres lo son.»

Sin embargo, tragué saliva.

—Sí, claro —asentí, con la mirada clavada en el techo.

—Ha hablado mucho de Louise y de su feliz y satisfactoria vida familiar —continuó la Doctora J—. Sería bastante lógico, perfectamente lógico, diría yo, que sintiera un poco de envidia.

Sentí que las lágrimas de frustración me empañaban los ojos.

—Yo-no-envidio-a-Louise —dije—. Creo que Louise me envidia a mí. Yo tengo libertad, independencia, una profesión fantástica. Es más que probable que sea ella quien sienta algo de celos. Sí, ella me envidia, sí, seguro. Tiene que envidiarme.

Se hizo un largo silencio.

—Me pregunto qué es lo que le resulta a usted tan aterrador —dijo la voz queda y sosegada a mi espalda—. ¿Qué supondría para usted reconocer que alberga esa clase de sentimientos? Reconocer que tal vez sienta celos de la vida de su hermana, y de las relaciones de otras personas.

Me enjugué las lágrimas que no había logrado contener y luego sopesé su pregunta durante un buen rato.

—Bueno —contesté al fin—, siempre he pensado que los celos y la rabia eran sentimientos despreciables y feos que yo no tenía. Pero aparte de eso, reconocer algo así lo cambiaría todo. Significaría que llevo engañándome todos estos años. Y si me he mentido a mí misma inconscientemente acerca de eso, quién sabe con cuántas cosas más lo habré hecho. Siempre me he considerado una persona honesta. La gente solía decirme que jamás habían conocido a nadie tan transparente como yo. Me decían que era como un libro abierto, que nunca se me daría bien el póquer porque llevaba mis sentimientos y mis pensamientos escritos en la frente. Pero ahora estoy intentando convencerme de que nada de todo eso era cierto, que era una manera de esconder lo que había detrás, que en realidad estaba engañándolos a todos, incluida a mí misma, o al menos intentándolo, pero yo ni siquiera era consciente. Me incomoda pensar en todo esto.

—La verdad suele resultar incómoda —sentenció la Doctora J.

Esa misma noche llamé a mi madre, que estaba comiendo en casa de mi hermana, para preguntarle si había leído un artículo mío que había salido el domingo anterior en el *Observer*.

Louise y mis padres vivían a cinco minutos de distancia, ambos en el barrio residencial de Milngavie, a diez kilómetros al noroeste de Glasgow, y siempre comían unos en casa de otros.

—Hola, cielo —me saludó efusivamente mi madre—. Louise acaba de prepararnos una comida deliciosa. Hemos comido... —Le preguntó a Louise el nombre del plato y me lo radió punto por punto—: *Black pudding* y vieiras con crema de guisantes a la menta, y de segundo chuletas de cordero con crujiente de piñones y parmesano. Todo casero. Y todo con vinos acordes con cada plato.

—Ah, qué bien —comenté.

—Y tú, ¿qué has comido?

Mi madre siempre me hacía esa pregunta. La respuesta solía ser: un plato precocinado de Marks & Spencer, tostadas con queso, o una parrillada surtida del restaurante de comida para llevar Kebbabish, del que ya era clienta habitual. Esa noche había sido la tercera opción.

—Deberías comer más fruta y verdura, jovencita.

—Ya —admití con tono de culpabilidad—. Bueno, todas las mañanas me compro un batido de fruta natural, así que tampoco está tan mal. Nada, de todas formas yo te llamaba para saber si habías leído el artículo del domingo.

—Ay, sí, cielo, lo leí por encima. Qué triste, ¿verdad? Pues es que tu padre y yo hemos estado muy ocupados cuidando a este precioso hombrecito. —A partir de ahí comenzó a hablar con voz de bebé—: Lewis, mira, la tía Oh-oh está al teléfono. ¿Quieres decirle hola a tita Oh-oh?

Al cabo de unos segundos, se oyó una fresca vocecita al otro lado de la línea:

—Ho-ah, Oh-oh. —Y a continuación, una pedorreta.

Mi madre volvió a coger el teléfono.

—Ay, ay, ay, menudo gamberrete está hecho el pequeñín. ¿Quién es el pequeñín más gamberrete? ¿Quién es el más granujilla?

Deduje que seguía hablando con Lewis, así que carraspeé. Fuerte.

—Ay, cielo, lo siento. Escucha, ¿lo has oído decir «te quiero»? ¡Es una ricura! Dice «equero». Ya verás cómo al oírlo se te cae la baba. Ah, y ¿le has visto hacer «mi carita redondita tiene ojos, nariz, boca y orejitas»? —No me dio ocasión de preguntarle qué era «mi carita redondita tiene ojos, nariz, boca y orejitas», pero dijo—: Lewis, ¿qué es eso? Dile a tía Oh-oh lo que es.

Mi madre volvió a entregarle el auricular a Lewis.

—Naiiis —balbuceó con dulzura.

—Sí —exclamó mi madre—. Es la naricita bonita de Lewis. ¿Quién tiene la naricita más preciosa del mundo, eh? ¿Quién tiene una naricita pequeñita y redondita como un botón?

Definitivamente no estaba hablando conmigo. Volví a carraspear.

—Mamá —dije—, respecto del artículo que escribí...

—Era tristísimo, cariño —me interrumpió—. ¿Sabes que si dices «uno, dos y...», Lewis dice «teees». Verás, todos juntos. —Al fondo se oyó a mis padres, a Louise y a Scott decir al unísono—: A la una, dos y...

—¡Teees! —exclamó Lewis en el momento justo.

—¿No es fantástico? —gritó mi madre.

—Sí, mamá, es fantástico. Absolutamente fantástico.

—Y ya ha aprendido algunos colores, ¿a que sí, Lewis? Porque eres un niño muuuuy listo, ¿a que sí? Dile a la tía Oh-oh qué color es éste.

—Atul —dijo una vocecita, antes de que mi madre le corrigiera.

—No, tontorrón, eso no es azul, es verde.

—¿Se ha equivocado? —interrumpí yo, esbozando una malévola sonrisa. «¿No distingue el verde del azul?», pensé, y mi propia malicia me hizo ruborizarme. «¿Qué me está pasando?», me pregunté.

Exhalé un hondo suspiro y meneé la cabeza.

—Lo que te decía, mamá, que ese artículo...

—Humm —murmuró ella, pero yo notaba que tenía la atención puesta en otra parte.

—Es la historia más dura sobre la que jamás he escrito. Y... Ah, por cierto, casi se me olvida, ¿te acuerdas del artículo que escribí sobre Srebrenica? ¿Ese por el que estuvieron a punto de darme un premio? Pues resulta que han estado debatiendo sobre él en un foro de Internet —anuncié como si fueran a concederme el premio Pulitzer.

—Vaya, eso es genial, cielo.

—Y esta semana tengo un tema estupendo. Voy escribir un artículo sobre la nueva ley del tabaco. Me he enterado, a través de una fuente muy fiable, que podría desencadenar la anarquía total.

—Ah, muy bien —asintió mi madre de forma irritante sin darse cuenta (o, si se dio cuenta, sin importarle) de que eso no era más que un cebo para que picara el anzuelo. Ahora se suponía que ella debía pedirme más detalles, detalles que, en cualquier caso, le di.

—Se teme que miles de personas dejen sus bebidas desatendidas mientras salen a la calle a fumar —le expliqué en tono de alarma, intentando que sonara como si estuviera a punto de ocurrir una catástrofe nacional—. Miles y miles de bebidas desatendidas en las barras de los bares de todo el país, ¿te imaginas? Podrían echar sustancias en las bebidas. Y eso podría desembocar en la anarquía total. Todo el mundo está preocupado por ese asunto.

—Ah, muy bien —repitió mi madre—. Mira, te paso a tu padre que quiere decirte hola.

Oí que mi madre decía:

—Owen, ¿quieres hablar con ella un momento? —mientras le entregaba el teléfono.

—¿Todo bien? —preguntó él, pero antes de que yo pudiera responder, se oyó un estallido de vítores y aplausos.

Me pregunté si el bebé prodigio de cabeza rizadita habría recitado el alfabeto al revés, si habría dicho «Os quiero, abuelos» en latín, o si se habría convertido en la persona más joven jamás admitida en Mensa, una asociación internacional de superdotados.

Pero no. Casi sin caber en sí mismo de orgullo, mi padre me comunicó que Lewis había tirado el envase del yogur orgánico a la basura.

—Él solito —exclamó mi padre—. Sí, sí, lo ha hecho él solito.
Al otro lado de la línea se hizo el silencio.

—¿Papá? —pregunté—. Papá, ¿estás ahí? Papá, ¿te acuerdas del artículo que escribí sobre Srebrenica? ¿Papá? ¿Ese por el que estuvieron a punto de darme un premio? Estaban debatiéndolo en un foro de Internet. Papá, ¿sabes que la nueva ley del tabaco podría desencadenar la anarquía total? ¿Papá? ¿Papá?

Mi madre cogió el auricular.

—Soy yo, cielo, es que últimamente tu padre se emociona con mucha facilidad.

Me pregunté seriamente si me había equivocado de número y llevaba un cuarto de hora hablando con los padres de otra persona. Mi padre no se emociona jamás a menos que el Celtic gane la Copa de Europa. Y eso pasa, de media, una vez cada cuarenta años impares.

Me serví una generosa copa de vino, encendí unas cuantas velas y puse la televisión, pero no lograba concentrarme. No me puedo creer que mis padres estén más interesados en un bebé que ni siquiera habla bien que en la actualidad internacional y la nueva ley del tabaco y... en los artículos que estoy escribiendo. Todo el día «Lewis esto, Lewis lo otro, que si podemos llevarnos a Lewis a dar un paseo, que si podemos quedarnos con Lewis, que si Lewis se lo ha comido todo como un niño mayor, que si le ha gustado el conjunto que le han comprado los abuelos o prefiere el que le trajeron ayer, o el que le trajeron anteayer, que si Lewis tiene palabras nuevas que enseñarles a los abuelos, que si Lewis sabe cuánto lo quieren los abuelos, ¿cuánto quieren los abuelitos a Lewis? Mucho, mucho, mucho, muuuuuucho».

Me tendí en el suelo del salón. «Eres una mujer fuerte, segura e independiente —me dije—. No puedes estar celosa de un bebé que está aprendiendo a gatear. No puedes estar celosa de tu sobrino. Eres una mujer fuerte, segura e independiente. No estás celosa de un bebé. NO ESTÁS CELOSA DE TU MALDITO SOBRINO NI DE LA MADRE QUE LO PARIÓ.»

A lo largo de los días y sesiones siguientes, la realidad fue haciéndose más patente. Me sorprende que no me la pegara con el coche al salir de la consulta teniendo en cuenta que salía completamente aturdida y enfrascada en mis pensamientos. La imagen que siempre había tenido de mí misma se desmoronaba por momentos. Mi visión del mundo estaba patas arriba. No era nada agradable. Estaba enfadada. Celosa. Y no sabía si despreciar a la Doctora J por revelarme esas verdades ocultas o agradecerle el descubrimiento.

Un jueves por la noche de finales de marzo decidí reunirme con Katy en el Chinaski's. Le había pedido que quedara conmigo media hora antes de que llegaran Emily y Rachel para que me diese su opinión sobre el tema de los celos.

—Necesito contarte una historia —anuncié con trascendente solemnidad en cuanto trajo desde la barra una botella de vino y dos copas.

Siempre nos sentábamos en nuestro sitio favorito: un mirador con vistas a la autopista M8 que unía Glasgow con Edimburgo y que, por alguna razón, me fascinaba. Era un laberinto de pasos elevados de hormigón y pasarelas peatonales, y supongo que me gustaba ver pasar los coches e imaginar quién viajaba dentro y adónde se dirigía. Volví la mirada hacia el interior del bar y me incliné sobre la mesa para mantener la discreción, aunque no había nadie cerca que pudiera oírme.

—Creo que, eh..., creo que es posible, bueno, que existe la posibilidad de que tal vez yo tenga, eh...

—¿Adicción al alcohol? —sugirió Katy mientras servía el vino en las copas.

Yo esbocé una sonrisa sarcástica.

—Creo... —titubeé sintiéndome como si efectivamente estuviera en una reunión de alcohólicos anónimos a punto de dar el paso crucial de reconocer mi problema—. Creo que tengo... Hola, me llamo Lorna y estoycelosademisobrinopequeñoLewis. Ya está, ya lo he dicho. Bueno, no ha sido para tanto. Ya he emprendido la senda de la rehabilitación.

—Joder, tía —protestó Katy—, vaya susto. Eres la reina del melodrama. Pensé que era algo serio. Pues claro que estás celosa de Lewis. Todos lo estamos, hasta sus padres. Una nueva vida joven, todo un mundo de posibilidades por delante, los días dorados de la infancia por vivir... Ni una sola preocupación, todas las necesidades y deseos satisfechos al instante, surtido las veinticuatro horas del día por una fuente inagotable de amor incondicional, y encima es el centro de todas las miradas. Tendrías un grave problema si no estuvieras celosa de él. Y luego, por supuesto, está el hecho de que tu hermana haya sido la primera en tener hijos y haya convertido a tus padres en los abuelos más felices y orgullosos del planeta.

—Pero yo no me tenía por una persona celosa. La envidia es repugnante. Es uno de los siete pecados capitales. A los envidiosos se los castiga cosiéndoles los ojos con alambre.

Katy se sonrió con malicia.

—Siete pecados capitales... ¡y un cuerno! Deberían crear un octavo: la ingenuidad. Para los idiotas que, como tú, se creen esa historia de que sentimientos como la ira, la envidia, la lujuria, la pereza y no sé qué otras cosas son pecados. Deberían cambiarles el nombre y llamarlos, déjame pensar, igual no diría tanto como virtudes, pero sí, no sé..., los siete sentimientos capitales para sentirse vivo, porque ésas son las cosas que hacen que nos sintamos humanos.

—Pero ahí capitales se usa en el sentido de «mortales» —la interrumpí.

—Joder, cómo se nota que piensas con el hemisferio izquierdo —protestó Katy en tono de reproche—. Siempre haces exactamente lo mismo. Estamos enfrascadas en una conversación trascendental hablando de tu profundo pozo de rabia y celos reprimidos, y lo único que te preocupa es la precisión de una puta palabra. ¿Qué te crees, que el editor del Diccionario del Uso Correcto de la Lengua va a presentarse aquí para encerrarnos en la cárcel o enviarnos al infierno? Estamos tú y yo solas, y jugar con las palabras no constituye un pecado capital. ¿Sabes que el exceso de racionalización es uno de los mecanismos de defensa que las personas emplean con mayor frecuencia para evitar afrontar sus sentimientos? Es como la gente que quiere ganar todas las discusiones. Tienen que llevar la razón, como sea, porque no soportan la idea de equivocarse o cometer un error. Pues bien, puede que ganen la discusión, pero, en el proceso, pierden toda oportunidad de ser felices.

»Bueno..., a lo que íbamos, estábamos hablando de tus celos. Tú finges, te dices a ti misma e intentas convencerte de que no eres una persona propensa a sentir celos o ira porque la sociedad te dice que eso es algo malo que produce rechazo en los demás.

«Sí, y tienen razón», pensé para mí, pero me lo callé.

Katy había cogido carrerilla y ya no había manera de frenarla.

—A las mujeres no se nos permite albergar esos sentimientos. Se supone que debemos ser alegres y felices, que debemos adoptar una visión positiva y sonreír a todas horas. Pero todo eso es una solemne estupidez. No es malo sentir rabia o celos. Es normal. Es humano. Respirar hondo y contar hasta diez puede ayudarnos temporalmente. Al igual que la meditación, el yoga, el pensamiento positivo o una escapada al gimnasio. O seguir una dieta sin carbohidratos. O decirte a ti misma cien veces al día que eres una mujer fuerte y segura a la que las cosas le marchan bien, una mujer que ejerce un control absoluto sobre sus sentimientos y es capaz de conseguir todo lo que se proponga. Pero todo eso es una mentira podrida. Los sentimientos reales, los que no expresas, siguen estando ahí. Lo que pasa es que los reprimes y los relegas a rincones tan recónditos que puedes convencerte de que no existen, porque te has adiestrado automáticamente para controlarlos. Sin embargo, no puedes huir de ellos siempre. Una de las leyes del inconsciente es que las emociones reprimidas buscan una vía de escape. ¿Por qué crees que tantas mujeres de nuestra generación están neuróticas y se tratan con antidepresivos? Porque tienen un montón de sentimientos reprimidos dentro de sí, gritando que quieren salir, pero, al mismo tiempo, a ellas les aterra afrontarlos.

La leche. Estaba empezando a arrepentirme de haber sacado el tema.

—¿Sabes cómo describió Freud en una ocasión la depresión? —No esperó a que yo respondiera—. Como ira congelada. Y me parece que dio en el clavo. Ahora piensa que los celos y la ira son dos caras de la misma moneda. Por esa razón se vuelven locas tantas mujeres. Porque desde la infancia se nos ha inculcado la idea de que son sentimientos malos. Y es mentira. Pero las mujeres se desprenden de sus propios sentimientos porque quieren desentenderse de lo que les apetece, les duele, desean, temen. Y al mismo tiempo, intentan desempeñar ese papel de supermujeres. Y ya sabes lo que Karen Horney dijo al respecto, ¿no?

115

No. Sí. No lo sé. Claro.

—¿Quién? —logré insertar en un instante en que Katy hizo una pausa para coger aire.

—Dice que nuestra cultura —prosiguió, ignorando mi pregunta— otorga gran peso al pensamiento y la conducta racionales y considera la irracionalidad, o cualquier cosa que se le parezca, algo inferior. La rabia y los celos se consideran irracionales e inferiores. Es casi como si nos obligaran a no sentirlos. No se nos permite albergar esos sentimientos, lo cual es, en sí mismo, irracional. Porque esos sentimientos son humanos. Tener anhelos, necesidades y deseos es humano, y enfadarse, ponerse celoso y cosas similares, también. Sin embargo, la sociedad nos obliga a andar por el mundo fingiendo que esos sentimientos no existen y, precisamente por culpa de eso, se convierten en las fuerzas motoras de nuestra vida.

—Vale, vale, muy bien —susurré con la esperanza de que ella también bajara el tono de voz. Porque daba igual que el tema de conversación fuera la masturbación femenina, las fantasías sexuales o el reloj biológico; Katy, para gran bochorno mío, tenía la costumbre de hablar siempre de todo a voz en grito.

—¿Qué has dicho? —preguntó a todo volumen—. ¿Por qué hablas tan bajito? ¿Te preocupa que la gente me oiga? ¿Te preocupa lo que pueda pensar la gente que hay en este bar, que ni siquiera sabes quiénes son? Sí, claro que te preocupa, ¿a que sí? Claro que sí. Ése es tu problema, que siempre te preocupa lo que la gente piensa de ti, que siempre intentas complacer: ser la niña buena, hacerte amiga de todo el mundo, procurar que todo el mundo se lleve bien, ser la que siempre quiere complacer, la que siempre busca la aceptación de los demás. ¿Qué es ese miedo, esa timidez que te impide ser quien de verdad eres? Si no dejas de preocuparte por lo que los demás piensan de ti, puedes ir despidiéndote de llegar a ser feliz algún día porque jamás conseguirás ser tú misma.

—Déjalo ya —protesté—. Yo no soy así. Además detesto a las personas que sólo quieren complacer y buscar la aceptación de los demás.

Katy volvió a llenar las copas de vino y de pronto cambió drásticamente de tono de voz.

—Oh, Dios mío, Lorna. Esto es absolutamente increíble. Antes, cada vez que intentábamos hablar sobre temas de este tipo, salías corriendo a los servicios, te ibas a casa, o decías «sí, vale, lo que vosotras digáis», cambiabas de tema y te ponías a hablar de trabajo. Es la terapia. Está empezando a funcionar. Es maravilloso, ¿no te parece?

Yo me golpeé la cabeza contra la mesa.

—No, todo esto no tiene nada de maravilloso. Se me han roto todos los esquemas. Tengo la sensación de que la cabeza me va a explotar. No soy quien creía que era. Ahora ya no sé ni quién soy. No sé ni cómo me siento. Sólo sé que estoy confusa.

Nada más llegar Rachel y Emily, yo, animada por las dos copas de vino, decidí que estaría bien telefonear a mi hermana Louise y disculparme por la actitud que había mantenido todos esos años.

Resulta extraño. Me paso la vida disculpándome. Me disculpo por pagar con tarjeta de crédito cuando no llevo dinero en metálico; me disculpo si una camarera se confunde y me trae algo que no he pedido; me disculpo cuando alguien choca conmigo por la calle; asumo la culpa cuando entro en una tienda Levi's y ninguno de los diez pares que saca la dependienta es de mi talla. En resumen, yo calculo que pido perdón unas cien veces al día. Incluso estoy planteándome seriamente la posibilidad de imprimirlo en mis tarjetas de visita. Sin embargo, a pesar de vivir disculpándome a todas horas, sentía un imperioso deseo de disculparme en ese instante, así que vacié la copa de un trago y salí a la calle.

Después de preguntarle por Lewis, de inquirir qué había comido ella y qué tal le había ido el día, y de haberle contado lo preciosa que estaba la biblioteca Mitchel iluminada, que se encontraba justo al lado del Chinaski's, tragué saliva y abordé finalmente el tema.

—Siento haberte puesto las cosas más difíciles de lo que ya eran —dije después de recordarle la escena del aeropuerto y la actitud que yo había adoptado desde aquel día—. En aquel momento me parecía que lo que hacías era incorrecto, egoísta e imperdonable. Ahora me doy cuenta de que era valiente y arriesgado.

—Ah, no te preocupes —respondió ella—. No creo que nadie se embarque en un matrimonio pensando que un día u otro acabará. Pero cuando me casé la primera vez, emocionalmente no era más que una niña.

117

Como estaba medio piripi y ya había cogido carrerilla, continué con la confesión:

—Sé que lo que voy a decirte suena horrible, pero siempre me he creído mejor que tú. Me dedicaba a buscar tus puntos débiles o lo que yo percibía como defectos para sentirme superior —dije meneando la cabeza con sonrojo.

—Ya lo sé —dijo ella riendo—. Eres tan transparente, Lorna.

—«¡Ja! Eso se creía ella», pensé—. Pero es normal, nos pasa a todos, así que no te martirices por eso. Lidiar con los celos siempre es difícil. Aparecen con la familia, los amigos, los compañeros de trabajo. Y lo más irónico es que las personas más celosas suelen intentar resolverlo por medio de la negación, y eso les impide afrontar sus propias vulnerabilidades y debilidades, así que acaban situándose a sí mismos por encima de los demás. Necesitan creer que son mejores que los demás, pero los comentarios que hacen o su comportamiento acaba delatándolos.

—Ay, Dios —me lamenté muerta de vergüenza—. ¿Así que crees que es algo obvio y cristalino para los demás? ¿Y por qué no me lo dijiste?

—Lo intenté. Bueno, lo medio intenté al principio, pero no puedes empeñarte en decirle a alguien algo que no quiere escuchar. No puedes dedicarte a sacar defectos a los demás. Sería como intentar convencer a un adolescente de que no es inmortal. Es inútil. Se rebelará más aún. Cada cual tiene que descubrir las cosas por sí solo. Y hay mucha gente que vive toda la vida sin darse cuenta de algunas cosas.

—Por suerte para ellos —apunté—. ¿De qué sirve afrontar las cosas? Estoy empezando a creer que es mejor no hacerles caso. Estoy empezando a arrepentirme de haber comenzado la maldita terapia. Me sentía mucho mejor cuando no sabía todas estas cosas. Me sentía mejor cuando creía que era una persona fantástica, aunque estuviera autoengañándome.

—Puede que al principio te descoloque, e incluso te resulte incómodo —dijo Louise—, pero cuando te hagas a la idea y lo asimiles, te sentirás completamente liberada. Una vez que identifiques, explores y entiendas esas cosas de tu interior, pasarán a ser sentimientos mucho menos destructivos. Aunque parezca una paradoja, funciona así: cuando empiezas a aceptar tus propios sentimientos, dejan de ser las fuerzas motoras de tu vida.

Por primera vez en mi vida, vi a mi hermana desde un punto de vista completamente diferente, y entonces me invadieron un sentimiento de culpa y una confusión terribles. «¿Con quién más me había portado así?», me pregunté. También estaba en proceso de aceptar que al final la Doctora J no era una maestra de la estafa.

Entré de nuevo en el Chinaski's haciendo eses. Rachel y Emily estaban en la barra, charlando con el camarero, que era un encanto.

Katy cambió de tema y me preguntó qué tal llevaba el asunto de Christian. Ella era quien, ahora muy a su pesar, me lo había presentado dos años antes.

De hecho ese mismo día le había enviado un mensaje de móvil, pero esa información me la reservé y le conté la última conversación que había mantenido con él.

—Definitivamente, entre Charlotte y él no hay nada. Me lo prometió, y la verdad es que me quedé muy a gusto después de hablar con él. Pero estoy intentando romper la dependencia. Llevo unos días sin verlo y sin hablar con él. La verdad es que me siento bastante optimista respecto a esta historia, sobre todo desde que sé que no está con Charlotte. Lo de imaginármelos juntos casi acaba conmigo. Ahora creo que él está intentando arreglar las cosas con su mujer.

Ella enarcó una ceja con escepticismo.

En ese momento se sentaron con nosotras Rachel y Emily, que habían decidido que deberíamos marcharnos a otro lado a tomar «otra». Alborotadas y partiéndonos de risa por nada en particular, salimos del taxi en tropel y nos metimos en el Wee Pub. Allí, en un rincón, divisé al hombre alto y fuerte de cabellos castaño claro ante cuyos enormes ojos marrones yo me derretía. Christian. Estaba guapísimo, lucía un traje negro y una camisa blanca, medio desabrochada. A mí se me iluminó la cara hasta que reparé, como a cámara lenta, en la criatura menuda con carita de muñeca que tenía colgada al cuello. Sólo podía tratarse de Charlotte.

La negación,
un poco menos rotunda

Abril

Rectángulos amorosos

Si yo hubiera sido la primera en entrar en el bar, habría tomado la decisión instantánea e inmediata de dar media vuelta y largarme. Probablemente habría puesto alguna excusa como que había demasiada gente, nos habríamos ido a otro bar y, nada más entrar en él, habría salido disparada al lavabo y habría roto a llorar, o me habrían entrado ganas de vomitar. O ambas cosas. Luego habría intentado convencerme a mí misma de que no era él, no podía ser él, no si estaba con ella. Al fin y al cabo sólo los había visto de refilón.

Unas horas antes, Christian había respondido al mensaje de texto que yo le había enviado diciendo que esa noche no podía quedar conmigo porque iba a salir con un amigo. «¿Kdamos para 1crveza? Saldré kn las chiks xo podmos kdar +tard», propuse. No podía evitarlo. Cuanto más se revolvía él, más fuerte me agarraba yo, tanto como si estuviera montada en un toro mecánico. «T llamo dspués», fue la respuesta final de Christian.

Sin embargo, yo fui la última en cruzar la puerta. Para cuando había entrado en el bar, ya no había escapatoria. Katy y Christian, que no eran íntimos amigos pero tenían amigos comunes desde hacía años, se habían visto. El Wee Pub es un lugar íntimo y acogedor, como el saloncito de una casa. Sólo cuenta con media docena de taburetes, tres o cuatro mesas altas y dos bancos inmensos junto a un ventanal, que constituía uno de los lugares más entretenidos para sentarse a ver pasar gente. La cuestión es que allí caben, a lo sumo, treinta personas sin intercambiar fluidos corporales. Así que no es la clase de lugar donde puedas evitar a alguien.

Katy hizo las presentaciones entre Christian, Rachel y Emily. Aunque ellas conocían mi historia con Christian y Emily había oído hablar de él en el círculo de la abogacía, nunca habían coincidido. Al volverse hacia mí, Katy vaciló por un breve instante, casi imperceptible. Ella lo sabía todo, pero evidentemente no quería que él se diera cuenta.

—Creo que vosotros dos ya os conocéis...

Christian frunció exageradamente el ceño y acto seguido, como si se le hubiese encendido una bombilla, exclamó:

—Ah, sí. Nos presentaron en... —Trazó un pequeño círculo con la mano para refrescar la memoria—. ¿La boda de Ali y Dominic?

Claro que sí, yo lo recordaba perfectamente. Había conocido a Christian dos años antes en una boda en la isla de Arran, en la costa sudoeste de Escocia. Yo había ido como acompañante de Katy y no conocía a casi nadie más. Él y yo nos quedamos solos en una mesa y nos pusimos a charlar sobre el trabajo. Por esa época, él vivía en Londres. Yo acababa de incorporarme al *Observer* y le dije que solía pasar uno o dos días a la semana en la capital. También hablamos de nuestra pasión por el submarinismo. Yo había completado recientemente un curso introductorio del PADI y sólo había realizado seis inmersiones —la última en el Agujero Azul de Dahab, en Egipto, tan aterradora que había jurado no volver a meter la cabeza debajo del agua nunca más—, pero delante de él conseguí que mi discurso sonara como si fuese la nieta sirena de Jacques Cousteau. Me fijé en que no sólo no llevaba alianza de casado, sino que además, cuando hablaba de los lugares que había recorrido hasta sumar casi un centenar de inmersiones, siempre empleaba el «yo» y nunca el plural «nosotros».

A mí me pareció guapísimo. Y además pensé que estaba soltero. Hasta que se levantó para pedir algo en la barra y Katy me sacó de mi error. Por lo visto, llevaba dos años casado. «Capullo», pensé. Después de eso crucé apenas cuatro palabras con él. Al final de la noche, me dio su tarjeta de visita y me pidió la mía con la excusa de que su empresa, dijo, estaba involucrada en algunos casos que podían interesar a la prensa y de los que él podía facilitarme información privilegiada. Guardé la tarjeta en el bolso con la intención de olvidarme de él, cosa que resultó relativamente fácil hasta que, al cabo de unos días, me envió un e-mail. Me dijo que tenía una posible historia sobre unas bandas organizadas y propuso que quedásemos para tomar algo y hablar del tema la siguiente vez que yo viajase a Londres. Cuando lo vi la semana siguiente me pareció más guapo todavía. En lugar de comentar el tema de las bandas de delincuentes, charlamos sobre la vida, el trabajo, los sueños... (aunque, pensándolo bien, fue principalmente sobre su vida, su trabajo, sus sueños...).

Nos pasamos todo un año quedando para tomar algo cada vez que yo me desplazaba a la capital, pero en realidad nuestra amistad comenzó a crecer cuando él se trasladó a Escocia. Yo pasaba cada vez menos tiempo en Londres y más saliendo a tomar unas copas con él. Hablábamos de todo excepto de dos temas que, por conveniencia mutua, poníamos gran empeño en evitar. Uno era su mujer (lo único que yo sabía de ella era que era una asesora de dirección ambiciosa que nunca salía del trabajo antes de las nueve de la noche; él me lo contó en respuesta a la única pregunta que yo hice al respecto: si a ella no le importaba que él saliera todos los martes y los miércoles por la noche). El otro asunto tabú era lo que estaba pasando entre nosotros. En otras palabras, hablábamos de todo lo divino y lo humano excepto de los temas de los que teníamos que hablar. A mí me parecía un hombre divertido, inteligente, entusiasta y sexy. Tenía todo lo que busco en un hombre. Pero todos los días me recordaba a mí misma que a) no estaba disponible, y mientras tanto fingía no darme cuenta de que b) por supuesto, lo que iba a pasar estaba cantado. Nuestra historia era de manual.

Se supone que los adúlteros en potencia siguen siempre el mismo guión, pero él jamás pronunció ninguna de esas frases trilladas como «Es que mi mujer no me entiende» o «La quiero, pero no estoy enamorado de ella». Él y yo, por nuestra parte, logramos mantener nuestra pose de sólo buenos amigos hasta el verano anterior. La línea del mal la cruzamos una noche de borrachera mientras su mujer se encontraba en un viaje de negocios (y ahí empezamos a seguir el guión al pie de la letra).

Estábamos un poco bebidos, claro. Al principio, sólo nos besamos. En el vestíbulo de mi apartamento. Nos besamos tanto que yo empecé a notar cierta pérdida de sensibilidad e hinchazón en los labios. Fue increíble. Traté de protestar con poco entusiasmo diciendo que no podíamos dejar que aquello fuera a más, pero después de probar la fruta prohibida, bueno..., hacía falta más voluntad de la que yo tenía para decir que no. Después, comprendí a qué se referían en las películas cuando alguien decía que se sentía en la gloria. O en el séptimo cielo. Porque durante unos dos minutos yo me sentí exactamente así.

El de la amante es un papel glamuroso y excitante, al menos en las películas. Pero el sentimiento de culpa inherente en una escocesa con raíces católicas destruye toda posibilidad de que el placer perdure. Algunos amantes, al acabar, se deleitan fumando un cigarrillo a medias o tomando unas fresas con champán antes de volver a empezar. Pero instantes después de nuestra primera relación sexual peligrosa, cuando el cóctel de sustancias químicas del cerebro se hubo disipado y la realidad de lo que acababa de suceder se impuso, yo me puse histérica. Atravesé corriendo el salón de mi casa, fuera de mí, y empecé a revolver a lo loco todas las estanterías. De haber tenido una Biblia, probablemente la habría abierto y habría comenzado a recitar los fragmentos del Éxodo 20:14 o del Génesis 1:16-17: «Y Dios impuso al hombre un mandamiento, diciéndole que no podía comer...» Oí a Christian gritar desde la habitación, preguntándome si por casualidad tenía un Marlboro Light por ahí. Yo, apoyada contra el marco de la puerta de mi dormitorio, meneé la cabeza y leí en alto un párrafo, capaz de arruinar la magia de cualquier momento, que había subrayado en *La dama del perrito* de Chéjov. Todos mis libros llevan señalados en los márgenes los fragmentos más sugerentes. Extraño, ya lo sé, pero sorprendentemente útil algunas veces.

—Escucha esto —le dije, tratando de disimular la inquietud en mi voz—: «Toda intimidad que al principio añada un toque picante y variado a la vida, que parece una aventura encantadora y alegre se transforma, para la gente decente, en un enorme y complejo problema, hasta que por fin la situación se convierte en una auténtica pesadilla.» Eso, por supuesto, en mi fuero interno ya lo sabía, pero tenía la necesidad de recordármelo a mí misma. Necesitaba verlo en negro sobre blanco.

—¿De qué demonios estás hablando? Esto no es una aventura

—exclamó riéndose con desprecio. Si él también soportaba el peso de la herencia católica o cualquier otra clase de complejo de culpa, lo disimulaba a las mil maravillas.

—Márchate, márchate —dije forzándolo a salir de mi apartamento sin hacer caso de sus palabras—. Esto no tiene que volver a ocurrir jamás, nunca jamás, ¿me oyes?

—Por supuesto que no volverá a ocurrir —afirmó con determinación mientras se vestía—. Cálmate. Ahora ya está todo claro. Podemos ser amigos sin necesidad de toda esta historia entre nosotros. Y si ninguno de nosotros vuelve a hablar del tema, será como si jamás hubiese ocurrido.

«Genial idea», pensé yo, asintiendo con un gesto enérgico.

Pero como cualquiera que haya estado alguna vez en este tipo de situación podrá imaginarse, una vez que cruzas la línea, ya no hay marcha atrás. La línea, sencillamente, se desvanece. Uno se vuelve una especie de yonqui al que le pone la emoción, la excitación, el peligro y el secretismo de las relaciones a escondidas.

«La última vez», suele decir uno, si no en alto, sí al menos para sus adentros, y lo repite cada vez que se mete un pico, hasta que las palabras ya no significan nada. La frase queda reducida a tres palabras que uno pronuncia en un vano intento por tranquilizar su propia conciencia y engañarse creyendo que mantiene el control.

Aunque mis amigas sabían lo que estaba pasando, no hablamos del tema hasta que las cosas se aclararon, hacia el final del año pasado, y yo empecé a volverme loca. Antes de eso, yo fingía delante de ellas, y delante de mí, que era otra Lorna la que se había enamorado del marido de otra. No la Lorna simpática, buena y respetuosa con las normas (salvo con las de limitación de velocidad), no la hija, hermana y amiga ejemplar y moralista que había proclamado a los cuatro vientos que jamás de los jamases pecaría. Ellas, huelga decirlo, no eran tan tontas como yo. Sabían perfectamente cuándo les estaba mintiendo y, en ocasiones, perdían la paciencia ante mi incapacidad para ceñirme a los planes que hacíamos juntas y mi actitud evasiva. Pero en esa época yo estaba demasiado enfrascada en mí misma para que eso me importara.

Incluso después de que Christian y yo hubiéramos sobrepasado la línea, yo jamás le confesé lo que sentía por él. Y tampoco in-

dagué sobre la situación de su matrimonio ni sobre si él se plantea-
ba la posibilidad de dejar a su mujer. ¿Quería yo que lo hiciera?
Pese a que siempre había intentado convencerme a mí misma de que
no lo amaba, estaba empezando a darme cuenta de aquello que mis
amigas ya veían claro: que lo quería, pero me aterraba admitirlo. De
modo que hice lo que mejor se me daba: evitar el tema a toda costa.
Aunque bien es cierto que eso no me hacía feliz, me contentaba con
seguir adelante dejando las cosas tal como estaban. Hasta que apareció Charlotte.

De nuevo en el Wee Pub, las voces de la gente me resonaban extrañas y temblorosas en los oídos como si la conversación estuviera produciéndose en el fondo de una piscina. Oí a Christian decir:

—Y ésta es Charlotte. Acaba de incorporarse a nuestra empresa.
Se enfrentará a su primer juicio con jurado popular la semana que
viene y estaba dándole algunos consejillos. Y...

Y. Y. Y. Intentando mantener un poco de aplomo, me forcé a
sonreír y la saludé. Ella no sólo estaba delgada, sino que además parecía una niñita desamparada de diecisiete años. Estaba sentada en un
taburete, era bajita y menuda, tenía el cabello castaño rojizo recogido en dos coquetas coletitas, brillantes ojos verdes y un impecable cutis sin maquillar. Era impresionante. Y ella lo sabía, porque
apenas podía dejar de contemplar su reflejo en la ventana.

Tras un gesto de cabeza casi imperceptible hacia nosotras, Charlotte tomó las riendas de la conversación y la encaminó en una dirección ligeramente diferente.

—Estaba enseñándole a Christian mi tatuaje —Al pronunciar
su nombre, le dedicó una resplandeciente sonrisa—. Mirad. —Tras
ponerse de pie sobre el reposapiés del taburete, se levantó la camiseta y se bajó la falda descubriendo su cóncavo estómago de tal forma que, si te agachabas y ponías la nariz en su pelvis, podías distinguir una Hello Kitty del tamaño de una moneda de diez peniques
justo encima de la cadera.

Katy, Rachel, Emily y yo intercambiamos una fugaz mirada silenciosa de perplejidad. Sin cruzar una sola palabra, supe exactamente lo que todas ellas estaban pensando: «¿Qué clase de mujer se
comporta de ese modo?» O al menos me consolé creyendo que eso
fue lo que pensaron para no sentirme tan sola en mi amargura.

Christian rompió el silencio preguntándonos a todas qué queríamos tomar. Cuando volvió, yo lo oí como desde lejos hablar sobre juicios y darles a Charlotte y a Emily una perturbadora lección sobre lo fácil que resultaba engañar a un jurado.

Pero no podía concentrarme. Me sentía como si estuviera viviendo una experiencia extracorpórea o acabara de despertar de un sueño. Asentía de forma intermitente y componía una falsa sonrisa de vez en cuando. Mi cabeza empezó a maquinar a toda velocidad, amontonando todas las cosas que quería decir, aunque creo que no logré articular ni una sola palabra. Durante todo ese rato, había estado diciéndome que tenía que marcharme de allí antes que Christian, pero, al cabo de una media hora, con la pinta de Guinness todavía a medias, él consultó su reloj y dijo:

—Bueno, tengo que irme a casa. Que mañana...

—Podemos tomar un taxi juntos —lo interrumpió Charlotte, que se las arregló para acabarse la cerveza, saltar del taburete, ponerse su precioso abrigo de cuero verde, coger el bolso y decir adiós en un único y veloz movimiento.

Yo miré a Christian, pero él evitó el contacto visual. En cuanto salieron por la puerta, las lágrimas comenzaron a resbalarme por las mejillas.

—Esto no guarda relación con Christian y Charlotte, sino con otros conflictos anteriores aún no resueltos. —Ésas fueron las primeras palabras de la Doctora J, unos quince minutos después de comenzar la sesión al día siguiente por la tarde. (Por primera vez, yo habría deseado que la sesión del miércoles fuese por la mañana, como los otros días, en lugar de a las seis de la tarde.)

La noche anterior, después de aquel encuentro con ellos, apenas había dormido. Había estado en la cama, despierta, odiando a Christian unos ratos y amándolo otros, odiándola a ella unos ratos y deseándole la muerte otros, y odiándome a mí misma. Milagrosamente, había conseguido dominar mis impulsos para no llamarlo esa misma mañana, aunque en realidad creo que fue la idea de «comentar el tema antes en la terapia» lo que me había convencido. Por otra parte, tenía clarísimo que, en cuanto me tomara la primera copa de vino, independientemente de lo que hubiera sucedido en la consulta de la Doctora J, la fuerza de voluntad para no llamarlo se disiparía. Yo creía que las últimas semanas llevaba mucho mejor la situación, pero al verlos juntos, me sentí peor incluso que cuando me enteré de que estaban liados.

Nada más tumbarme en el diván, le pedí a la Doctora J, con mayor esperanza que confianza, que me obligara a borrar el número de Christian de mi móvil, aunque me lo sabía de memoria.

—Puede amenazarme con que, si lo llamo, se negará a recibirme, subirá sus honorarios o contratará a un matón que me parta las piernas. Algo así. Lo que sea —dije yo medio en broma medio hundida en la más absoluta miseria—. Necesito que alguien me pare los pies. Me han vuelto a invadir un montón de sentimientos horribles y me asusta cometer alguna barbaridad.

Me sentía plenamente convencida, basándome única y exclusivamente en la intensa sensación de náuseas que me atenazaba el estómago, de que Charlotte iba a «cazar» a Christian y pasar el resto de su vida con él. Me recriminaba a mí misma el no haberle expresado nunca mis sentimientos, confiando, por alguna razón, en que eso impediría que nuestra historia se convirtiera en el culebrón que en esos momentos me parecía estar viviendo.

Cuando la Doctora J insinuó que mis sentimientos no iban en la dirección correcta, yo protesté de inmediato a pesar de que no me cabía la menor duda de que tenía cierta razón. Di por hecho que ella se refería a Johnnie y fui perfectamente consciente de la ironía. En el caso de Johnnie, yo hubiera tenido todo el derecho del mundo a ponerme hecha una furia, pero no lo hice. En cambio ahora, diez años después, no tenía derecho a pedirle nada a Christian y, sin embargo, estaba a punto de perder la cabeza.

Pero por lo visto la Doctora J no se refería a sucesos tan recientes como los ocurridos hacía una década. No, para ella, el origen de todo se remontaba a un pasado mucho más lejano. A conflictos pendientes de los que yo ni siquiera era consciente.

Así que no le hice caso, que era lo que acostumbraba hacer cuando me sentía inmersa en un mar de confusión y contradicciones, y continué despotricando:

—¿Sabe cuál es la diferencia entre Charlotte y yo? Que cuando ella sabe lo que quiere, va a por ello y no para hasta que lo consigue. Nada se interpone en su camino. Es una de esas personas superseguras y agresivas. Probablemente nunca la ha rechazado nadie. En cambio yo, dudo y espero a que vengan a buscarme.

—Este discurso parece el de alguien que compite con una hermana mejor y más fuerte por el amor exclusivo e incondicional de los padres.

—Charlotte es, como mínimo, diez años más joven que yo —respondí con la mirada clavada en el techo.

La Doctora J hizo una pausa antes de contestar. En ese instante me di cuenta de que lo hacía para darme tiempo a reflexionar sobre las múltiples y diversas razones por las que mi último comentario era inapropiado.

—No importa la edad que tenga —dijo al fin la voz a mi espalda—. Para usted, ella es más fuerte y mejor.

Así que la lucha continuó. Yo le dije que jamás le había exigido nada a ninguna de las parejas con las que había estado. Que nunca me había puesto en contacto con Christian cuando eso podía comprometernos, ni me había presentado en la puerta de su casa, ni le había llamado al teléfono fijo. Él llevaba la voz cantante en la relación. Yo jamás le había pedido nada, lo cual me parecía un motivo por el que sentirme orgullosa hasta que la Doctora J me desmontó por completo la idea y afirmó que era una prueba más de mi pasividad infantil en las relaciones.

—Su discurso parece el de una niña pequeña que piensa que es bueno o malo desear algo, y ésa podría ser una de las causas que han provocado la situación en la que se encuentra ahora mismo. Oyéndola hablar da la sensación de que no siente usted ningún respeto por sus propios derechos y necesidades.

Para mis adentros pensé «que te jodan», pero lo cierto es que me descubrí sacudiendo la cabeza, consternada, porque había algo de verdad en sus palabras.

La Doctora J estaba mucho más habladora que de costumbre y hacía más comentarios e interpretaciones que nunca. Cuando me pidió que le contara más detalles de la relación, yo contuve el impulso de embarcarme en un discurso sobre lo mucho que lo quería y admití que me había dado cuenta de que nuestra relación cojeaba por tantos lugares que ni siquiera podía describirse como relación.

Le conté que, durante los últimos ocho o nueve meses, no me había concedido a mí misma la oportunidad de reflexionar sobre mis acciones ni mis sentimientos. Rehuía completamente esa cuestión. Y tampoco hablaba de eso con él. Ambos nos limitábamos a actuar como si no pasara nada. Sin embargo yo, cada vez que me topaba con algún artículo sobre la infidelidad en una revista o un periódico, lo leía con una avidez insólita. Era como una alcohólica que todavía no ha dado el paso de admitir su problema. Me consolaba con toda clase de excusas para convencerme de que no era una aventura de verdad —me costaba un esfuerzo ímprobo pronunciar la palabra— y para lograr sentirme moralmente superior. Había elaborado una larga lista de «al menos»: al menos su mujer estará haciendo lo mismo (no tenía ninguna prueba de ello, eran meras conjeturas basadas en el hecho de que ella supuestamente trabajara todos los días hasta las nueve de la noche, pero para mí representaba un enorme consuelo imaginar que era cierto); al menos nunca le he pedido que deje a su mujer; al menos no nos escapamos durante fines de semana enteros; al menos no me presento en la puerta de su casa como una psicópata; al menos no le digo que lo quiero; al menos no le pregunto si me quiere ni adónde cree que va nuestra relación. En resumen, alternaba entre tranquilizar mi conciencia con la ficción de que no era una aventura real e intentar convencerme, cuando lo primero no funcionaba, de que al menos estaba comportándome como la «otra» perfecta. Y me felicitaba por ello dándome palmaditas en la espalda.

—Éstas son las cosas que más me cuesta afrontar, las que me resultan más bochornosas —admití ante la Doctora J—. Yo pensaba que, al no haberle pedido nunca nada, las cosas acabarían funcionando. Y, lo que es más humillante, pensaba que yo significaba algo para él. Pensaba que yo era la única. O al menos la única otra, porque yo, por retorcido que suene, estaba dispuesta a conformarme con eso. Yo no habría acabado aquí, en la consulta de un psicólogo, si él no se hubiese liado con Charlotte.

—Eso es una suposición —respondió la Doctora J—. Una suposición interesada. Cuando uno se descubre recurriendo a suposiciones, conviene preguntarse por qué.

Imaginé adónde quería llegar la Doctora J. Si yo les echaba la culpa de todo a ellos, no tendría que asumir mi parte de responsabilidad. Estaba empezando a percatarme de las dimensiones del abismo entre decir «Soy madura, estoy asumiendo mi responsabilidad» y ser madura y asumir mi responsabilidad.

Tras una pausa, ella continuó:

—Puede que Christian y Charlotte fueran el catalizador que la impulsó a emprender la terapia, pero no creo que ellos sean los causantes de sus problemas. Si no hubieran sido ellos, podría haber sido otra persona: aunque los personajes cambien, la historia es muy similar. Culparlos le sirve a usted para no pensar por qué se metió en esta situación, en una situación que, de algún modo, ya sabía que no tendría un final feliz.

Suspiré y me refugié en el silencio.

Las sosegadas pero incisivas palabras de la Doctora J volvieron a clavárseme como cuchillos.

—Lo que me ha contado hoy suena como el discurso de una niña pequeña que cree que será recompensada por ser buena. Y hay una acuciante necesidad en usted de sentirse especial, incluso superior. —Dejó que las palabras se posaran antes de continuar con la interpretación—: Muchas de las personas que necesitan sentirse mejores que los demás en realidad tienen muy profundamente arraigado el miedo a que los demás no los acepten.

Escuché el sonido de la lluvia golpeteando contra la ventana. Poco a poco los demás ruidos fueron volviéndose audibles: el lejano fragor del tráfico, el reloj, los crujidos del suelo de madera en otras estancias del apartamento... Mientras los oía, urdí un plan.

Alargué el brazo para coger un pañuelo de papel.

—¿Sabe cómo me hace sentir todo esto? —No esperé a que respondiera—. Estúpida, patética, humillada, impotente, fuera de control. Y sí, estoy celosa. Estoy locamente celosa de esa chica jovencita supersegura que sabe lo que quiere, va a por ello y lo consigue. Y sí, también siento rabia. Una rabia tan intensa como la que jamás he sentido, o al menos, como jamás he reconocido haber sentido. Y, por una vez en mi vida, no voy a contenerla. No voy a quedármela dentro. Gracias a usted, voy a proponerme hacer algo para resolverlo.

Hice una pausa con la esperanza de recibir alguna señal de aprobación. Cuando quedó claro que no iba a producirse, continué.

—Voy a escribirle una carta a su mujer. Ella merece saber que está casada con un capullo. Y también voy a ponerme en contacto con Charlotte. Está claro que ella lo tiene en un pedestal, como lo tenía yo. Ella lo idolatra, así que voy a avisarla para que no caiga en la trampa y cometa el mismo estúpido error que yo.

A mi espalda se instaló un silencio ensordecedor.

Yo, en mi cabeza, me la imaginé diciendo: «Ésa sí que es una buena idea, Lorna. Adelante. Mira, si quieres podemos escribir la carta entre las dos. Déjame ayudarte a entrar en contacto con la mala pécora que llevas dentro. Tú afirmas que ese tipo de comportamientos no va con tu carácter, pero a veces es bueno dejarse llevar por los impulsos y salir del registro en que uno se siente cómodo, así que adelante. Ponlo todo patas arriba. Deja que tu mente se exprese. Conecta con tu ira. Dile a esa pobre mujer cómo es en realidad su marido y comparte lo que has aprendido de tus errores con esa pobre jovencita ingenua. Gran idea. Actúa como si fueras la psicóloga de los demás en lugar de comprender que todo esto no tiene que ver con ellos. Todo esto tiene que ver contigo.»

Pero a esas alturas yo ya sabía gracias a los libros que había leído, a las experiencias que había tenido hasta el momento con la Doctora J y a las conversaciones con Louise y Katy que los buenos psicoterapeutas no dan consejos. Intentan no infantilizar a sus pacientes, sino tratarlos con la dignidad que merece cualquier adulto. Intentan ayudarlos a afrontar las decisiones difíciles, y a asumir por completo las consecuencias de sus acciones o su pasividad, pero los ayudan a hacerlo solos. Y, sobre todo, no les entregan autorizaciones para llevar a cabo estúpidos y turbios planes de venganza. El único problema era que yo no me sentía preparada ni estaba dispuesta a que me trataran con la dignidad que corresponde a los adultos. Quería que alguien me ordenara, o al menos me aconsejara enérgicamente, qué tenía que hacer en una situación tan angustiosa como ésa para tener a alguien a quien poder echarle la culpa si el asunto acababa en llanto.

Sabía que todo aquello era desatinado y pueril, pero para qué negarlo, en gran medida la vida adulta también lo es.

En lugar de apoyar mi plan, como era de esperar, la Doctora J rescató la frase que yo acababa de lanzar para que la analizáramos con microscopio y pudiéramos descubrir la oscura verdad oculta tras las palabras.

—Dice usted que su esposa «merece» conocer la conducta de su marido. Y dice que quiere «ayudar» a esa otra mujer para que no cometa el mismo error que usted.

Dejó la frase suspendida en el aire durante un rato antes de continuar:

—Da la sensación de que para usted es importante presentarse ante los demás como una persona desinteresada y altruista. Desde el primer día ha intentado proyectar ante mí una imagen bastante angelical. Incluso al hablar de su aventura con un hombre casado, siempre ha insistido en lo bien que se ha portado usted. Y ahora sostiene que quiere ayudar a esas otras dos mujeres. Es como si le resultara imposible admitir que está haciendo algo, lo que sea, por razones egoístas, o que en algún momento se ha dejado llevar por instintos más básicos. La mayoría de los mortales normales y corrientes se mueven por sus propios intereses. Sin embargo usted, por alguna razón, necesita aferrarse a la creencia, no a la ilusión, de que es diferente.

Estuve a punto de saltar en mi defensa, pero no lo hice. Pensé con detenimiento en lo que acababa de decirme y me estremecí. Vaya, esa mujer daba cada día más en el clavo. Durante las últimas sesiones, se había salido varias veces por peteneras abordando asuntos que en apariencia no venían al caso y que, sin embargo, le habían servido para señalar alguna incómoda verdad sobre mí en la que yo no había reparado.

Parpadeé varias veces y suspiré, me mordí las cutículas, meneé la cabeza y me llevé las manos a la cara.

—Supongo que tiene razón —dije—. Me resulta muy difícil admitirlo, pero imagino que lo que en realidad deseo es hacerle daño a Christian porque él me ha hecho daño a mí. —Poder compartir con alguien esos impulsos tan arraigados y mezquinos fue una sensación nueva increíblemente confortante—. Sí, es eso. Estoy enfadada con él. Quiero vengarme. Porque él dejó que me enamorara de él. Es más, yo diría que me empujó a hacerlo. Y cuando efectivamente me enamoré, me dejó tirada y se fue con otra.

La Doctora J repitió esa última frase, supongo que para que yo oyera otra vez lo infantil y patética que sonaba.

La imaginé diciéndome: «Culpar a los demás es un modo de no tener que asumir la responsabilidad de sus actos.»

Por unos instantes detrás del diván se hizo el silencio, hasta que la Doctora J quebrantó la norma e hizo lo más parecido que puede permitirse un psicoterapeuta a decirle a alguien lo que tiene que hacer.

—Voy a pedirle que no reaccione con una impulsividad potencialmente destructiva —dijo con lo que percibí como un atisbo de alarma en su voz—. La terapia consiste en aprender a sentir todo el espectro de emociones que uno alberga en su interior, incluidas las más incómodas como la ira, los celos, el miedo y la rabia. Consiste en aprender a reconocer la expresión máxima de esos sentimientos, a vivirlos intensamente en lugar de evitarlos o actuar impulsivamente para desterrarlos o transferirlos a otro. Y consiste también en aprender a expresarlos de forma clara y directa, sólo cuando convenga, si conviene, y sin destruirse ni castigarse a uno mismo ni a otros en el proceso.

Yo me sumí en el silencio y pensé en todo el puto caos donde me había metido.

—Está usted enfadada con él y consigo misma, pero, por favor, no la tome con otra mujer cuyas circunstancias desconoce usted por completo. No arremeta contra otra persona para desahogar su propia rabia, su odio hacia usted misma y su culpabilidad, es decir, las causas que la han arrastrado hasta esta situación. Abordemos la raíz del problema. Y ahora, lo siento, pero se nos ha acabado el tiempo.

Yo cogí mi bolso, me dirigí a la puerta y la abrí, pero antes de marcharme, me volví hacia la Doctora J. Ella permanecía en su sillón, inclinada sobre la mesa y con una expresión en el rostro en la que yo percibí cierta tristeza.

—Me habría gustado que, por una vez, me hubiese dicho algo agradable —dije con los ojos anegados en lágrimas—, algo que me permitiera sentirme un poco mejor sobre este monumental desastre en el que estoy inmersa.

—Ése no es mi trabajo —respondió.

Al volver la cabeza y salir por la puerta, me di cuenta de lo mucho que necesitaba un abrazo.

Me quedé sentada en el coche durante media hora hasta que reuní las fuerzas necesarias para conducir. Estaba cayendo la tarde. Acababan de cambiar la hora y todavía era de día. La lluvia había cesado, pero daba la impresión de que no tardaría en caer otro chaparrón. Los nubarrones negros volaban tan bajo que me invadió una extraña sensación de claustrofobia. Me dediqué a observar el tiempo durante un rato para intentar huir de las palabras de la Doctora J, que seguían retumbándome en la mente.

Desde el punto de vista racional, yo era perfectamente consciente de que mi plan era un despropósito, pero seguía sintiendo la acuciante necesidad de llevarlo a la práctica. Incluso fui capaz de encontrarle el lado positivo: por una vez iba a actuar con determinación, por una vez iba a sacar la rabia y el enojo en lugar de quedármelos dentro.

De camino a casa, pensé: a los psicólogos no hay quien les gane. Si no haces nada, eres demasiado pasivo. Si pasas a la acción, eres demasiado agresivo. La única solución era no hacerles ni puñetero caso. Iba a dejarme llevar por mis instintos. Ya estaba mentalizada. Sólo necesitaba que alguien reforzase mis prejuicios y estaría lista para la destrucción. Me sequé las lágrimas, me fui a casa, tomé una ducha y realicé unas cuantas llamadas.

Unas horas más tarde quedé con Katy, Rachel y Emily en el Chinaski's. Les conté mi plan de escribir a la mujer de Christian y ponerme en contacto con Charlotte. Katy meneó la cabeza con gesto de manifiesta irritación.

—Un momento, ¿podemos recordar los hechos, por favor? A ti había dejado de interesarte ese tipo hasta el día en que él dejó de interesarse por ti. Si, antes de que apareciera Charlotte, él se hubiera planteado la posibilidad de dejar a su mujer, tú habrías salido por piernas. Lo deseabas porque no podías tenerlo, porque así estabas a salvo. Y de repente, cuando él aparece con otra, tú te obsesionas completamente con él. Estás desesperada, y él utiliza tu desesperación para dominarte. Es patético. Y otra cosa, Lorna, deja ya ese rollo de que ella es despampanante porque no lo es. En absoluto. Es una niñita, y cuando digo niñita me refiero a que no tiene tetas ni culo. Parece una preadolescente. Además, las mujeres que no tienen amigas es porque tienen problemas psicológicos graves. Bueno, y no sé qué hacemos empleando tanto tiempo en hablar de ella. Las mujeres siempre caemos en lo mismo. Y él, ¿qué? Él es como un adolescente cabreado disfrazado de adulto. Y supongo que precisamente por eso os sentíais atraídos. —Yo la escuchaba sosteniéndome la cabeza con las manos. Ella, mientras tanto, prosiguió—: Si ni siquiera es lo que tú quieres. Es amor exclusivo e incondicional, que es lo que quieren los niños.

Rachel estaba de acuerdo en que yo no debía escribir esa carta.

—Destrozar las ilusiones que esa mujer tenga puestas en su marido no es una tarea que te corresponda a ti. Ése es un asunto privado que tiene que quedar entre ellos dos —me dijo—. Y no olvides que la gente tiene una tendencia natural a matar al mensajero cuando le dice algo que no quiere oír. Aunque en este caso concreto, tú te lo tendrías bien merecido.

Luego Rachel contó, a modo de fábula ejemplar, una historia sobre una mujer que le había dicho a su mejor amiga que los rumores que circulaban sobre la infidelidad de su marido eran ciertos.

—¿Y sabes lo que respondió su amiga? —preguntó Rachel—. Se volvió hacia su mejor amiga hecha una furia recriminándole que estaba celosa de su matrimonio porque era soltera y preguntándole indignada qué clase de supuesta amiga era después de atreverse a decirle algo así. Desde ese día no ha vuelto a dirigirle la palabra y, por supuesto, tiene idealizado a su marido, que sigue tirándose a todo lo que se mueve. La gente está como una cabra y, si se habla de relaciones, ni te cuento...

En cuanto al deseo de compartir mi experiencia con Charlotte, Rachel se echó a reír con desdén.

—Venga ya. Lo que quieres es hacerle saber que tú ya has tenido lo que ella tiene. Lo que necesitas es que sepa que no es tan especial como cree, que ella no es la primera, ni será la última. Pero todo eso no tiene nada que ver con ayudarla para que no cometa el mismo estúpido error que tú. La gente, como todos sabemos bien, tiene que cometer sus propios errores.

Mecachis. Todas mis esperanzas de reclutar aliadas racionales y con sangre fría para llevar a cabo mi plan de destrucción estaban esfumándose por momentos. Suerte que todavía quedaba Emily. Yo había oído decir a muchos escépticos de las psicoterapias la frase —que, de hecho, yo misma empleaba— de que si cuentas con buenos amigos, no necesitas terapia, y daba por sentado que eso era porque siempre habría al menos uno que te diría lo que quieres oír.

—¿Por qué esa clase de hombres se llevan la mejor parte de los dos mundos? —dijo Emily—. A mí me viene a la cabeza el dicho de repicar y estar en la procesión. Ellos se ven atrapados en matrimonios agotados, pero son demasiado débiles y cobardes para dejarlos. Al principio, intentan eludir la culpa manipulando a la esposa para que sea ella quien tome la decisión. Ellos se apartan, dejan de lado el sexo, las critican. En definitiva, hacen que la mujer se sienta una piltrafa humana. Pero si la mujer no pica, que nunca lo hace, porque todos sabemos que cuando alguien deja de desearte, aunque racionalmente sepas que ya no funciona, tú lo deseas más que nunca...

—Estás hablando de tus propias movidas —la interrumpió Katy meneando la cabeza.

—Es que me jode —replicó Emily con un fuerte resoplido— que esos tíos jueguen a la familia feliz y, para matar el aburrimiento, busquen emoción y diversión en una aventura adúltera con una niñata pánfila que les infle su puto ego. Y que encima puedan cambiarla por otra más jovencita cada tantos años para sentirse constantemente idolatrados, adorados, reafirmados y venerados. Y que sus monstruosos egos crezcan con el paso de los días. Y que sus adorables mujeres permanezcan ajenas. Que les den por culo. Hazles un favor a su mujer y a la próxima pánfila que caerá en sus garras y escribe esa carta.

Pedimos otra botella de vino mientras Emily continuaba:

—La única razón para no escribir esa carta es que quieras protegerlo. Que sigas enamorada de él y bajo el hechizo de su influencia. Que no quieras hacerle daño para que no se enfade contigo o empiece a odiarte. ¡Al cuerno con eso! Y tú, ¿qué? Él te ha hecho daño. Él se ha portado mal contigo y te ha humillado. Una mujer con arrestos escribiría esa carta. A una mujer con arrestos le importaría un carajo que él fuera a odiarla por eso.

Yo asentí con alivio al obtener la autorización moral que tanto había ansiado.

—Tienes razón. Tienes toda la razón. Una mujer con arrestos la escribiría. Chinchín.

A la mañana siguiente me desperté con un terrible nudo en la boca del estómago. Sobre la almohada del otro lado de la cama reposaba un cuaderno. Otros, cuando están borrachos, se dedican a llamar por teléfono; yo me limito a escribir. En el momento, parece que escribes cosas verdaderamente trascendentales, pensamientos profundos, incluso poemas, alguna que otra vez, sobre la condición humana y el significado de la vida.

Sin embargo, cuando lo relees a la fría luz del día, descubres que son, sin excepción, una ridícula sarta de chorradas. Y eso los fragmentos que tienen algún sentido.

Abrí el cuaderno con indecisión. En la primera página había unos garabatos casi indescifrables que parecían escritos por un niño de ocho años. «Bla, bla, bla. No volveré a querer jamás a nadie. Bla, bla, bla, verborrea ininteligible. ¿Cómo te quiero? Déjame contar de cuántas maneras. Verborrea ininteligible. Qué sentido tiene compartir. Bla, bla, bla. Ésta, la única vida que nos ha sido concedida.»

Por un instante, me llevé una agradable sorpresa. No me pareció tan terrible como en otras ocasiones. Pero después me acordé de que me había quedado despierta hasta las dos bebiendo vino, llorando, escuchando «Young Hearts Run Free» de Candi Staton y The Magic Numbers una y otra vez en modo repetición, y recitando en voz alta los sonetos de amor de Elizabeth Barrett Browning.

Los garabatos emborronados por las lágrimas eran una mezcla explosiva y nefasta de los tres, como los resultados del experimento que Jeff Goldblum lleva a cabo consigo mismo en *La mosca*.

Pasé la página y allí estaba. Unos garabatos ilegibles que, tras una inspección de cerca, resultaron conformar un borrador de «la carta más difícil que jamás habría de escribir».

Estimada señora..., siento tener que ser yo quien se lo diga. La verdad es que... sumaridoesunCAPULLOINTEGRAL. Yo lo quiero. LO QUIERO. LO ODIO. LO QUIERO. LOODIOPORQUE-ESUNCABRÓN.

Durante las siguientes semanas, la Doctora J continuó removiendo y hurgando de forma implacable en los entresijos de mi mente. Yo no le hacía caso en unas ocasiones y, en otras, discrepaba con ella, pero la mayoría de las veces, por irritante y frustrante que me resultara, no me quedaba otro remedio que darle la razón. La Doctora J parecía poseer un don no sólo para ver la cruda realidad, sino también para exponérmela de tal forma que resultaba imposible discutírsela. Y yo estaba empezando a darme cuenta de que ésa, precisamente, era la diferencia entre tener buenos amigos y someterse a una terapia. Fuera, en el mundo real, si alguien te critica o simplemente te lleva la contraria, tu primer instinto es defenderte aun sin ser consciente de que estás haciéndolo. En la terapia, en cambio, vas descubriendo que, si bien nadie puede sobrevivir sin mecanismos de defensa, la mayor parte de nosotros confiamos demasiado en ellos. Poco a poco empecé a ver que la historia entre Christian y yo no era la gran aventura del siglo que yo creía. Que éramos un par de egoístas completamente rotos por dentro. Y que —y eso resultó especialmente duro— nadie que no tuviera una opinión negativa de sí mismo, nadie que se gustara mucho y que no tuviera graves problemas de comunicación, se hubiera metido en una situación como ésa. Aunque estaba empezando a entenderlo, seguía pensando en él todos los días en algún momento de la mañana, el mediodía y la noche. Aunque fuera un error por mi parte, lo echaba de menos. Él constituía una adicción difícil de superar. Así que, pese a que me sentía mejor, todavía no estaba curada de él.

No me apetecía especialmente ir a la fiesta de Louise y Scott, sobre todo desde que me confesaron su intención de emparejarme con uno de esos médicos amigos suyos con capacidades sociales nulas, hombres que carecían del don de gentes de los guapísimos adjuntos, residentes e internos —yo no los veía como actores— de las teleseries de médicos americanas. Al menos todos pertenecían al departamento de urgencias donde trabajaba Scott.

—Todos los buenos están cogidos —protesté—. Y los que están solteros es por algo.

Finalmente, aunque a regañadientes, me obligué a lavarme la grasienta cabellera y a ponerme un vestido. Al menos conocer a gente nueva me mantendría distraída unas horas durante las cuales no me comería el tarro pensando en Christian y Charlotte.

Louise y Scott viven en una inmensa casa adosada al final de un tranquilo callejón sin salida en lo que pretendía ser la versión escocesa de Wisteria Lane o Knots Landing. Les sobra casa por todas partes. Tienen cuatro dormitorios, un estudio, una cocina con comedor gigantesca que, según el vendedor de la inmobiliaria, constituía el mayor atractivo comercial de la vivienda, y una zona ajardinada donde los niños del barrio juegan a «beso o bofetada», si es que la juventud todavía juega a esas cosas. Es la típica urbanización donde la gente dedica los domingos por la tarde a lavar el coche o a cortar el césped. A veces, cuando voy a verlos, me produce auténtica repugnancia. Otras, cada vez más, desearía vivir allí con mi familia y no tener nada más emocionante que hacer que lavar el coche o cortar el césped los domingos por la tarde.

La fiesta comenzó sorprendentemente bien cuando al abrir la puerta con una bandeja llena de copas de champán, Louise me susurró:

—Qué lástima, no está. Al final no ha podido venir.

Por un instante no supe de quién hablaba, pero enseguida caí en la cuenta.

—Genial. En serio, no tengo ganas de conocer a nadie —le dije.

Entramos en la cocina, desde donde se accede a un gran patio. Fuera había unas cuantas personas y dentro, alrededor de una docena. Por la casa habían desplegado un opíparo banquete: fiambres, ensaladas, salmón, pizzas y una gran variedad de *snacks* y aperitivos.

—Ésta es mi hermana Lorna —anunció Louise con orgullo—. Es periodista y trabaja en el *Observer*.

—Uy, la bicha, la bicha. No puedo con los periodistas —exclamó alguien llamado Malcolm, haciendo el signo de la cruz en dirección a mí—. Son lo peor. Inventan mentiras, publican lo que les da la gana y le arruinan la vida a la gente. Tienen demasiado poder en sus manos.

Mierda. Todo el mundo se volvió hacia mí con expectación.

—Eh, bueno, sí, pero sin libertad de prensa no hay democracia. Nosotros, bueno, yo personalmente no, mis colegas, quiero decir, se encargan de que el gobierno rinda cuentas. Y además... eh... además alguien dijo en una ocasión que si hubiera que elegir entre un gobierno sin prensa o una prensa sin gobierno, no dudaría en escoger la primera.

—Querrás decir la segunda —me corrigió alguien.

—Sí, bueno, eso, lo que sea —farfullé.

—Joder, pero si son unas bestias salvajes —gritó Malcolm, que obviamente había comenzado pronto con los aperitivos líquidos.

—Fue Thomas Jefferson —dijo un hombre con un agradable timbre de voz grave y sexy.

—¿Eh?

—Que fue Thomas Jefferson quien dijo eso sobre la prensa.

—Ah, sí, claro, claro —respondí tomando un trago de champán.

—Y eso que él recibió ataques e incluso injurias por parte de la prensa. Más que Clinton y que Blair.

—Sí, exacto —repuse, y acto seguido lancé a Malcolm una mirada como diciendo «Jódete, mamón» y sonreí con agradecimiento al individuo sorprendentemente bien informado que había acudido en mi rescate.

Él me devolvió la sonrisa, me tendió la mano con torpeza y enseguida la apartó de nuevo.

—Humm, hola. Soy David.

Si yo no hubiera tenido la mente contaminada por otra persona, le habría encontrado el mismo punto atractivo que me encantaba de Roger Federer. No era Christian, desde luego, pero tenía una estatura, complexión y físico parecidos y unos enormes ojos castaños igual de cálidos. También tenía un precioso y voluminoso cabello, oscuro y alborotado, al estilo del famoso tenista suizo.

Se inclinó hacia mí y, cuando los demás reanudaron la conversación en sus diferentes corrillos, me dijo al oído:

—El padre de Malcolm fue encarcelado por fraude. Y el asunto lo destapó la prensa local. —Lo miré con gesto ceñudo, y entonces él agregó—: Le resulta mucho más fácil arremeter contra todos los periodistas que aceptar que su padre es un delincuente.

—Todo el mundo necesita un cabeza de turco —dije asintiendo—. En todo caso, encantada de conocerte —añadí, y me marché disparada al jardín.

Tal vez fuese extraordinariamente guapo, pero yo no estaba de humor para acabar atrapada en un rincón conversando toda la noche sobre la rabia mal canalizada —ya tenía suficiente con la Doctora J— y la libertad de prensa.

Di un par de vueltas por el patio. Hacía una tarde de abril espléndida y soplaba un aire fresco y puro. El jardín estaba plagado de capullos a punto de abrirse y la hierba había adoptado un color verde oscuro que confirmaba la llegada de la primavera. La época en que cantan los pájaros. La época de los nuevos comienzos.

Mi cuñado Scott y algunos de sus amigos estaban debatiendo sobre la decisión de alguien de organizar una boda sin alcohol.

—Yo me llevo una petaca —dijo uno—. Pienso ir con la cogorza puesta.

—Ah, no, eso sí que no —refunfuñó una mujer horrible (la futura esposa, se supo enseguida) con una larga melena pelirroja que sacudió sobre su desnudo hombro blanco, o más bien rosa, al estilo de la señorita Peggy—. Se prohibirá la entrada a cualquiera que sea sospechoso de estar bajo la influencia del alcohol.

«Serán alcohólicos en rehabilitación o perfeccionistas morales profesionales», pensé justo antes de que ella dijera:

—No somos alcohólicos en rehabilitación ni tampoco se trata de una postura moral. Sencillamente detestamos el alcohol. Es un escudo peligroso tras el que la gente se esconde.

«El alcohol no es ningún escudo», pensé indignada bebiéndome de un trago la primera copa de champán. En ese instante alguien replicó:

—Yo no estoy de acuerdo. De hecho, creo que es al contrario.

Es una forma de que la gente baje la guardia. Elimina las inhibiciones. No sé si la conoces, pero hay una expresión que dice *«In vino veritas»*.

«Pero algunas personas no soportan tanta verdad», murmuré para mis adentros citando a Louise, Katy y la Doctora J mientras me escabullía hacia la zona de bufet por si acaso la situación adquiría tintes de polémica.

Después de llenar mi plato con modestia (no quería que nadie me tomase por una vaca glotona incapaz de controlar su apetito), me uní a un grupo de cinco o seis personas entre las que se encontraba David.

—¿Y a qué clase de periodismo te dedicas, Lorna? —preguntó.

—¿Has entrevistado alguna vez a alguien famoso? —añadió un tipo llamado Jerome.

Yo me devané los sesos. ¿A qué clase de periodismo me dedico? Buena pregunta. Pensé que probablemente les cortaría el rollo de un plumazo si les contaba que el último artículo digno de mención trataba sobre la psicoterapia intensiva a la que me había sometido a raíz de mis problemas de comunicación, las dificultades que tenía para entrar en contacto con mis sentimientos, y mi incapacidad para establecer relaciones sanas de igual a igual con un miembro adulto del sexo opuesto. ¿Había entrevistado alguna vez a alguien famoso?

—Eh…, he entrevistado al Primer Ministro de Escocia —dije en tono casi de disculpa.

—Humm, ya —dijo Jerome, con manifiesta decepción—. ¿A alguien más? ¿A algún futbolista o alguna estrella?

Me quedé en blanco, pero de pronto me acordé:

—¡Sí! En una ocasión entrevisté al actor que hace de Will en *Will & Grace*. No recuerdo cómo se llamaba, pero estaba buenísimo. Y era hetero. Aunque, por desgracia, estaba felizmente casado. Se lo pregunté.

—¿Y de qué iba el último artículo que escribiste? —insistió David.

—Realicé una investigación sobre el escándalo de unos pacientes a los que les contagiaron el VIH y la hepatitis por medio de sangre contaminada. Es el peor desastre sanitario en la historia del

Servicio Nacional de Salud y todos los gobiernos se han negado a abrir una investigación para aclararlo. Es una desgracia —dije sintiéndome bastante orgullosa de mí misma a pesar de la incomodidad, patente en los rostros, que cundió en el corrillo.

—Eso salió publicado en el *Observer* del domingo, ¿no? —preguntó David, con una sonrisa de cierta sorpresa—. Sí, lo leí. Era muy bueno. Y, por desgracia, muy preciso. Una historia muy triste.

Un piropo. Oh, sí. Oh, no. Oh, sí. Oh, no.

—Oh, sí, gracias, qué bien, bueno, pues nada. ¿Alguien se apunta a otra copita de champán? —pregunté cambiando de tema rápidamente y buscando a Louise con la mirada.

—¿Cuánto tiempo llevas trabajando para el *Observer*? —preguntó David.

—Un par de años.

—¿Y dónde trabajabas antes?

Le hice un resumen de mi trayectoria laboral.

En ese punto de la conversación, cualquier persona normal en sus cabales y socialmente competente habría hecho a David o a cualquiera del grupo de médicos una pregunta sobre su vida, su trabajo, sus planes de vacaciones, *hobbies*, reflexiones sobre el juramento hipocrático —¿reliquia del pasado sin importancia o valiosa guía moral?—, intención de voto u opiniones sobre la guerra de Irak.

Sin embargo, yo, como soy una minusválida social, decidí destinar ni más ni menos que una hora a relatarles historias sobre mis desdichados comienzos en el mundo del periodismo.

Mi primer trabajo había sido en un periódico local de Oban, una pequeña ciudad de la costa oeste de Escocia, a un par de horas en coche de Glasgow. Se conoce como la «puerta a las islas» y se halla rodeada de un paisaje de deslumbrante belleza. Los vecinos parecían formar una comunidad afable y la primera semana al menos media docena de personas me dijeron que dejaban la puerta siempre abierta y que podía pasar por su casa cuando quisiera. Sin embargo, también oí que Oban era la clase de lugar donde, aunque llegues allí a los dos meses de edad y te quedes hasta los ochenta años, siempre seguirá habiendo quien te mire como a un intruso.

La primera noche de mi estancia en el lugar había salido a dar una vuelta por el paseo marítimo y varios desconocidos me habían parado por la calle. «Ah, tú eres la chica nueva del periódico. La de Glasgow.» Después me había parado un concejal del pueblo, me había guiñado un ojo y me había dicho: «Lo sé todo sobre ti.» Yo le había devuelto la sonrisa, aunque para entonces había empezado a invadirme una ligera sensación de pavor. Tiempo después me había enterado de que, por esa época, era la ciudad con la cifra de cámaras de vigilancia por habitante más elevada de Gran Bretaña. Los vecinos insistían en que era una cuestión de seguridad. Los «forasteros», por el contrario, argüían que era pura paranoia. Fuera lo que fuese, a mí me había infundido más inquietud que tranquilidad el hecho de que, tal como me demostró con orgullo el jefe de la policía local, todos y cada uno de mis movimientos dentro de Oban fuesen captados por una cámara.

Ese año había logrado sobrevivir compartiendo casa con un divertido y extravagante tipo gay, intentando convertirme en una experta en whisky de malta y presentando un programa de radio nocturno para almas solitarias en la emisora local Oban FM. El programa se llamaba «El tren del amor». Yo solía decir, con la voz susurrante de los presentadores de programas de radio nocturnos: «Hola, os habla Rosie Lee (el director del periódico dijo que habría un conflicto de intereses si yo trabajaba en la emisora de radio, de modo que tenía que hacerlo de incógnito), la maquinista del tren del amor.» A partir de ahí dábamos paso directamente a la canción de los O'Jays del mismo nombre. A decir verdad, nunca llamaba nadie, lo cual era fantástico, porque me permitía emitir en antena todo el repertorio de mis canciones favoritas más tristes y dedicárselas a una chica cuyo novio, vocalista de un grupo de música, le había roto el corazón al dejarla por una fan jovencita y rubia.

—Hablaba de mí. Yo era la del corazón roto, no la fan rubia —aclaré.

David sonrió. «Bonita dentadura, sí señor, un sonrisa preciosa», recuerdo que pensé fugazmente antes de continuar con mi relato.

Había otros tres periodistas trabajando en el periódico: uno que apenas me había dirigido la palabra en todo el año pero que conversaba constantemente en un tono de lo más afable con los otros dos; otro que estaba bien; y una tercera que sólo se dirigía a mí para decirme, una y otra vez, que yo no estaba hecha para ser periodista y que dudaba que algún día llegara a ser alguien. En resumen, que ser periodista en prácticas resultaba muy duro. Sobre todo porque en esa época yo tenía veintiocho años y el resto de los becarios no pasaban de los diecisiete.

El primer día me habían situado frente a un armario lleno de notas de prensa antiguas y me habían dicho que practicara la redacción de breves. Los breves, también llamados NIBS, son esos textos de dos frases sin ninguna enjundia que nadie se molesta en leer. Cosas como: «El tribunal del condado de Oban impuso la semana pasada una multa de 20 libras a un pescador que fue hallado culpable del robo de una botella de vodka y otra de whisky en los supermercados Tesco.» O como: «La semana pasada dos vehículos se vieron implicados en un accidente en la A85 a la altura de Oban. No hubo que lamentar heridos.» Al día siguiente me habían mandado a la calle y me habían dicho que no volviera hasta que tuviera seis buenas noticias.

Durante uno de los primeros fines de semana del trabajo, había tenido que cubrir una feria de muestras en la isla de Mull, un evento agrícola en las proximidades de Oban y dos encuentros benéficos matutinos. La orden que me habían dado era simple: «texto e imágenes».

Con más avidez que nunca, yo había abordado todas las tareas —incluso los encuentros benéficos matinales— como si estuviera investigando temas de actualidad para ganar un premio o trabajase para un programa de documentales como *Panorama* o *Dispatches*. Libreta en mano, había interrogado a un pensionista como si fuese un sospechoso de terrorismo tras proclamarse ganador de la competición de repollos de dos cabezas por octavo año consecutivo: «¿Puede demostrar que no se trata del mismo repollo que presentó el año pasado? ¿Qué es lo que lo impulsa a esta clase de actividad? ¿Siempre le han interesado los repollos de dos cabezas? ¿Puede decirnos lo que siente tras esta victoria que ha batido todos los récords? ¿En qué piensa emplear la libra y media a la que asciende el premio?»

Me había sentido un poco estúpida al preguntarle al ganador de la «Mejor Vaquilla» si la vaca era chico o chica y si había tenido niños. Y para colmo, había estado a punto de sucumbir mientras corría por un cercado fangoso junto a seis vacas de las Highlands enfadadas en tacones (yo, no las vacas) para intentar obtener una instantánea de la ganadora. Pero en general, me había dicho, había hecho un buen trabajo, o cuatro, más exactamente. Así que el domingo por la noche, al dar el primer sorbo a un Glenmorangie de quince años en la taberna de Oban, me había sentido exhausta pero bastante satisfecha con el resultado de mis primeros encargos serios como periodista. «Lo llevo en la sangre», había pensado.

Sin embargo, nada más llegar a la oficina el lunes por la mañana, me habían desmontado esa idea de un plumazo. Yo estaba escribiendo el reportaje sobre la feria de muestras de las Highlands y, de repente, había oído un tremendo revuelo a mis espaldas.

—¡Mirad! —había gritado uno de los tres periodistas—. ¡Mirad lo que ha hecho!

—¡Madre mía! ¡Qué horror! —había exclamado otro—. Y encima nos ha metido a todos nosotros en este lío.

Al volverme lentamente y verlos apiñados alrededor de una de las fotografías que yo había tomado, había empezado a mirar a mi alrededor con gesto nervioso. Vale, yo soy la primera en reconocer que la fotografía no es mi fuerte, pero en esa ocasión estaba orgullosa de la instantánea que había logrado de la vaca de las Highlands durante la feria de Bunessan. Me había llevado un buen rato y, aunque fuera por los pelos, había logrado evitar un choque frontal con la cornamenta.

—Se llama, eh..., *Frances Dawn Beg tercera* —había tartamudeado—. Una bestia extraordinaria, estaréis de acuerdo. Una bella bestia, ja, ja. Es la campeona de los campeones. Una foto chula, ¿eh?

—Mirad esto —había exclamado la mujer que supuestamente iba a cuidarme como una gallina a su polluelo—. No podemos publicar esto en portada. O mejor dicho, en ninguna página. Los lectores se pondrán hechos una furia. Recibiremos miles de quejas.

Yo examiné la imagen con detenimiento. No estaba desenfocada. Entre dos mechones del flequillo se distinguían sus lindos y enormes ojos marrones mirando hacia el objetivo de la cámara. Parecía feliz y contenta. De hecho, desde determinados ángulos hasta daba la impresión de que sonreía. Su dueño aparecía a su lado con ademán orgulloso y aspecto bastante atractivo, pensé. Si te iban los granjeros, claro. Así que yo era incapaz de descubrir dónde estaba el problema de esa fotografía.

—Mí-ra-le-las-pa-tas —me había espetado mi amable colega.

De algún modo, aquella estúpida vaca había salido con una de las patas traseras escondida detrás de la otra y parecía que tuviera tres patas. Humm. «No es el fin del mundo. Nadie se va a fijar», estuve a punto de decir, pero viendo que estaban tratando el asunto como si fuese una catástrofe nacional, pensé que lo mejor sería mantener la boca cerrada hasta que se calmaran. De forma que había puesto una cara como queriendo decir «¡Ups!».

—¡Santo cielo! —había chillado otro de ellos perforándome el tímpano—. Mira lo que ha hecho en ésta. La ha arruinado por completo. Pobre caballo, con lo bonito que es. Menuda humillación. Le ha sacado con las orejas gachas. Mirad, mirad. Mirad lo que le ha hecho a las preciosas orejas del caballo. ¿Por qué no te cercioraste antes de que tuviera las orejas erguidas? Parece un mono.

Yo había mirado la foto, luego a mis colegas y había pensado: «¿Y a quién demonios le importa que parezca un maldito mono? Puede que los monos sean estúpidos, pero son una monada. Al menos no se toman a sí mismos tan en serio. Además, lo siento, pero yo no dije que fuera una fotógrafa experta en vida salvaje. Durante el postgrado de periodismo, para el que tuve que pedir un crédito de tres mil quinientas libras, nadie me ha enseñado a entrevistar y fotografiar vacas, ni caballos, ni ovejas de cara negra, coño.» Ésa era la perorata que yo deseaba soltarles, pero al final me había limitado a decir:

—Lo lamento muchísimo. La próxima vez procuraré esforzarme más.

Cuando concluí la historia, David me estaba mirando con una sonrisa de curiosidad, y los demás sonreían de oreja a oreja, cosa que yo interpreté como una señal de vía libre para continuar. Como parecía que mi faceta de «Lorna-la-tonta-desafortunada» estaba cosechando un gran éxito, decidí contarles la funesta experiencia que había tenido como profesora en una de las escuelas privadas más pijas de Escocia. Había conseguido el trabajo justo después de que Johnnie me plantara y antes de dedicarme al periodismo, y mi excusa para todo era que «yo era emocionalmente frágil y vulnerable, y que no había encontrado mi sitio».

El día de la fiesta de Navidad de los alumnos de último curso, quebrantando las normas de conducta que cabía esperar del personal docente, sobre todo en un centro de tanto prestigio, había acabado un poco achispada —o sea, con una cogorza del quince— y me había sumado después a lo que se suponía que era una fiesta sólo para alumnos en una de sus lujosas mansiones. Me había marchado de allí sobre las cuatro de la madrugada, después de haber pasado gran parte de la noche discutiendo con un grupo de alumnos sobre por qué no podía aceptar su soborno de cien libras para que me enrollara con uno, o mejor dicho, con todos ellos. Al día siguiente, que era el último día de curso, me había quedado dormida y había dado por hecho que me pondrían de patitas en la calle porque ya se había corrido la voz de que la señorita Martin había estado en el *after* de la fiesta. Sin embargo, en lugar de despedirme o cantarme las cuarenta, me habían hecho fija en el puesto, en reconocimiento, según decía la carta del director, a «mi entusiasmo a la hora de abordar todos los aspectos de la vida escolar», lo cual, pese al gran alivio que supuso, me había dejado perpleja.

La mayoría de los alumnos eran simpáticos. Pero al final del primer año dos niñatos mimados con nombres estúpidos como Aphasia Veranda Mi-papi-es-millonario Broclzlehurst tercero, me habían enviado una nota al marcharse de la escuela que todavía conservaba y que decía así:

Estimada ~~señorita Martin~~ Lorna:

Usted es una profesora muy peculiar con una tendencia excesiva al cotilleo y una obsesión exagerada por el pasado. Sabemos que su experiencia en nuestra fantástica escuela, sobre todo en el primer trimestre, ha tenido sus altibajos, pero estamos plenamente convencidos de que ha aprendido la lección. Usted está aquí para enseñar, no para contarles a los alumnos que le rompieron el corazón y que salía con el cantante de un grupo de música que escribía canciones sobre usted.

A todo esto, ellos tenían diecisiete años y yo, veintiséis.

David se echó a reír sin disimulo. Yo le correspondí con una sonrisa.

—Qué locura —exclamé al rememorar esa época de mi vida.

—Has dado muchas vueltas, veo —comentó.

—Unas cuantas —respondí.

—¿Y estás contenta con lo que haces ahora?

—Más o menos. Trabajo desde casa y al principio el aislamiento se me hacía muy duro. Pero a comienzos de año empecé a ver a alguien y, por raro que parezca, eso me está ayudando. —Las palabras salieron de mi boca antes de que yo me diera cuenta de que era un error.

—Ah —contestó él frunciendo el entrecejo con cierta decepción—. ¿Y es algo serio? —preguntó con una media sonrisa.

—Bueno, serio, serio, tampoco. El típico tema de las relaciones que nos trae de cabeza a todos.

David arrugó la frente y las comisuras de sus labios se hundieron ligeramente. Parecía un tanto confundido, pero asintió y dijo:

—Bueno, pues nada, ha sido un placer.

Yo apuré mi copa y respondí:

—Lo mismo digo.

Hasta que me encontré en el taxi de vuelta a casa y reproduje mentalmente la conversación con David, no caí en la cuenta de que probablemente lo que se desprendía de mis palabras era que estaba viendo a alguien en el sentido romántico y no en el sentido psicoterapéutico. Y aunque no sé por qué, eso me dio rabia.

Mayo

La Doctora J abandona la escena (temporalmente)
y entra el doctor Macizo

Resultan curiosas las cosas que le pasan a uno cuando se somete a esta clase de terapia. A veces te sientes como si tuvieras dos cabezas. O, cuando menos, dos voces en el interior de tu cabeza. Yo no fui consciente de en qué momento se instaló la Doctora J dentro de mí, pero el resultado se tradujo en que casi todos los días, aunque no estuviese en la consulta, había momentos que adquirían el aire surrealista y condicionado de las sesiones con ella. Hasta el suceso aparentemente más inocuo podía acabar sometido a la rigurosidad propia de sus disecciones forenses.

Una mañana cálida y soleada de principios de mayo salí a comprar un regalo para el segundo cumpleaños de Lewis. Estaba rebosante de orgullo por aquel derroche de previsión tan inusual en mí, pues su cumpleaños no era hasta quince días más tarde y, en condiciones normales, yo habría dejado la compra del regalo, como hacía con todo, para el último momento.

Pero no sólo salí a buscar el regalo con tiempo, sino que además decidí que iba a ser algo muy especial planeado con primor y cariño. Mientras caminaba por la calle, se me metió en la cabeza la idea de tejerle un jersey con lana de Aran. Sabía que era un proyecto ambicioso, pero en cuanto vi la calidad de la lana y los preciosos patrones en los grandes almacenes John Lewis, supe que era perfecto.

Fue estando ya cerca de la caja, mientras hacía cola para pagar, cuando mi Doctora J interior hizo su aparición y, en un tono empalagoso, quejumbroso e insinuante nada parecido al que tenía en la vida real, desmenuzó uno a uno los motivos que habían impulsado mi decisión. Nuestra conversación imaginaria discurrió como sigue:

YO: ¡Eh! Hola. ¿Por qué me sigue a todas partes?

DOCTORA J: No sólo me necesita, sino que además me quiere a su lado. De lo contrario no me habría saludado, ¿no le parece? Ha estado usted evitándome igual que trata de evitar todo lo que la incomoda.

YO: Ja, ja.

DOCTORA J: ¿He dicho algo divertido? ¿O está forzándose una vez más a reír para ocultar el dolor aunque no haya ocurrido
nada mínimamente gracioso?

YO: Oh, cielos.

DOCTORA J: No me ha pasado inadvertido el hecho de que, en todo el trabajo que hemos llevado a cabo juntas, se las ha arreglado para evitar hablar en profundidad de los asuntos tan dolorosos que la impulsaron a recurrir a mí. Y no me refiero al triángulo amoroso, algo que, tratándose de usted, tenía que ocurrir tarde o temprano; me refiero al miedo y al dolor, reales y latentes, que la impulsan a usted a embarcarse en historias autodestructivas como, por ejemplo, la misión suicida de principios de este año.

YO: No sé de qué me está hablando.

DOCTORA J: Pues a mí me da la sensación de que lo sabe perfectamente. Lo que pasa es que todavía no se ha dado cuenta. Me refiero a todas esas cuestiones familiares por las que ha pasado de puntillas insistiendo en que no le suponen ningún problema.

YO: Porque es verdad.

DOCTORA J: Humm. Bueno, el caso es que, una vez más, está usted intentando desviar la conversación. Vayamos al grano y hablemos de la razón que ha provocado mi aparición.

YO: Sí, eso, eso. Porque no me encuentro en una situación problemática ni nada. Lo único que estoy haciendo es comportarme como una buena tía con mi adorable sobrino, a pesar de que ese granuja tenga parte de la culpa de mis problemas. Ja, ja, ja. Eso es lo único que estoy haciendo.

DOCTORA J: No. Por desgracia, eso no es todo.

YO: ¿Qué quiere decir?

DOCTORA J: Bueno, ¿por qué cree que ha llegado usted al extremo de querer hacerle este año a su sobrino un regalo tan especial, pensado con todo el cariño y personalizado, que, según parece, la obligará a usted a pasarse haciendo punto noche y día durante las próximas dos semanas y que él, que todavía es un bebé, ni siquiera sabrá apreciar?

YO: ¿Porque lo quiero mucho?

DOCTORA J: Inténtelo de nuevo, a ver si a la segunda hay más suerte.

YO: ¿Porque me gusta hacer punto, llevo tiempo sin hacerlo y me gusta plantearme retos difíciles?

DOCTORA J: Oh, cielos. Estamos prácticamente donde estábamos al principio. Está claro que es porque el año pasado Katy le regaló un precioso álbum de recuerdos hecho a mano en el que obviamente puso todo su amor y que tanto el niño como los padres conservarán como un tesoro durante el resto de su vida. Fue el regalo más alabado y además eclipsó por completo el camión con volquete de plástico amarillo que le compró usted a última hora.

YO: Humm. Eso lo había olvidado.

DOCTORA J: No, no lo había olvidado.

Así que, de golpe y porrazo, pasé de estar sencillamente comprando lana y agujas de punto a participar en una reñida competición. Estaba comprando la oportunidad de asegurarme de que ese año, a diferencia del anterior, fuera yo la que le entregara el regalo más deslumbrante al rey Lewis. Al pagarlo (no pensaba dejar que la Doctora J me hiciera cambiar de opinión), expresé en silencio mi escepticismo respecto al hecho de que la terapia pudiera transformar una simple tarde de compras en tan pingüe fuente de conclusiones psicológicas.

A principios de mayo había acudido a unas cuarenta sesiones y podía afirmar que se trataba, sin lugar a dudas, de la relación más extraña que había entablado en toda mi vida. Ni siquiera sabía en qué medida había yo mejorado, si es que había mejorado en alguna medida. Me resultaba difícil determinar qué estaba sacando en claro de todo aquello, aparte del hecho de que no era la persona que yo creía. Ciertamente mi ansiedad había disminuido, pero me sentía aturdida y confusa la mayor parte del tiempo.

Una espléndida mañana de primavera la Doctora J me preguntó cómo me comportaba en el trabajo.

—¿Qué quiere decir? —repliqué con suspicacia.

Ella no respondió, cosa que interpreté como una señal de que debía decir lo primero que se me ocurriera. Siempre me incitaba a hacerlo. Por eso le dije que me consideraba una trabajadora concienzuda.

—Siento un miedo patológico a cometer errores y a parecer estúpida, así que soy muy meticulosa. Me asaltan dudas a cada segundo. Inmediatamente después de enviar un artículo creo que es una mierda y empiezo a pensar en todas las cosas que podría y debería haber hecho para mejorarlo. Como trabajo desde casa, me imagino a la gente de la redacción riéndose del artículo y diciendo «¿Se puede saber por qué demonios la contratamos?». Soy una paranoica, ya lo sé. Y una egocéntrica, también lo sé. Si suena el teléfono y es mi jefe, automáticamente pienso «Mierda, he metido la pata».

Se lo conté a la Doctora J aunque reconocí, con la boca pequeña, que desde que había empezado la terapia todo eso se había atenuado.

—Creo que les ocurre lo mismo a muchos otros periodistas —añadí enseguida, porque no quería que pensara que sólo me pasaba a mí—. Me da la impresión de que muchos arrastran una profunda inseguridad y un miedo al fracaso y la incompetencia. Y muchos de ellos viven obsesionados con el control. De hecho, conozco a una periodista que tiene que correr todos los días cinco kilómetros. Si un día no puede salir a correr, al día siguiente corre diez. Y además sólo se permite comer una serie de alimentos determinados. Es muy raro. Yo creo que todo reside en la necesidad de controlarlo todo. Porque es como si, siguiendo todos esos rituales y rutinas, se sintiera protegida o algo así, como si así estuviera a salvo de todo. Es una locura. ¿Por qué cree usted que lo hace?

—¿Qué más da? —dijo la voz a mi espalda—. Es mucho más interesante averiguar por qué emplea usted su tiempo y su dinero en hablar de otra persona. No estamos analizándola a ella. Centrarse en las debilidades y los problemas ajenos es una forma fácil de huir de los propios. Centrémonos en usted.

—Grrr —gruñí por lo bajini, antes de empezar a hablarle de los premios de periodismo, que son Lo Mejor de Lo Mejor cuando te los conceden y un tongo vergonzoso amañado por los políticos al que se les da demasiado bombo cuando no. En tono de disculpa, le confesé que yo había estado en los dos lados. Ella preguntó si los premios y otras formas de valoración o reconocimiento externo eran importantes para mí—. No, por supuesto que no —salté de un modo un tanto precipitado y agresivo.

En el silencio que siguió a mi respuesta, me asaltó un desagradable recuerdo.

A lo largo de los años, yo había hecho infinidad de cosas terriblemente bochornosas. Pero la peor, con diferencia, fue llamar al presidente del jurado de los Scottish Press Awards, los óscars escoceses del ámbito periodístico, para preguntarle, llorando, por qué yo no estaba entre los candidatos.

Él, como es lógico, se quedó atónito. En tono muy educado, me explicó que ese año el nivel era excepcional y que el jurado había decidido que mi trabajo no era lo suficientemente bueno. «¿Que no era lo suficientemente bueno? —sollocé—. ¿Ha dicho que no es suficientemente bueno? ¿Todo el jurado está de acuerdo en que no soy suficientemente buena? ¿Hubo alguien que se desmarcara y dijera que yo era casi suficientemente buena? ¿O que apuntaba maneras para, si seguía intentándolo, llegar a serlo algún día?»

Mientras me escuchaba callado, sin salir de su asombro, dije que había dedicado casi un año a una campaña destinada a mostrar los prolongados arrestos de los menores en busca de asilo. Al borde de la desesperación y la locura, le dije que, hasta el día que el jurado me rechazó, estaba convencida de que era el mejor trabajo de mi carrera periodística y que me llenaba de orgullo. «Bueno, eso es lo que importa. Eso es en realidad lo único que importa», contestó, y colgó.

—O lo dijo para librarse de mí, o estaba siguiendo una terapia y lo dijo de corazón. ¡Ja, ja! —le dije a la Doctora J, pero no le hizo gracia. O en caso contrario, no lo manifestó.

Durante los instantes de silencio que hubo a continuación, recordé el año en que me obsesioné con la idea de salvar a una familia en particular que buscaba asilo: una madre con cuatro hijos preciosos e inteligentes. Derramé mares de lágrimas por ellos y no podía dejar de pensar que llevaban un año encarcelados en una antigua prisión. Recaudé dinero para comprarles regalos de Navidad; fui a visitarlos cuando los deportaron; incluso averigüé si había posibilidad de adoptarlos. Al recostarme en el diván, mientras el sol que penetraba por la ventana que tenía detrás bañaba la pared y el suelo, tuve que hacerme unas cuantas preguntas incómodas. «¿Por quién estaba haciendo todo eso en realidad? ¿Por quién lloraba? ¿A quién intentaba salvar? ¿A ellos o a mí?»

En otra de las sesiones que tuvieron lugar a principios de mayo, le comuniqué con orgullo a la Doctora J que había cambiado de opinión respecto de la carta a la esposa de Christian. En un primer momento intenté, como de costumbre, que sonara como si ese espectacular giro naciera del más puro altruismo.

—He intentado escribirla varias veces, pero no encuentro las palabras adecuadas. Al final me he dado cuenta de que yo no soy quién para interferir, más de lo que ya lo he hecho, en los asuntos privados del matrimonio de otro. Es cosa de ellos dos.

La Doctora J no se pronunció.

Después admití que, tras devanarme los sesos para escribir la carta, llegué incluso a pensar en presentarme en la puerta de la oficina de la mujer de Christian para decírselo en persona.

—Se me había metido entre ceja y ceja la disparatada idea de que las dos nos encontrábamos en la misma situación: esa despampanante jovencita destruyehogares y supersegura de sí misma iba a arrebatarnos al hombre al que ambas amábamos. Imaginaba incluso que nos abrazaríamos y nos consolaríamos y acabaríamos haciéndonos íntimas amigas. Es una idea descabellada, completamente descabellada, ya lo sé —dije sacudiendo la cabeza—. El caso es que decidí que no recurriría a tácticas de patio de colegio y afrontaría el asunto con madurez.

Nos quedamos un rato en silencio mientras yo reflexionaba sobre lo que acababa de decir. El objetivo de la sesión es convertir la consulta en un templo de absoluta sinceridad. El fin consiste en ser plena y fríamente honesto con uno mismo. Al principio, yo lo consideraba una especie de confesionario, un refugio seguro donde podía desahogarme y obtener la absolución. Pero nada más lejos de la realidad. En un confesionario, no se cuestiona nada, mientras que en la terapia no hay prácticamente nada que no se cuestione. Casi todo lo que dices se desmenuza y se examina para averiguar qué está pasando en realidad y en qué medida estás siendo honesto respecto a tus sentimientos y tus motivaciones. Con la Doctora J, a mí me resultaba del todo imposible eludir la plena y cruda verdad por mucho tiempo. Tenía la sensación de que cada afirmación, cada palabra, cada pausa, cada silencio, cada maldita coma era atrapada al vuelo, colocada bajo un potente microscopio y sometida a un exhaustivo análisis forense para ampliar al máximo hasta los más nimios detalles. Todo eso me hizo darme cuenta de lo fácil que resulta esconderse del mundo real sin ni siquiera ser consciente. En la terapia, no hay escapatoria.

—No escribí la carta —confesé al fin, ocultando parte de mi rostro con las manos—, pero sí hice otra cosa que, aunque quizá no sea tan destructiva, es igualmente horrible, porque a pesar de que cada vez me sentía un poco mejor respecto a la situación, imaginármelos a los dos juntos seguía resultándome insoportable.

Unas semanas después de toparme con Christian y Charlotte en el Wee Pub, mi determinación de no volver a dirigirle la palabra y marcharme con la cabeza bien alta se desvaneció cuando alguien me contó que los había visto juntos en el Rogano disfrutando de una íntima cena romántica. Lo llamé, llorando como una Magdalena, por supuesto, y le dije lo que había oído. Él se quedó callado, y entonces yo le pregunté si se había parado a pensar lo que estaba haciéndole a su mujer, algo que yo no tenía derecho a preguntarle. Estaba dispuesta a todo con tal de hacerle sentir lo suficientemente culpable como para que abandonara su actitud de Don Juan. Dije que no podía creer lo que yo misma había planeado hacer; que estaba absolutamente fuera de lugar y que me odiaba a mí misma por ello. Había un tinte palpable de miedo, arrepentimiento y desconfianza en el silencio que se hizo entre nosotros. Le conté lo de las cartas, lo poco que me había faltado para enviarlas, y le dije entre sollozos que la próxima vez las enviaría. Yo noté que se quedaba paralizado. Y aterrado. Al cabo de unos momentos, dijo: «Hazlo y te juro que iré a por ti.» Entonces me disculpé, y colgué.

Me resultó difícil admitir eso ante la Doctora J porque no quería que me creyera capaz de chantajear emocionalmente a alguien. Yo, sinceramente, no creía que lo fuera.

A finales de mayo, la Doctora J iba a marcharse de vacaciones. Me había contado sus planes de descanso en la primera sesión: una semana en mayo y todo el mes de agosto. Me dijo que quería darme tiempo para que «me preparara» para su ausencia, cosa que a mí me pareció una pizca prepotente y excesivamente dramática. La terapia se había convertido en una parte importante de mi vida, pero tampoco había que exagerar. Durante las sesiones anteriores a su marcha, asumió, para mi sorpresa, un papel mucho más activo, e intentó dirigir el rumbo de nuestras conversaciones. Me dijo que creía que su ausencia constituiría una oportunidad perfecta para que yo explorara los temas de «el abandono y el rechazo».

—Pero si yo no tengo ningún problema de abandono —protesté. Quizá no debería haber mencionado que la noche anterior había soñado que la abrazaba con fuerza mientras le suplicaba llorando que no me dejara.

Ese sueño para mí no tenía ni pies ni cabeza, pero a la Doctora J le sirvió de excusa para husmear de nuevo, como un perro policía ante un paquete sospechoso, el rastro de mi infancia. Ella insistía una y otra vez en el tema, y yo no me cansaba de decirle: «Ha sido una infancia de lo más normal. Nunca me sucedió nada extraordinariamente bueno ni nada extraordinariamente malo. No fue como en la serie de *Los Walton*, pero tampoco tendría material para escribir una autobiografía trágica.»

Antes yo le había dado la siguiente versión de los primeros años de mi vida: Le dije que nunca me había faltado comida, agua, amor ni atención; que al principio vivíamos en un apartamento de alquiler de una habitación en Glasgow, pero que jamás padecí hambre, abusos ni malos tratos. Tampoco mojaban mi chupete en metadona para «calmarme» cuando lloraba, ni —que yo sepa— me alimentaban a base de comida escocesa hecha papilla (en Glasgow son típicas las salchichas fritas con patatas, una exquisitez local para los bebés en ciertas partes de esta santa ciudad, según miembros de la comunidad médica con los que he hablado). No me dejaban llorar (lo consulté con mi madre), tal como aconsejan los «expertos» en educación de hoy día, pues sostienen que los bebés deben ser sometidos a rutinas de adiestramiento igual de estrictas que los cachorros de perro. Tampoco me dejaron en manos de ninguna niñera. Mi madre estuvo con nosotras veinticuatro horas al día todos los días hasta que empezamos el colegio e incluso entonces trabajaba de noche para estar en casa cuando volvíamos de la escuela. Recibía amor. Recibía cariño. Tenía todas mis necesidades satisfechas. Así que ¿por qué demonios, cómo demonios iba a tener yo conflictos derivados del abandono?

Mis primeros recuerdos de la escuela eran del colegio de primaria St. Charles, en Maryhill, uno de los barrios menos agradables de Glasgow. Una mañana de la primera semana nuestra dulce y joven maestra de pelo largo dijo que no podíamos salir a jugar al patio durante el recreo porque estaba lloviendo. Luego nos ordenó que no nos moviéramos de la silla. Dijo que debíamos quedarnos sentados en silencio y bebernos la ración de leche gratuita que nos daba la escuela. Nos preguntó si lo habíamos entendido y todos asentimos y dijimos al unísono: «Sí, señorita Doherty.» Ella se marchó y cerró la puerta. Al principio, nadie se atrevía a hablar ni a moverse, pero algunos de los niños más rebeldes no tardaron en empezar a cuchichear. Los cuchicheos se extendieron como una plaga. Algunos de los más valientes decidieron ir más allá: se levantaron de la silla y empezaron a corretear por la clase. Yo no sé qué fuerza se apoderó de mí aparte de, quizá, la incapacidad para resistir la presión de mis compañeros o la atracción, ya a los cinco años, hacia los niños malos, pero la cuestión es que decidí sumarme a ellos. Al cabo de unos minutos sonó la campana y todos volvimos corriendo a nuestro sitio. Allí no había pasado nada.

La señorita Doherty regresó con la misma expresión de inocencia con que había abandonado el aula.

—¿Alguien se ha movido de la silla? —preguntó.

—No, señorita Doherty —respondimos a coro.

—¿Estáis seguros?

—Sí, señorita Doherty.

—¿Estáis completamente seguros?

—Sí, señorita Doherty.

Ella salió hecha una furia de la clase. Cuando regresó escoltada por la hermana Bernadette y la hermana Margaret, yo rompí a llorar.

—Lo siento, lo siento, lo siento, lo siento, —sollocé corriendo hacia ellas y suplicándoles su perdón. La señorita Doherty entregó a la hermana Bernadette un trozo de papel del que ésta, con voz pausada y grave, leyó en alto los nombres de los ocho alumnos que habían sido vistos —desde el Cielo, por supuesto, no por el pequeño cristal de la puerta— levantados de la silla. Nos mandaron colocarnos en fila delante de la clase y nos golpearon los nudillos con una regla hasta que sangraron. Se nos inculcó debidamente el temor de Dios y un angustioso complejo de culpa. Nunca más, me prometí a mí misma aquel día, nunca más volvería a infringir las normas. Nunca jamás. Y salvo alguna que otra transgresión sin importancia, había cumplido mi promesa casi a rajatabla hasta hacía poco, cuando cometí, eso sí, uno de los pecados más condenados por todos. No es de extrañar que haya acabado en el psicólogo.

—A lo mejor no es culpa de Christian, ni de Charlotte ni de Lewis. ¡A lo mejor las únicas responsables de todos mis problemas son la odiosa señorita Doherty y aquellas monjas del colegio! ¡Ja, ja, ja! —exclamé. A lo que la Doctora J respondió:

—No entiendo por qué siempre intentas hacer bromas. Creía que a estas alturas ya te habrías dado cuenta de que aquí las bromas no tienen cabida.

Yo no le hice ningún caso y continué. El siguiente recuerdo claro de mi infancia era de las islas Shetland, donde aprendí, como parte del programa escolar, a hacer punto al estilo de la isla Fair, una habilidad que, según descubrí más tarde, era muy útil para distraerse en épocas de desengaño amoroso o para hacerle regalos superespeciales a tu sobrino del alma. Yo tenía nueve años cuando la maestra, con su siniestro bolígrafo rojo, escribió en mi cuaderno de cálculo: «Ven a verme.» Me invadió un pánico terrible. Fingí estar enferma durante una semana para no tener que asistir a la escuela y me estrujé el cerebro pensando qué era lo que había hecho mal.

Al final caí en la cuenta. Tenía que tratarse de las inocentes fantasías sexuales en las que soñaba con morrearme con uno de mis compañeros de clase. Por esa época había visto *Grease* y estaba un poco obsesionada con la película. Sin embargo, yo no le había dicho a nadie que imaginaba que era Sandy ni que soñaba despierta con besar a un niño de mi clase, que era mi joven Danny. «Caray —pensé—, ¿es que el tipo de ahí arriba es capaz de meterse en mi cabeza y saber qué estoy pensando?» No había duda: iba a ir directa al infierno.

Al final mi madre me llevó a rastras al colegio y yo me acerqué temblando a la maestra, la señorita Adamson, con el cuaderno.

—No es nada importante —me dijo con dulzura—, sólo quería decirte que las cuentas te quedarían más claras y limpias aún de lo que están si trazas una línea doble así —explicó mientras me hacía una demostración con una regla al final de cada suma.

Eso era todo. Me había pasado una semana en el sofá fingiendo que estaba a punto de morir y perdiéndome clases importantes, ¡y todo para evitar una señal divisoria con una regla! En ese momento ni siquiera supe si las lágrimas que derramé eran de alivio o de rabia.

—Supongo, viéndolo ahora con perspectiva —le dije a la Doctora J—, que la ansiedad me persigue desde que era pequeña.

—Humm —murmuró ella.

Me vino a la mente otro recuerdo. Debía de haber visto una noticia en el telediario sobre un brutal error de la justicia y se me metió en la cabeza la aterradora idea de que yo, o algún otro miembro de mi familia, iba a acabar en la cárcel por un delito que ni siquiera había cometido. La infancia resulta con frecuencia una experiencia aterradora.

—Fui a cinco escuelas de primaria de diferentes puntos de Escocia —dije con desesperación—. A lo mejor por eso no soy constante en lo que hago. Cuando lograba hacer nuevos amigos volvíamos a mudarnos y tenía que empezar otra vez desde el principio. Siempre andábamos de un lado para otro, en función del trabajo de mi padre. Me da la impresión de que él buscaba algo, una vida mejor que ofrecerle a su familia o quién sabe qué. No lo sé.

En otras ocasiones, intentaba remontarme a mi más tierna infancia. Había leído en alguna parte que los freudianos, basándose en un ingente número de estudios científicos, sostenían que la forma en que se nos trata y educa durante los seis primeros años de vida ejerce una influencia primordial sobre quiénes somos y cómo nos comportamos en las relaciones: si tendemos a controlarlo todo, a manipular, a intimidar, a someternos, si tememos la autoridad o nos gusta desafiarla, y si desempeñamos el papel de padre o de hijo. También hay estudios que indican que la posición que ocupamos en la familia, el sexo y el número de hermanos que tenemos tiene una importancia fundamental en la clase de adultos que somos y en cómo nos comportamos en todas las relaciones futuras.

Hice un chiste sobre el hecho de que mis padres hubieran inmortalizado cada instante de los primeros años de Louise y todos los pasos de su desarrollo. Como ella había sido la primera, tenían cientos de fotos de cuando era bebé perfectamente ordenadas en una enorme hilera de álbumes. Había fotos de ella durmiendo, del momento del baño en la pila de la cocina, de ella lindísima con las mejillitas sonrosadas cuando le estaban saliendo los dientes. Mis padres guardaron los rizos dorados de su primer corte de pelo y años después, a pesar de su precaria situación económica, se apretaron el cinturón para contratar a un fotógrafo profesional que viniera a casa a hacer un reportaje completo de su primera comunión. Había cientos de fotografías de Louise vestida de ángel con su vestidito de novia en miniatura prometiéndole amor a Dios. También de Louise con mi madre, Louise con mi padre, Louise con mis abuelos... Creo que en total había una de Louise y yo, llorando, por supuesto. Me sorprende que no hubiera una de Louise y el Papa.

Para cuando aparecí yo en escena, todo había quedado reducido a una cuestión de haber ido a tal o haber hecho cual. ¿Que tienes las mejillas rojas y las estás pasando canutas porque te están saliendo los primeros dientes? No es para tanto, a quién le importa, toma una galleta y supéralo. A diferencia de las alrededor de trescientas fotos

164

de los primeros años de Louise, de los míos había más o menos una docena. No hay testimonios conservados con cariño de mi primer corte de pelo, ni del día que inauguré el orinal, ni fotos de cómo me bañaban en la pila de la cocina. «Humm..., ¿y si mis carencias y mis problemas de celos vienen de ahí? —pensé—. Claro, no es culpa de Christian y Charlotte, ni de Lewis, ni de las monjas. Es culpa de mis propios padres.»

Finalmente nos instalamos en Milngavie, un barrio residencial de Glasgow, cuando yo tenía nueve años y Louise once. El primer recuerdo significativo que tengo de ese período es de un grupo de niños crueles que se burlaban de mi nariz porque decían que era muy grande. Aunque con el tiempo he acabado aceptándola tal como es, en ese momento, durante los difíciles y confusos años de la adolescencia, la odiaba a muerte y recurrí a toda suerte de medidas extremas: intenté rompérmela, me la forraba con cinta aislante bien apretada durante la noche, y le suplicaba a mi madre entre lágrimas que me llevara a una clínica de cirugía estética.

—Estaba convencida de que cualquier cirujano con un poco de corazón echaría un vistazo y se mostraría dispuesto a practicarme una rinoplastia por caridad. ¡Ja, ja, ja!

—¿Le resultaba a usted divertido? —preguntó la severa voz a mi espalda.

—En aquel momento, por supuesto que no. Pero viéndolo en retrospectiva, sí, supongo que sí lo era. Más o menos.

—Si ha de hacer una suposición, tal vez le convenga probar otra vez. Recuerde que éste es un lugar donde puede usted mostrarse abierta y honesta. El objetivo es descubrir los secretos que ha estado usted guardándose a lo largo de los años y reinterpretar los primeros capítulos de su vida.

Exhalé un hondo suspiro.

—Los niños pueden llegar a ser muy crueles —dije encogiéndome de hombros—. ¿Qué se le va a hacer? Uno no puede cambiar las cosas que ya han sucedido, así que ¿para qué comerse el tarro?

—¿Quién ha hablado aquí de cambiar el pasado? A veces nos comemos el tarro, como usted diría, con cosas de las que ni siquiera somos conscientes. Cuando cobramos consciencia de ellas, por paradójico que parezca, a veces conseguimos que dejen de afectarnos.

Yo me quedé en silencio unos instantes. Me acordé de que unos cuantos años atrás me había enterado de que el más acérrimo, encarnizado y cruel enemigo de mi nariz había fallecido de una sobredosis de heroína. Había expresado mi conmoción y tristeza ante la trágica pérdida de una vida tan joven, y lo sentía de corazón, pero también, al saber la noticia, me había pasado fugazmente por la mente un pensamiento que nunca (hasta ahora) había expresado: «Bien. Porque eras un capullo de niño que me hizo la vida imposible en el colegio día sí y día también.» Y era cierto. Yo procuraba siempre sentarme en un rincón en la última fila para que nadie me viera de perfil y evitar que toda la clase se cachondeara de mí.

—Es posible que no fuera nada divertido —admití—, pero de nada sirve llorar por el cántaro roto. A lo hecho, pecho.

Y rápidamente pasé a otro tema. De todas las cosas que han marcado mi infancia y mi adolescencia, la más significativa sucedió a los quince años, cuando mi familia atravesó una «pequeña crisis». En primer lugar, mi padre, que era el típico hombre escocés que reprimía todos sus sentimientos, albergaba grandes sueños y tenía un elevadísimo concepto del trabajo, se quedó en el paro. Llevaba trabajando sin parar desde los quince años, edad a la que había tenido que abandonar la escuela para ganar dinero y dárselo a su padrastro, que era un jugador crónico y compulsivo. Mi padre se sentía herido en su orgullo, pero, como era de esperar, nunca expresaba lo que sentía. Su incapacidad para asumir aquella situación era lógica, teniendo en cuenta que su antecesor le había enseñado que la pereza es un pecado y que su única misión en la vida consistía en mantener a su familia. Como resultado, él desapareció por completo y se refugió en sí mismo durante una larga temporada. Puede que se tratara de la crisis de los cincuenta.

Fue una época horrible. Recuerdo que se sentaba a oscuras, y se negaba a encender la televisión o la radio porque, como no traía dinero a casa, no quería gastar electricidad. Solía sentarse en una butaca, beber té negro y hablar menos aún que de costumbre. Mi padre es un hombre pasivo. Nunca le he visto levantar la voz ni perder los nervios. Jamás. Todo se lo guarda dentro. Yo solía resistirme a volver a casa después del colegio porque no soportaba verlo así. A veces se me saltaban las lágrimas. Pero si alguna vez alguien le preguntaba cómo estaba, él se limitaba a responder: «Bien.»

En torno a esa misma época, a mi hermana, que estaba a punto de cumplir diecisiete años, le diagnosticaron un tumor cerebral.

Se hizo un largo silencio. La primera vez que le conté ese asunto a la Doctora J, ella se desmarcó de la conducta habitual y en tono compasivo me dijo:

—Eso debió de suponer un duro golpe para su familia.

—A otros les pasan cosas peores —respondí yo en plan estoico—. No fue para tanto. No murió nadie. En el trabajo, he conocido a personas que han perdido a un hijo y a hijos que han perdido a sus padres en las circunstancias más terribles. Yo no perdí a nadie. De verdad que no fue para tanto. Bueno. Las desgracias ocurren. La vida sigue. Así que, eso. Ésa es la historia de mi infancia. Punto final. —Y me sequé las lágrimas.

—Aquí, por desgracia, no hay puntos finales —observó la voz a mi espalda.

Y esa misma mañana de mayo, durante esa última sesión antes de marcharse de vacaciones, la Doctora volvió a la carga:

—¿Le gustaría contarme algo más sobre esa época?

—No creo que haya nada más que contar —respondí meneando la cabeza.

Silencio.

De pronto, yo tenía quince años otra vez. Era justo antes de Navidad y estábamos en la unidad de neurocirugía del Southern General Hospital. Un catedrático encantador llamado Teasdale estaba hablando sobre la glándula pituitaria de Louise, que en lugar de tener el tamaño de un guisante, era como una pelota de golf. Mi hermana llevaba meses sometiéndose a infinidad de análisis de sangre y pruebas oculares, TAC, resonancias magnéticas y radiografías. En esa época, era el mayor tumor de esa clase que habían visto y Louise la persona más joven a la que se lo habían detectado. El médico estaba hablando sobre la intervención, llamada algo así como cirugía transfenoidal, que consistía en realizar una incisión bajo el labio superior, acceder por la nariz, perforando la base del cráneo para extirpar el tumor, y luego emplear músculo de la cadera para reemplazar la parte extraída del hueso del cráneo. También mencionó la radioterapia, un tratamiento al que mi hermana tendría que someterse de por vida, y posibles complicaciones si algún día se quedaba embarazada. Pese a que la intervención requería el empleo de técnicas relativamente nuevas en la época, el porcentaje de éxito era muy elevado y el pronóstico, excelente.

Louise, quien tiempo después afirmó que su actitud chula y arrogante era probablemente una máscara para ocultar el terror que su juventud le impedía sentir o comprender, se negó y dijo que no pensaba someterse a la operación. Que gracias, pero que prefería quedarse como estaba. El médico le advirtió que sin la operación perdería la visión en dos años, se vería postrada en una silla de ruedas en tres, y moriría antes de cumplir los veintiuno.

No tengo ni la menor idea de cómo reaccionaron mis padres ante la situación. No lo recuerdo. Imagino que mi madre aguantaría el tipo delante de Louise y mi padre se sumiría en un estado de parálisis silencioso y más profundo aún que quedaba oculto del mundo exterior y posiblemente de sí mismo.

Al final, por supuesto, convencieron a Louise para que se sometiera a la operación. Yo recuerdo que subí a verla a la habitación la noche antes. Estaba llorando porque acababa de enterarse de que uno de los procedimientos previos que le habían realizado ese mismo día no había salido bien e iban a tener que repetirlo. Consistía en atar una cinta elástica debajo de la nariz y otra alrededor de la frente, apretarlas todo lo posible y, cuando se le hinchara la vena de la frente, inyectar un colorante. Lloraba porque decía que no había sentido un dolor tan fuerte en toda su vida. No quería hablar con nosotros, pero tampoco quería que nos fuésemos a casa.

Mi recuerdo más claro de esa época fue el instante en que le dijimos adiós a mi hermana desde el aparcamiento —ella estaba en la sexta o la séptima planta de la unidad— al marcharnos esa noche.

La noche siguiente subimos a verla. La intervención había durado unas seis horas. Cuando la vi tendida en la cama del hospital, recuerdo que me entraron sudores fríos, me mareé y me desplomé en el suelo hecha un mar de lágrimas. Mi hermana tenía la cara tan hinchada que su imagen era grotesca. Parecía la víctima de una brutal agresión. Su nariz, envuelta en vendas, era como la de un boxeador después de dieciocho asaltos. Tenía un drenaje en la columna vertebral y una bolsa nasal que recogía el goteo de los fluidos cerebrales. Además estaba confusa, agotada y bastante grogui por el efecto de la anestesia. Aunque no podía hablar, en un momento dado se incorporó y empezó a vomitar sangre oscura por todas partes. Yo me pasé todo el rato en el suelo llorando.

«¿Es culpa mía?», recuerdo que le pregunté a mi madre cuando volvimos a casa esa noche.

En una ocasión, durante una pelea, yo le había clavado los dientes a Louise en la cabeza, y estaba empezando a preguntarme si yo era la responsable de la crisis que estaba azotando a mi familia.

Ésa fue la última vez que visité a mi hermana antes de que, unas semanas más tarde, la trasladaran a otro hospital.

Durante esa época, atravesé una temporada de desmadre absoluto: bebía, fumaba y salía por las noches hasta las mil. Y de pronto, de la misma forma repentina que empecé, lo dejé. Les dije a mis amigos que ya no quería saber nada de la gente y me enclaustré un tiempo en mi habitación. Ahora, con la distancia, creo que estaba imitando a mi padre en su manera de afrontar las cosas: apartarse, evadirse, esconderse, huir.

Al recordar todas esas cosas y contárselas a la Doctora J, empecé a llorar. A llorar a lágrima viva. Me enjugaba las lágrimas sin parar, pero brotaban otras nuevas, brotaban a borbotones, como si mis ojos fueran un pozo sin fondo, las lágrimas surcaban los lados de mis mejillas y desembocaban en mis orejas. Jamás había rememorado ese período de mi vida. Le había dicho a la gente, sin más explicaciones, que mi familia había atravesado una «pequeña crisis» cuando yo era adolescente y que fue una época «difícil», pero nunca me había remontado a ese período ni me había parado a pensar cómo debió de sentirse mi familia.

Recientemente, había estado poniendo orden en casa y había encontrado una nota que me escribió Louise pocos días después de la operación. Decía: «Eh, tía, ¿qué tal estás? Lástima que estuvieras cansada y no pudieras acercarte a verme. Pero bueno, no pasa nada. Muchas gracias por el conejito, Lorna. Es un detalle muy bonito por tu parte. Espero que nos veamos pronto. Con todo mi cariño, Louise.»

Yo le había comprado un conejito azul de peluche y me había inventado una disculpa tonta para no tener que ir a visitarla. Sacudí la cabeza. No entiendo por qué no quise volver al hospital a verla.

Es cierto que era una adolescente desquiciada por las hormonas, pero eso no es excusa.

—No me imagino cómo debía de sentirse mi madre. Cómo pudo hacer frente a todo aquello —dije con la mirada clavada en el techo—. Y mi padre. Y Louise. Debió de ser una pesadilla para todos ellos. Y tampoco me imagino cómo la gente es capaz de hacer frente a una pérdida, sobre todo a la de un hijo. Ahora de pronto estoy pensando en que muchas de las noticias que me han atraído como periodista tratan de pérdidas inimaginables, como si yo sintiera la necesidad de averiguar cómo las asume la gente.

Al fin, la voz preguntó:

—¿Y qué me dice de usted? ¿Cómo se sentía usted durante esa época? A los quince años uno todavía es muy joven.

—¿Qué más da? —respondí encogiéndome de hombros—. Mi padre estaba en paro (horrible expresión). Desapareció del mapa. Mi hermana estuvo a punto de morir. Mi madre estaba intentando que no se hundiera el barco. Para ser sincera, no tengo ni idea de cómo me sentía.

—Tal vez se sintió abandonada por las tres personas a las que quería y se enfadó usted con ellas porque no le prestaban atención...

—No, no, no —negué con la cabeza—. Eso es absurdo. Ridículo.

—No se trata de encontrar responsables ni repartir culpas; consiste en comprender quién es usted. Por qué es como es. Tal vez sentía rabia hacia ellos y ni siquiera era consciente. Con frecuencia los niños se enfadan con sus padres pero no saben cómo expresarlo, así que disimulan. Y no olvide que los sentimientos pueden ser completamente irracionales. No siempre se rigen por las normas de la racionalidad. Casi nunca, de hecho. ¿Cree que cabe la posibilidad de que sintiera usted rabia pero al mismo tiempo tuviera remordimientos de conciencia por albergar ese sentimiento?

Por egoísta, irracional e infumable que sonara, todo aquello empezó a encajarme.

Durante el resto de la sesión, permanecí tumbada y, anegada en mi llanto y mi silencio, contemplé una serie de retazos de mi vida adulta a través del prisma de lo que la Doctora J acababa de decir.

El plan, mientras durase la terapia, era no embarcarme en ninguna relación hasta que me hubiera aclarado. Pero un día, como de la nada, me surgió una cita a ciegas. Yo nunca había acudido a una y, en circunstancias normales, la habría rechazado educadamente. Sin embargo, tal como no paraban de decirme mis amigas, no hay nada como una nueva obsesión romántica para borrar de la mente una pasada. O, dicho en términos más crudos, la mejor forma de superar a un hombre es tirarse a otro. Yo no tenía la menor intención de abalanzarme a la cama de nadie, pero me hizo gracia la idea de asistir a una cita. Por lo general, los escoceses no son muy dados a las citas. Suelen pegarse un par de revolcones con alguien en una noche de borrachera y de pronto, sin saber cómo, han transcurrido veinte años, están casados y rodeados de churumbeles. Así que lo de la cita tenía el atractivo de lo novedoso.

El tema con Adrian no era literalmente una cita a ciegas. Nos habíamos conocido un mes antes en una fiesta. O al menos, eso sostenía él. El único problema era que yo no recordaba el supuesto encuentro, lo que me llevaba a pensar que: a) yo iba como una cuba; b) el chico no me impresionó lo más mínimo; o c) ambas cosas a la vez.

Pero él se había tomado la molestia de pedirle mi correo electrónico a una colega, y a mí me pareció un detalle muy tierno por su parte y un hecho muy halagador para mí, aunque una de mis amigas lo consideraba una señal inequívoca de que el tipo era un bicho raro o un acosador en potencia.

Su mail decía:

«¡Hola, Lori! Fue muy agradable charlar contigo en la fiesta de Lisa. Mañana regreso de una estancia de un mes en el desierto. ¿Te apetece una copa de vino para ayudarme a saciar la sed? Adrian.»

Al principio, yo pensé que se había equivocado de persona. No sólo porque no recordaba haber conocido a ningún Adrian ni haberle dicho a nadie que me llamaba Lori, sino porque además no conocía a ninguna Lisa. Y, por mucho que me gustara la idea de ser un animal de fiesta salvaje que había perdido la cuenta de los lugares donde había estado y la gente que había conocido, la cruda realidad era bien diferente. La única fiesta a la que había asistido en el último mes era la de Louise y Scott.

Llamé a Katy y a Rachel, y se quedaron tan perplejas como yo.

Después llamé a Emily, y ella fue quien, después de consultar las entradas escrupulosamente detalladas de su diario, logró localizar el acontecimiento. Seis semanas atrás, yo la había acompañado al cumpleaños de una amiga suya. No hubo fiesta, simplemente quedamos después del trabajo para tomar unas cervezas, pero si bien ella tenía clarísimo que su amiga se llamaba Lisa, estaba tan confusa como yo respecto al tal Adrian.

Por mera curiosidad, respondí al correo así:

«Hola, Adrian. Estoy intrigada. Pero me siento en la obligación de ser sincera y la verdad es que no recuerdo haberte conocido. ¡No tengo ni idea de quién eres! Supongo que es porque la noche del cumpleaños de Lisa tenía un resfriado espantoso y había tomado muchos medicamentos [mentira podrida]. ¿Podrías contarme algo más de ti? A qué te dedicas y cosas por el estilo... No me veo saliendo con un yogui o un vegetariano. Aparte de eso, supongo que es cuestión de que haya química, porque tampoco vamos a ponernos ahora a elaborar una lista de preferencias, ¿no te parece? Con preferencias me refiero a que tendrías que ser divertido y a que me gustan los hombres de antebrazos fuertes y sexis y manos grandes. Hasta pronto. Lori.»

Al responderme, me contó que sus amigos lo describían como un tipo guapo, ingenioso, con un coeficiente intelectual por encima de la media y con «un aire a lo Richard Gere».

Vaya, vaya... Aunque yo soy mucho más fan de George Clooney, una avalancha de escenas del final de *Oficial y caballero* inundó mi mente; esas en que Richard Gere, vestido con su almidonado uniforme blanco, atravesaba con paso firme la fábrica donde trabajaba Debra Winger, de aspecto frágil y vulnerable, y la tomaba en sus fuertes brazos. Él la llevaba bajo la puesta de sol mientras Joe Cocker y Jennifer Warnes cantaban a todo trapo «Up Where We Belong» y todos los compañeros de Debra Winger se ponían en pie aplaudiendo sin poder contener las lágrimas de alegría y felicidad.

«Genial —le respondí, tratando de proyectar una imagen de indiferencia más que de entusiasmo—. ¿Dónde y cuándo?» Mientras esperaba respuesta me descargué «Up Where We Belong» y la escuché en modo repetición una y otra vez durante el resto del día.

Adrian tenía cuarenta y dos años y era un ingeniero leído y viajado, según su último e-mail. Vivía solo en G12, el Notting Hill de Glasgow. «Yupi», pensé. No estaba casado, pero por lo visto tampoco dependía de mamá y papá, al menos no físicamente. En el mail decía que sus antebrazos eran como troncos de árboles y sus manos como palas de jardín. «No literalmente, desde luego, pero te garantizo que no te decepcionarán», añadió en tono seductor.

Quedamos en vernos el viernes a las siete en el Wee Pub.

Hay pocas cosas tan gozosas como decirle a alguien que te ha rechazado y te ha roto el frágil corazón que intentabas por todos los medios proteger, que has conocido a otra persona y has pasado página. En rigor, aquello no era cierto. Pero tenía una cita con un doble de Richard Gere y para mí era más que suficiente.

Así que, cuando Christian me llamó el jueves —por primera vez desde que, semanas atrás, yo le hice chantaje emocional— yo me froté las manos.

—¿Qué tal te van las cosas? —me preguntó en un tono sombrío nada habitual en él.

—De maravilla —respondí—. ¿Y a ti?

—Bueno, he tenido momentos mejores. —Luego titubeó un momento antes de agregar—: Oye, ¿te apetece tomar algo? No a solas —matizó de inmediato—. Sería demasiado peligroso. —Añadió que un grupo de gente había quedado para salir a tomar algo después del trabajo al día siguiente. Y que quería invitarme—. Me encantaría que pudiéramos dejar atrás el pasado y volver a ser amigos, ¿a ti no?

—Ya..., sí, a mí también me encantaría —dije cargando mi voz con la dosis justa de sarcasmo lúgubre—. Pero es que he quedado con mi novio. —Y sonreí al pronunciar las dos últimas melodiosas palabras.

—Ah, eh..., fantástico entonces —tartamudeó—. Pues nada, que lo pases...

—Mi novio —lo interrumpí— es pediatra (más sexy que ingeniero) y es el doble de George Clooney (más sexy y joven, pensé, que Richard Gere). Vive en G12. Es un tío increíble, la verdad. No es nada egocéntrico ni egoísta ni tan inseguro como otros, ya me entiendes. Es totalmente increíble.

Puaj. Al decir eso, me asaltó la engorrosa imagen de la Doctora J, cosa que me ocurría cada vez con mayor frecuencia. Puede que se hubiera ido de vacaciones, pero yo no conseguía librarme de ella. Me lanzó una mirada gélida y meneó la cabeza con gesto de disgusto y decepción.

«Que te den —le dije para mis adentros—. Déjame en paz.»

—Me alegro un montón —dijo Christian, que de tan sincero sonó irritante y ofensivo—. Que pases una buena noche. Ya nos veremos en otro momento.

—Sí, ya nos veremos —dije—, aunque últimamente estoy muy ocupada. En cualquier caso, pásalo bien mañana. Por cierto, ¿dónde pensáis ir? («Qué maravilloso —pensé— sería que él dijera: al Wee Pub. Y que, cuando él entrara, Adrian y yo estuviéramos devorándonos apasionadamente a besos en un rincón.»)

—Vamos al Babbity's —dijo.

Mierda, el Babbity's Bowster era un pub de Merchant City, en la otra punta de la ciudad, muy frecuentado por abogados.

—Ah, vaya. Muy bien. Pásalo bien. Adiós —dije, y me dispuse a colgar.

—Cuídate —me dijo.

Grrr.

La noche siguiente estaba tan nerviosa a causa de la cita tuerta —como habíamos acabado llamándola mis amigas y yo— que tuve que tomarme 20 miligramos de propranolol (un betabloqueante muy usado por músicos y artistas para combatir el pánico escénico que mi encantador médico de cabecera me había recetado un par de años antes en una época en que padecía accesos de ansiedad por esto o lo otro y del que conservaba una caja para casos de emergencia). Y encima, después de probarme mil modelitos distintos y nadar en un mar de dudas sobre qué ponerme para la cita, me salió un sarpullido de nervios en el cuello. Al final, me decanté por una minifalda de Hobbs a cuadros escoceses blancos y negros, un polo negro y botas negras de tacón. Al llegar al Wee Pub con sólo cinco minutos de retraso, eché un vistazo y lo primero que pensé fue: «Ay, Dios, me ha dado plantón.» No había nadie parecido a Richard Gere, ni nadie que respondiera ni siquiera remotamente a esa descripción.

Sólo había un hombre que estuviera solo. Estaba sentado en un taburete en el extremo de la barra tomando una pinta de cerveza negra. Tenía un aire a John Prescott, pero con el pelo canoso y la cara más pecosa y rubicunda. Estaba sonriéndome. Yo le devolví la sonrisa por cortesía y seguí buscando con la mirada al chico de mi cita.

—Yujú —exclamó ese hombre, y alargó los brazos como si fuésemos viejos ex amantes de la juventud—. Soy yo, Adrian.

«¿Por qué? ¿Por qué? ¿Por qué me tiene que pasar esto a mí? Yo había pregonado a los cuatro vientos que iba a quedar con un doble de Richard Gere.»

—Oh, ah, vaya, eh..., hola —tartamudeé—. Pero ¿no habías dicho que, eh..., que te parecías a... Bueno, da igual. Qué bien. ¿Llevas mucho tiempo esperando?

Desoyendo por completo mi pregunta, gritó a todo volumen de forma que se enteró todo el bar:

—Ven aquí, guapa, vamos, siéntate. ¿Qué te apetece tomar? Puedes pedir lo que quieras. No te preocupes por eso. —Deduje que se refería al precio y no a la cantidad—. ¡Eh! —le gritó a la camarera que en esos momentos estaba atendiendo a otro cliente—. Ponle a esta preciosa jovencita lo que te pida. Sea lo que sea. Rapidito.

El hecho de que a esta edad hubiese personas que permanecieran completamente ajenas a su propio aspecto y sus imperfecciones físicas debería resultar alentador. Pero, en este caso, no era así. Porque el pobre Adrian carecía del ingenio o la personalidad necesarios para compensarlo. Alguien creerá que soy una superficial, pero me quedé hecha polvo. A lo largo de toda mi primera copa de vino, me contó a mí y al resto del pub con pelos y señales la vida y milagros de su reciente ex mujer, quien, según dijo, era modelo, como las dos anteriores. Cuando sacó la cartera para enseñarme una fotografía de ella, sentí una mezcla de horror y empatía. «Ay, Dios mío —pensé muerta de vergüenza—, pero si yo era igual con Johnnie. Necesitaba repetirle a todo el mundo hasta la saciedad que en su día alguien me había querido. Que era posible y que podía demostrarlo. ¡Ay!»

—Ella solía decir —me explicó Adrian contemplando con orgullo la fotografía— que yo era el mejor amante que había tenido. Cuando decidimos tener un niño, di en el blanco la primera noche.

«Joder, menudo plan», me dije.

—¿En serio? —repondí, porque hay ocasiones en que, sinceramente, ¿qué vas a decir?

Cuando empezó a soltarme un rollo patatero sobre la inmensa fortuna que había reunido gracias a su «afición» a comprar y vender propiedades, yo ya sólo pensaba en la copa de vino que podría estar tomándome con Christian.

Al final, cuando mi codo había ido resbalando y mi cabeza casi tocaba la barra, Adrian dijo:

—¿Y qué me dices de ti? Cuéntame algo de tu vida.

En condiciones normales me habría costado un esfuerzo sobrehumano rechazar el ofrecimiento de hablar sobre mí, pero en esa ocasión preferí soltar un comentario despectivo sobre la triste obsesión de los británicos (es decir, su obsesión) por adquirir propiedades y por los precios de la vivienda, y después añadí que, si no le parecía mal, me gustaría marcharme, ya que no creía que hubiese química. Él discrepó, me dijo que notaba una «fuerte atracción sexual» entre nosotros e intentó convencerme para que me tomara otra copa con él. Yo, sin embargo, le dije que no, lo cual me hizo sentir bastante orgullosa de mí misma. En el período pre-Doctora J, aunque me avergüenza tremendamente admitirlo, creo casi con total seguridad que me habría quedado, me habría emborrachado y, al final de la noche, habría empezado a encontrarle un toque a Richard Gere. No hacen falta grandes dosis de imaginación para ver adónde nos habría llevado eso...

Sin embargo, paré un taxi y murmuré entre dientes «Babbity's y puto Richard Gere de las narices» al taxista. Cuando llegué, allí estaba. El guapísimo, el sexy, el gracioso, el divertido, el perfecto Christian. Se encontraba rodeado, como siempre, por un grupo de chicas que lo miraban con los ojos como platos, pero al menos Charlotte no estaba. Al verme, se acercó a saludarme, me dio un beso en la mejilla y me preguntó dónde había dejado a mi maravilloso nuevo novio. Yo le conté una versión dulcificada de la verdad y nos echamos a reír, olvidando el cruce de chantajes emocionales y las amenazas del último mes.

Al final de la noche, estando ya los dos borrachos, le propuse, entre titubeos varios, que se viniera conmigo a casa. Él cerró los ojos y exhaló un hondo suspiro. ¡Oh, no! Arrepentimiento inmediato. Me sentí fatal. Ojalá no le hubiese preguntado. Ojalá pudiera retroceder en el tiempo, sólo un minuto.

—No —dijo meneando la cabeza y mirando hacia el suelo—. No podemos seguir con esto. Está mal. Estoy intentando arreglar las cosas.

Me di media vuelta y tomé un taxi para convencerme a mí misma de que era yo quien había decidido dejar las cosas tal como estaban.

La mañana siguiente me desperté invadida por una terrible sensación de aquel miedo tan conocido. Por supuesto, le eché la culpa al alcohol. Odiaba ese veneno del diablo. Me odiaba a mí misma por consumirlo y odiaba a la persona en que me convertía al hacerlo. Odiaba a Christian. Odiaba a la Doctora J. Odiaba a Louise. Odiaba a todo el mundo. Odiaba a la gente incompetente, a los que vivían felices y contentos y a todos los que carecían de la capacidad de reírse de sí mismos. Odiaba a la pareja que vivía en el piso de enfrente sólo porque estaban preparando el desayuno y me llegaba un aroma agradable a comida y yo quería que alguien me preparara unas tostadas con bacón. Y odiaba a los del piso de arriba sólo porque los oía corretear y reírse.

Si no hubiese bebido, habría mantenido la serenidad, la dignidad y el control. No se me habría ocurrido proponerle a Christian que fuéramos a mi casa; él no habría tenido la oportunidad de esgrimir un argumento moral; y yo no me habría levantado tan llena de odio y de reproches hacia mí misma. Los síntomas físicos —tenía el estómago revuelto y la cabeza a punto de estallar— eran, a la hora de la verdad, una conveniente distracción de los síntomas emocionales, mucho más penosos: la humillación y la ansiedad. ¿Por qué no había un remedio inmediato para curarlos? Cogí uno de los cuadernos de mi mesilla y escribí: «No pienso volver a beber. Nunca más. Ya sé que lo he dicho otras veces, pero ésta va en serio. A partir de este instante me declaro oficialmente abstemia.»

Hacia el final de las vacaciones de la Doctora J, me sorprendí a mí misma echándola de menos. Resulta extraño descubrir que puedes echar de menos a alguien que ni siquiera te cae muy bien, pero lo cierto era que estaba deseando reanudar las sesiones. Aunque de una forma un tanto peculiar, ella seguía ejerciendo influencia sobre mí. A veces, incluso me descubría pensando o actuando como ella.

Una de las noches que salí con Katy, Rachel y Emily, ellas bebieron vino y yo me sentí satisfecha y ufana porque había conseguido pasar la noche a base de agua mineral.

Una amiga de una amiga de Katy entró con aire resuelto en el bar. Tenía aspecto de ser muy segura de sí misma, aunque un tanto distante. Victoria, que era como se llamaba la chica en cuestión, se sentó con nosotras mientras esperaba a alguien y no tardó ni medio minuto en contarnos que acababa de darle un ultimátum a su novio, con quien llevaba dos años. O se iban a vivir juntos (ella tiene veintimuchos y él treinta y cinco) o ella «tendría que replantearse» la relación. Él, como era lógico, dijo que necesitaba pensárselo, respuesta que a ella, al parecer, la pilló totalmente por sorpresa.

—¡Cuánto le quiero! —exclamó con expresión soñadora, aparentemente ajena al hecho de que acababa de conocernos a las tres.

«Qué poco apropiado —pensé para mí— eso de llegar avasallando de esa manera.»

Ella continuó, casi monologando:

—Pero es que las cosas no avanzaban. Él es el tío más pasota del mundo, que es, en cierto modo, lo que me encanta de él. Ya he trasladado casi todas mis cosas a su casa y él ni se ha enterado, pero claro, yo quiero que me pida que me vaya a vivir con él. Lo quiero. Y no discutimos nunca. Nos llevamos de maravilla. Somos almas gemelas. Estoy convencida de que él también me quiere de verdad. Encajamos, para qué negarlo. Pero, si fuera por él, nos quedaríamos así para siempre. Es su forma de ser, ya lo sé. Bueno, el caso es que tuve una conversación con mi madre y decidimos que había llegado la hora de darle un empujoncito. No me arrepiento de haberlo hecho, pero no esperaba que él reaccionase así, y ahora no sé qué hacer.

Nos miró con expectación.

Yo tuve que morderme la lengua y contenerme para no darme de cabezazos contra la mesa. Katy había mencionado a esa chica en alguna ocasión porque le habían contado que estaba tan desesperada por irse a vivir con su novio que se había planteado quedarse embarazada (todas sus amigas lo estaban) «por accidente» para que su relación avanzara al «siguiente nivel».

—Oyéndote —observó Katy con dulzura— da la sensación de que tienes unos cuantos problemas que solucionar. Problemas de relación. Lo digo porque, en realidad, no es saludable que las personas no discutan con su pareja. Y tampoco lo es obligar a alguien a contraer un compromiso para toda la vida. No sé si lo sabes, pero son precisamente las personas más pasivas y volubles las que a menudo acaban descarriándose. En cualquier caso, ya basta de hablar de él. Hablemos de ti. ¿Te has planteado alguna vez visitar a un psicólogo?

Victoria se volvió hacia Katy como si acabara de sugerirle que se cortara las piernas y se las comiera para cenar.

—¿A un psicólogo? —chilló—. ¿Me estás vacilando? Yo no necesito ningún psicólogo. No es que tenga nada contra ellos ni nada por el estilo. Sé que hay gente que los necesita, pero yo, desde luego, no. No necesito la ayuda de...

—Todos necesitamos un poco de ayuda de vez en cuando —la interrumpió Katy—. No hay por qué avergonzarse de ello.

—Yo no necesito la ayuda de nadie —insistió Victoria meneando la cabeza—. El tema es mi novio. Su forma de ser. Es demasiado pasivo. Pero yo, vamos..., yo no necesito pagar a nadie que me escuche ni me diga lo que tengo que hacer con mi vida. Y además, voy al gimnasio los cinco días de la semana. Eso me ayuda a mantenerme sana.

Se hizo un silencio un tanto incómodo y Rachel y Emily me miraron con aire inquieto.

Yo estaba deseando decirle: «Mira, bonita, eres una pirada con un trastorno disfuncional de mil pares de narices y un problemón de codependencia. Qué lástima. Para todo el mundo salvo para ti, por supuesto, está claro como el agua que ese chico no tiene demasiado interés en el tema y que tú tienes serias dificultades para entablar relaciones adultas funcionales. Si tienes que recurrir a darle un ultimátum a un hombre o si él está haciéndose el remolón, sólo puede haber una causa: que no le interese el tema.»

Por suerte, no se lo dije. Pensé en cuánto más fácil resulta dar consejo que recibirlo o incluso que aplicarse uno mismo el cuento. Al final, le dirigí una sonrisa cortés y dije:

—Hombres, ¿eh? No hay quien los entienda.

Una mañana de domingo, pasado más de un mes de la fiesta de Louise y Scott, mi hermana me llamó hecha un manojo de nervios.

—¡A ver si lo adivinas! —exclamó.

—¿Humm? —farfullé.

—A David le gustas. Se lo ha dicho a Scott.

—¿Quién? ¿Qué? ¿Por qué? Estoy dormida. Es domingo, es el primer día de mi fin de semana.

—Ayer salieron a tomar unas cervezas juntos y David le dijo a Scott que le gustabas mucho. Bueno, eso lo dijo cuando quedó claro que estabas soltera. Por lo visto él creía que estabas saliendo con alguien y le preguntó a Scott si iba en serio. Scott le dijo que ahora mismo tú no mantenías una relación con nadie y David le confesó que le gustabas. En realidad, las palabras exactas fueron... —Entonces gritó dirigiéndose a Scott—: Scott, ¿qué fue exactamente lo que dijo David? —Al fondo, oí a mi cuñado responder en tono cansino: «Que ella tiene todo lo que él busca en una mujer.» ¿Lo has oído? —preguntó Louise excitada. Y sin esperar a que respondiera, agregó—: También dijo que le pareciste un poquito egocéntrica, pero que fue muy divertido y que más allá de eso...

—¿Cómo? —la interrumpí, ya completamente despierta—. ¿Dijo que yo era una egocéntrica?

—Sí. Creo que lo dijo en tono de broma. Ya sabes, en plan: «Le gusta mucho hablar de sí misma, ja, ja, ja...»

—¿De verdad dijo eso? ¿Dijo que me gusta hablar de mí misma? —pregunté de nuevo invadida por la incredulidad.

—Eh..., sí. Pero bueno, es cierto.

—No, no es cierto —protesté.

—Sí, sí que lo es.

—No, no lo es.

—Sí, sí lo es. Scott, ¿tú crees que a Lorna le gusta hablar de sí misma?

No se oyó respuesta.

—Me ha mirado con la misma cara que si le hubiese preguntado «¿Tú crees que el Papa es católico?» —explicó Louise—. Pero bueno, ¿qué más da? No hay un solo ser humano sobre la Tierra que no sea egocéntrico, aunque hay grados, claro. Así que, aunque seas egocéntrica, a él le pareció divertido y le gustaste mucho.

—Pero yo no soy tan egocéntrica como... —Y le recité una lista de gente.

—Mira, Lorna, no sólo eres egocéntrica, sino que además eres una plasta —resopló Louise—. Te llamo más tarde.

Al cabo de dos minutos, la llamé yo.

—Entonces ¿qué es lo que dijo sobre mí? —pregunté con cierta timidez.

Ella se echó a reír.

—Scott, toma, cuéntale lo que te dijo. —Y le pasó el teléfono a su marido.

Yo oí a lo lejos los gruñidos de Scott.

—Ay, Dios, ¿cuántas veces voy a tener que repetirlo? —Y después me lo contó todo.

—Humm —murmuré—. ¿En serio dijo todas esas cosas? —Pero luego me di cuenta de que algo no encajaba—. Un momento —le dije—. Si de verdad le gusto, ¿por qué ha tardado tanto en contártelo? ¿Por qué no se puso en contacto contigo inmediatamente?

—Lorna, es un hombre —arguyó Scott—. No nos urge con la misma desesperación que a vosotras. Además, él creía que estabas saliendo con alguien.

—Ya, claro, es que yo... Bueno, qué más da. Lo que pasa es que en estos momentos tengo aparcado el tema de los hombres, pero de todos modos, cuéntame, ¿a qué se dedica? Es médico, ¿verdad?

—¿Es que no se lo preguntaste? —exclamó él con un tono de sarcasmo—. Te pasaste casi toda la noche hablando con él. ¿Acaso estabas demasiado ocupada hablando de...?

—Hablamos de cientos de cosas —lo interrumpí—. Hablamos de política, de la importancia de la libertad de expresión, de la guerra de Irak, de arte, literatura, poesía, del juramento hipocrático. Así que cuéntame, ¿a qué se dedica?

Scott me explicó que David era médico y que se había trasladado recientemente de Londres a Glasgow, que estaba a punto de comenzar su formación en pediatría (en ese instante, casi me caigo redonda), pero que de momento trabajaba en urgencias.

—Es un hombre encantador —añadió Scott—. Muy inteligente, divertido, y un médico excelente. Un tío fantástico en general. Las enfermeras están locas por él. Lo llaman el doctor Macizo de Glasgow.

Santo Cielo.

—De acuerdo, ahora cuéntamelo otra vez y te prometo que no volveré a preguntarte jamás. ¿Qué es exactamente lo que dijo de mí? ¿Cuáles fueron las palabras exactas?

—Eres una egocéntrica sin remedio.

—No, esa parte no, la otra.

Con voz monótona y cansina, Scott me lo repitió.

—¿En serio dijo eso?

—En serio.

—¿De verdad?

—Adiós, Lorna. Voy a colgar.

Humm. Qué lástima que hubiera decidido mantenerme alejada de los hombres.

Junio

¿Adónde se va el tiempo?

Era una espléndida mañana de sol de un lunes de comienzos de junio; un día cálido y luminoso en el que sólo un par de nubes algodonosas manchaban un cielo azul por lo demás impoluto. Había flores por todas partes, y hasta la sala de espera de la Doctora J, donde por lo general reinaba un ambiente sombrío, parecía menos lúgubre.

Yo estaba ansiosa por volver a verla después de su semana de veraneo y me sentía como si me hubieran dado vacaciones en la escuela y me hubiese dedicado a corretear por ahí sin control metiéndome en todo tipo de líos. Ahora había llegado el día de la vuelta al cole, el momento de volver a ponerse manos a la obra, expiar mis últimos pecados y descubrir algo más sobre mi desbaratado yo. Pero no sólo me sentía en la obligación de hacerlo, sino que tenía verdaderas ganas de reanudar mi rutina y recuperar la nueva normalidad que se había establecido en mi vida. Eso sí, el presentimiento inevitable de las muchas verdades que iba a tener que afrontar me había hecho estar dando vueltas en la cama y manteniendo conversaciones imaginarias con la Doctora J desde las cinco de la madrugada.

Cuando se dirigió a mí en la sala de espera, me di cuenta de que tenía un aspecto diferente. Siempre había gozado de una imagen saludable, pero ese día irradiaba un resplandor posvacacional especial. Se la veía renovada. Había cargado pilas. Exhibía un ligero y saludable bronceado y se había hecho algo en el pelo: un nuevo corte, creo, una discreta permanente.

Incluso su vestimenta era distinta. Había abandonado los habituales trajes oscuros por un holgado vestido azul claro de lino y unas sandalias bajas abrochadas por una tira en el talón. Pude verle los dedos de los pies, lo cual, por alguna razón inexplicable, me puso un poco nerviosa. ¡Llevaba las uñas pintadas! No de rojo, porque ya habría sido excesivo, sino de un suave color nacarado. Ya era verano, pero aun así la transformación me pilló por sorpresa. Me hizo darme cuenta de lo acostumbrada que estaba a la imagen conservadora, autoritaria y gris de la Doctora J que, pese a sus rarezas, transmitía confianza.

Imaginé que se había marchado a Italia de vacaciones, probablemente a Venecia. No tengo la menor idea de dónde saqué la idea. Ella no me había dicho nada y yo no me había atrevido a preguntar. Tampoco había visto ningún billete de avión, ninguna guía de la ciudad ni ningún otro indicio en su consulta. Simplemente me había creado la imagen de ella paseando por callejuelas adoquinadas de la mano de su marido, un hombre alto y elegante con gafas (naturalmente, otro producto de mi imaginación). Los había visualizado tomando café, riendo, viendo pasar a la gente en la Piazza San Marco, comiendo en restaurantes finos y asistiendo a la ópera. De nuevo, a pesar de la falta de pruebas que avalasen mi versión, no sé por qué, pero intuía que la Doctora J era una amante de la ópera.

Aunque no sabía nada en absoluto de su vida personal, me había convencido a mí misma de que tenía dos hijas, una de ellas casada y con un hijo pequeño. Respecto a la otra, todavía no tenía muy claro a qué se dedicaba. La imagen que tenía de ella era más abstracta. Puede que fuera escritora de algún tipo, o tal vez estuviera un poco perdida, sumida en una especie de crisis prematura de los cuarenta. En cuanto a la casada, yo daba por hecho que vivía en Italia.

La Doctora J me había comunicado ya que se tomaría libre todo el mes de agosto. Imaginé que pasaría el mes entero en Italia con su hija mayor y su adorable nietecito. Lo cual era una solemne tontería. Yo no necesitaba una segunda madre, y menos con el discutible estilo de la Doctora J.

Al comienzo de la sesión se impuso uno de nuestros largos y especiales silencios. La Doctora J probablemente estaba tarareando para sus adentros la obertura de *La Traviata*... Yo estaba haciendo todo lo posible por no pensar en sus dedos de los pies, pero me resultaba complicado. Durante muchos de los silencios de la terapia, mantenía extrañas conversaciones en mi interior. De vez en cuando, alguna que otra frase alcanzaba la punta de la lengua, pero la detenía antes de que se me escapara y luego meditaba sobre todas las posibles formas disparatadas en que podía interpretarse.

YO: ¿Ha pasado unas buenas vacaciones?

DOCTORA J: ¿Por qué me lo pregunta?

YO: Por educación, porque es lo normal.

DOCTORA J: Estoy segura de que a estas alturas ya se habrá dado usted cuenta de que lo que practicamos aquí no tiene nada que ver ni con lo normal ni con la educación. Lo que me interesa es lo que se oculta bajo la educación y la normalidad. La pregunta que se esconde tras la pregunta. Lo que se halla tras la fachada. Así que, vamos, cuénteme lo que le pasa por la cabeza. ¿Está enfadada conmigo porque la he abandonado, de la misma forma que lo está con sus padres y su hermana?

YO: Hay que joderse, ¡que no! ¡Que no estoy enfadada con usted por abandonarme, como dice! Y, por enésima vez, le repito que mi familia no me abandonó. En cuanto a usted, ni siquiera la he echado de menos. Ni siquiera he acusado su ausencia. Me lo he pasado bomba. He tenido hasta una cita a ciegas.

DOCTORA J: Tal como imaginaba, continúa usted mostrando un grado extremo de hostilidad. Está furiosa conmigo por haberla abandonado. Es totalmente comprensible. No se preocupe. Podemos analizar juntas esos difíciles sentimientos y con un poco de suerte conseguiremos que establezca usted una relación verdadera y honesta con sus sentimientos y su vida. Y ahora, cuénteme, ¿en qué está pensando? ¿Eh? ¿En las uñas de mis pies, por casualidad?

Tenía que mencionarlas.

«Si hay algo importante y uno evita hablar de ello, después tampoco se habla del resto de las cosas importantes», solían decir Louise y Katy, no sólo sobre la relación psicólogo-paciente, sino sobre cualquier relación cercana.

Tomé aire.

—Sé que es completamente ridículo —empecé—, pero, bueno...
—Me volví sobre el lado derecho y dirigí la vista hacia sus pies—.
Es sólo que tiene..., eh..., tiene un aspecto diferente y me ha pillado
por sorpresa.

—¿Le gustaría continuar? —dijo en un tono cálido que me puso más nerviosa aún—. No se autocensure ni intente prejuzgar. Limítese a expresar lo que le pase por la cabeza. A pensar en voz alta.

Ya en otras ocasiones la Doctora J había intentado empujarme
en vano a aplicar el método de la libre asociación, que consiste en
expresar sin reservas todo lo que te pasa por la mente con independencia de que sea trivial, aleatorio, irracional, grosero, humillante,
ofensivo, bochornoso, indiscreto o todas esas cosas a la vez. Ahora
bien, soltar una chorrada detrás de otra cuando estás borracho y nadie se entera de la misa la mitad porque también están borrachos, y
tú tampoco porque a la mañana siguiente ya no recuerdas nada, es
una cosa. Pero hacerlo en compañía, a plena luz del día y a sabiendas de la cantidad de conclusiones que van a extraerse de ahí era una
cosa bien diferente y mucho, mucho más difícil de lo que parece.
De hecho, era casi imposible.

Al comienzo di un par de pasos en falso, luego lancé una retahíla
de pensamientos incoherentes como helado italiano, madres, ópera, uñas pintadas, aventuras amorosas y personas que no son quien
uno creía que eran.

—Está muy bien —dijo. Por su tono de voz podía deducirse
que estaba sonriendo—. Excelente.

La fecha más importante del mes era la gran fiesta sorpresa con
la que íbamos a celebrar la jubilación y el cumpleaños de mi madre,
que cumplía sesenta y cinco años. Yo quiero a mi madre con locura, y la considero una mujer admirable, por eso puede parecer extraño que no contribuyera lo más mínimo a preparar la fiesta. Mi
padre y Louise lo organizaron todo: el lugar, las bebidas y el bufet,
la música, la decoración, la tarta..., y además se encargaron de llamar a toda la familia de mi madre e incluso a amigos que no había
vuelto a ver desde su época de estudiante de enfermería. Fue im-

presionante. Yo, sin embargo, había estado muy atareada con el trabajo (en ese momento estaba obsesionada con la idea de obligar yo solita al gobierno a abrir una investigación sobre el escándalo de la sangre infectada, obviando el hecho de que periodistas de investigación de primera línea llevaran dos décadas trabajando en el caso) y como planificar, organizar y obtener resultados no era mi fuerte, había decidido conscientemente dejar el trabajo en manos de otros. Lo único que hice fue contribuir a los gastos. Pero cuando entré en la sala de fiestas del Clober Golf Club de Milngavie, engalanada con globos amarillos y dorados, y vi el tiempo y el esfuerzo que habían invertido mi padre y Louise, me sentí una egoísta miserable.

—Vaya, papá y tú habéis hecho un trabajo magnífico. Qué lástima que haya estado tan ocupada y no haya podido ayudaros más —dije con la velada esperanza de que mis palabras pasaran la censura.

Ni en broma. Louise me lanzó una de sus miradas de escepticismo con las cejas enarcadas.

—No intentes ser el centro de atención, Lorna. Ésta es la noche de mamá.

—Grrr —gruñí.

Mi madre, que creía que era una salida para ir a cenar, entró en el club de golf acompañada por mi padre y sus amigos de toda la vida Dorothy y Jimmy. (Louise y yo seguimos llamándolos tíos, aunque no nos une ningún parentesco, y sus hijos hacen lo mismo con nuestros padres. Su hija Gail, mi «prima», está casada con Stefan Dennis, que encarna al personaje de Paul Robinson en la extensa y dilatada telenovela australiana *Neighbours*. Mi madre, una mujer de numerosas virtudes poco alabadas, les hizo una tarta de boda que apareció en un artículo de la revista *Hello!* El pie de foto decía que la tarta había sido hecha por «tía Rose». Esa foto, que es la mayor conquista de mi familia en términos de notoriedad, sale a relucir cada vez que hay ocasión, lo cual sucede con sorprendente frecuencia porque la gente siempre habla de lo que dieron por la tele la noche anterior, o de Kylie Minogue, y resulta muy fácil conducir esas conversaciones hacia una determinada calle de Erinsborough y la anécdota de una tarta.)

Viendo la expresión de mi madre, no había duda de que se había quedado completamente boquiabierta. Tardó varios minutos en asimilar lo que estaba ocurriendo. A cada instante fruncía el entrecejo y exclamaba: «¡Pero bueno, Pauline!», «¡Dios mío, Julie!», mientras los rostros de su juventud desfilaban por el salón. Estaba al borde de las lágrimas. Yo me abrí paso entre los invitados para llegar hasta ella y abrazarla cuando por fin comprendí lo importante y especial que era esa celebración.

Desde el instante en que crucé la puerta, mi mente había estado barajando la vaga idea de hacer algo que compensara la falta de implicación en los preparativos de los meses previos. A mitad de la noche, cuando la fiesta estaba en pleno apogeo, me pareció encontrar el momento oportuno para hacerlo.

Le pedí al pinchadiscos que pusiera una canción del CD que llevaba en el bolso, la canción «Who Knows Where the Time Goes», de Fair Convention, que era probablemente mi canción favorita de todos los tiempos. Sólo de pensar en ella se me humedecen los ojos y me entran escalofríos. He de admitir que probablemente no inspira un rollo fiestero tan marchoso como, por ejemplo, «Agadoo», ese clásico que poco menos que te obliga a tomar un daiquiri de fresa y vivir la vida loca.

El *disc jockey* se mostró un poco reacio, pero cuando le expliqué que era la hija de la homenajeada —es decir, que no le quedaba otra que hacerme caso—, obedeció y puso la canción. En cuanto la melancólica obra maestra empezó a sonar, los invitados intercambiaron miradas de desconcierto mientras esperaban a ver si reconocían la melodía. Algunos se encogieron de hombros o hicieron gestos con las manos en señal de reprobación. Antes de que la taciturna voz de Sandy Denny hubiera acabado el primer verso sobre el cielo del ocaso y la partida de los pájaros, todo el mundo había hecho lo mismo y la pista de baile había quedado desierta. Incluso Lewis, que suele «bailar» o al menos flexionar las rodillas y aplaudir con sus manos regordetas a todo lo que suena, incluidos todos los músicos callejeros junto a los que pasa, se alejó disgustado con su andar inseguro. Y Louise. Louise se puso como una fiera.

—Pero ¿qué demonios estás haciendo? ¡Es una fiesta, no un velatorio, joder! —me gritó.

—Ah, pero... —repliqué—, pensé que a mamá le gustaría. Es una canción preciosa. Hará pensar a todo el mundo en lo precioso que es el tiempo y en la fragilidad y el valor de la vida. Hay que recordarle a la gente...

—Pero no en una fiesta, joder —profirió antes de salir disparada hacia el pinchadiscos y pedirle que pusiera algo animado.

Lo siguiente que supe fue que sonaba a todo volumen «I'm in the Mood For Dancing», de The Nolan Sisters, cosa que en un momento consiguió poner de nuevo en pie a todos los invitados.

Decepcionada, volví a sentarme con Katy al fondo de la sala, estratégicamente cerca del bufet.

—Es pura evasión, ¿sabes? —le comenté mientras me zampaba un hojaldre de salchicha—. La gente se niega a afrontar la cruda realidad: nacemos y morimos. Así de sencillo. No hay más.

—Se trata de una fiesta —replicó ella—. Es posible que no sea el mejor lugar para reflexionar sobre esas cuestiones.

Yo cambié de tema. Con sutileza.

—No me puedo creer que mi madre cumpla sesenta y cinco años. ¡Sesenta y cinco! Son muchos años. La edad de los pensionistas. Mi madre ya es oficialmente una pensionista de la tercera edad. Ya tiene derecho a viajar gratis en autobús a cualquier lugar de Escocia.

—Yo no me puedo creer que yo misma tenga treinta y seis —dijo Katy sacudiendo la cabeza—. Todo el mundo desea tener más tiempo, pero ¿para hacer qué? Para malgastarlo, probablemente. ¿Te has planteado alguna vez si te gustaría repetir la misma vida que has tenido una y otra vez hasta la eternidad?

—¿Qué? —pregunté con gesto ceñudo.

—Me parece que fue Nietzsche el que dijo que cada cual debería preguntarse si está viviendo la vida de tal manera que deseara vivirla una y otra vez eternamente. Todos hemos tomado decisiones equivocadas, hemos cometido errores, pero si los reconocemos podemos vivir el resto de la vida de forma que queden eliminados los remordimientos en el futuro.

—Humm. A nadie le gusta admitir que hay cosas de las que se arrepiente. Duele demasiado. Intentas mirar el lado positivo porque no te queda otra alternativa. El otro día estaba viendo un programa en la tele sobre el rostro cambiante de las familias. Entrevistaron a dos parejas. Una tenía cuatro hijos. La otra, ninguno. Ambas decían que habían tomado la decisión correcta porque, claro, qué vas a decir. ¿Quién es el guapo que dice «Ojalá hubiera hecho las cosas de otra manera»? Los que tenían niños decían que la gente que no tenía hijos era egoísta. Realmente parecían convencidos de que todo lo que hacían lo hacían por el bien de sus hijos. Decían que no se les pasaba por la cabeza la posibilidad de que en realidad hubieran tenido hijos por su propio interés. Y la pareja sin hijos sostenía que los egoístas eran los otros porque el mundo estaba superpoblado. Es un disparate. Todo el mundo acusa a los demás de egoísta pero nadie está dispuesto a admitir que sus decisiones nacen de intereses egoístas.

—Vaya, has cambiado el chip.

—Todo es culpa de la loca de mi psicóloga. Estoy empezando a verlo todo de otra forma.

Katy asintió y soltó una carcajada.

—En el trabajo, a veces pedimos a los pacientes que piensen cómo les gustaría que fuese su epitafio, o que imaginen cómo les gustaría que se resumiera su vida, o que escriban su propio obituario. Es una especie de terapia de *shock*. Todo el mundo intenta ignorar el paso del tiempo hasta que un día te levantas y te das cuenta de que ha empezado la cuesta abajo, que ya no todo es posible.

—Ya, ya entiendo lo que quieres decir —respondí—. Pero al mismo tiempo, hasta que no te das cuenta de eso, hasta que no lo asimilas de verdad, no empiezas a vivir. Porque pasas de saberlo sin más a tener plena conciencia de que el paso por la vida es breve.

—¿Sabes por qué tanta gente sufre una crisis al llegar en torno a los cuarenta? —me preguntó Katy. Yo negué con la cabeza—. Porque es cuando la gente cobra conciencia de que las decisiones que ha tomado a lo largo de su vida no han sido totalmente libres, sino que son fruto de su cultura, de su tiempo y, sobre todo, de su familia.

Como si obedeciera una señal, el *disc jockey* puso el tema de *Fama* «I'm Gonna Live Forever», y la gente en la pista de baile enloqueció.

Yo, de repente, tomé una determinación.

—Creo que voy a pronunciar un pequeño discurso —le dije a Katy, me levanté, y le hice una señal al pinchadiscos.

Lo siguiente que sé es que tenía el micrófono entre las manos. Hasta ahí bien. El problema es que empecé a hablar:

—Últimamente no suelo tener la ocasión de ser el centro de atención —dije bajo un chaparrón de protestas—, así que no he podido resistir la tentación de gozar de unos instantes de gloria esta noche, je, je. —Oí que Katy y mi padre se reían. Vi que unos cuantos intercambiaban miradas de perplejidad.

»Bueno, quién sabe dónde se va el tiempo, ¿eh? Es una buena pregunta, ¿no os parece? No puedo creer que mi madre cumpla sesenta y cinco. Eso son muchos años. Y tampoco puedo creer que yo tenga treinta y cinco. Treinta y cinco añazos —dije sacudiendo la cabeza—. Es increíble. ¡Estoy más cerca de los cuarenta que de los treinta! —La mayoría de los invitados superaba los cuarenta, y por mucho, pero no permití que eso me detuviera—. Me está costando asumirlo. Cuando era joven pensaba que a los treinta, y ya no digamos a los treinta y cinco, estaría casada y con hijos y viviría en un apacible barrio residencial de las afueras. Sin embargo, vivo en un cuchitril de alquiler y me he liado..., bueno, no, olviden esa última parte. El caso es que todavía sigo intentando averiguar lo que quiero ser de mayor.

Se oyeron unas cuantas risitas, que procedían de mi padre, Scott y Katy. Busqué a Louise con la mirada y vi que meneaba la cabeza con gesto de desesperación.

—De todos modos —proseguí para cerrar el discurso como un diestro orador público—, lo único que quería decir es que mis padres son unas personas maravillosas. Tienen sus defectos, por supuesto. Recientemente he descubierto que todos los tenemos. De hecho, hace poco leí que bajo la encantadora máscara que todos llevamos puesta luchan por el control la codicia, la rabia y la represión. Por lo visto. Bueno, como iba diciendo, todos cometemos errores, pero lo importante es aprender y no volver a caer en ellos otra vez. Así que, aunque nadie es perfecto, ellos son probablemente lo que más se le parece. Así que brindemos por mis padres. Maravillosos pero imperfectos. Como todos nosotros.

Milagrosamente, todo el mundo obedeció y alzó su copa. Cuando bajé de la tarima y se reanudó la música, oí la inconfundible melodía de Black Lace y la inolvidable letra de «Agadoo», que me perseguía como un siniestro payaso.

La siguiente vez que acudí a la consulta de la Doctora J, apenas noté los rayos de sol que penetraban por la ventana. Tampoco presté atención a la ropa que ella lucía, ni a si llevaba las uñas pintadas o los pies a la vista porque, desde que me tumbé en el diván, no pude parar de llorar.

—¡Mi madre tiene sesenta y cinco años! ¿Cómo puede ser? No los aparenta. Y además dice que no siente que los tenga, sobre todo desde que empezó a ir a clases de baile tres veces a la semana y a cuidar del rey Lewis dos días a la semana. Eso me ha hecho reflexionar sobre las madres. Sobre lo absolutamente maravillosas que son.

Uno de mis recuerdos más vívidos de mi niñez, le dije entre pucheros, era de cuando tenía alrededor de cinco años. Era incapaz de conciliar el sueño porque acababa de darme cuenta de que algún día mis padres morirían. Supongo que fue mi primera crisis existencial.

Empecé a llorar a gritos. Mis padres, que aparecieron corriendo en nuestra habitación, intentaron consolarme, pero no podían darme la respuesta que yo quería, que era la promesa de que iban a vivir para siempre.

Trataron de tranquilizarme explicándome que ambos tenían treinta y tantos años y que lo más seguro era que tardaran mucho, mucho, mucho tiempo en morir. Pero no dio resultado. Al final, a mi madre, en un acto de desesperación —imagino— se le ocurrió la feliz idea de decirme que mis abuelos, que por esa época rondaban los sesenta y cinco, todavía estaban vivos y sanos. «Es decir, que seguramente los abuelitos morirán mucho antes que nosotros», dijo mientras me acariciaba el pelo. Aunque estoy segura de que lo hizo con toda su buena fe, hay que reconocer que no es la afirmación más afortunada de su vida. Aquello volvió a disparar mi llanto. «¡Oh, no! Los abuelos van a morir. ¡Buaaa! Y luego moriréis papá y tú y después me moriré yo. Todos vamos a morir. ¡Buaaa! ¡Buaaa! ¡Buaaa!»

No estoy segura de si en ese momento conseguí expresar lo que en realidad estaba pensando, «¿De qué sirve vivir si lo único que vamos a hacer es morir?», pero es cierto que mis padres se quedaron un tanto afectados después del episodio. Al no ser creyentes devotos ni catedráticos de filosofía, y teniendo en cuenta que en esa época todavía no existían manuales que ofrecieran a los padres consejos sobre todos y cada uno de los asuntos educativos, carecían de los recursos necesarios para afrontar ese tipo de situaciones. Así que decidieron hacer lo que uno esperaría de unos buenos padres: invirtieron sus ahorros en comprarnos los veintinueve volúmenes de la edición para adultos de la *Enciclopedia Británica* completa. A pesar de que todavía no supiéramos leer.

Han transcurrido treinta años desde ese berrinche, pero por lo visto siguen preocupándome las mismas cosas.

Varios meses antes del cumpleaños de mi madre, habíamos organizado una fiesta muy distinta para celebrar que mi abuela cumplía noventa y cuatro años. Acudieron seis de sus nueve hijos, la mayor parte de sus dieciséis nietos y algunos de sus veintitrés biznietos. La mujer tiene incluso toda una prole de tataranietos. Entre todos suman más de cincuenta fechas de cumpleaños, y aunque todo el mundo le insiste en que no hace falta que las recuerde todas, jamás se olvida de ninguna. Sigue siendo una mujer independiente, vive sola en un edificio de pisos en Glasgow, y posee una mente de una lucidez prodigiosa. Lo único es que necesita un bastón para caminar y a veces da la impresión de que se siente sola.

Cuando llegué a su fiesta, me dijo que llevaba mucho tiempo sin verme. Yo me inventé una torpe excusa sobre lo ocupada que estaba con el trabajo.

Cada vez que yo pronunciaba las palabras «muy ocupada con el trabajo», que a decir verdad era con frecuencia, Louise enarcaba las cejas. Decía que, en mi orden de prioridades, le daba una importancia excesiva al trabajo. Me acusaba de pensar que mi trabajo era más importante que el de los demás. «Eso es una mentira podrida», solía replicar yo, aunque mi hermana tenía toda la razón. Ahora estaba empezando a darme cuenta de que estar inmersa las veinticuatro horas del día en el trabajo, cosa que hacía, me apartaba de otras cosas mucho más importantes en la vida.

El trabajo era además una excusa idónea teniendo en cuenta que yo no podía decirle a mi abuela la verdad: que la había estado evitando. Me daba miedo ir a verla porque me recordaba la transitoriedad de la vida y despertaba mi temor a pensar en el más allá.

A mi abuela le encantaba hablar de su vida y contar historias. Rememoraba con frecuencia cómo, al estallar la guerra, se negó a que evacuaran a sus hijos porque no quería que los separaran de ella. Así que todos permanecieron en un apartamento en Possilpark y, cuando oían la sirena de la alarma antiaérea, ella ponía un colchón en el vestíbulo, apagaba las luces y hacía una piña con todos sus hijos. Intentó protegerlos por sus propios medios y, milagrosamente, lo consiguió. En su vida todo giraba en torno al cuidado de los demás.

«¿Cómo es posible que alguien llegue casi a los cien años? ¿Cómo es posible que alguien tenga nueve hijos y, salvo uno, todos paridos en casa, sin calmantes para el dolor? ¿Cómo es posible que una mujer sacara adelante a seis de esos nueve hijos ella sola durante los cuatro años que su marido pasó combatiendo en una guerra mundial? ¿Cómo podía alguien haber estado casada con el mismo hombre más de medio siglo, y luego haber pasado sola el resto del tiempo desde que él había muerto, hace diecisiete años? Son cosas que no me caben en la cabeza.»

Además de pensar en la vida de mi madre y mi abuela, en los últimos tiempos había reflexionado mucho sobre mi padre. Él siempre me había parecido un hombre con multitud de objetivos y sueños pendientes. Recuerdo, cuando era pequeña, haberle visto emprender toda suerte de proyectos, planes con los que tal vez él pretendía superarse como persona. Él, por ejemplo, siempre había querido ser escritor. Leía a todas horas. Y era un gran aficionado a aquella chifladura de los años setenta que consistía en hacer diseños y formas geométricas con hilo. La mayor parte de sus planes, sin embargo, caían en saco roto porque sus obligaciones siempre se interponían en el camino. Yo me preguntaba cómo habría sido si no lo hubieran obligado a ponerse a trabajar a los quince años y a entregar todas sus ganancias a un hombre que lo odiaba.

Años atrás, entrevisté a Michael Martin, el portavoz de la Cámara de los Comunes, conocido también, al menos en ciertos sectores de la prensa, como Gorbals Mick. Es el primo de mi padre y ambos crecieron juntos en uno de los barrios más deprimidos de Glasgow. Aproveché la oportunidad para recabar información sobre la niñez de mi padre.

Cada vez que yo le preguntaba directamente a mi padre, él meneaba la cabeza con desgana o decía «Ya te he contado todo lo que necesitas saber: hasta pasados los veinte años no descubrí que los filetes de ternera no venían enlatados.» Yo no entendí de qué hablaba hasta que mi madre me explicó que la primera vez que salieron juntos a cenar fuera, él pidió un filete. Cuando se lo sirvieron, al parecer mi padre le dijo al camarero: «¿Qué es esto? He pedido un filete.» Él en realidad creía, o al menos eso cuenta la leyenda, que la infame carne rosada de cerdo enlatada que había comido todas las noches, o mejor dicho, las noches que el dinero les daba para comer, era lo que su madre siempre le había dicho que era: una exquisita pieza de ternera escocesa.

Cuando entrevisté a Michael Martin, me contó que todas las mujeres del barrio decían que mi abuelo paterno, que murió en la guerra cuando mi padre tenía tres años, era el hombre más guapo de Anderston. Cuando le pregunté a mi padre si era cierto, me dijo: «Pásame el mando de la tele.» Le pregunté si conservaba alguna foto de su padre y negó con la cabeza. Luego le pregunté si pensaba escribir la historia de su vida, sin preocuparse por la gramática ni las «reglas» de escritura, y me respondió: «Lorna, haz el favor de dejar de decir tonterías.»

No fue hasta que Lewis nació cuando mi padre, de pronto, comenzó a disfrutar. Parecía que, por fin, estaba satisfecho, que había empezado a saborear la vida.

De buenas a primeras me vi llorando de nuevo en el diván.

—Con lo mucho que se han sacrificado. No puedo dejar de pensarlo... Me pregunto si sabremos agradecérselo como merecen. Mi abuela no durará mucho tiempo, y cuando se haya ido, todos nos lamentaremos por no haber pasado más tiempo con ella y no haberle preguntado más cosas sobre su vida. ¿Por qué siempre valoramos lo que tenemos cuando ya es demasiado tarde?

Al cabo, la voz a mi espalda dijo:

—Me da la sensación de que lo que le preocupa es su propia vida, cómo ha vivido usted hasta ahora y cómo vivirla a partir de hoy. Parece que, como todavía se ve incapaz de admitir su propio dolor, prefiere sentir el de los demás, pero quizá lo que en realidad la preocupa es que se le esté acabando el tiempo a usted.

Había muy pocas cosas que me avergonzaran tanto como estar en un bar y que Katy soltara a voz en grito:

—Creo que otra de las razones por las que estás hecha polvo es porque te niegas a admitir que tal vez nunca llegues a tener un niño o nunca conozcas a Don Perfecto. —Y entonces peroraba sobre lo de los niños—. ¿Te has planteado alguna vez que a lo mejor ni siquiera quieres tener hijos? La sociedad te condiciona a «creer» que quieres tenerlos y a pensar que, en el mejor de los casos, todo el mundo te mirará como un bicho raro egoísta y, en el peor, como a una ciudadana de segunda (o quizá debería decirlo al revés) si te atreves a plantearte la posibilidad de ejercer tu derecho a no tenerlos. A eso me refiero cuando digo que somos sufragistas de nuestro tiempo.

Katy estaba convencida de lo que decía. La primera vez que hizo esa afirmación, yo sentí, a pesar de mi tendencia a evitar cualquier confrontación, el deber de disuadirla.

—No compares. Pero si las sufragistas se arrojaban a los pies de los caballos y morían, eran encarceladas, realizaban huelgas de hambre y cosas así, ¿no? Y nosotras, ¿qué estamos haciendo nosotras? ¿Por qué estamos luchando?

Ella me miró con un brillo de cólera en los ojos.

—¿Que qué estamos haciendo? —repitió con una voz que destilaba indignación—. Estamos diciendo que no, que las mujeres no nos dejaremos intimidar, machacar ni coaccionar para hacer algo que no queremos hacer. Estamos diciendo que a la mierda los políticos obsesionados con el control que intentan sobornar a la gente con incentivos tributarios para que nos casemos. Estamos mandando a la mierda a la gente que llama egoístas a las mujeres que quieren una carrera profesional pero no desean tener hijos. ¿Acaso alguien llama egoístas a los hombres por tener un puto trabajo? ¿Qué es exactamente lo que quieren de nosotras? ¿Que nos apuntemos al paro hasta que llegue el tío adecuado y nos deje preñadas? Es insultante y sexista, joder. Así que lo que estamos haciendo es decir que no a cualquiera que intente imponernos una manera de vivir nuestra vida. Estamos luchando por una sociedad que permita a las mujeres escoger de forma adulta y razonada si quiere ser madre o no y si quiere casarse o no, sin discriminarla sea cual sea su elección. Eso es lo que estamos haciendo. Luchar por que las mujeres reciban el mismo trato que los hombres.

—Vale, vale —dije con la duda de si Katy creía que estaba pronunciando un discurso tan brillante como para plantearse la posibilidad de meterse en política o si hablaba por hablar.

En general suelo rehuir esta clase de discusiones con Katy a menos que estemos en un bar muy ruidoso o en mitad del campo, porque cuesta imaginar algo menos atractivo para cualquiera que no pueda evitar oírla, que suele ser la mayoría de los que están en el bar. Jamás he conocido a nadie que pegue semejantes gritos y sienta un desprecio tan descarado por lo que los demás piensen de ella. Por norma, yo prefería fingir que no me interesaba mi reloj biológico, porque sabía que el mero hecho de pensar en tu reloj interno, y ya no digamos mencionarlo, era profundamente odioso y un síntoma de desesperación. De forma que, cuando salía el tema, solía responderle a Katy, casi en un susurro: «Esos asuntos me traen al fresco.»

Sin embargo, la última vez que mantuvimos esa conversación, gritó a los cuatro vientos:

—Entonces ¿se puede saber por qué te sometiste a un escáner de ovarios para averiguar tu fecha de caducidad? —Una docena de cabezas se volvieron hacia nosotras en ese instante, y acto seguido se oyó la suave caída de la cerveza que el camarero tiraba con discreción.

Ah, sí. Lo había olvidado.

—Eh, bueno, lo hice por motivos periodísticos —grité a pleno pulmón hacia la barra.

Ésa era una de las cosas que más me gustaban del periodismo. Uno podía permitirse hacer las absurdidades más peregrinas bajo el paraguas protector de la «investigación periodística». En una ocasión, cuando abrieron en Londres una serie de clubs de intercambio de pareja, yo corrí entusiasmada al despacho del jefe de redacción y le dije que me gustaría indagar para «informar sobre lo que ofrecían esa clase de locales». En realidad, por supuesto, sólo trataba de encontrar una manera mínimamente válida y decente de satisfacer mi propia curiosidad. El jefe de redacción se mostró encantado pero, cuando se lo dije a otras personas, manifestaron perplejidad y horror. Alguien, con cara de asco, me dijo que estaban llenos de jacuzzis atiborrados de cincuentones gordos. Pero la gota que colmó el vaso fue cuando Rachel me dijo que un amigo de un amigo de un amigo que había ido a uno de Sheffield se había encontrado con sus padres. Desconozco por completo si se trata de una leyenda urbana, pero yo me quedé blanca como el papel y me mareé nada más oírlo. ¿Puede uno imaginar algo peor? Estoy segura de que mis padres jamás han ido ni irían a uno de esos lugares, pero el mero pensamiento bastó para que me inventara una disculpa absurda y retirase la propuesta del reportaje.

Así que no fui a un club de intercambio de parejas en nombre de la investigación periodística, pero sí me sometí a un escáner de ovarios. Fue cuando Lewis tenía más o menos un año y, aunque en ese momento yo no era consciente de ello, ahora me doy cuenta de que debía de estar en estado de *shock* a causa de su llegada y el impacto que ésta tuvo en toda mi familia. Un día le pregunté a mi madre qué edad tenía cuando le llegó la menopausia, y ella, con total despreocupación, me contestó: «Treinta y nueve.»

Me sentí como si acabaran de darme una puñalada en cada ovario. ¡Treinta y nueve! Como la mayoría de veinteañeros y treintañeros, yo siempre había creído que la menopausia era una terrible pero inevitable metamorfosis que afectaba a mujeres ancianas con pelo cano y varices. Había oído a los expertos hablar de un promedio de edad de cincuenta y uno, pero a los treinta y pico la cincuentena parece estar a un siglo de distancia, no a una década. Jamás se me había pasado por la cabeza que podía llegarme la menopausia antes de encontrar al hombre de mi vida, casarme con él, y tener tres o, a ser posible, cuatro hijos guapos y perfectos que salieran en anuncios de la tele.

Así que ahí estaba yo, preguntándome si aquello sería genético y, suponiendo que lo fuera, intentando no sufrir un ataque de pánico. Al principio, hice lo que suele hacer cualquier adulto educado cuando se enfrenta a un hecho desagradable: nada, salvo servirme una generosa copa de vino. Pero fui incapaz de apartarlo de mi mente por mucho tiempo. El tic-tac interno, que había sido un ruido de fondo constante pero lejano desde que empecé a jugar a las casitas y a las mamás a los cinco años, estaba convirtiéndose en un ensordecedor reloj despertador al que ya no le funcionaba ese botón que sirve para retrasar la alarma otro cuarto de hora. Empecé a plantearme mis opciones. Introduje «mujer soltera» y «adopción» en Google y descubrí que no era, ni de lejos, la única que estaba así. Después apareció la advertencia: «Si quieres adoptar un niño sólo para evitar la soledad, sentirte acompañada, o porque lo consideras una buena opción porque lo han hecho algunas famosas, piénsatelo bien.» Así que me lo pensé bien y me planteé la posibilidad de pedirle a un amigo una donación de esperma; o emborracharme y hacerle una proposición al primer tipo con quien me cruzara que me convenciera mínimamente. O hacerme de un club de corazones solitarios. O pedirle a mi ex, que sería un padre maravilloso, que volviera conmigo. O secuestrar a Lewis. O congelar mis óvulos.

Después se me ocurrió otra idea ligeramente más cuerda. El año anterior, dos científicos escoceses habían publicado un estudio que apuntaba la posibilidad de predecir el inicio de la menopausia mediante la medición del volumen de los ovarios de la mujer. La noticia había suscitado en los medios el habitual debate acalorado sobre las mujeres trabajadoras «egoístas» y si éstas deberían gozar de acceso al primer «test de la menopausia» fiable del mundo. En un acto de desesperación, me puse en contacto con ellos y prácticamente les supliqué que me dejaran ser su primer conejillo de Indias. Al principio, como es lógico, se mostraron reacios. Habían rechazado peticiones similares de cientos de mujeres porque —subrayaron— todavía estaban trabajando sobre una hipótesis y tenían que recaudar fondos para un proyecto de investigación a gran escala y a largo plazo.

Pero yo prometí que explicaría todo eso con precisión en el artículo y les garanticé que me tomaría su palabra sólo como una guía. Unas semanas después, estaba sentada con un camisón de flores a la espera de que realizaran un escáner en tres dimensiones de mis ovarios. Y unas cuantas semanas más tarde, había escrito un artículo sobre el hecho de ser la primera en el mundo que se había sometido a esa polémica prueba. El test situó la llegada de la menopausia a la edad habitual de entre los cincuenta y los cincuenta y un años. Jamás en mi vida he sentido tanta alegría al oír que era como la media. O que al menos mis ovarios lo eran.

—Ese artículo que escribiste era bastante embarazoso, desde un punto de vista psicoanalítico —me recordó Katy cuando la conversación en el bar regresó a un nivel relativamente normal.

—Pensándolo bien, igual tienes razón. Pero nadie ha muerto jamás de vergüenza, ¿no? —Había leído eso en alguna parte y sabía que era cierto porque me había puesto en evidencia cientos de veces y estaba allí para contarlo.

Hacia mediados de junio, estaba a punto de completar la segunda semana sin alcohol tras la última debacle con Christian, y disfrutaba a conciencia el hecho de haber retomado las riendas de mi vida y de sentirme superior a esos pobrecitos, carentes de voluntad, que necesitaban beber para pasar un buen rato. No había vuelto a producirse contacto alguno entre Christian y yo desde que, en mi embriaguez, le invité a mi casa. Tras esa pesadilla, intenté zanjar de una vez por todas aquel sórdido episodio. Después de meses dándole la lata a Emily para que me contara cada detalle de cualquier noticia que llegara a sus oídos a través de sus colegas del trabajo, le pedí que no me dijera nada, por jugoso que fuese (me pareció que mi Doctora J de a bordo chasqueaba la lengua y murmuraba no sé qué de evadirse o pasar de un extremo a otro, pero no le hice caso).

Mi primera noche de abstinencia fue mucho más fácil de lo que creía porque no se lo dije a nadie y nadie se fijó. Yo me limité a deambular por allí con una copa de champán medio llena toda la noche y a hacer leves movimientos de pez con los labios, resistiendo la tentación de dar un trago. La segunda, sin embargo, fue en una cena con amigos y resultó mucho más difícil. Era una manera de beber muy poco escocesa: con moderación, para acompañar una buena comida. Alguien comentó que yo debía de ser muy fuerte porque la abstinencia exigía una fuerza de voluntad sobrehumana, lo cual alimentó en buena medida mi complejo de superioridad.

Tenía la piel más clara, me sentía mucho más despierta por las mañanas, y comía más sano.

—El alcohol es terrible —les dije una noche a Louise y a Katy—. Me encanta ser abstemia.

Cuando le di un trago a mi agua mineral, se echaron a reír.

—Estás viviendo un espejismo —dijo Katy.

—Lo que te pasa es que tienes envidia —repliqué con arrogancia— porque careces de autocontrol y autodisciplina.

—Hablas como nuestros pacientes —dijo Louise. Mi hermana colaboraba con la unidad de trastornos alimentarios, cada día más desbordada, del hospital Glasgow Priory—. Las privaciones les proporcionan la sensación de conquista. Se engañan pensando que así controlan su propia vida. Pero el pensamiento en blanco y negro, la dinámica del todo o nada, no es sana. La vida consiste en encontrar el término medio de las cosas, Lorna.

En cualquier caso, mi abstinencia acabó de golpe y porrazo en una fiesta de despedida cuando estaba en un tris de consumar mis dos primeras semanas sin alcohol. Sabía que Christian iba a estar allí, así que me pasé el día comiéndome el tarro sobre los pros y los contras de asistir. Puntos a favor: vería a Christian. Puntos en contra: ídem.

Al final, me las arreglé para que las ventajas cobraran más peso que los inconvenientes diciéndome cosas como que sería una buena manera de poner a prueba mis sentimientos hacia él, que no podía pasarme toda la vida evitándolo, que podía marcharme antes que él y así recuperar la iniciativa, que someterme a situaciones que me provocaban ansiedad me ayudaría a forjar mi carácter, y otros acicates igual de ambiguos.

Era una espléndida tarde de verano, y al salir del trabajo la gente disfrutaba de la cultura de las terrazas al aire libre. Yo me reuní con Katy, Rachel y Emily en el bar Gandolfi a las siete, antes de ir a Arta, donde iba a celebrarse la fiesta. Vi a Christian al instante. Estaba tan guapo y sexy como siempre. Después vi a Charlotte, que, aunque me duela decirlo, también estaba asquerosamente atractiva. Lucía un vestidito negro con la espalda descubierta. No era la clase de prenda que una abogada llevaría al trabajo. Debía de haberse cambiado para la ocasión. Pese a lo que decía Katy, Charlotte irradiaba la confianza en sí misma propia de las grandes reinas de la fiesta. Un chico muy atractivo, que podría haber sido su novio o un pretendiente desafortunado, caminaba en retaguardia con actitud sumisa cargado con la chaqueta y el bolso de Charlotte.

Al principio, mientras me mantuve en la línea del agua mineral, conservé la calma y la dignidad. Después entablé una breve y civilizada conversación con Christian, pero no recuerdo sobre qué. Creo que sobre el tiempo o algo así de superficial. En un momento dado, Charlotte se acercó dando saltitos de alegría hacia nosotras.

—Hola, chicas. ¡Muac, muac! ¡Muac, muac! —exclamó lanzando dos exagerados besos al aire para que los compartiéramos entre las cuatro o nos peleásemos por ellos. Yo gruñí para mis adentros pero me obligué a sonreír—. Estás guapísima —me dijo—. Me encanta tu..., eh..., tu pelo y tu conjunto. —Yo estaba a punto de pegarle un corte (vamos, hombre, si llevaba una coleta y unos vaqueros) cuando se volvió hacia Emily y exclamó—: Tú también estás guapísima. Me encanta tu vestido. —Después alabó el peinado de Katy y el aspecto de Rachel en general.

El año anterior, cuando yo había comenzado a obsesionarme con el tema, alguna gente me había dicho que Charlotte adolecía de una falta absoluta de personalidad. «Nunca se ha visto en la necesidad de desarrollar el arte de despertar interés en los demás ni tampoco de mostrarlo por ellos. Resulta abrumadoramente obvio en cuanto pasas dos minutos con ella», me habían comentado. Aunque admito que oír a otras personas criticarla me había procurado un instante de placer, en aquel momento había atribuido los comentarios a la envidia.

Sin embargo, al escuchar a Charlotte en la fiesta soltando esa retahíla de vacíos y repetitivos piropos, no sé si sentí un velado placer o una profunda tristeza. Después de todo, por lo que había observado esa noche, parecía que Christian, dijera él lo que dijera, continuaba hechizado.

Rachel, siempre fantástica en situaciones sociales incómodas, cambió de tema y le preguntó a Charlotte cómo le había ido en el juicio con jurado. Una arruga surcó la frente de Charlotte cuando respondió:

—Eh, ¿cómo? Ah, genial, gracias. Me muero por un pitillo. Nos vemos luego. —Y prácticamente esprintó hacia la puerta.

Segundos antes, yo había localizado con mi visión periférica a Christian saliendo del local, imagino que para fumar un cigarrillo. En ese momento, el tipo que llevaba toda la noche cargando con la chaqueta y el bolso de Charlotte, la siguió con servilismo hacia la puerta del bar.

Cuando volvieron a entrar, ella estaba lanzándole una seductora mirada a Christian mientras el perchero humano la escoltaba uno o dos pasos por detrás.

—Miradla —grité todo lo bajo que es posible gritar—. ¿Habéis visto cómo lo mira? Lo idolatra. Si él va a la barra, ella aparece a su lado. Si él sale a fumar un cigarro, ella va corriendo detrás. Le ríe todas las gracias. Dios, qué mujer tan patética —sentencié con un magistral toque hipócrita.

Katy me devolvió a la realidad.

—Así te comportabas tú. Estás rabiosa porque te ves reflejada en ella. Y ya sabes lo que se suele decir: las cosas que más nos desagradan de los demás son las características que menos nos gustan de nosotros mismos.

En el pasado habría hecho al menos el intento de defenderme, pero sabía que Katy tenía toda la razón. Necesitaba beber. Abandoné el agua mineral por una generosa copa de vino. Era mi primera copa en casi quince días y, después de un par de sorbos, se me había subido a la cabeza.

Al rato apareció un amigo de Christian que me llamó con discreción a un aparte.

—Sé lo que ha estado pasando —dijo crípticamente.

—Ah —respondí.

—Sé que lo quieres y, quién sabe, tal vez él también llegó a quererte un poco. Aunque lo dudo.

Madre mía. Yo siempre me había considerado una acérrima defensora de la sinceridad, pero aquello me pareció un tanto brutal. Yo seguía aferrada en secreto a la ilusión de que había sido la primera, de que lo nuestro había sido especial, de que de verdad había significado algo para él.

—He sido una gilipollas —dije más para mí misma que para él.

—Las mujeres siempre se enamoran de él —prosiguió—. Y él lo fomenta. Pero ahora está pasando un mal momento. Así que si te quedaba algún resquicio de duda, voy a despejártela ahora mismo:

no ocurrirá nunca. Christian es como tanta otra gente, un niño que necesita que lo adoren. Pero no tú, ni ella, como se llame —dijo señalando con la cabeza hacia donde Christian y Charlotte estaban acaramelados—, sino cualquiera de los cientos de mujeres estúpidas como tú que se quedan pilladas por tipos así.

Asentí y apreté los dientes mientras digería sus perspicaces observaciones.

—Gracias —farfullé.

Me volví hacia Christian y Charlotte. Él estaba, cómo no, contando una historia. Su rostro traslucía entusiasmo y gesticulaba acaloradamente. Ella lo miraba embobada. Cuando llegó el desenlace, hubo un momento de vacilación y luego Charlotte estalló en estridentes carcajadas.

Tras una única pausa para beberme un Sambuca negro de un trago, tomé un taxi y los dejé allí. No derramé una sola lágrima en el camino ni tampoco al llegar a casa.

«Esta lamentable historia se ha acabado», me dije para mis adentros al meterme en la cama. Había pronunciado esas palabras otras veces. Muchas otras veces. Pero esa vez sabía que eran algo más que palabras. Esa vez iba en serio.

«Ya era hora», oí que apostillaba mi Doctora J interna.

Autoaceptación
(casi)

Julio

Dime lo que quieres, lo que quieres de verdad

Pasadas unas semanas, una mañana de domingo me despertó otra llamada exaltada de mi hermana.

—¿Qué planes tienes para el sábado por la noche? —me preguntó nada más descolgar yo el teléfono.

Después de seis meses de diván, había hecho avances respecto a la cuestión de hacer planes y ceñirme a ellos, pero eso tampoco quería decir que me hubiera vuelto idiota de remate. Sobre todo en situaciones como ésta, donde existía un elevado riesgo de que me tendieran una trampa sin que me diera cuenta.

—Louise, ya sabes que no me gustan las ataduras —advertí. Pensé un instante lo que acababa de decir, y lo maticé de inmediato—: Aparte de la terapia, claro, que demuestra que soy capaz de contraer compromisos, y el trabajo, que es insoslayable. Al margen de esas dos cosas, me gusta ser libre. Libre como un pájaro. Hacer lo que yo quiera, ir adonde quiera, improvisar sobre la marcha. —De acuerdo, tal vez convenga revisar aquella estúpida evaluación.

Oí un suspiro.

—¿Te has metido algo? ¿Cuándo fue la última vez que hiciste algo un sábado por la noche que no fuera ir al Wee Pub o quedarte en casa viendo una peli?

—Está bien, creo que en abril, cuando organizaste la fiesta en tu casa —admití a regañadientes, sin poder evitar que me hirviera la sangre al reconocer que llevaba una vida vulgar y que no pasaba de ser una borrachuza adicta a las colecciones de DVD.

—Exacto. Así que, para variar, ¿por qué no haces algo espontáneo comprometiéndote con algo?

—Humm. Dicho así suena mucho más atractivo. Y dime, ¿qué es lo que quieres que me comprometa a hacer?

—¿Te acuerdas de David? —Noté cómo el entusiasmo volvía a apoderarse de la voz de Louise—. ¿Ese médico tan agradable al que le gustaste?

«Oh, no, él otra vez.» Es cierto que era bastante atractivo y, a primera vista, parecía un tipo listo, interesante y una compañía agradable, pero mi plan era mantenerme alejada de los hombres.

—Sí, ¿qué pasa con él?

—Pues verás, se marcha a Malawi a trabajar en un hospital en la lucha contra el sida y ha organizado una pequeña fiesta de despedida el sábado. Le pidió a Scott que te lo comentara y dijo que le encantaría que fueses.

En ese instante se me hizo un particular e inexplicable nudo en el estómago. No de la emoción, sino de ligero pánico.

—Pero pensé que me habías dicho que yo le gustaba de verdad —exclamé.

—Sí, y le gustas —replicó Louise un tanto desconcertada—. ¿Por qué?

—No creo que le guste mucho si ha decidido trasladarse a Malawi, ¿no te parece? —Louise se echó a reír y empezó a decir algo, pero yo la interrumpí—. Bueno, qué le vamos a hacer. Seguro que allí conoce a una despampanante doctora jovencita cuyos padres trabajan para el Ministerio de Exteriores o los servicios diplomáticos o algo así, que habrá viajado por todo el mundo y estudiado en escuelas privadas femeninas y que hablará montones de idiomas y que será alta y delgada y preciosa, y tendrá un pelo perfecto y unos dientes perfectos y todo perfecto, y él se enamorará perdidamente de ella y se casarán y vivirán felices y comerán perdices. Estupendo. Pues que tenga suerte. Los dos, que tengan suerte los dos.

—Que no se traslada a Malawi —dijo Louise exhalando otro suspiro—. Sólo se marcha un mes.

—Da igual —continué sin escucharla—, ni siquiera sé por qué estamos teniendo esta conversación. No me interesa ese chico. No me interesan los hombres. Soy célibe, ¿no te lo había dicho?

—No, no habías mencionado ese detalle, Lorna, pero es una magnífica noticia. Estoy convencida de que huir de lo que realmente deseas te conducirá a la verdadera felicidad.

—Grrr —gruñí—. No estoy huyendo de nada. Yo no deseo una relación. Odio las relaciones. No traen más que complicaciones, muchas complicaciones. Me causan una ansiedad terrible. «¿Debería mandarle un mensaje? ¿O no debería? No me ha contestado al instante, ¿significa eso que no le importa?» Te pasas así todo el día. Estoy harta. Me encanta estar sola. Hago lo que me apetece. Me encanta tener toda la cama para mí, llevarme una taza de té con galletas y ver mis DVD favoritos. No hay lugar para otra persona. Me gusta mi vida tal como es. Muchas gracias. Hasta luego.

Después de colgar el teléfono, las palabras de Louise «No se traslada a Malawi. Sólo se marcha un mes» resonaron en mi cabeza y sentí un extraño alivio.

Antes de la conversación con mi hermana, había estado pensando en lo mucho que había progresado desde que la Doctora J entró en mi vida y comenzó su peculiar vivisección emocional. No es que hubiera renacido como el Ave Fénix, pero sin duda había experimentado cambios. Y algunos de ellos de lo más insospechados.

En julio, me di cuenta de que había abandonado la temeridad al volante. De hecho, conducía como un miembro nonagenario de la asociación de automovilistas en lucha por la difusión de la seguridad vial. Cumplía a rajatabla los límites de velocidad y ya no hablaba por teléfono mientras conducía. Es más, ahora miraba con malos ojos a los que lo hacían. Antes, era capaz de acelerar, escribir un mensaje, abrir una lata de Coca Cola Light y comerme una bolsa de patatas a la vez. Como siempre había dado por hecho que a mí no podía ocurrirme nada malo, me comportaba así, sin demasiada consideración hacia mi propia seguridad ni hacia la de los demás. Espantoso, lo sé, pero, por desgracia, cierto.

Sin embargo, pese a la halagüeña noticia que eso suponía para mis conciudadanos, yo sabía que no había recurrido a un psicólogo para convertirme en una conductora más prudente. No creo que ese hecho aislado hubiera compensado las tres mil quinientas libras que me había gastado hasta el momento, los madrugones y el arsenal de cajas de Kleenex, pero, aun así, era una señal innegable de progreso. Pasito a pasito iba consiguiendo adoptar una actitud más madura y responsable. Dedicamos diversas sesiones a tratar de nuevo asuntos relacionados con la familia y empecé a darme cuenta de lo mucho que me habían afectado sin siquiera ser consciente de ello.

Poco a poco comencé a notar también otro tipo de avances. Había dejado de preocuparme por Christian. Si pensaba en él, incluso en él y en Charlotte, los sentimientos dominantes eran de tristeza, vergüenza y arrepentimiento más que de rabia, envidia o amargura. No cabía duda de que algo había cambiado. Ya no lo llamaba. Es cierto que él tampoco me llamaba. Y tal vez la verdadera prueba de fuego sería ver cuál sería mi reacción si lo hiciera. También había decidido evitar los lugares donde pudiera encontrármelo.

Al mismo tiempo, me resultaba más fácil contenerme. Aunque solía llorar durante y después de las sesiones, ya no lloraba delante de mis amigos, colegas de trabajo y completos desconocidos. Si me encontraba con alguien a quien apenas conocía —un ex compañero de trabajo o alguien con quien había hablado dos o tres veces— ya no respondía a la habitual pregunta de cortesía de «Eh, ¿qué tal?» o «¿Cómo te va?» con una disquisición interminable salpicada de todo lujo de detalles, a todas luces excesivos, sobre cómo estaba. Resultaba paradójico que, si bien acudía a la terapia para «entrar en contacto con mis sentimientos», de puertas afuera del extraño santuario de la Doctora J moderaba mucho más las expresiones inadecuadas de franqueza o emotividad.

Y luego estaba la palabra que empezaba por «p». Me percaté de que cada vez me disculpaba menos por cosas por las que nunca debí haber asumido la responsabilidad. Era un hábito tan arraigado que me resultaba difícil de romper, pero cuando estaba a punto de pedir perdón a alguien que había chocado conmigo, la Doctora J que se había instalado en mi cabeza me asaltaba de inmediato con una pregunta como «¿A qué viene esta modestia compulsiva?», o «¿Por qué te empeñas en asumir, o al menos en que los demás vean que asumes constantemente la culpa y la responsabilidad por todo?»

También cambió mi actitud hacia el trabajo. No me había dado cuenta de hasta qué punto mi identidad estaba vinculada a mi trabajo. De que el trabajo me definía. No me consideraba en primer lugar hija, hermana, amiga o tía; me sentía ante todo y sobre todo periodista; de pronto me di cuenta de que tenía la enfermiza necesidad de ver mi nombre en un periódico para sentirme un miembro válido de la raza humana.

Así que, al comenzar la semana, en lugar de proponerme encontrar noticias fenomenales e intentar escribirlas maravillosamente bien, me liberaba de la presión autoimpuesta. Dejé de tenderme trampas para fracasar. Me di cuenta de que, aun suponiendo que algún día lograra encontrar esas sensacionales noticias que buscaba y consiguiera plasmarlas sobre el papel de la forma que imaginaba en mi cabeza, nada cambiaría. El mundo no se convertiría en un lugar mejor y yo no empezaría a sentirme feliz, satisfecha ni realizada de la noche a la mañana. En resumen, dejé de aspirar a la perfección y acepté mis limitaciones. Hice conmigo el pacto de que haría las cosas lo mejor que sabía y que, si el resultado no pasaba de regular, tendría que conformarme. Lo curioso es que, como consecuencia de eso, me relajé y empecé a ser más productiva en el trabajo y, lo que es mejor aún, a disfrutarlo mucho más. Soy normal, ni más ni menos. En otros tiempos, nada lejanos, ese pensamiento me habría horrorizado. Ahora me hacía sonreír.

Tenía la impresión de que vivía a un ritmo mucho más lento. Dejé de salir a correr y empecé a ir al gimnasio. Cuando iba a la piscina, ya no acaparaba el carril rápido ni me imponía como objetivo nadar cincuenta largos. Me metía en la calle lenta y nadaba tranquilamente sin llegar a hacer más de veinte largos en el tiempo en que antes solía completar los cincuenta, pero ahora disfrutaba cada brazada. Una amiga me comentó que mi rostro ya no exhibía esa expresión de ansiedad permanente, tipo Shrek. En esencia, me había relajado. En ocasiones me daba la sensación de que había adelgazado doce kilos, pero en realidad el único peso que había perdido era el de la preocupación.

Otro cambio importante que introduje fue dejar de tomar Prozac. Había empezado a consumirlo otra vez un año atrás, y antes de eso lo había tomado de forma intermitente desde que había cumplido los treinta.

Al principio era muy reacia a tomar antidepresivos. Mis reservas se debían en gran medida al estigma y la sensación de debilidad inherentes al hecho de no poder superar las dificultades por mis propios medios, pero además la multimillonaria industria farmacéutica me inspiraba cierto recelo. Recordaba haber leído un artículo en un periódico estadounidense sobre una mujer a la que no le gustaba que su marido gestionara las finanzas de la familia. Ella quería empezar a hacerse cargo de las cuentas, pero no quería «insultar» a su marido. El médico sugirió a la mujer que se tomara un antidepresivo para mitigar su malestar, una sugerencia que a mí me pareció completamente fuera de lugar.

Antes de empezar a tomar Prozac, completé un cuestionario sobre la depresión que encontré en Internet. Preguntaban: «¿Se ha sentido triste o hundido durante la última semana?» Asentí y marqué la casilla donde ponía «Mucho», que valía tres puntos. La segunda decía: «¿El futuro le resulta desesperanzador?» ¿Es que la gente que ha elaborado este cuestionario no leía la prensa?, me pregunté. Aumento del crimen, cataclismo medioambiental, una desigualdad creciente entre los ricos y los pobres, muerte y destrucción por doquier, al-Qaeda, cada día una noticia sobre una alerta sanitaria nueva..., por supuesto que el futuro era desesperanzador. Lo extraño era que todos siguiéramos levantándonos por la mañana. Marqué de nuevo la casilla «Mucho» y recibí otros tres puntos. Siguiente pregunta: «¿Tiene la sensación de que no vale o se considera un fracasado?» Pese a la nube de desdicha que flotaba sobre mí, solté una irónica carcajada. Tengo cuadernos, que empecé a escribir a los diecisiete años, llenos de elucubraciones de este estilo: «Querido diario, soy una fracasada. Tengo la sensación de que he desperdiciado mi vida y he decepcionado a todo el mundo.» Otros tres puntos. «¿Tiene problemas a la hora de tomar decisiones?» Dios mío de mi vida, pues claro que los tengo. Pero ¿y quién no los tendría con una vida tan llena de alternativas? En el supermercado de mi barrio hay ciento siete variedades de pasta y treinta y ocho tipos de leche. Tomar decisiones es difícil. Siempre implica renunciar a otras opciones, eliminarlas o sacrificarlas. Por cada «sí» hay un «no». Si la raíz de la palabra «decidir» significa «dar muerte»... Eso lo dice todo. Una vez más, asentí con un infeliz gesto de cabeza. Y así pregunta tras pregunta, hasta que sumé la puntuación total y descubrí que padecía una depresión clínica severa. El susto que me llevé fue tan terrible que decidí repetirlo modificando estratégicamente las respuestas. Depresión leve. Como es natural, el segundo diagnóstico me resultó un poco más fácil de asumir.

Después, completé un cuestionario sobre la ansiedad. La primera pregunta era: «¿Con qué frecuencia se ha visto afectado por ansiedad, nerviosismo, preocupación o miedo en la última semana?» Como no había una casilla de «Constantemente», creé una y me otorgué un extra de seis puntos. «¿Le preocupa hacer el ridículo o no estar a la altura delante de los demás?» La verdad es que estaba empezando a pasármelo bien. Creé otra casilla nueva llamada «Desde el instante en que me despierto hasta que apago la luz por la noche», y me di otros tantos puntos extra. Al hacer el recuento de la puntuación, superaba el umbral de la ansiedad severa. «Bueno —pensé mirando el lado positivo—, siempre es bueno tener un diagnóstico: "ansiedad crónica".»

Por último, completé una escala de actitudes disfuncionales. Como cabía esperar, mis actitudes adolecían de una disfuncionalidad severa. Manifesté mi «pleno acuerdo» con los treinta y cinco supuestos, los cinco primeros de los cuales eran:

Me siento incapaz de alcanzar la felicidad sin una persona que me quiera.

A fin de sentirme una persona digna, tengo que destacar al menos en un aspecto importante.

Tengo que ser una persona útil, productiva y creativa o, de lo contrario, la vida no tiene sentido.

Si no soy capaz de hacer algo bien, para mí no tiene sentido hacerlo.

Pienso que debería ser capaz de complacer a todo el mundo.

Y así hasta treinta y cinco...

Acudí a mi médico de cabecera y le di mi diagnóstico. Él, como es un médico fantástico y minucioso en su trabajo, llevó a cabo sus propias pruebas. Al final, me recetó Prozac. Yo protesté alegando que jamás había faltado al trabajo, ni tenía tendencias suicidas, ni me sentía incapaz de levantarme de la cama, como suponía que le ocurría a la gente «deprimida» de verdad. Él me dijo que yo funcionaba a «pleno rendimiento» pero que, aun así, padecía una depresión clínica.

Me pasé una semana contemplando las cápsulas verdes y blancas y leyendo todo lo que encontraba sobre ellas.

Averigüé que, en el próspero mundo occidental, el aumento de la riqueza de la última década había venido acompañado de un crecimiento espectacular de la cifra de consumidores de antidepresivos. En Gran Bretaña, las cifras más recientes indicaban que anualmente se recetaban treinta y un millones de píldoras de la felicidad, y que un tercio de las consultas a los médicos de atención primaria eran a causa de la depresión. En Estados Unidos, la cifra ascendía a ciento dieciocho millones, lo que convertía a los antidepresivos en el medicamento más recetado del país.

«Estoy segura de que toda esa gente no padece depresión clínica», pensé. Pero siguiendo la antigua máxima de «si no los entiendes, únete a ellos», decidí empezar a medicarme.

Al cabo de cuatro semanas, noté que me había disminuido la ansiedad. Había perdido un poco de peso sin proponérmelo y me sentía como si estuviera arropada por una cálida manta. De hecho, tras superar mi recelo inicial a tomarlas, lo que me producía más ansiedad era pensar en que un día tendría que dejarlas, porque había pasado a considerar las milagrosas píldoras no ya un empujoncito temporal, sino un apoyo imprescindible para vivir.

Justo antes de acudir a la consulta de la Doctora J, empecé a pensar que tal vez mi dependencia duraría para siempre. Me convencí de esa idea al creerme lo que decía la publicidad de la empresa farmacéutica: que yo padecía un problema químico que requería una solución química. Según ellos, yo tenía un desarreglo en los neurotransmisores que afectaba a la capacidad de absorción de serotonina de mi cerebro, que a su vez afectaba a mi capacidad para sentirme bien. Los inhibidores selectivos de la reabsorción de la serotonina (ISRS), como el Prozac, eran lo que yo necesitaba para resolverlo. Intenté convencerme de que era como la insulina que necesitaba un diabético para sobrevivir, que en esencia era la conclusión que podría extraerse de la publicidad.

Hay gente que padece problemas físicos. Yo deduje que el mío era de índole más mental.

Pero, como les ocurre a tantas otras personas, sentía un rechazo innato a depender de una sustancia química para mi vida diaria, así que, unos meses después de comenzar la terapia con la Doctora J, me propuse dejarlo. No lo consulté con mi médico de cabecera, pero lo comenté de pasada en la terapia. Me daba miedo dejarlo, pero no sufrí ningún efecto secundario. De hecho, no noté ninguna diferencia al eliminarlo de mi cuerpo. Y, aunque en su día el Prozac me había ayudado, como reconozco que ayuda a tantas otras personas, ahora me doy cuenta de que, en mi caso (y sospecho que no soy la única), no era más que un parche. Silenciaba los síntomas de ansiedad, impotencia y desazón constantes, pero no servía para explorar el origen de esos sentimientos.

Además de dejar el Prozac, el efecto Doctora J había modificado mi actitud respecto al tiempo. En lugar de llegar tarde a todas partes, llegaba patológicamente pronto, sobre todo a los vuelos y a las sesiones con ella.

Las dos mañanas que tenía «compromiso», el eufemismo con que yo designaba la sesión de terapia (ella la definía como «nuestro trabajo»), me despertaba por defecto una hora antes de que sonara el despertador, así que siempre me sobraba tiempo para dirigirme con toda tranquilidad a la consulta. De forma que, aunque dos de las sesiones comenzaban a una hora indecente de la mañana, jamás había llegado ni un segundo tarde. Hasta que...

Un día de julio que hacía un calor sofocante me quedé atrapada en un atasco. Me había desplazado a Edimburgo para cubrir una noticia, en la M8 había caravana y sabía que no llegaría puntual a mi cita de las seis. Y con ello me arriesgaba a perder mi recién conquistada paz interior.

Yo, por supuesto, miré por el retrovisor, señalicé y realicé la maniobra de paso al carril de la izquierda, como indicaban los letreros luminosos de la carretera. Otros vehículos circulaban a toda mecha haciendo caso omiso de la advertencia de que ochocientos metros más adelante se acababa el carril. En el último momento se incorporaban al otro carril, colándose delante de considerados conductores (como yo) que llevábamos guardando cola pacientemente una eternidad. Al principio, conseguí ignorarlo y mantener la calma haciendo unos ejercicios de respiración de yoga. Me tapé con discreción un agujero de la nariz y aspiré profundamente por el otro. Contenía el aire mientras contaba hasta diez y luego expulsaba el aire por el otro agujero. Repetí ese maravilloso ejercicio de relajación hasta casi perder la consciencia.

Al recobrarla, sin embargo, no tardaron en usurparme la serenidad los viejos pero fieles amigos de siempre: la impaciencia, la intolerancia y la ansiedad. Por desgracia, eso de que a uno no puede perturbarle nadie, de que sólo uno mismo puede perturbar su propia calma es un mito budista. Porque a menos que vivas aislado, meditando, rodeado sólo de gatos, insensibilizado a tus propios sentimientos o simplemente de espaldas a ellos, lo cierto es que otras personas intentan arruinarte permanentemente la paz interior. A medida que iban sorteándome coches, empecé a sentirme menos como el Dalai Lama y más como Michael Douglas en la película *Un día de furia*. Estaba sudando —abundantemente— y agarrando el volante con tanta fuerza que me dolían el cuello y los hombros. A la hora a la que daba comienzo la sesión, y teniendo en cuenta que seguía atrapada en lo que parecía un gigantesco aparcamiento de la periferia, un tremendo arrebato de furia al volante se apoderó de mí. Sumé el ruido de mi bocina al estrépito iracundo que me rodeaba y me uní a los insultos. «Panda de capullos, que sois una panda de capullos —grité por la ventana dirigiéndome a la caravana de vehículos—. ¡Tengo un compromiso! Un compromiso con la Doctora J. ¿No entendéis que no puedo llegar tarde, joder?»

Después de meter de nuevo la cabeza en el coche, me expliqué a mí misma la urgencia: «La Doctora J deducirá todo tipo de disparates de mi retraso. Pensará que estoy teniendo un comportamiento pasivo-agresivo. Y no estoy teniendo un comportamiento pasivo-agresivo.»

Al final llegué a la consulta de la Doctora J cinco minutos tarde. Enjugándome el sudor de la frente con las manos temblorosas, me disculpé profusamente olvidando por un instante el propósito de no disculparme profusamente por cosas que no eran culpa mía, y me embarqué en una explicación complicada y tediosamente detallada de los problemas nacionales del tráfico.

En medio del discurso introduje mi innovadora propuesta de que todos los trabajos de construcción y mantenimiento de carreteras se llevaran a cabo únicamente entre las diez de la noche y las seis de la mañana.

Cuando advertí el sepulcral silencio a mi espalda, me callé.

—Son cosas que pasan —fue la calmada respuesta.

«¡Son cosas que pasan!», repetí yo, en un estridente chillido, para mis adentros. Tanta preocupación, tantos sudores, tanto cabreo, tanta histeria para no manchar mi intachable historial de puntualidad, y todo en vano.

Exhalé un largo y lento suspiro y sonreí. La Doctora J nunca dejaba de sorprenderme. Justo cuando empezaba a acostumbrarme a su manía de buscar respuestas ocultas en todo, ella, por lo visto, había cambiado de estrategia de repente.

—Bueno —dije dirigiendo una sonrisa de suficiencia hacia el techo—, imagino que a veces un cigarro no es más que un cigarro. Supongo que hay cosas a las que no hay que darles más vueltas. Es posible que no haya que buscar siempre significados ocultos. —Satisfecha y aliviada, me recosté sobre el diván.

La Doctora J se quedó en silencio. Como una clienta de un restaurante fino que reflexiona frente a un acuario de langostas, la Doctora J acostumbraba tomarse una cantidad excesiva de tiempo para escoger las palabras. Era como si lo hiciera con especial cuidado y precisión, como si en realidad le vinieran a la mente muchas otras palabras que deseaba emplear, pero tuviera que esforzarse por contenerlas.

Al cabo de un rato, dijo, para mi estupor:

—Sigue usted imaginando, suponiendo, empleando evasivas y rodeos. —Sus palabras quedaron suspendidas en el aire, contaminando el ambiente del cálido y suave aroma a café.

Y, de pronto, el cigarro ya no era simplemente un cigarro. Como yo había «imaginado» que lo era, había «supuesto» que había cosas de cuya apariencia uno podía fiarse, y había «insinuado» que no siempre había que buscar un significado oculto, el cigarro se convirtió en una mina de oro en potencia, un destello de algo en el oscuro y misterioso mar de mi inconsciente. Un lugar en el que valía la pena que la Doctora J insertara su taladro.

Yo enmudecí de asombro porque nunca la había oído emplear esa clase de lenguaje directo y provocador. Y no acabó ahí.

—Una vez más nos encontramos frente a esta pasividad, esta subordinación, esta inmadura deferencia ante quien cree que tiene posiciones de autoridad o cuyas opiniones y perspectivas cree que son más importantes o más válidas que las suyas. Nunca ha cuestionado directamente nada de lo que yo le he dicho aquí. Llora y a veces se marcha dando un portazo, pero le sigue costando expresar con sinceridad sus pensamientos y sentimientos. De hecho, es como si se disculpara por sus pensamientos y opiniones antes incluso de que salgan por su boca. Me pregunto a qué se debe esa necesidad de cederle el poder a cualquiera (a mí, a los hombres de su vida, a su hermana, a quien sea, a todo el mundo) en lugar de conservarlo usted —dijo.

La inusitada agresividad de los comentarios me hizo sentir como una colegiala traviesa a la que estaban regañando. Por un instante me concentré en los pequeños ruidos de su oficina: el monótono tic-tac del reloj, los pájaros en la calle. Me di cuenta de que el calor de la sala resultaba agobiante, incluso con las ventanas abiertas. Pensé en lo que ella acababa de manifestar. Sólo me sentía capaz de decir una cosa en esas circunstancias.

—Humm —murmuré.

—¿Humm? —repitió ella en tono interrogante—. Humm, ¿qué? ¿Humm, está usted de acuerdo con mi interpretación o humm, cree que me equivoco y que está fuera de lugar? Es importante que intente expresarse con mayor claridad. Como he dicho otras veces, como práctica para la vida real, es importante que en la terapia se reconozca y admita exactamente lo que se siente en lugar de ocultarlo con artificios retóricos.

Yo no daba crédito a lo directa que estaba siendo. ¿Dónde estaba la Doctora J de antes, la que se sentaba en silencio a escuchar todo lo que yo le contara?

Me faltó un pelo para mandarla al cuerno, o para levantarme y largarme, o para romper a llorar y suplicarle que no me gritara. Sin embargo, alcé las manos y dije:

—Humm, sí, lo siento, imagino... —Me contuve para no disculparme por haberme disculpado por haber dicho «humm» e «imagino» y continué en un tono todavía de disculpa—. Sí, supongo que estoy de acuerdo con la observación.

Ay, Dios. Rectifiqué antes de darle a la Doctora J la oportunidad de hablar.

—Quiero decir que sí, que estoy de acuerdo. Estoy de acuerdo, eso es. Estoy de acuerdo. No supongo que estoy de acuerdo ni estoy de acuerdo en gran parte. Sólo estoy de acuerdo. Lo estoy.

—Para entonces, ya casi había olvidado en qué estaba de acuerdo.

—Eso está mucho mejor —afirmó la Doctora J con una voz que dejaba adivinar una leve sonrisa.

Animada por su aprobación, decidí exteriorizar lo que pensaba, tal como ella me instaba a hacer con frecuencia, y cuestionarla.

—Espero que esto no suene a acusación, pero ¿sabe que usted, eh..., que usted dice «humm» muy a menudo? —Me sentí increíblemente osada al hacer ese comentario.

Hubo un brevísimo silencio antes de que dijera:

—Resulta decepcionante que haya introducido su pregunta, muy razonable y legítima, con una disculpa. Y también resulta decepcionante que no esté siendo sincera conmigo. Al menos eso es lo que espero, que no esté siendo sincera. Porque ¿por qué no iba a querer expresar su sentir acusador ante algo que es una evidente hipocresía?

Mi cerebro, agotado, se resintió más aún. Sacudí la cabeza y me encogí de hombros. Cuando ya creía que era una experta en la terapia, que había aprendido todo lo que se podía aprender y que conocía todos sus trucos, me desconcertó por completo.

—Por tanto —prosiguió—, voy a prescindir de la primera parte de la pregunta y a responder a la segunda, que, por cierto, me alegro de que me la haya hecho. Sí, soy plenamente consciente de que durante nuestro trabajo digo «humm» con frecuencia. Y voy a hacer un comentario que espero que le sirva a usted para entender el porqué: ésta es su terapia, no la mía. Sería una terrible pérdida de tiempo y dinero si optara usted por el camino fácil de intentar analizarme a mí para evitar el camino mucho más arduo y doloroso de enfrentarse a sí misma y afrontar todas las dificultades de las que hemos ido hablando.

Joder, acababa de marcarme otro gol. Y por la escuadra. Así que, una vez más, fui yo y no la Doctora J quien se quedó muda.

A las seis de la tarde del sábado, cuando era evidente que nadie iba a llamar a mi puerta y pedirme que subiera a bordo de una nave con rumbo al espacio exterior ni a proponerme ninguna otra actividad improvisada y emocionante, llamé a mi hermana y, tragándome la vergüenza, le pregunté si todavía estaba a tiempo de canjear el cupón que valía por una invitación a la fiesta de David.

Louise, Scott y Katy pasaron por mi casa para tomar algo rápido antes de la fiesta.

—¿Me pongo el collar del mapa de África como muestra de respeto? —les pregunté, a lo cual respondieron con gesto de desconcierto y la consiguiente pregunta:

—¿Qué es, exactamente, un collar del mapa de África?

—Esto —dije mostrándoles un collar de baratillo pero con gran valor sentimental fabricado con goma de neumático y madera.

—¿Mapa de África? —comentó Scott—. Es horrible. Parece un trozo de chicle reseco.

—Bueno, qué más da, póntelo si te hace ilusión —dijo Louise frunciendo el entrecejo.

Después de unos gin-tonics, nos dirigimos a un bar llamado The Goat, un fantástico pub del West End donde habían logrado un magnífico equilibrio entre el ambiente modernillo y el aire de los antros tradicionales. Yo lucía mi blusa a lunares negra y rosa abierta por la espalda, unos vaqueros, unas chanclas y, cómo no, mi collar del mapa de África. Hacía una tarde de verano estupenda. Las mesas del patio del pub estaban abarrotadas.

Nada más llegar, antes incluso de cruzar la carretera, localicé a David que se dirigía, cargado de cervezas, hacia un grupo de gente. Era, por lo menos a esa distancia, mucho más guapo de como lo recordaba de la fiesta de Louise, aunque tampoco es que entonces me pareciera ningún adefesio. Simplemente, el día que lo conocí yo tenía la cabeza en otra parte. A medida que nos acercamos, me dio la impresión de que se parecía más a Roger Federer, tenía los mismos ojos oscuros y hundidos, el pelo igual de alborotado y unos rasgos también muy marcados. Mostraba un aspecto relajado con sus Levi's y su camisa blanca de algodón, parecía a gusto consigo mismo. Lo más atractivo de todo era que no parecía necesitar un grupito de adorables jovencitas revoloteando a su alrededor.

—Hey —dijo sonriendo David al verme. Una sonrisa encantadora. Rápidamente repartió las cervezas, se apartó un rizo de la frente y me dio un beso en la mejilla—. Me alegro de verte. —Tenía una voz increíble, una voz asombrosamente sexy. A Louise y a Katy también les dio un beso, mientras que a Scott lo saludó con un viril apretón de manos y una afectuosa palmada en la espalda. Luego nos presentó a sus amigos Joe, Faisal, Daryl, Christopher y Martin, y nos preguntó qué nos apetecía beber.

Cuando me miró a mí y dijo «¿Lorna?», sentí, a pesar de mi firme propósito de soltería, un sintomático hormigueo. Las cosas no iban por el buen camino.

—¿Eh? ¿Qué? ¿Es a mí? —tartamudeé—. Ah, una Miller, por favor. Gracias. —Ay, Dios—. Muchas gracias.

Cuando David se fue a la barra, Louise me lanzó una sonrisita solapada mientras que Katy, en un tono sorprendentemente bajo para ella, dijo:

—Está como un tren.

Yo las miré, aturdida y desconcertada, y exclamé:

—¿Eh? ¿Qué pasa?

—Que está como un tren —repitió Katy, como si ella también se hubiera quedado extasiada al conocerlo.

—Chsss —siseó Louise al cabo de unos minutos—. Ya vuelve —susurró sin mover apenas los labios.

—Bueno —dijo David mientras repartía las bebidas con su sonrisa clavada en mí—, ¿has entrevistado últimamente a alguna vaca de las Highlands escocesas?

—¿Eh? ¿Cómo? —respondí componiendo esa expresión de ligera perplejidad con la que Louise dice que parezco una interna que ha salido de permiso del centro de enfermos mentales.

—¿*Frances Dawn Beg tercera*? —dijo levantando levemente una ceja—. Creo que se llamaba así, ¿no? La vaca de tu época de reportera novata. Me lo contaste cuando...

—Ah, sí. —De pronto caí en la cuenta. ¡Se acordaba del nombre de mi encantadora vaca ganadora!—. Pues, eh... No.

—¿No?

—No —repetí en un tono serio y firme con el que, contrariamente a mi propósito, di la impresión de estar chiflada—. Me has preguntado si he entrevistado a alguna vaca de las Highlands en los últimos tiempos. Pues no, la respuesta es no.

—Ah, vaya —dijo él, y dio un trago a la botella de Miller mientras se apartaba otro rizo de la cara.

«Mierda, mierda. ¿Por qué? ¿Por qué me pasa siempre lo mismo? ¿Por qué cuando empieza a gustarme un hombre, aunque sólo sea un poquito, siento la necesidad de impresionarlo y, al hacerlo, pierdo por completo el sentido del humor y me lo tomo todo al pie de la letra? ¿Por qué soy incapaz de seguir el consejo —que además de dictar el sentido común aparece en todos los artículos que he leído en los últimos veinte años en las revistas de mujeres— de "muéstrate agradable y divertida, desenfadada y alegre, no hables en exceso de ti misma, hazle una o dos preguntas a él"? ¿Por qué parece que sólo soy capaz de, una de dos: reaccionar como una idiota que sólo tiene media neurona y balbucea monosílabos o, cuando el alcohol empieza a hacerme efecto, una estúpida con incontinencia verbal? ¿Por qué? ¿Por qué? ¿Por qué pasa esto? Y, lo que es más importante, ¿por qué demonios a estas alturas la Doctora J no ha conseguido curarme? Maldita incompetente...»

Al percatarse de la expresión de alarma en mi rostro, Louise acudió en mi ayuda e intentó relajar el tono de la conversación.

—Puede que en los últimos tiempos no haya entrevistado a ninguna vaca, ja, ja, ja. —Y me fulminó con la mirada como diciendo «Venga, ríete o, por lo menos, sonríe, idiota, que se supone que es un chiste»—. Pero el mes que viene se va a Jamaica —agregó con una sonrisa radiante volviéndose hacia David—. ¿A que sí, Lorna?

—Humm humm —asentí, y logré curvar los labios en una leve sonrisa—. Sí, así es, el mes que viene me marcho a Jamaica. Sí, sí, me marcho. Cambié de opinión respecto al tema de no volver a aceptar propuestas de trabajo en el extranjero y acepté la oferta de mi jefe de ir al Caribe.

—Estupendo —comentó David—. Y cuéntame, ¿qué pasa por allí?

—¿Qué pasa? —repetí en plan Doctora J, aunque en ese caso mi intención no era hacerle reflexionar con detenimiento en sus palabras por si ocultaban algún significado solapado. En ese caso yo sólo intentaba ganar tiempo, a la desesperada, para ver si se me ocurría algo divertido que decir—. ¿Qué pasa? Qué pasa..., qué pasa... Un burro por tu casa. ¡Ja, ja, ja, ja!

Recurrir a expresiones de patio de colegio para dar un toque cómico a la conversación no era, obviamente, el camino que seguir. En esa ocasión fueron David, Louise, Katy y Scott los que tuvieron que forzar la sonrisa. Cuando recorrí sus rostros con la mirada, pillé a Louise y a Scott intercambiando una mirada de consternación mezclada con incredulidad.

Le di un largo trago a mi botella a la que —reparé en ese instante— le había arrancado la etiqueta por completo. Ajá.

—Sexo —grité—. Es sexo. Sexo. Sexo.

Los labios de David dibujaron una amplia sonrisa.

—¿Cómo dices?

—Sexo. Que lo que hay en Jamaica es sexo. —Después logré explicar, sin irme demasiado por las ramas, que mi jefe quería un reportaje sobre la creciente moda del turismo sexual femenino: miles de solteras de mediana edad que se sentían solas viajaban desde Europa y Estados Unidos al Caribe en busca de aventuras pasajeras con jóvenes negros—. Sexo, arena y *sugar mummies*. Ése es el tema —dije.

—Parece un encargo difícil —comentó él.

Estaba a punto de ponerme a la defensiva y explicarle que, como todo en el periodismo, en realidad iba a ser agotador, pero por suerte me contuve a tiempo. Sin embargo, la cerveza, aunque no había dado más que unos cuantos tragos, estaba empezando a aumentar mi locuacidad.

—No sé si mi jefe está siendo cruel o amable conmigo —dije—. Porque el caso es que me ofreció el encargo justo después de que yo le contara que había hecho voto de celibato. Tuve que hacerlo porque...

¡Ay! Me volví hacia Louise, que estaba contemplando el impresionante edificio del Museo y Galería de Arte Kelvingrove situado al otro lado de la calle para disimular que acababa de darme una patada en el tobillo.

Ella me lanzó una mirada suplicándome que no hablara con una honestidad compulsiva sobre las secuelas de mis cataclismos emocionales. Luego, como me conoce mejor que nadie y se dio cuenta

223

de que probablemente no era posible, decidió tomar las riendas de la conversación y desviarla en una dirección que estimó más segura preguntándole a David si le ilusionaba el viaje a Malawi.

Todas las miradas se volvieron hacia él, pero antes de darle ocasión de impresionarnos con historias sobre cómo salvaba la vida a otras personas, yo salté:

—Yo he estado en Malawi.

Dije aquello en un tono que no habría sido inadecuado de haber sido Neil Armstrong anunciando: «Yo he estado en la luna.» Tras un comentario más que sesgado sobre el país, con el cual conseguí que pareciera que había sido un alto comisionado, guía turística o algo por el estilo, y que había pasado años allí en lugar de una semana, David dijo que él también había estado allí. Dos veces.

—Ah, muy bien —dije, y rápidamente desvié la atención de todo el mundo hacia mi gargantilla—. Bueno, supongo que me he puesto este collar como..., eh, como una especie de símbolo de respeto.

De pronto se activó mi Doctora J de a bordo.

—Quiero decir que luzco este collar como símbolo de respeto. Tengo que aprender a expresarme con claridad, sin disfrazar las cosas con artificios retóricos.

Louise, Scott y Katy intercambiaron miradas de nerviosismo.

David se echó a reír antes de examinar mi collar con la frente fruncida.

—¿Qué es?

—Un mapa de África, claro. Lo compré en Malawi —dije antes de embarcarme en una explicación pormenorizada sobre el proceso de fabricación y distribución—. Lo hizo un niño de cinco años. Se llamaba Chinsinsi, que significa «secreto», y vivía en una aldea que se llamaba Whisky —concluí casi sin aliento.

David volvió a mirarme con la misma sonrisa de curiosidad y empezó a hablar con Scott sobre el hecho de poder salvar vidas.

—Por eso —le expliqué a Louise por lo bajo—, precisamente por eso he hecho un voto de celibato. Necesito mantenerme alejada de las relaciones. Son una puñetera pesadilla. Sólo hay una cosa más difícil que intentar iniciar una relación (al menos con alguien que sabes que te gusta, aunque sólo sea un poco), y es dejarla. Las odio. Lo mejor es evitarlas a toda costa.

Louise sacudió la cabeza.

—Es verdad que cuando deseamos a alguien todos nos idiotizamos como adolescentes —dijo en tono cansino—, pero tú te las arreglas para hacer las cosas cien veces más complicadas de lo que son.

Al cabo de un rato, cuando hube recuperado la compostura y el equilibrio mental, entablé conversación con Joe, un amigo de David que había dejado la medicina para perseguir su sueño de ser periodista. Me preguntó si podía darle algún consejo. Yo me estrujé el cerebro para ver si se me ocurría alguno y, al final, recordé a un hombre brillante del *Herald*. Él me había ofrecido un puesto en el periódico y, al hacerlo, me rescató del infierno del diario local de Oban. Durante una de mis primeras crisis de confianza (una de tantas) nacidas del encargo de escribir un artículo en portada con una introducción «llamativa», me llevó al Press Bar y, después de un par de vodkas en pleno mediodía, me dijo: «Hay gente que parece hacerse una paja sobre el espacio que les das. Sólo pretenden impresionar al lector con palabras grandilocuentes y complejas metáforas que nadie tiene la menor idea de qué coño quieren decir. A tomar por culo todo ese afán por tratar de impresionar. Hay que limitarse a contar la puta historia y punto.»

Joe se echó a reír y yo hice lo mismo al recordar esa conversación que parecía que hubiese tenido lugar siglos atrás. Al evocarla después de años, me dije que tal vez aquel jefe de redacción con su perturbadora evocación de la masturbación, se encontraba por entonces en tratamiento psicológico.

—De todas formas —dije pensando en voz alta—, supongo que alguna gente disfruta viendo cómo se masturban otros. —Y solté otra carcajada—. Así que no lo sé, imagino que no hay reglas. Mejor dicho, no hay reglas. Tengo que dejar de hacer conjeturas. Tengo que dejar de esconderme detrás de los putos artificios retóricos.

Charlamos otro rato hasta que hubo un parón en la conversación y entonces él señaló a David con la cabeza.

—Es un tipo excepcional, ¿sabes? Un amigo extraordinario. Un poco tímido con las mujeres. Pero es muy, pero que muy buena gente.

—Ah —dije yo, porque no supe qué otra cosa decir.

Varias horas, unas cuantas cervezas y muchas risas y conversaciones después, David preguntó si a alguien le apetecía tomar «la penúltima» en su casa, lo que en el lenguaje de Glasgow significa pasar el resto de la noche bebiendo, cantando y hablando sobre el sentido de la vida.

Yo me descubrí mirándolo en busca de alguna pista. ¿Realmente quería que fuéramos o lo decía por cortesía?

—Ven —me dijo, adivinando, al parecer, mis dudas—, aunque sólo sea para contemplar las increíbles vistas.

No me molesté en preguntarle de qué eran esas vistas tan increíbles, pero me volví hacia Katy y ella dijo que se apuntaba. Louise y Scott declinaron muy a su pesar la invitación alegando que tenían que volver a casa para liberar a mis padres de sus responsabilidades de canguro.

Durante el trayecto a su casa en taxi —Katy, Joe, David y yo en un coche y Faisal, Daryl, Christopher y Martin en otro— fui mirando por la ventana sumida en un silencioso estado de *shock* mientras mi voz interior repetía una y otra vez: «Es guapísimo, guapísimo.» No es que eso fuera a influirme. Yo podía apreciar su belleza de una forma objetiva, pero eso no significaba, ni mucho menos, que fuera a tener nada con él.

—Madre mía —exclamó Katy al entrar por la puerta del apartamento de la duodécima planta de un edificio situado a orillas del río.

El piso tenía ventanales desde el techo hasta el suelo en la zona del salón/comedor/cocina con unas vistas espectaculares hacia el norte y el oeste de la ciudad. Por suerte, David no era un obseso del orden: una pila de platos sin fregar, la mesa cubierta de periódicos, varios DVD (dentro y fuera de las cajas) esparcidos por el suelo junto a la televisión, un par de zapatillas de deporte tiradas por allí y una guitarra acústica apoyada en un rincón. Eché un vistazo a los DVD, que siempre son un buen indicador de la personalidad: *Los Soprano*, *El ala oeste de la Casa Blanca*, *Perdidos*, *Bajo escucha*, *A dos metros bajo tierra* y *Larry David*. Fabuloso. En la pared había colgado un inmenso lienzo abstracto. A mí me pareció casi tan impresionante como la vista pero, por si acaso era una obra archiconocida de algún pintor famoso, no abrí la boca para no quedar en evidencia.

David pidió a Joe que fuera sacando unas cervezas de la nevera y poniendo música y mientras tanto nos preguntó a Katy y a mí si queríamos ver las vistas del otro lado. En circunstancias normales, mi interés en hacer el *tour* de rigor por la casa nueva de alguien habría sido fingido —en general, las casas me aburren— pero ésa era espectacular. Me di cuenta de que el oscuro y sombrío bajo donde yo vivía cabía en su salón.

—Vaya, guau, qué pasada —repetí probablemente unas cuarenta veces cuando David deslizó la puerta de un dormitorio con balcón con vistas al río Clyde.

—¿Desde cuándo Glasgow se parece a Nueva York? —preguntó Katy.

Estaba exagerando, por supuesto, pero ésa era exactamente la sensación que daba. Justo enfrente se alzaba el nuevo «puente torcido» de la ciudad. Tenía una iluminación ambiental para la que, de todos los colores del arco iris, habían escogido un deslumbrante morado chillón. Su trémulo reflejo, junto con todas las demás luces de la ciudad que centelleaban en las turbias aguas negras del río, formaban una imagen imponente. Más allá se erigía la plateada torre de Glasgow, parte del centro de las ciencias recubierto de titanio, y la nueva ciudad de la comunicación donde la BBC y Sky tenían su sede escocesa. Al oeste, aunque con dificultad, se distinguían las siluetas sombrías de seis grúas gigantescas, un símbolo de los mundialmente famosos astilleros de la ciudad que dominaba el cielo nocturno.

—Vaya, guau, qué pasada —exclamé de nuevo—. La ciudad se ve preciosa desde aquí.

—Es una ciudad fantástica —dijo David—. Me encanta.

—¿Y este apartamento es tuyo? —preguntó Katy, leyéndome la mente.

—No —dijo con una carcajada—. Es de mi hermano...

—¿Es un tenista famoso? —le pregunté yo emocionada.

—Eh... No —respondió David con cara de extrañeza—. Trabaja en la ciudad. En Londres. Compró este apartamento como inversión y pensaba alquilarlo. Pero yo necesitaba un sitio donde quedarme después de... eh... —titubeó—, así que me mudé aquí hace un año. En principio pensaba quedarme un mes, hasta que me comprara mi propio apartamento, pero de momento no he encontrado nada.

Atravesamos de nuevo el dormitorio para regresar al salón. Joe estaba acompañando con la guitarra un éxito de The Dubliners, que sonaba en ese momento, mientras todo el mundo cantaba a coro «The Wild Rover».

La penúltima, efectivamente. Una hora más tarde, más o menos, me topé con David en el vestíbulo cuando volvía del cuarto de baño.

Nos quedamos mirándonos un instante hasta que él dijo:

—Voy a tomar un poco el aire.

—Ah, vale. Muy bien —respondí.

—¿Vienes? —me preguntó sonriendo.

—¿Cómo? Ah, sí, igual sí. No sé. Humm, vale.

Examiné su dormitorio (una *suite* con baño) con mayor detenimiento que cuando nos había enseñado las vistas. Estaba bastante desordenado, lo cual era una buena señal; aunque a mí, por supuesto, me daba igual. Montones de libros (en la mesilla tenía una pila de cuatro, pero sólo logré reconocer *El periodista deportivo* de Richard Ford y *La canción del verdugo* de Norman Mailer), varios libros de fotografía de Sebastião Salgado y objetos que parecían proceder de viajes por todo el mundo. Al reparar en una viñeta de la revista *New Yorker* enmarcada en la pared, me quedé de piedra.

—Vaya, a mí me encanta el *New Yorker* —exclamé entusiasmada—. Es mi revista favorita. Me encantan las reseñas de cine y las tiras cómicas. Son formidables.

La tira que él tenía colgada en la pared retrataba a un médico intentando tranquilizar a un matrimonio con cara de preocupación antes de una operación. El médico les decía: «No, no he realizado la intervención personalmente, pero la he visto hacer en la tele en *Urgencias* y *Chicago Hope* y todo salía a las mil maravillas.»

—Genial —dije, y acto seguido le conté cuál era mi favorita—. Es sobre una mujer que escribe en su diario. Se titula «Baja autoestima» y la mujer ha escrito: «Querido diario, siento mucho molestarte hoy...»

David se echó a reír. Yo me animé y continué:

—Tengo otra. Es de un perro, un perro monísimo que va al psiquiatra, que también es un perro. El perro paciente está tumbado en el diván y el perro loquero está sentado detrás, tomando notas en su cuaderno. El paciente ha decidido someterse a terapia y le confiesa al psiquiatra el motivo por el que está traumatizado: «Me han movido el comedero.»

David se rio de nuevo.

—Espera, espera, que me sé otra —dije antes de darme cuenta de que dos eran suficientes—. Un padre aparece arrodillado frente a su niño dándole consejos justo antes de que comience el partido de béisbol. El padre le dice: «No lo olvides, hijo. No importa que ganes o pierdas a menos que quieras que papá deje de quererte...»

Salimos al balcón y nos apoyamos en la barandilla para contemplar el río y disfrutar de la vista y el aire fresco. Salvo por un rumor lejano y confuso procedente del tráfico y el bullicio de la ciudad, reinaba el silencio.

Por alguna razón, sentí la necesidad de aclarar lo que había dicho en la fiesta de Louise y Scott.

—¿Te acuerdas de que dije que estaba viendo a alguien? —Él asintió—. Pues me refería a asuntos de la cabeza, no del corazón.

Él soltó una carcajada.

—¿Y qué le pasa a tu cabeza?

—Bueno, al principio pensaba que en realidad no le pasaba nada. Pero ahora, después de siete meses de terapia, estoy empezando a darme cuenta de que en realidad le pasa de todo.

—¿Y te está ayudando? —preguntó con una sonrisa.

—Pues, por extraño que parezca, sí. Te ayuda a descubrir un montón de rarezas y locuras de ti mismo que ni siquiera sospechabas que estuvieran ahí.

—Supongo que los rusos tienen vodka —dijo sonriendo—, y los americanos loqueros. Imagino que todo el mundo necesita algo.

—¿Supones? ¿Imaginas? —dije.

—Perdona, no te entiendo.

—No, perdóname tú, son cosas mías. Es que la psicóloga siempre me dice que destierre de una vez por todas las conjeturas sobre mis sentimientos y las suposiciones sobre otra gente, que no me esconda detrás de artificios retóricos.

David se echó a reír de nuevo.

—El otro asunto curioso sobre el tema es que escribo una columna sobre la terapia —confesé—. Al principio pensé que sólo lo hacía porque me gustaba escribir, y porque creía que ayudaría a otras personas. Pero gracias a mi estrambótica psicóloga he descubierto que nada es tan sencillo como parece, y que las cosas tienen muchas capas, como las cebollas. Así que ahora empiezo a pensar que en la decisión de escribir la columna ha intervenido también el deseo de buscar protagonismo y eludir la intimidad estableciendo una relación con el gran público lector en lugar de una relación personal, una cuestión de poder y control, de observarme a mí misma en lugar de ser yo misma y Dios sabe qué. Cuando le dije todo esto a mi jefe de redacción, insistió en que además ayudaría a otras personas, pero aun así, es extraño. Recuerdo que leí en alguna parte que te embarcas en esta clase de terapia porque tienes un problema y descubres que en realidad tienes cientos. En estos momentos estoy inmersa en esa especie de extraño viaje.

«Bien hecho, Lorna», me dije preguntándome acto seguido si me había excedido en el volumen de información.

—Así que —dijo David al cabo de un rato, dándose la vuelta de tal forma que la espalda le quedaba apoyada en la barandilla— te marchas a Jamaica.

—Humm humm. Pero sólo una semana. Y tú te marchas a Malawi.

—Pero sólo un mes —asintió.

Nos miramos y sonreímos.

Tras un largo silencio, él preguntó:

—Entonces, ¿eres muy estricta en el cumplimiento del celibato?

Ay, Dios. Intenté mantener la calma.

—Bastante.

—Humm. ¿Y los besos están incluidos?

—Depende. —Adiós a los principios. Adiós a los votos de todo aquello que en un arrebato de estupidez supina había prometido no hacer.

—¿Depende de...?

Nos miramos fijamente y, tras lo que pareció una eternidad, posó su mano derecha en mi mejilla izquierda con suavidad, acercó lentamente su rostro al mío y me besó.

Virgen María Santísima. Qué increíble puede llegar a ser que alguien te estreche entre sus brazos. Busqué apoyo en la barandilla. Detesto la manida expresión de quedarse como un flan, así que variemos y digamos que empecé a temblar como unas natillas. Me quedé paralizada, un hormigueo me recorrió todo el cuerpo. De no haber tenido un apoyo, creo que se me habrían doblado las rodillas. Me sentía tan débil, con los músculos tan relajados, que tuve que concentrarme para dejar de balancear la cabeza de un lado a otro, cosa que probablemente no era muy atractiva. Creo que experimenté lo que los aficionados al tenis llaman un «momento Federer», es decir, lo que les sucede cuando observan uno de esos golpes sublimes que alcanzan un grado de perfección imposible. La mandíbula se te cae, los globos oculares se te salen de las cuencas y emites un balbuceo incontrolable. Se trata, por lo visto, de lo más parecido a una experiencia religiosa que puede tener un no creyente.

—Humm —dije de nuevo. Besaba a las mil maravillas.

David me miró y sonrió. Luego volvió a comenzar desde cero.

Cuatro impresionantes besos después, dije que tenía que marcharme porque iba a ser inevitable que una cosa llevara a la otra y no quería cometer una «locura» o un «disparate».

Él, conteniendo la risa, me dijo:

—La verdad es que me haces mucha gracia. —Yo debí de poner cara de alarma porque acto seguido él puntualizó—: Lo digo en el buen sentido.

Sonreí y le dije que estaba pensando en darle mi collar para que se lo llevara a Malawi.

—Me encantaría —dijo muy serio.

Intenté desabrochármelo, pero no pude.

—Déjame intentarlo —me dijo.

Por un instante noté la excitante sensación de sus manos y su aliento en el cuello. Consiguió desatar el nudo y me entregó la gargantilla. Yo envolví la cuerda alrededor del colgante, le di un beso —sé que es raro y no tengo la menor idea de por qué lo hice— y se lo puse en la palma de la mano. Él lo miró y con un gesto rápido, aunque delicado, cerró la mano.

—Tráemelo de vuelta, por favor —le pedí antes de darle un beso fugaz en la mejilla y salir disparada hacia la puerta.

Cuando estaba ya camino de casa me di cuenta de que me había olvidado por completo de Katy. La llamé por teléfono y me dijo que se lo estaba pasando en grande y que no me preocupara.

Como ruido de fondo, justo antes de colgar, oí de nuevo un coro de voces que cantaba «And it's no, nay, never...».

—¿Alguna vez ha tenido la mente libre de fantasías románticas? —me preguntó la Doctora J al cuarto de hora de comenzar nuestra última sesión antes de las vacaciones de verano que iban a durar todo el mes de agosto.

—Por supuesto —dije rápidamente. Demasiado, de hecho.

No me hacía falta un terapeuta para darme cuenta de que no había meditado la respuesta. Me había limitado a contestar con una negación defensiva a lo que yo había interpretado como una acusación. La Doctora J había intentado tranquilizarme en muchas otras ocasiones diciéndome que mi actitud era humana, pero no dejaba de ser un tanto decepcionante después de más de ochenta horas de terapia.

Yo le había estado hablando de David, pero había hecho un esfuerzo consciente para no dejarme llevar por la euforia. Me había ceñido a los hechos objetivos:

—He conocido a un hombre absolutamente increíble: un médico pediatra que se dedica a salvar vidas, como en las series de médicos americanas. Imagínate cómo será que las enfermeras del hospital lo llaman el doctor Macizo. Treinta y cuatro años. Vive en el puerto de Glasgow en un apartamento espectacular. Se marcha de viaje a Malawi a salvar vidas. —Hasta ahí iba bien, pero después lo fastidié todo—: El otro día, en el balcón de su casa, me dio el mejor beso que me han dado en mi vida. Una ligera brisa mecía mis cabellos y me sentí como en una película de Hollywood. Sus labios eran suaves y blandos como cojines y entonces noté ese entrañable escozor en la barbilla que producen los besos apasionados. Tiene unas manos grandes y masculinas que me fascinan. Cuando acabamos de besarnos pensé que iba a desmayarme. Luego le entregué mi collar y le dije que lo trajera de vuelta, como Cenicienta. Creo que puede ser La Persona porque la verdad es que no puedo dejar de pensar en él. Es como esa canción de Kylie que dice «No puedo quitármelo de la cabeza...».

Sentía que estaba flotando, tenía tal subidón que me entraron ganas de ponerme a bailar por la consulta. Y entonces, justo en ese instante, fue cuando la Doctora J me dijo que observaba en mí la tendencia a pasar de un amor obsesivo a otro.

—No, no, yo no hago eso —protesté—. Conozco a gente que encadena las relaciones una detrás de otra, casi como si no soportaran estar solos. Son como esos fumadores empedernidos, encienden una pasión antes de haber apagado la anterior. Patético. A mí, sin embargo, me encanta estar sola. Llevo sin pareja... —Calculé que de los dieciocho años que habían transcurrido entre los diecisiete, cuando empecé a salir con Johnnie, y los treinta y cinco, yo había pasado sola ocho años—. Johnnie durante ocho años y mi ex durante dos. Christian no cuenta, por supuesto, porque no fue una relación propiamente dicha. Así que me he pasado un total de ocho años soltera, lo que demuestra que no me da miedo estar sola.

Tras la habitual pausa y la consulta de rigor con el techo o con la alfombra, la Doctora J afirmó:

—En primer lugar, me ha contado que tardó usted seis años en superar lo de Johnnie. Según me dijo, se veían con regularidad y no había día que no pensara usted en él o soñara con volver con él, de modo que seguía emocionalmente vinculada a él. Y, en segundo lugar, con Christian, aunque no tuviera una relación «propiamente dicha», su implicación emocional fue tan fuerte que cuando la historia comenzó a romperse acabó usted en mi consulta.

Yo parpadeé varias veces, pero no dije nada. Todavía me costaba acostumbrarme a la nueva Doctora J. En ese momento concreto no sabía si prefería la versión actual o el modelo silencioso y monosilábico.

—Existe una diferencia —prosiguió— entre estar físicamente solo y emocionalmente solo. ¿Cree que alguna vez ha estado emocionalmente sola?

En la consulta de la Doctora J estaba produciéndose una extraña inversión de los términos. Al principio, solía ser la Doctora J la que no abría la boca. Sin embargo, en los últimos tiempos era yo quien parecía refugiarse constantemente en el silencio.

La Doctora J no concluyó diciendo: «Parece bastante obvio que no», pero no hacía falta. Era algo tácito, no verbalizado, aun-

233

que obvio e insoslayable, que se respiraba en el cálido aire de la consulta.

No sé por qué, pero por primera vez en mucho tiempo noté que los ojos se me llenaban de lágrimas. Fue otro de esos momentos desagradables en que me sentí separada de mí misma. De pronto me vi desde la distancia y me sorprendió descubrir de nuevo que seguía sin ser la persona que yo creía. Estaba equivocada en todo lo que pensaba. Al cabo de un rato, la Doctora J me preguntó cómo me sentía.

—Bien, supongo. —Antes de darle la oportunidad de preguntarme cómo me sentía en realidad, le di una respuesta más sincera—: Confundida, la verdad. Y triste. Y decepcionada. Y, quizá le parezca una tontería, pero todo esto me descoloca un poco. A decir verdad yo siento desprecio hacia la clase de mujeres que sufren una dependencia compulsiva de los hombres. Y siempre he presumido de ser independiente. Y sin embargo... —Meneé la cabeza y exhalé un hondo suspiro—. Si repaso mi vida adulta y todos los flechazos que he tenido con hombres, creo que no hay una sala de prensa en todo el país donde no me haya quedado pillada por un hombre. He estado colada por algunos políticos y, por supuesto, por Roger Federer. Si me paro a pensarlo, creo que jamás he tenido la mente completamente libre de fantasías sentimentales, cosa que me parece increíble. —Se hizo un breve silencio, tras el cual continué—: También me siento decepcionada y molesta porque, sé que esto sonará raro, pero tengo la sensación de que usted me ha tirado por tierra la fantasía con David. Yo estaba encantada soñando con él. De hecho, estaba feliz. Soñaba con...

En el último momento, decidí reservarme esa parte para mí, aunque tenía la sensación de que ella sabía a la perfección con qué había estado soñando. Desde la noche del balcón, los pocos momentos en que no estaba reviviendo los besos y las conversaciones soñaba con: nuestra boda; lo guapo que él estaría con una falda escocesa; la luna de miel y los paseos por la playa al atardecer cogidos de la mano; los niños adorables que tendríamos; los nombres que escogeríamos (yo pensaba en Daisy, Lola o Molly si era niña, y en Joseph o Patrick si era niño).

Había estado soñando en lo maravilloso que sería para el rey

Lewis tener primitos con los que jugar y a los que cuidar. Pensando que quizá nos mudaríamos durante uno o dos años a África, donde él podría salvar la vida de niños moribundos y yo hacer unos cuantos reportajes, o tal vez quedarme en casa todo el día jugando con cientos de niños. Y, por supuesto, me había planteado si adoptaría su apellido: Lorna Martin-Mackenzie, o Lorna Mackenzie sin más. No está mal.

Y esto después de unos cuantos besos. Santo cielo. ¿Qué demonios me pasaba?

Se hizo otro silencio que aproveché para pensar en lo que la Doctora J me había dicho en sesiones anteriores, es decir, sobre mi predisposición a creer que las impresiones y las opiniones de cualquiera, incluidas las suyas, eran más válidas que las mías. Decidí poner su visión en tela de juicio.

—El caso es que todas mis amigas hacen lo mismo. Nosotras nos lo tomamos a risa. No creo que sea un asunto tan grave. Le pasa a todo el mundo. Todo el mundo tiene fantasías. Por el amor de Dios, si hasta Dios es una fantasía, ¿o no? La idea de que si eres bueno irás al cielo y si eres malo al infierno es otra fantasía, y una muy poderosa, para mantener a la gente a raya. Y fantasías son también las cien sinfonías o más que Mozart le dijo a un amigo que había compuesto en su cabeza por puro placer. Todo el mundo necesita una fantasía. La fantasía es la madre del pensamiento, la fuente de la creatividad.

La Doctora J consideró mi argumento durante unos instantes.

—Sus amigas no están aquí para defenderse, de modo que esa parte no la tendré en cuenta. Puede que se trate de otra de sus suposiciones, de una generalización que ha hecho usted para sentirse mejor.

Me desplomé en el diván sintiéndome como una adolescente a la que su madre le echa la bronca y deseando con todas mis fuerzas librarme durante un mes de esa pesadilla.

—En cuanto a la afirmación de que todo el mundo necesita una fantasía —prosiguió—, simplemente no lo admito. Ahí fuera hay gente que goza de una buena salud psicológica. Es cierto que hay quienes viven una vida de fantasías, pero desde luego no todo el mundo. Como le he dicho otras veces, la elección de las palabras es

235

importante. Y como también he dicho otras veces, ésta no es la terapia de otros. No estamos aquí para analizar a sus amigas ni a la gente que cree en Dios. Esta terapia es de usted y de nadie más. Si la gente sueña o fantasea y eso no interfiere en su vida, no tenemos por qué malgastar tiempo y dinero dándole vueltas. Pero ése no es su caso. Porque en su caso sí interfiere en su vida. Yo creo que a usted le resulta fácil soñar con relaciones íntimas pero huye de ellas en la vida real.

Reflexioné sobre sus palabras durante un buen rato.

—¿Por qué razón reaccionaría así una persona? —pregunté después en tono evasivo.

—¿Qué le impide formular directamente la pregunta que en realidad le interesa? —replicó la Doctora J—. La que le atañe a usted: «¿Por qué cree que yo reacciono así?»

—No sé —farfullé sintiéndome de nuevo confundida, desorientada y torpe.

—Creo que es su forma de intentar apartarme. Le resulta más fácil hablar con generalizaciones e incluso aventurarse a resolver los problemas de otras personas que entrar en contacto con sus verdaderos sentimientos y empezar a resolver sus propios problemas.

Me sacaba de quicio cuando hacía eso, cuando detectaba algún defecto o rasgo de mi personalidad. De pronto, cuando ella lo decía, se veía con claridad, con una claridad meridiana, y sin embargo antes de que ella llegara adonde quería por los habituales caminos tortuosos, yo lo había ignorado por completo. Me hacía sentir como si caminara por ahí con la falda remetida en las bragas. Todo el mundo lo veía menos yo. Me acordé de que Louise y Katy solían decir que por alguna razón las personas sufren cierta ceguera ante sus propios defectos, pero que esa ceguera nos protege de cosas que no deberíamos ignorar. Nos protege hasta que estamos preparados para afrontar la verdad, solían decir ellas, y hasta entonces nos centramos en las debilidades, los defectos y los dramas de otras personas para rehuir los nuestros.

Cuando se producían esos momentos en la terapia, yo sentía una extraña mezcla de emociones hacia la mujer que estaba sentada a mi espalda. Experimentaba un extraño sentimiento de amor-odio hacia ella. Con frecuencia sentía súbitos arranques de afecto hacia ella porque, por muy doloroso, raro e incómodo que fuera lo que me decía, sabía que me estaba ayudando. Pero, al mismo tiempo, como daba la impresión de que sólo descubríamos defectos ocultos, nunca virtudes, había veces que la odiaba por obligarme a fijarme en ellos.

—De acuerdo —dije—. Entonces ¿por qué cree que reacciono así? ¿Por qué cree que huyo de las relaciones en la vida real y las persigo en sueños?

No esperaba obtener una respuesta y resultó que estaba muy, pero que muy equivocada.

—Creo que puede que le interese considerar varios factores. Creo que es posible que tema usted establecer un vínculo estrecho para evitar el dolor de otra pérdida. Creo que el miedo al abandono actúa al nivel del inconsciente cuando aparece en el horizonte una relación. Creo que hay una parte de usted que no se siente merecedora del amor verdadero y que piensa que si alguien se acercara lo suficiente como para llegar a conocer a la verdadera Lorna, no le gustaría.

Hizo una pausa y yo pensé que había acabado, pero todavía guardaba balas en la recámara:

—Creo que busca alguien que la ame de forma absoluta e incondicional, y sin embargo sólo sus padres o sus hijos (hasta que se hagan mayores) deberían quererla de esa forma. Así que es usted quien hace que resulte imposible que alguien sea lo bastante bueno para usted. Creo que el hecho de fantasear le sirve en parte como protección contra el aislamiento y la soledad. Creo que apostar por un hombre significa renunciar a la posibilidad de otros y creo que es usted reacia a renunciar a posibilidades. Y creo que eleva a esos hombres a la categoría de dioses. Les cede las riendas de forma que acaba siendo responsabilidad suya, y no de usted, salvarle la vida y hacerla feliz. Por último, creo que está enamorada de la idea de estar enamorada, pero que le da miedo intentar vivirlo en la realidad.

Yo me encontraba tumbada con los brazos cruzados sobre el pecho, los ojos otra vez llenos de lágrimas y la sensación de que había estallado la burbuja de felicidad con la que había llegado esa mañana.

Pero la Doctora J no había terminado. Todavía le quedaba un as en la manga.

—Es casi la hora de acabar —me dijo—. Pero quiero decirle un par de cosas más antes de que nos despidamos. Ha dicho usted que yo he echado por tierra su fantasía con David. Yo me pregunto si no será algo bueno porque, sea quien sea, jamás logrará satisfacer las enormes expectativas de usted. Es humano. No puede salvarle la vida. Y por último, antes de que despierte usted un día y se dé cuenta de que ya es demasiado tarde, tiene que pensar despacio qué prefiere: la soledad de la vida de sueños y fantasías, o la realidad, mucho más gratificante y satisfactoria, aunque dura y frustrante al mismo tiempo.

Hizo una pausa de varios minutos.

—Ha de pensar qué quiere de la vida. Lo que quiere de verdad. Si no, corre el riesgo de acabar vagando sin rumbo, de sueño en sueño, durante el resto de su vida.

De camino a casa me senté en un banco de Kelvingrove Park. Había empezado a ir a las sesiones andando. Hacía una preciosa mañana de verano. Me senté en silencio, aturdida. Pensé en todo lo que la Doctora J acababa de decirme y me di cuenta de que, por desgracia, era muy cierto.

Agosto

Sexo, arena y síndrome de abstinencia

—Buenos días, bella dama. Bienvenida a Jamaica —me dijo un chico impresionante llamado Leroy.

Después extendió el puño para que yo lo golpeara, que es como, según la tradición, los isleños expresan buenos deseos, amistad y respeto. Choqué mi puño contra el suyo, pero como me sentía un poco estúpida, añadí a la vez:

—Ah, humm..., hola, chicos, qué tal.

Su amigo, también muy mono, me examinó lentamente, muy, muy lentamente de arriba abajo y viceversa, deteniéndose en cada centímetro de mi cuerpo —ávido de sol y sin desintoxicar y cubierto con un sucinto bikini— y entreteniéndose en ciertas partes más de lo que jamás se entretuvo el más ardiente de mis novios.

—Eres la dama más hermosa de todas las que he visto por aquí —dijo exhalando un suspiro. Yo solté una débil risita—. No, en serio, tienes que creerme. No lo digo por decir. Eres una mujer verdaderamente hermosa. ¿Eres supermodelo?

—Eh... No —respondí mientras pensaba para mis adentros «Qué guay, ahora ya podré decirle a la gente que me han confundido con una modelo».

A pesar de haberme prometido a mí misma unos meses antes que jamás volvería a asumir un encargo en el extranjero, había aceptado con gratitud la oferta de Kamal de desplazarme hasta allí para investigar la creciente moda de lo que eufemísticamente habían dado en llamar «turismo romántico». Los menos ingenuos lo denominaban turismo sexual o sencillamente prostitución.

Estaba dando un paseo por una parte de la playa Negril, que se extendía a lo largo de once kilómetros y, entre la fina arena blanca, el agua tibia azul turquesa y la hilera de palmeras meciéndose con la brisa, me sentía en el paraíso. Para completar el efecto, iba escuchando a Bob Marley en el iPod.

Por más que me había esforzado en evitarlo, y pese a que las advertencias de la Doctora J me resonaban todavía en los oídos, había estado soñando con David. Sin embargo, antes de sumergirme a fondo en el ensueño, un mensaje de móvil de mi jefe me había devuelto a la realidad. Kamal preguntaba qué tal estaba marchando el reportaje, lo que me recordó que no había ido hasta allí para reflexionar sobre mis aventuras románticas, así que mantuve los ojos bien abiertos en busca de mujeres blancas de mediana edad y sus jóvenes amantes jamaicanos.

Fue entonces cuando conocí a Leroy y a Denzel, ambos de veintidós años de edad. Cuando les dije que era escocesa, me dijeron que *Braveheart* era su película favorita.

—Libertad —exclamaron tendiéndome de nuevo el puño.

Yo estaba a punto de embarcarme en una defensa a ultranza de la Unión —me gusta ser británica tanto como ser escocesa—, pero recordé que eso se desviaba mucho del tema que yo había ido a investigar. De modo que les respondí:

—Libertad. —Y choqué el puño.

Se ofrecieron a enseñarme las Montañas Azules y las cuevas con la persistente cantinela de «Bella dama, necesitas que alguien cuide de ti. Te encontrarás otros hombres que intentarán acosarte y engañarte. Sobre todo si estás sola. Nosotros cuidaremos de ti».

Luego, a modo de coletilla, añadieron que ofrecían la mejor coca y marihuana de Jamaica. Yo rechacé la oferta con cortesía, les dije que no me había ofendido en absoluto, que cada cual era libre de hacer lo que quisiera y esas cosas, y les expliqué la aterradora experiencia cercana a la muerte que había tenido cuando, en un alarde de hedonismo sincero pero muy desatinado, probé una sexta parte de una pastilla de éxtasis, me puse una pizca de coca en la encía y le di tres caladas a un porro. Después de sufrir lo que creo que en argot se denomina una blanca, durante la cual el mundo había empezado a dar vueltas a mi alrededor y creí que iba a morir, se había adueñado de mí tal sentimiento de culpa que le estropeé la noche a todo el mundo con la amenaza constante de que me entregaría voluntariamente a la policía (y, en consecuencia, a todos los presentes en la fiesta). Leroy y Denzel pasaron por alto mi rechazo alegando que su mercancía era pura y extraordinaria, no como el «material escocés», dijeron imitando a Sean Connery. Sí, sí. Además de ser los camellos más importantes de la isla, demostraron su dominio del acento *conneriano*.

Cuando se convencieron de que no iban a conseguir que me metiera nada, Denzel cambió de tercio y me preguntó si estaba emparentada con Elle Macpherson, si era ¿su hermana? Probaron una táctica diferente.

—Tú no eres como las demás mujeres que vienen aquí. Eres diferente. No sé qué es, pero hay algo diferente en ti. Lo percibo al hablar contigo y al contemplar tus preciosos ojos. Tienes algo especial. Algo muy especial.

Bueno, a esas alturas yo ya había salido de mi engaño. Sabía que eran palabras ensayadas que les repetían a todas las mujeres que se encontraban y, por si acaso me quedaba alguna sombra de duda, tenía a mi Doctora J de a bordo recordándome que no tengo absolutamente nada de especial. Pero aun así me avergüenza reconocer que me sentí ligeramente halagada. Un poquito nada más.

Una hora más tarde, estaba sentada bajo una palmera degustando el desayuno tradicional a base de «seso vegetal» (la fruta nacional de Jamaica) y pescado en salazón —delicioso, por raro que parezca, más o menos como los huevos revueltos— cuando divisé a Leroy y a Denzel a unos cuantos metros de distancia en la playa. Ellos no me vieron porque estaban ocupados mirando a dos británicas voluptuosas de cincuenta y tantos o, más bien, sesenta y tantos. Una de ellas lucía unos canos cabellos rizados teñidos como Dolly Parton o Barbara Cartland. Llevaba los labios pintados de un teatral color rosa, un bikini a juego, e iba envuelta en joyas de oro. La otra parecía la madre de la princesa Diana.

Oí que Leroy decía: «Buenos días, bellas, bellas damas. Bienvenidas a Jamaica.» Todos chocaron los puños. «Son ustedes las damas más hermosas que jamás he visto por aquí. ¿De qué parte del cielo han caído?»

«Y usted —le dijo Denzel a la otra—. ¿Es una supermodelo?» La mujer se echó a reír. Luego él continuó: «Me recuerda a Claudia Schiffer. Tiene los ojos más hermosos que jamás he visto. Brillan como estrellas en el cielo. Ah, son tan bonitos. Cuando la miro a los ojos, puedo ver en su alma que no es como las demás mujeres que vienen aquí. Es diferente. Lo noto. Usted es una persona profunda. Hay algo especial en usted. Algo muy especial.»

Las mujeres sonrieron y dijeron considerarse demasiado mayores para Leroy y Denzel. A mí, mientras tanto, me dio un ataque de risa y estuve a punto a atragantarme con el desayuno.

«No, no. Para nosotros son inmarchitables —dijo Leroy—. Nosotros no somos como los hombres de su país. Hemos oído todo lo que dicen de esos hombres fríos, egoístas, mecánicos y nada aduladores. Sabemos que a esos hombres de su país los intimidan las mujeres resueltas y decididas como ustedes. Pero a nosotros no. Nosotros somos hombres de verdad. Sabemos cómo satisfacer a una mujer. En Jamaica, a los hombres de verdad les gustan las mujeres de verdad. Mujeres maduras, inteligentes, grandes y hermosas como ustedes.»

Y ésa era más o menos la historia en aquella parte tan peculiar del paraíso.

Después hablé con un policía local que me informó de que unas ochenta mil mujeres solteras, casi todas entre los treinta y muchos y los sesenta y pico y en su mayoría estadounidenses, alemanas y británicas, acudían en masa todos los años a esa isla para contratar los servicios de aproximadamente doscientos hombres conocidos como «*rent a dreads*» (alquila un rasta), «rastitutos» o «el Servicio Exterior», aunque ellos se denominaban abiertamente a sí mismos gigolós o prostitutos y habían convertido esa playa —o al menos un sector de un kilómetro y medio— en su propio burdel. El policía me explicó que la mayoría de los chicos escogía a las «abuelas sesentonas» porque tenían más dinero. Las jovencitas, sin embargo, acudían por lo general en busca de un poco de diversión. Había mujeres que sólo buscaban sexo; otras, sin embargo, buscaban el amor verdadero porque al parecer en sus países de origen no habían tenido demasiada suerte.

Entré en un supermercado del centro de la ciudad y vi las parejas más grotescas que jamás había visto. Montones de jóvenes jamaicanos guapísimos iban de la mano de mujeres que de espaldas parecían Jerry Hall y de frente momias del mismísimo Valle de los Reyes. Y eso que probablemente ellas eran las piezas de primera categoría. Había también muchas mujeres modelo matrona extragrande. Pero el caso era que allí la apariencia no importaba, no hacía falta ser una sílfide para atraer a los hombres como la luz a las polillas. Si aparecías allí y al cabo de media hora no te había entrado ningún hombre, ya podías ir olvidándote del sexo para siempre.

En el camino de vuelta al hotel, entablé conversación con un tipo llamado Elton. Me explicó que en Jamaica no hay seguridad social y que los hombres sólo podían elegir entre trabajar en un hotel por cuarenta libras a la semana o «conquistar» a una turista, la mayor parte de las cuales, según me dijo, eran mujeres occidentales con elevados ingresos y profesionalmente activas pero que se sentían solas, y que a ojos de los jamaicanos eran como millonarias. En definitiva, me explicó, lo que querían todos los hombres era un billete a Estados Unidos o a Gran Bretaña donde poder hacer realidad su sueño de una vida mejor.

Tomamos un café y continuamos charlando. Dada su sinceridad sobre la situación en la isla, en ningún momento sospeché que fuera un gigoló, pero cuando ya me iba, me dijo que pasaría a recogerme a las siete para llevarme a Alfred's, donde al parecer iba a reunirse todo el mundo de Negril esa noche para celebrar una fiesta playera. Yo le respondí que iría por mi cuenta, y eso no le sentó nada bien.

—Vas a provocar una guerra —me espetó—. Has estado hablando con muchos hombres. ¿A qué estás jugando? Ya le has dicho como a quince hombres que los verás esta noche en Alfred's. ¿Sabes lo que conseguirás con eso? Que todos crean que los quieres como novio. No puedes hacer eso. Es peligroso. Esta noche habrá una guerra en Alfred's por tu culpa.

He visto a hombres pelearse por mujeres en comedias románticas y banquetes de bodas donde abunda el alcohol, pero jamás nadie ha demostrado la menor intención de liarse a puñetazos por mí. No hasta ese día. Pensé en escribirle un mensaje de móvil a Katy para contarle que, en medio de una relajada fiesta *reggae* en una playa jamaicana, quince hombres iban a revolcarse por la arena a puñetazo limpio por mí. ¡Qué emocionante! Si mis pretendientes supieran que estoy sin blanca... Si supieran que, en realidad, me había endeudado hasta las cejas para pagar una terapia porque era incapaz de establecer una relación funcional con un varón adulto responsable... Por un fugaz instante fantaseé con la posibilidad de dejar la terapia y pagar a Denzel, Leroy, Elton y otros para poder practicar con ellos, pues me pareció que sería más divertido y que, sin duda, me haría derramar menos lágrimas. Además, tendría la ventaja extra de que practicaría también la parte física en lugar de centrarme únicamente en la emocional.

Por desgracia, no hubo tal reyerta para disputarse mi corazón ni mi cuenta bancaria (vacía). No sólo porque tenían un colocón de tres pares de narices (que lo tenían), sino porque cuando me presenté allí, todos los chicos con los que había estado hablando llevaban del brazo a otras «botellas de leche», como llamaban a las «turistas sexuales». Denzel y Leroy, sin ir más lejos, estaban meneando sus jóvenes caderas frente a dos mujeres que, por edad, podrían haber sido sus abuelas. A decir verdad yo me sentí un poco ofendida. Me había ilusionado con la idea de verlos pelearse en la arena por mí. Pero eso no iba suceder. Un grupo *reggae* se pasó toda la noche tocando canciones de Bob Marley en el escenario. Los jamaicanos eran muy buenos bailarines, al contrario que sus parejas, que a su lado parecían patos mareados. A pesar de que no se batieron en duelo por mi amor, conseguí avanzar con mi reportaje. Hablé con dos mujeres británicas, ambas de treinta y muchos, lo que las convertía en las benjaminas del lugar, que llevaban unos años viajando a Negril dos o tres veces al año. Cada una tenía varios amantes jamaicanos y decían que lo hacían para pasar un buen rato. Según ellas, las estúpidas eran las mujeres de más edad que buscaban el amor y se creían el cuento de que esos bellísimos chicos de dieciocho años se habían enamorado de ellas. Pensaban que todo aquello era una gran farsa y admitían que era triste pagar a cambio de sexo y piropos, aunque no fueran sinceros. A mí me había dado la impresión de que aquellas dos mujeres eran relativamente listas hasta que una de ellas me dijo que había programado las fechas de su viaje para tener las máximas posibilidades de quedarse embarazada porque siempre había querido tener un «bebé mulatito». Me quedé sin habla.

También entablé conversación con una mujer de Miami de cuarenta y ocho años que había regresado para pasar una semana con su amante jamaicano después de conocerlo el año anterior durante unas vacaciones con unas amigas. Me contó que había oído hablar de esos chicos que recorrían la playa preguntándose cuál de todas esas tontas caería en sus redes. Pero decía que Winston, su novio, había insistido en cortejarla y lisonjearla y le había regalado los oídos con infinidad de cumplidos. Ella se rindió diciéndose a sí misma «qué diablos, sólo se vive una vez», aunque no dejaba de considerarlo una aventura pasajera. Él le decía lo que ella quería oír y a cambio ella pagaba todos los gastos: comidas, hotel, transporte, viajes y montones de regalos. Además, le enviaba dinero todos los meses. Le pregunté si lo consideraba una forma de prostitución —chica periodista al ataque para llegar al *quid* de la cuestión—, y admitió que era una manera de verlo.

Por último, hablé con un chico, Rodney, de diecinueve años. Cuando su novia inglesa fue a pedir algo a la barra, le pregunté si la quería. Él sonrió y dijo que tenía muchas «amigas especiales», sacó la cartera y me enseñó fotos de cinco mujeres: sus amigas especiales de Gran Bretaña, Estados Unidos, Alemania y dos de Canadá. Le pregunté cuál era su favorita y por qué. Él señaló a Connie, una mujer de pelo cano, aunque muy atractiva, que ya había cumplido los cincuenta.

—Tiene mucho dinero —me dijo—. Me paga la universidad y, cuando acabe los estudios, me va a llevar a Estados Unidos con ella.

Yo, en mi ingenuidad, le pregunté cómo era capaz de mantener relaciones sexuales con una mujer a la que no amaba o por la que no sentía atracción física.

—Cierro los ojos —respondió— y me la imagino de otra forma. Imagino que es una supermodelo o algo parecido.

El artículo que yo estaba escribiendo mostraba la cara y la cruz del turismo sexual femenino. ¿Es diversión inofensiva o explotación? Y de ser lo segundo, ¿quién es la víctima y quién el verdugo? ¿Las mujeres que se tragan las declaraciones de amor verdadero, o los hombres, pobres y parados, que les regalan los oídos con la intención de sacarles dinero o un pasaporte a una vida mejor? En los periódicos funcionan las conclusiones tajantes, el blanco o el negro, el bueno o el malo, el a favor o el en contra. Pero yo, a medida que avanzaba en la terapia con la Doctora J, pensaba las cosas con mayor detenimiento y estaba dándome cuenta de que la vida casi nunca es así. La gama de tonos grises es infinita. La vida es, con frecuencia, intrincada, impredecible, complicada, contradictoria y ambigua. Cada vez me resultaba más difícil juzgar, y empezaba a pensar que para gustos están los colores siempre y cuando no se quebrantara la ley ni se abusara de las personas vulnerables. No sabía qué pensar sobre el turismo sexual en Jamaica salvo que no era cosa mía, sino del mundo, que estaba loco, loco, loco.

Escribí el artículo deprisa, se lo envié a Kamal y pasé los cuatro días que me quedaban hasta que salía mi vuelo intentando no fantasear demasiado con David, debido a lo que la Doctora J me había dicho antes de marcharse de vacaciones. Pero a la hora de la verdad me resultaba imposible: estaba tumbada en la playa rodeada no sólo del sol, el mar y la arena, sino de parejas de novios en luna de miel. Había mandado al cuerno a Bob Marley y alternaba canciones sin ninguna connotación tropical como «The Wild Rover» y «You Are My Joy» de Reindeer Section y «500 Miles» de The Proclaimers, todas ellas capaces de trasladarme de la tumbona de Jamaica al balcón con vistas al río Clyde.

Y la Doctora J se había marchado de vacaciones dejándome con una patata caliente en las manos. ¿Qué quiero de la vida? ¿Qué quiero de verdad? Una buena pregunta, pero harto difícil de responder para mí —en voz alta o incluso por escrito— con total honestidad. Así que, a pesar de que oía a la Doctora J censurando mi tendencia a evadirme, intenté generalizar. ¿Qué es lo que desea todo el mundo? Que lo quieran, que sus padres se sientan orgullosos de él, decir las cosas importantes antes de que sea demasiado tarde, gozar de buena salud, vivir una vida que tenga sentido, sentirse realizado y satisfecho con su trabajo, no tener demasiadas cosas de las que arrepentirse, alcanzar logros por los que ser recordado, sentir que importa a los demás, compartir su vida y no sentirse solo, no acabar siendo una de esas personas amargadas, refunfuñonas, insatisfechas y sentenciosas.

Cuando empezaron a dolerme las neuronas, me evadí en la lectura de uno de los libros que me había prestado Katy a principios de ese año. Así, mientras la mayoría de los turistas disfrutaba de sus ligeras y entretenidas lecturas de playa, yo estaba tomando apuntes sobre libros como *La personalidad neurótica de nuestro tiempo* y *La civilización y sus descontentos*. De tanto en tanto, cuando me topaba con alguna frase reveladora o algún comentario que me ponía los pelos de punta, buscaba un rincón fresco y sombrío y me dedicaba a escribir a Katy mientras en la calle brillaba el sol.

A: katy2000@hotmail.com
DE: lormarmartin@yahoo.com
ASUNTO: ¿Sabías que...

... si te pasas la vida casada con la persona equivocada —es decir, con alguien que no sea La Persona— el proceso de pérdida y separación tiende a ser más prolongado, doloroso y complicado? Esto se debe al arrepentimiento, a que acabas sufriendo no sólo por tu marido, sino también por ti, por todos los años malgastados, por lo que podría haber sido y no fue. Pensar en eso me aterra. Por el contrario, las personas que han vivido una relación matrimonial de amor, igualdad y apoyo encuentran menos dificultades en el proceso de pérdida y separación. Esto se basa en un largo y exhaustivo estudio que ha realizado el experto psicoterapeuta estadounidense Irvin D. Yalom sobre los viudos y las viudas. Katy, es preferible estar sola, aunque a veces nos sintamos solas y tengamos que quedarnos en casa solas viendo series en DVD y llorando, que estar con alguien que tú sabes, porque lo sientes en las entrañas, que no es tu media naranja. Es mejor sentirse solo estando solo que sentirse solo en una relación, ¿no te parece?

Besos,
LOR

A: lormarmartin@yahoo.com
DE: katy2000@hotmail.com
ASUNTO: RE: ¿Sabías que...

Tía, estás en Jamaica. Tómate una Piña Colada, fúmate unos porros o túmbate en la playa. Ya tendrás tiempo de hacer una tesis o jugar al doctor Freud cuando vuelvas a casa.

K

A: katy2000@hotmail.com
DE: lormarmartin@yahoo.com
ASUNTO: ¿Sabías que...

... en nuestra cultura existen cuatro formas principales de escapar a la ansiedad/el miedo: racionalizarlos, negarlos, narcotizarlos (no sólo con las drogas o el alcohol, sino que puedes engancharte al trabajo, el ejercicio o el sexo) o evitando los pensamientos, sentimientos, impulsos y situaciones que puedan provocarlos.

Y, por supuesto, supongo que ya sabes cuáles son las tendencias neuróticas más comunes según Karen Horney. Son la necesidad neurótica de:
– afecto y aprobación
– poder
– una pareja para que te «salve» la vida
– autosuficiencia e independencia
– reconocimiento social o prestigio
– perfección e infalibilidad
– logros personales (un afán por conseguir logros cada vez mayores)
– admiración personal (una imagen idealizada de uno mismo)
– una vida circunscrita a los estrechos límites a causa del miedo a exigir.
Espero que todo vaya bien por ahí

Besos,
LOR

PS: ¿Acaso hay alguien en el mundo que no sea nada neurótico?

PPS: Por cierto, ¿qué significa exactamente neurótico?

El último día en Jamaica, estaba a punto de enviarle un e-mail a Katy para preguntarle si creía que debía mudarme a un piso con vistas a un cementerio (enérgicamente recomendado, según acababa de descubrir en uno de los libros que ella me había prestado, por el ensayista francés Michel de Montaigne, quien argüía que la proximidad a la muerte ayudaba a las personas a mantener la perspectiva de la vida y, por tanto, a trivializar lo trivial y valorar lo realmente importante), y al clicar en la bandeja de entrada, me dio un vuelco el corazón. Tenía un e-mail de David. Comenzaba: «Hola guapa». La entrada más sexy en mi e-mail jamás vista. Lo leí. Era bastante breve. Decía que las cosas marchaban bien en Malawi, aunque el trabajo era muy duro, y preguntaba qué tal en Jamaica. Pero el mensaje no tenía ningún tono de flirteo. No mencionaba El Collar ni La Escena del Balcón. Acababa con un «bso» y una D debajo.

Lo leí otra vez. Y otra. Y otra. Y otra. Debí de leerlo como unas cien veces. «Hola guapa.» Ay Dios mío. Y luego «bso» y D. Guau. Tuve que contenerme para no pegar los labios a la pantalla y morrear el «bso». Pero él no acababa de ser claro ni me declaraba su amor eterno. Tal vez sólo pretendía ser simpático. Entonces comenzaron a asaltarme dudas y oí que la sugerente voz de la Doctora J en mi cabeza me decía: «Por el amor de Dios, ¿se puede saber qué es lo que pretendes que haga este pobre hombre? Él te pidió la dirección de correo electrónico, ¿no? ¿No es eso un comienzo, una muestra lo suficientemente clara de su interés? Sobre todo teniendo en cuenta que es escocés. ¿Qué es lo que te habría gustado que hiciera, que el pobre hombre hubiese tomado un vuelo de Malawi a Jamaica? ¿Que hubiera publicado un anuncio a toda página en la prensa? Pero, claro, si hubiese hecho algo así te habría parecido desorbitado. Contigo ningún hombre puede ganar. No sé si alguien puede...»

Haciendo oídos sordos, me planteé la posibilidad de llamar a Katy, Louise, Rachel o Emily para preguntarles su opinión y que me aconsejaran cuánto tiempo debía esperar antes de responder. Yo sabía que, obviamente, no podía responder de inmediato, ya que daría la impresión de que estaba demasiado ansiosa. Así que decidí irme a desayunar, me puse en el iPod la canción «Could It Be I'm Falling In Love» de The Spinners en modo repetición y recité mentalmente su mensaje al pie de la letra. A juzgar por las miradas de extrañeza que me lanzaron un par de camareros, debía de estar moviendo los labios y dando una imagen de loca que hablaba sola.

Al acabar de desayunar, tuve una revelación. Teniendo en cuenta el grado de contradicción contenido en los consejos que había recibido de mis amigas en el pasado, decidí no pedirles su opinión sobre cómo responder al correo de David. Tampoco presté atención al enfoque de «esperar a que el hierro se enfriara para batirlo» de la Doctora J. Ella había insinuado que, cuando las emociones están a flor de piel, hay que intentar no reaccionar de forma impulsiva, sino dejarlas reposar y analizar con detenimiento los motivos que te inducen a actuar y las posibles consecuencias de cualquier acción o inacción.

Eso, evidentemente, puede llevar un par de días dependiendo del asunto de que se trate. El único problema es que la última vez que intenté ponerlo en práctica, no sólo desperdicié toda una mañana (que debería haber dedicado a trabajar) mirando por la ventana sumida en mis pensamientos, sino que por la tarde estaba tan confundida que tuve que tumbarme en la cama y ponerme un paño húmedo en la frente (y eso que El Asunto era si debía llamar a Kamal para confesarle un error insignificante que había cometido en un artículo).

Tratándose de los asuntos del corazón, llegué a la conclusión de que la vida es demasiado corta y preciosa para esperar a que amainara la tormenta. Además, ¿qué pasaba si, mientras yo estaba sentada meditando, él se enamoraba perdidamente de una despampanante doctora jovencita cuyos padres trabajaban para el ministerio de exteriores o el servicio diplomático y que se parecía a Angelina Jolie? No podía correr ese riesgo.

Así, salí del comedor y me dirigí a paso decidido a mi habitación para coger mi portátil mientras murmuraba *carpe diem* por lo bajo. Iba a dejarme llevar por el instinto. Bueno, casi. Pasé unos minutos sumida en una terrible angustia al no saber si encabezar el e-mail con «Hola, ¿qué tal?», «Hola, hola», «Hey» o «Hola, David». Al final, me decanté por un sencillo «Hola» y después me dejé llevar. Escribí sin pensar. Di rienda suelta a la especie de flujo de conciencia que la Doctora J me anima siempre a practicar en el terreno seguro y acotado de su consulta. Lo cual podría haber estado bien si no fuese porque cuando terminé y pulsé el botón de «Enviar», me di cuenta de que, a los cinco párrafos ligeros y en tono de flirteo que me había escrito David, yo había respondido con una novela corta de cinco mil palabras. Bueno, quizás estoy exagerando. Puede que no pasara de las cuatro mil.

Como había leído en algún sitio (seguramente en un *best-seller* de autoayuda) que a los hombres les atraen las mujeres emprendedoras y ambiciosas, inflé mi historial de persona centrada y ambiciosa entregada a la verdad, la justicia y a convertir, en general, el mundo en un lugar mejor.

Todas esas cosas, naturalmente, me importan. Soy periodista. Pero tal vez no era el momento más oportuno para contarle con pelos y señales que había estado con los niños de la calle que viven en las cloacas en Rumania, que desde Bosnia había cubierto la historia más triste de toda mi vida y que había acompañado en un viaje desgarrador a seis esclavas sexuales en Albania. Por supuesto, me cuidé de omitir el hecho de que todos eran proyectos en los que había trabajado varios años atrás y que, en los últimos tiempos, los viajes más largos habían sido al interior de mi destartalada cabecita vía la consulta de la Doctora J tres veces a la semana. A cambio, concluí ese apartado con una reflexión así de profunda: «¿Acaso esta vida tan breve que tenemos no resulta una apasionante y sorprendente aventura? A mí me gusta concebirla como unas pequeñas vacaciones entre lo que éramos antes, es decir, nada, y lo que seremos después, es decir, cuando volvamos a lo que éramos antes, es decir, nada.»

Yo, como ávida lectora de periódicos que soy (diez al día todos los días), sabía que a ningún hombre le atraen las mujeres solteras, y menos de mi edad, que manifiestan interés o deseo por encontrar una pareja, así que le conté que llevaba una vida tan ajetreada con el trabajo, los amigos, la familia, etc., que en esos momentos no tenía ningún interés en tener novio. «Se interpondría en esta apasionante aventura que estoy viviendo. No te imaginas lo a gusto y lo feliz que estoy sin un hombre al lado», escribí antes de despedirme. «Bueno, espero que todo marche bien por ahí. Seguiremos hablando. Bso. Lor.»

Sonreí con satisfacción y pulsé «enviar». Me sentí genial conmigo misma. Durante media hora. Hasta que poco a poco cayó sobre mí la fría luz de la conciencia y el pánico se apoderó de todo mi ser. Suerte que al final, pensé para consolarme, no le había adjuntado mi currículum.

Consulté el e-mail para ver si me había respondido. Nada. Al cabo de media hora, lo consulté otra vez. Nada. Media hora después, volví a entrar. Mierda. Decidí distraerme montando por primera vez en una moto acuática. El conductor, Vincent, me preguntó si deseaba ver la playa nudista del complejo mundialmente famoso Hedonism, ubicado en un extremo de Negril.

—Sí, me encantaría —dije a sabiendas de que, si había algo capaz de liberarme la mente de mis tontas preocupaciones sentimentales, era eso.

Después de haber aprendido la lección en Tailandia de que no conviene irse con hombres extraños, quise cerciorarme de que verdaderamente era un miembro del personal del hotel y pertenecía al departamento de deportes acuáticos. Una vez confirmado, nos dirigimos a una velocidad vertiginosa hacia el Rick's Café, un bar restaurante maravilloso y al aire libre situado en lo alto de un acantilado. Montones de lugareños, entre ellos niños que no pasaban de los diez años, se arrojaban al océano desde acantilados de diez metros de altura. Los turistas también hacían cola para saltar. Antes de que la Doctora J entrara en mi vida y se instalara de forma permanente en un rincón de mi mente, yo no habría dudado en ponerme a la cola. Sin embargo, oí que me decía: «Lorna, por favor, limítate a observar y no conviertas este viaje en otra misión suicida.»

Luego proseguimos nuestra ruta por delante de todos los complejos destinados en exclusiva a parejas. Yo iba abrazada a la estrecha cintura de Vincent.

—Esto es increíble —le grité al oído—. Me encanta sentir el

viento en la cara y el calor del sol en la espalda. Es sensacional. Me siento como en una película de Holly... —Pero al ver que la Doctora J volvía a activarse, me callé.

Unos cuantos kilómetros más allá, Vincent redujo la velocidad, apagó el motor y señaló hacia la playa. Yo me volví a mirar y grité horrorizada. No soy ninguna mojigata, que quede claro. Estaba preparada para ver un gran surtido de cuerpos desnudos y carnes temblorosas. Hasta ahí de acuerdo. Ningún problema. El tema era que:

—¡Por el amor de Dios, lo están haciendo en plena playa! —grité, quebrantando la paz y serenidad reinantes y señalando hacia un amasijo de brazos y piernas que resultaron pertenecer a tres personas.

Una mujer clavada a Barbara Cartland que, excepto por el sombrero flácido que llevaba en la cabeza, iba como Dios la trajo al mundo, estaba metida en el mar con el agua por las rodillas y tenía detrás a un impresionante joven jamaicano que... se veía perfectamente que... eso, bueno..., que se lo estaba haciendo con ella mientras otro le hacía por delante una variación de... de lo mismo.

—No me puedo creer que estén, ya me entiendes, haciéndolo... —dije, víctima todavía del horror, pero en esa ocasión a un volumen más razonable.

Vincent me miró como si yo fuese un singular espécimen de costumbres victorianas, y se echó a reír.

—Eh, sí, a «hacerlo», como tú dices, es a lo que viene mucha gente aquí.

—Pero es que yo... yo soy escocesa —repliqué, como si eso lo explicase todo—. A los escoceses no nos gusta..., bueno..., no sé..., da igual. A lo mejor es el tiempo.

Regresé a la seguridad de mi hotel sin que me asaltara ninguna otra perturbadora visión de carnes temblorosas, aunque con los nervios bastante más desquiciados, y fui directa a revisar el correo. No tenía ningún mensaje nuevo en la bandeja de entrada, así que me tumbé en una hamaca y traté de buscar consuelo en el libro *Autoanálisis* de Karen Horney. Tomé apuntes mientras leía como si hubiera vuelto al instituto y estuviera estudiando para los exámenes finales: No hay que olvidar que la capacidad de amar se debilita de forma considerable con la neurosis. Las personas neuróticas se caracterizan por una gran inestabilidad a la hora de autoevaluarse, y fluctúan entre el exceso y la falta de autoestima. Resulta mucho más fácil reconocer la neurosis de otras personas que la nuestra. Ese último punto lo subrayé dos veces.

En cuanto calculé que había amanecido en el Reino Unido, llamé a Katy para contarle, en primer lugar, lo de las indecorosas prácticas hedonistas que había presenciado, y en segundo, lo del e-mail de David.

—Ah, genial —comentó en referencia al mensaje—. ¿Le has contestado?

—Sí, esta mañana —dije intentando dar a mi voz un tono ligero y desenfadado.

—¿Y qué le has dicho?

—Bah, nada especial, he contestado en la misma línea ligera y desenfadada de su mensaje. Y he sido breve. —Ojalá, pensé para mis adentros con ciertos remordimientos por no sentirme capaz ni de decirle la verdad.

—Ah, genial —repitió—. Dime algo en cuanto te conteste.

—Vale.

Cuando regresé de Jamaica, llena de pecas y desquiciada (por el turismo sexual y el hecho de que hubieran transcurrido cinco días desde que había enviado ese disparatado correo electrónico al espacio internáutico y aún no hubiera obtenido respuesta), la primera noticia que cubrí fue en el Tribunal Supremo de Escocia, en Edimburgo. Ese verano el sexo me perseguía; y no hablo por mí, que me mantenía pura y casta como una monja carmelita. El calor estaba batiendo récords nunca vistos y yo pasé gran parte del tiempo en el helador ambiente climatizado de la sala número seis cubriendo uno de los casos de mayor impacto mediático de la historia judicial escocesa. El político amante de los rayos UVA Tommy Sheridan había denunciado al *News of the World*, el dominical más vendido en Gran Bretaña, por la publicación de unos artículos en que el semanal lo acusaba de ser un mujeriego y adúltero hipócrita que esnifaba cocaína.

Una de las cosas buenas de pasarse todos los días veinticuatro horas en los juzgados era que no podía consultar obsesivamente mi e-mail. La otra era que apenas me quedaba tiempo para acusar la ausencia de la Doctora J. Y, por supuesto, también había que valorar la dosis de entretenimiento que me proporcionaba todo aquello. En el mundo anglosajón, los periodistas denominamos al verano la «estación tonta» debido a la sequía de noticias. Cosas como el tiempo, el caos producido por los desplazamientos y encuestas subjetivas de una parcialidad absurda a las que, con suerte, se destinarían doscientas palabras en la página catorce acaban llenando artículos a doble página de dos mil palabras acompañados por análisis profundos de la trascendencia del tema para el futuro de la civilización occidental. Así que la noticia de Sheridan fue como un regalo del cielo.

El caso tenía todos los ingredientes necesarios: un carismático dirigente de un partido político casado, acusaciones de *ménage-à-trois*, *à* cuatro y hasta *à* cinco, visitas a clubs de alterne e intercambio de parejas, prostitutas, un columnista de sexo, y alegaciones referentes al consumo de cocaína para parar un tren. A todo ello había que añadir, además, las contradicciones existentes en las declaraciones de los testigos, lo que indicaba que dos o tres políticos habrían mentido bajo juramento y podrían enfrentarse a cargos de perjurio. Y por si todo eso no fuera lo suficientemente jugoso, completaba el plantel la fiel y glamurosa esposa, llamada Gail: una azafata de vuelo que parecía, en palabras de uno de los observadores, que estuviera actuando en el *casting* de la serie *Esposas de futbolistas*.

El juicio mantuvo a todo el país en vilo. Y como yo tuve que aguantar estoicamente las cuatro semanas en el juzgado hasta que salió la sentencia a favor de Sheridan, acabé jugando a ser Freud y a intentar adivinar a qué conclusiones habría llegado la Doctora J. Anoté en mi cuaderno cosas del tipo: «Habla de sí mismo en tercera persona; delirios de grandeza; ¿creencia en que su conducta está regida por un control externo?, no asume ninguna responsabilidad, todo es culpa de los demás; ¿necesidad excesiva de admiración? ¿problemas a la hora de entablar relaciones?; llamó a los miembros del jurado hermanos y hermanas: muy manipulador, creo. Se define a sí mismo como un político que trabaja en pro de la humanidad, pero creo que disfruta con la ostentación del poder y el control, que es el típico político. La mujer (confianza ciega) dice que si su marido la engañara, ella lo sabría.»

Después me di cuenta de que no tenía ni la más remota idea de lo que estaba diciendo. Así que salí fuera, me senté bajo el sol de justicia que caía en la plaza del Parlamento y redacté el artículo con la mejor de las introducciones que he escrito jamás:

> Tommy Sheridan, el héroe de la clase obrera de rostro siempre bronceado y el famoso político de Escocia, se inclinó para seguir con atención la lectura de la transcripción de una entrevista con Christy Babe en el silencio de la sala del tribunal.

> «Le gustaba sentirse dominado. Le gustaban los uniformes. Le gustaba que le azotaran un poco con el látigo en la parte superior de las piernas.»

> Flanqueado por su equipo jurídico y luciendo un elegante traje negro, camisa blanca y corbata roja, el hombre que se hizo famoso por liderar la revuelta contra el impopular impuesto municipal propuesto por Margaret Thatcher no se inmutó. Permaneció callado e impasible.

> En el banco de los testigos del Tribunal Supremo de Escocia, proseguía el testimonio de una periodista del *News of the World*: «Le gustaba mucho la sensación del hielo en el cuerpo. Tanto era así que mientras practicábamos el sexo oral, él cogía un trozo de hielo y se lo metía en el trasero.»

> Posteriormente, cuando se le preguntó a Christy Babe, prostituta retirada de nombre Fiona McGuire, si disponía de pruebas documentales que apoyaran dichas acusaciones, titubeó confundida antes de volverse al juez en busca de ayuda: «¿Qué clase de documentación tiene uno al echar un polvo?»

> Entre la muchedumbre que abarrotaba los bancos públicos de la sala se encontraba Alice, la devota madre de Sheridan. Más avanzado el juicio, tras escuchar el testimonio de una mujer que

declaraba haber hecho un trío con su hijo, Alice rebuscó con discreción en el bolso un gastado ejemplar de *El Rosario de la Divina Misericordia*. Leyó en silencio moviendo los labios, luego cerró los ojos con fuerza, estrechó las cuentas granate de su rosario, y afrontó la siguiente jornada de testimonios en uno de los casos de la historia judicial de Escocia que más han convulsionado el país.

Bucear en los ríos de tinta que corrieron tras el episodio Sheridan fue una ventajosa fórmula para evadirme del hecho de que hubiese transcurrido casi un mes sin una sesión con la Doctora J y sin recibir respuesta de David.

El último domingo de agosto fue otro día fantástico. Me senté a hojear los periódicos mientras desayunaba con una extraña sensación de placidez hasta que de pronto me topé con un artículo donde se decía que los datos de una encuesta indicaban que más de la mitad de los correos electrónicos se interpreta mal.

A partir de ese instante ya no pude eludir la certeza de que el mío debía de ser uno de ésos. La noticia señalaba que sólo el treinta por ciento de la comunicación se basa en palabras —la mayor parte de la comunicación en la pareja es no verbal—, y que por esa razón muchos correos electrónicos (y mensajes de texto) dan lugar a confusiones. Cuando pasé a la sección de consejos, la sensación de mareo fue a peor: «Intente ser breve y amable, no aburra a nadie con detalles innecesarios sobre su vida; escriba primero un borrador y redúzcalo a la mitad para quedarse sólo con los puntos importantes.» Oh, cielos.

Durante las últimas semanas, yo había encontrado infinidad de explicaciones a la ausencia de respuesta para consolarme: a lo mejor se le ha estropeado el portátil; a lo mejor cometí algún error (técnico, quiero decir, no psicológico) y ni siquiera lo ha recibido; quizás ha metido la pata en algún caso médico importante de Malawi y su incompetencia profesional no le deja levantar cabeza; puede que reciba tantos correos que el mío se le haya traspapelado; a lo mejor lleva poco tiempo sin pareja —yo desconocía su pasado— y ha decidido que ahora no es buen momento para implicarse en una relación; o tal vez había sufrido un accidente; o se había enamorado de una despampanante y jovencita doctora con un aire a Angelina Jolie; o sencillamente cree que estoy como una cabra; o bla bla bla bla bla...

Unas horas más tarde, tras padecer un frenético ataque de ansiedad, llegué a la conclusión de que necesitaba desahogarme y escuchar la opinión de otra persona o, mejor dicho, necesitaba consuelo. Le enseñé el e-mail a una buena amiga que en un principio me dijo lo que yo quería oír: es decir, que dejara de preocuparme.

—Toma distancia y analízalo desde la óptica del largo ovillo de acontecimientos de tu vida —me dijo Rachel en tono alentador—. Has enviado un correo excesivamente... eh... entusiasta. No es para tanto. En el futuro, te reirás al recordarlo, si es que lo recuerdas.

—Gracias —contesté—. Tienes toda la razón. —Ella sonrió, aunque con una sombra de preocupación en el rostro. Como si algo le pesara en su interior.

—¿Estás bien? —le pregunté.

Se mordió el labio inferior.

—¿Sabes cuántos seres humanos pueblan la tierra?

En esa ocasión fui yo quien la miró con estupor.

—¿Perdón? Quiero decir... ¿qué? O sea, ¿cómo dices?

—En el mundo hay más de seis mil seiscientos millones de personas. Es decir, seis, seis y nueve ceros. Sólo en China hay mil trescientos. Uno, tres y nueve ceros. ¿Eres capaz de imaginarlo? Escocia tiene una población de, cuánto, ¿cinco millones? La población total de Escocia equivale a menos de una décima parte del uno por ciento de la población del mundo entero. La población de Gran Bretaña equivale a tres cuartas partes del uno por ciento de la población del mundo entero. ¿No te parece una locura? Y tú sólo eres una persona.

—Vale, vale —repliqué—. Ya sé por dónde vas. Tengo que mirar las cosas con perspectiva. Soy un ser total y absolutamente irrelevante, insignificante e intrascendente, lo sé. Gracias por recordármelo.

—La verdad es que los tiros no iban por ahí —confesó Rachel un tanto desconcertada—. Lo comentaba porque estoy investigando un programa sobre la población de la tercera edad de China (que se prevé que alcance los cuatrocientos treinta y siete millones en el 2051, por si te interesa) y estoy alucinando. No somos más que un montón de diminutas hormigas. Tú no eres más que una loca hormiguita llamada Lorna que está desquiciada porque le ha enviado un e-mail bastante delirante a otra loca hormiguita llamada David. Él se ha marchado para intentar encontrarle sentido a todo esto en Malawi. Tú estás intentando encontrárselo con ayuda de la psicóloga.

Pese a que me dio toda la sensación de que Rachel estaba atravesando una crisis existencial —pensé incluso en pasarle el teléfono de la Doctora J, pero luego me di cuenta de que probablemente eso sólo empeoraría las cosas—, lo cierto es que su disparatada metáfora me proporcionó cierto consuelo. Aunque no por mucho tiempo. La ansiedad volvió a apoderarse de mí, y de qué manera, cuando más tarde Katy preguntó:

—¿Has vuelto a tener noticias de David?

—Humm... No —respondí. Y me armé de valor para enfrentarme a la cruda verdad.

Decidí enseñarles el correo electrónico a Louise y a Katy y pedirles su opinión. Ellas lo leyeron de principio a fin, en silencio. Cuando acabaron, se miraron con gesto de incredulidad y estallaron en carcajadas.

—No me digas que le enviaste esto —dijo Louise en tono de desesperación—. Ay, por favor, no me digas que se lo enviaste. ¿Qué era exactamente lo que intentabas decir?

—No lo sé.

Katy fue ligeramente más constructiva.

—No acabo de ver claro si, aparte de que estás como una cabra, de tus palabras se desprende que estás totalmente desesperada o que no sientes el menor interés.

Con el rostro sonrojado, apoyé el mentón en las manos mientras Louise y Katy mantenían una discusión sobre el significado de mis palabras.

Louise: «Yo creo que, inconscientemente, ella ha intentado sabotear la relación antes de que comenzara. Puede que todavía sienta miedo, ya sabes, miedo al amor, al abandono, a establecer una relación, al rechazo, etc. Por eso lo destruye antes incluso de que nazca. Y así puede decir que ha sido culpa suya, asumir la responsabilidad, en lugar de correr el riesgo de establecer una relación íntima y dar ocasión a que él la rechace.»

Katy: «Humm, no es muy propensa a soportar emociones fuertes, ¿no te parece? Es como si sintiera la imperiosa necesidad de actuar para deshacerse de todas ellas de golpe.»

Ay, Dios, ojalá no le hubiera enseñado el e-mail a ese par de lunáticas.

—A lo mejor debería enviarle otro —sugerí—. Decirle que me importa un bledo que no haya contestado y que yo sólo pretendía ser amable y que, de todos modos, no me gustaba. Que nunca me ha gustado. Y que sólo es una insignificante hormiga entre seis mil seiscientos millones.

—¡¡¡No!!! —exclamaron a voz en grito Louise y Katy al unísono—. Déjalo estar.

—Aprende a tener paciencia —agregó Louise—. ¿A qué demonios viene ahora eso de las hormigas?

—Él no es más que una hormiga —repetí—. Una puñetera hormiga entre seis mil seiscientos millones. —Ellas intercambiaron miradas de estupor. Yo proseguí—: ¿Y si le escribo un e-mail y se lo digo? O le envío un e-mail aclarándole el primero, diciéndole que espero que no me haya tomado por una chiflada, pero que...

—¡¡¡No!!! —gritaron otra vez—. Déjalo estar. Intenta tener paciencia. Intenta aguantarte la ansiedad. Y ante todo, pase lo que pase, no se te ocurra soltarle en un e-mail que no es más que una hormiga.

«¿Qué opinaría —me pregunté— la Doctora J al respecto?» Como se había instalado en mi cabeza de forma permanente, imaginé que diría algo como: «Lo que pase por la mente de otro, de alguien que apenas conoces, que apenas te conoce, que está atrapado en las batallas de su propia vida, no cambia tu forma de ser. Tú eres tú y si a él no le gusta, no está en tus manos remediarlo. No puedes cambiar tu forma de ser por consideración a otra persona. Lo que él piense de ti, a raíz de tu delirante e-mail o de lo que sea, da igual. Estoy segura de que con todo lo que hemos trabajado tú y yo, a estas alturas tienes claro que lo más importante en esta vida es cómo te sientes tú contigo misma.»

La echaba de menos y deseaba con todas mis fuerzas volver a verla.

Septiembre

Schadenfreude: el mejor producto
de exportación de Alemania.

Antes de estar psicológicamente hecha unos zorros, me tenía por una persona bastante decente. Es cierto que había cometido un pecado terrible pero, al margen de eso, me consideraba bastante buena en términos generales. Me tenía por una persona «maja», por usar esa palabra insulsa pero tan acertada a veces por la que los profesores sienten un odio unánime. Sin embargo, gracias a la Doctora J, la mujer a la que yo pagaba para mejorar mi vida y sentirme más a gusto conmigo misma, había descubierto que ésa era otra más de las falsas creencias que abrigaba sobre mí misma.

Yo no era tan buena. Abrigaba malos sentimientos. («¿Qué te hacía pensar que eras diferente del resto de los mortales del mundo?», comentó Katy cuando le confesé mi último descubrimiento de ese extraño viaje con la Doctora J.) Me di cuenta de que tenía cuernos y pezuñas cuando me descubrí deseando que alguna de mis amigas sufriera una desgracia, a pesar de lo mucho que las quiero y de que no podría soportar que les ocurriera algo verdaderamente malo. No deseaba que les sucediera nada grave. No pensaba en grandes tragedias. Bastaría con un pequeño tropezón, un informe negativo en el trabajo, un rechazo, o un dolor de muelas, o mejor aún, que tuvieran que matarles un nervio. Una pequeña desgracia, una crisis, un escándalo. Cualquier cosa que a mí me hiciera sentir menos desdichada al pensar en la propensión al caos de mi vida emocional.

Ya era más que evidente —se caía por su propio peso— el hecho de que David no iba a responder a mi delirante e-mail en este siglo.

Me había enterado de que ya estaba de vuelta en la ciudad; mi cuñado, como quien no quiere la cosa, había dejado caer en la conversación que a su regreso de Malawi había empezado a trabajar en las urgencias del Western Infirmary hasta que pudiera incorporarse al servicio de pediatría. En mis momentos más patológicos, me dedicaba a urdir planes para encontrarme con él. Pensaba que quizás a mi jefe le interesara un reportaje a fondo sobre el terrible problema de los crímenes con arma blanca en Glasgow, lo que me obligaría a pasar un mes en la planta de urgencias de, pongamos por caso, el Western Infirmary, siguiendo los pasos de un médico llamado doctor Macizo y... Tal vez no. Tal vez la cruda realidad era que, pese a los ocho meses de extraordinarias disecciones psicológicas por parte de la Doctora J, yo seguía siendo un caso perdido en lo tocante a los asuntos del corazón. Quizá tenía que aceptar que jamás iba a poder construir una relación adulta sana con una persona del sexo opuesto que estuviera disponible y resultase interesante.

«Buf», pensé mientras aguardaba la aparición de alguna desgracia ajena que me levantara el ánimo.

Sé que alegrarse del mal ajeno, eso que los alemanes llaman *Schadenfreude*, es ruin, pero tampoco hay que desdeñar su potente y eficaz poder como método reconstituyente. Aunque había una pega. Si bien yo ansiaba el reconfortante remedio que podían proporcionarme las penas ajenas, ese otoño la realidad quiso obsequiarme con un crispante aluvión de buenas noticias, éxitos y felicidad.

En un mismo día de septiembre, un día fresco y apacible en que los árboles comenzaban ya a perder las hojas y yo padecía las consecuencias de un ataque, inducido por el alcohol, de aquel miedo tan conocido (por ningún motivo en especial, simplemente me había invadido un estado general de ansiedad), me enteré de que:

1) Mi amiga Alisha iba a trasladarse a Houston con su encantador marido y sus dos preciosas niñas. (Visto desde Escocia, Tejas se me antojaba un destino exótico y hasta glamuroso.) Alisha tenía una casa en propiedad y dirigía su propia empresa de publicidad cuando, oficialmente, no era más que una adolescente. A los treinta y pocos pudo dejar de trabajar para dedicarse en cuerpo y alma al papel de supermamá.

2) A otra amiga la seleccionaron como candidata para un prestigioso puesto en el *Washington Post*. Yo me había presentado para el cargo seis años antes y nadie me dijo nunca esta boca es mía. Es más, ni siquiera se dignaron comunicarme por carta el rechazo de mi solicitud. Cuando ocurrió, dejé de leer el periódico durante dos días en señal de protesta.

3) Una compañera de la universidad a quien no había visto durante años me escribió contándome que había escrito un libro y que estaba obteniendo unas críticas magníficas. Me envió también el manuscrito, pero no quise asumir el riesgo de leerlo por si acaso se trataba una obra original y brillante o, en su defecto, poco original pero, no obstante, brillante.

4) Rachel iba ya por la segunda cita con un chico al que le había echado el ojo hacía siglos, y Emily estaba sumida en un estado permanente de felicidad desde que había conocido a su nuevo novio.

5) Katy anunció que el valor de su piso se había multiplicado casi por cinco y luego agregó, como de pasada, que había tenido un flechazo. Al igual que Alisha, Katy había pedido su primera hipoteca a la edad a la que debería haberse dedicado a leer revistas de adolescentes. Yo, por el contrario, todavía luchaba por poner la punta del pie en el primer peldaño de la escalera de la propiedad inmobiliaria, aunque acababa de hacer una oferta para un piso, y eso constituía al menos un destello de esperanza en medio de tanta miseria y desesperación. Tras muchos años resistiéndome a sumarme a la obsesión nacional de adquirir una casa en propiedad, decidí que era el momento no sólo de pensar como una persona adulta, sino de comportarme como tal. Al fin estaba preparada para convertirme en una esclava hipotecaria. Estaba preparada para adquirir durante los veinticinco años siguientes un compromiso con mi banco a cambio de que los ladrillos y el mortero pasaran a ser de mi propiedad. Me habían concedido una hipoteca del cien por cien, que equivalía a cinco veces mi sueldo, por un piso diminuto de dos habitaciones más pequeño todavía que el cuchitril donde vivía de alquiler.

—¿Y con quién has tenido ese flechazo? —le pregunté a Katy, sin molestarme ni siquiera en ocultar el verdoso tono de envidia que teñía mi voz—. Has llevado todo esto muy en secreto.

—Ah, ya te lo contaré cuando nos veamos en persona —exclamó canturreando en un tono exultante y cargado de euforia. Justo antes de colgar, añadió—: Ah, casi me olvido de decírtelo. Me he comprado el vídeo de gimnasia de Jane Fonda, el original, en Amazon. Es genial.

Oh, no. Eso ya fue la puntilla. Ahora resultaba que Katy iba a ponerse en forma y lucir un cuerpazo como el de Emily. Y los escasos solteros de treinta y tantos que quedaban en el mundo y vivían en Glasgow caerían rendidos a sus pies.

—Ah, qué bien —dije, y posé el auricular con gran tristeza y pesar en el corazón.

Necesitaba conocer gente nueva como fuese. Gente con menos éxito en la vida. Y cuando parecía que las cosas no podían torcerse más, una agente inmobiliaria insensible llamada Brenda con acusadas carencias en el dominio de la gramática me telefoneó y me dijo:

—Lorna, lamento comunicarte que has fracasado.

En ese instante se apoderó de mí una apocalíptica sensación de decepción teñida de rabia. Después del goteo incesante de buenas noticias en un solo día, ésa fue la gota que colmó el vaso. Intenté contenerlas, pero no pude, y las lágrimas me empañaron los ojos. Yo ya me había imaginado en mi casa nueva. «He fracasado. He fracasado. Es tan evidente que hasta Brenda, la agente inmobiliaria, se da cuenta de que soy una asquerosa y miserable fracasada», me decía. Pero la maldad que habitaba en mí estaba lejos de desvanecerse, a pesar de su temporal estado de latencia. Antes de derramar demasiadas lágrimas, volví a dedicarme a fabricar desagradables pero reconfortantes ilusiones en mi cabeza: «Ojalá esa mentirosa vendedora sin escrúpulos que nos enfrentó a mí y al chico que se ha llevado el gato al agua tenga moho y humedades en su nueva casa. Es más, espero que se le derrumbe el tejado. Y espero que el comprador "vencedor" odie su nuevo piso. Espero que el vecindario sea infernal. Y que no consiga pegar ojo por las noches y sea la peor decisión que haya tomado en toda su vida. Y que se arrepienta del día en que ME QUITÓ MI PISO DE MIS PROPIAS MANOS, POR CAPULLO. Y que la creída de la vendedora maldiga el día en que SE DECANTÓ POR EL CHICO Y ME RECHAZÓ, LA MUY ZORRONA.»

Está claro que el asunto se me estaba yendo de las manos durante la prolongada y egoísta ausencia de la Doctora J: me enzarzaba en mezquinas peleas mentales con agentes de la propiedad y otros actores del mercado inmobiliario, enviaba e-mails prolijos al hombre de mis sueños, deseaba que alguna pequeña adversidad enturbiase las vidas perfectas de algunas —o al menos una— de mis amigas perfectas. Y todavía quedaban dieciocho largas horas para la próxima cita con la Doctora J, la primera desde el mes de julio.

El instinto me empujaba a evitar a todas las personas felices y satisfechas con sus vidas hasta que me hubiese desahogado con la Doctora J, pero no cayó esa breva. Katy tenía unas ganas locas de contarme lo de su nuevo amor, así que me obligué a quedar con ella para cenar en Kember and Jones.

—Bueno, cuéntamelo todo. Estoy impaciente por saber cómo es —mentí con todo mi descaro.

Con unas pantagruélicas ensaladas de chorizo, queso manchego y almendras tostadas de por medio, Katy puso la directa:

—Es impresionante. Se llama *Mylo*. Se escribe M-Y-L-O. —Un nombre raro, y mi nivel anímico subió un milímetro al pensar que al menos no era Brad (Pitt), George (Clooney) ni Roger (Federer), ni tampoco, imagínate, David (Mackenzie) mientras ella rebuscaba en el bolso. Después de entregarme un folio doblado, me dijo—: Lo he conocido por Internet.

Desplegué la hoja de papel y tuve que contenerme para no soltar un agudo gritito de regocijo. Al final resultaba que no había encontrado al hombre de sus sueños. El objeto de su amor era un perro. Un galgo abandonado —con la mirada normal, aunque a Katy, como a todos los amantes de los perros, le parecía triste— que necesitaba un nuevo hogar.

—Me he pasado horas contemplando la fotografía —confesó—, pero no consigo decidirme a llamar. —En ese momento me dieron ganas de abrazarla. Katy, a pesar de su actitud supersegura, tenía, por lo visto, los mismos problemas a la hora de adquirir un compromiso. Y eso que estábamos hablando de un estúpido perro al que ni siquiera conocía. Qué fantástico.

Al cabo de un rato, cuando ya me sentía mucho mejor sobre la vida en general, reuní la fuerza emocional suficiente para preguntarle cuántas veces había hecho los ejercicios de Jane Fonda.

—Hacerlos, lo que se dice hacerlos —respondió—, ninguna. Me he sentado a ver el vídeo un par de veces con una cerveza, un cigarro y una bolsa de patatas fritas.

Dios, cuánto quería a mis amigas.

Y justo cuando parecía que las cosas no podían marchar mejor, Rachel envió un mensaje preguntando si nos apetecía quedar a tomar una copa de vino. «Los tíos son lo peor!», acababa el mensaje.

Al llegar, nos contó que su segunda cita con Angus se había ido al traste cuando de pronto, entre el segundo y el postre, él dijo: «La sinceridad es muy importante para mí. ¿Alguna vez le has puesto los cuernos a alguien?»

—Joder, menudo plan —exclamó Katy, antes de que Rachel concluyera la historia—. Seguro que su ex le fue infiel y todavía no lo ha superado. Y ahora va a culpar a todas las demás mujeres por ello.

—¿Qué haces en un caso así? —dijo Rachel, encogiéndose de hombros y entrelazando las manos—. ¿Te sinceras y le confiesas lo que desde luego no quiere oír? ¿O le cuentas una mentirijilla y le das la respuesta que busca?

—Es difícil —respondí—, pero yo creo que le diría la verdad. Si no, te condenas a vivir con esa mentira y al final el hecho de no haber sido sincera acaba convirtiéndose en un problema mayor que la infidelidad original. Si el rechazo hacia un error (y además relativamente leve) que tú cometiste en el pasado tiene para él más peso que lo que siente por ti, entonces que le den por saco, porque eso significa que no te merece. Todo el mundo tiene un pasado, por favor. Todo el mundo tiene algún cadáver en el armario de la conciencia. Bueno, todo el mundo que haya vivido un poco, claro.

—Yo creo que estoy de acuerdo con Lorna —apuntó Katy—. Aunque la preguntita en cuestión me saca de quicio. Es como la de «¿Y tú con cuántos chicos te has acostado?». Si un tío te pregunta eso es que no quiere una relación adulta de igual a igual. Quiere una niñita a la que pueda controlar. Porque las únicas respuestas que espera oír son: «Con ninguno, soy casta y pura. Me he estado reservando para ti» o «Con uno, pero fue tan horrible que es como si no contara». Lo siento, pero lo cierto es que, cuando llegas a nuestra edad, la mayoría de la gente ya ha estado enamorada de otros, ha tenido relaciones sexuales fantásticas y probablemente se ha visto involucrado en un triángulo amoroso. Si Angus, o quien sea, no es capaz de aceptar a una persona con pasado lo que debería hacer es irse a la puerta de un colegio y buscarse una virginal adolescente. Aunque supongo que hoy en día abundan menos que los unicornios. Lo que me pregunto es si él es tan jodidamente virtuoso y perfecto como espera que lo sean los demás.

—¿Y al final qué hiciste? —le pregunté a Rachel.

—Le dije la verdad. Le conté que había cometido un error, que había aprendido una gran lección y jamás volvería a cometer el mismo error. Le expliqué que fue una manera (no una buena manera, pero sí una manera) de salir de una relación con la que no quería continuar. Algunas veces uno tiene que meter la pata hasta el fondo para averiguar lo que está bien. Los errores son dolorosos, pero no dejan de ser una manera de descubrir cómo somos en realidad. Y ahora, le dije, ya sé quién soy. Y ya sé lo que quiero.

—¿Y él qué dijo?

—Se quedó callado y repitió que la confianza era muy importante para él. Yo le dije que la confianza y la sinceridad también eran valores importantes para mí, y que precisamente por eso le había dicho la verdad. Y entonces él respondió que quien es infiel una vez lo es siempre.

—Eso es una chorrada como una casa —salté yo—. Ya sé que hay mucho infiel empedernido por el mundo. Pero por la experiencia que tengo, todas las mujeres y buena parte de los hombres que se han visto involucrados en situaciones así han acabado tan traumatizados por todo el follón que probablemente son los menos propensos a caer otra vez en la misma trampa.

—Yo no puedo estar más de acuerdo —dijo Rachel—, pero hay mucha gente que no lo ve igual. A todos nos cuesta ponernos en el lugar de otro. Yo misma lo criticaba con mucha dureza antes de vivirlo en mi propia piel. Bueno, el caso es que al final me marché porque no tenía ganas de convencerlo de que era digna de su amor. Qué carajo. La vida es demasiado corta.

A la mañana siguiente tenía la primera sesión con la Doctora J desde que se había marchado de vacaciones. Como siempre que una relación se interrumpe, sentía una extraña torpeza y timidez al pensar que tendría que pasar de cero a cien con una mujer a la que nueve meses antes no conocía de nada y que, sin embargo, sabía más cosas de mí que ninguna otra persona en el mundo.

Me desperté, como de costumbre, una hora antes de que sonara el despertador, y nada más abrir los ojos me invadió una terrible inquietud. ¿Cuál de sus dos caras mostraría tras las vacaciones: la de la freudiana muda e imponente que conocí en los comienzos, o la de la Doctora J proclive a las provocaciones e intervenciones cáusticas que me dejaban con la boca abierta de las últimas semanas?

—Pase, por favor —me dijo al entrar.

Advertí, con sorpresa, que sentía el deseo de abrazarla, pero no lo hice. Me limité a esbozar una irónica sonrisa. Ella jamás introducía la menor variación en la fórmula de recibimiento. Calculé mentalmente que a esas alturas me habría dicho «Ya puede pasar» más de ochenta veces. Jamás «Hola, pase, pase» ni «Buenos días, siéntese» o «Buenas tarde, ¿cómo está?». Siempre el mismo «Ya puede pasar».

La envolvía un aire posvacacional inconfundible y lucía un bronceado saludable, pero mostraba una expresión bastante sombría en el rostro que hacía juego con el oscuro y sobrio traje de pantalón.

—Estoy un poco ansiosa —dije nada más tumbarme. Ella no respondió. ¿Acaso volvía a dominar su lado de freudiana silenciosa, o simplemente se encontraba a la espera?

Pasado un rato, me aventuré a lanzarle un cumplido.

—Me he fijado en que tiene un bonito bronceado.

—Humm —fue la respuesta que siguió a la habitual pausa y, supuse, la habitual mirada al techo.

Yo había olvidado lo raro que resultaba todo aquel proceso. Durante el mes que ella había pasado fuera, su ausencia sólo había sido física. La Doctora J se había instalado en mi cabeza. Pero la versión de ella que yo había interiorizado era más transparente y previsible que en la realidad.

Sonaba el discreto tic-tac del reloj. Me di cuenta de que estaba mordiéndome las cutículas de los pulgares. El silencio volvía a ser incómodo, volvía a ser como en enero. No sabía qué decir, así que empecé a divagar y me pasé los primeros veinte minutos de la sesión contándole cosas de Jamaica y del juicio de Tommy Sheridan. Para ilustrarle sobre los progresos que yo creía haber logrado, comparé mi comportamiento en Jamaica —previsor y sensato— con el de Tailandia del año anterior. También le hablé del análisis psicológico que había llevado a cabo en el caso Sheridan.

—Creo que le convendría ver a un buen psicólogo —dije—, pero tiene una coraza demasiado dura. No pasaría de la primera sesión.

Como era de esperar, la Doctora J no replicó: «Fantástico, Lorna. Me encanta ver cómo progresa en su trabajo y en el análisis de otras personas.» A mi espalda se hizo el silencio. A lo mejor la Doctora J era medio reptil y sólo se mostraba activa durante la época de calor. Ahora, tras un caluroso verano, empezaba a notarse la entrada del frío. ¿Acaso estaría preparándose para hibernar?

Respiré hondo y decidí lanzarle una pregunta.

—¿Ha tenido unas buenas vacaciones? —dije acomodándome en el diván, orgullosa de mí misma.

Al cabo de unos segundos, respondió:

—Creo que es más importante averiguar la verdadera motivación de esa pregunta. ¿Qué es lo que en realidad quiere saber?

Yo reflexioné con detenimiento acerca de sus palabras, pero no llegué a ninguna conclusión. Me encogí de hombros y volví a probar:

—¿Quiero saber si ha tenido unas buenas vacaciones?

Tras otra pausa, contestó:

—No acostumbro a tratar cuestiones de mi vida personal porque interfieren con la terapia. Pero dado que es, creo, la primera vez que formula una pregunta personal directa, he decidido responderle: He pasado unas magníficas vacaciones, gracias.

Desconcertada por su mordacidad pero al mismo tiempo alentada por la respuesta, decidí seguir adentrándome en ese territorio inexplorado.

—Estaba preguntándome dónde habría ido. ¿A Italia, tal vez?

Me pareció oír el sonido ahogado de una risa, como si se le hubiera escapado sin querer.

—Como he dicho en otras ocasiones —replicó al cabo de unos segundos—, es usted quien está haciendo terapia, no yo. Resultaría mucho más provechoso que habláramos sobre cómo se ha sentido usted durante las últimas cuatro semanas.

Por unos instantes se impuso un silencio que yo rompí con la confesión de los traspiés que había sufrido en su ausencia y el deseo de que alguna desgracia ajena alegrara mi vida. Ella se mostró extraordinariamente tranquilizadora y me dijo que era un sentimiento humano de lo más natural, un sentimiento cercano a la envidia que todos censuramos y nos negamos a reconocer en nosotros mismos.

—La gente está loca, ¿verdad? —comenté a modo de respuesta.

La Doctora J prescindió de mi comentario y pasó a confundirme con una pregunta de las suyas:

—¿Aún necesita el fracaso ajeno para sentirse a gusto con su propia vida? Había usted progresado en este aspecto. Me pregunto si las dificultades que ha experimentado este último mes guardan relación con el hecho de que llevemos cinco semanas sin vernos.

Yo sonreí hacia el techo, le dije que no creía que la terapia fuese tan importante y le pregunté si conocía la canción de Morrisey «We Hate it When Our Friends Become Sucessful» (No soportamos que nuestros amigos tengan éxito). La verdad es que siempre que había intentado hablar con ella de música me había salido el tiro por la culata, así que en lugar de esperar una respuesta, añadí:

—Hay una viñeta buenísima del *New Yorker*. Aparecen dos perros acicalados y repeinados bebiendo un cóctel en un bar, y uno le dice al otro: «Nuestro éxito no basta. Es necesario el fracaso de los gatos.»

Me eché a reír (me encantaba esa tira cómica). La Doctora J ni siquiera parpadeó. De hecho, por el chirrido de su silla de cuero, deduje que no sólo no le había hecho gracia, sino que además se estaba aburriendo soberanamente.

—Como ya he dicho otras veces, éste no es lugar para chistes —sentenció al fin—. Por lo que veo, quiere emplear la sesión de hoy (tiempo, dinero y los primeros minutos que tenemos para nosotras desde hace un mes) en analizar a un grupo de música y a un dibujante del *New Yorker*.

—Es un cantante —la corregí—. Aunque antes formaba parte de un grupo.

—Un cantante, un grupo, un dibujante..., eso es irrelevante —replicó—. Me refiero a que, por lo visto, de nuevo está usted dispuesta a analizar a cualquiera excepto a usted misma. —Dejó esas palabras suspendidas en el aire durante unos segundos, antes de agregar—: Tácticas y más tácticas de evasión, de resistencia. Lo que sea con tal de distraernos del problema que nos ocupa.

Estaba claro que la semejanza con un reptil había sido precipitada. Aquella mujer era una tigresa.

Con las orejas gachas por el rapapolvo y herida por la humillación, repetí su pregunta y le di una respuesta.

—De acuerdo, lo que hoy nos ocupa es si yo sigo necesitando el fracaso ajeno para sentirme a gusto con mi vida. Pues bien, tengo treinta y cinco años. Casi treinta y seis. Sigo soltera. Vivo en un piso alquilado de mala muerte. Mis intentos por subirme al tren de la propiedad han sido un fracaso. Los idiotas de mis vecinos de arriba creen que jugar al fútbol en casa a las dos de la mañana es lo más normal del mundo. Mi círculo de amigos solteros está en proceso de extinción. Casi todo el mundo, por no decir todo el mundo que conozco está sentando la cabeza, teniendo niños o cambiando de continente o de trabajo. A todos les va la vida a las mil maravillas. Y yo estoy estancada. Sometida a una terapia. Endeudada hasta el cuello para pagarla. Puede que ahora sepa que no soy la persona fuerte y segura que creía que era, pero ¿de qué me ha servido? Probablemente lo he echado todo a perder con David, que era un encanto. Así que la verdad es que sí, que siento cierta sensación de placer cuando oigo que a alguien, sobre todo si es alguien fatuo y engreído, se le han torcido un poco las cosas. Es humano, usted lo ha dicho. Pero inmediatamente después, porque me han educado así, no puedo evitar sentir un terrible remordimiento de conciencia por abrigar malos sentimientos. —Extendí las manos como diciendo: «¿No es lo que querías? Pues ahí lo tienes. Ahora te jodes y lo analizas.»

—Humm. Todo muy interesante y aparentemente sincero —comentó la Doctora J—, pero ése no es el tema. Esta mañana me recuerda usted a la gente que hace lo imposible por entretenerse ha-

271

blando del tiempo, del paisaje o de la primera trivialidad que se le ocurre, pero que es incapaz de ir al grano. ¿Sabe a qué me refiero? Al tipo de personas que cantan cuando se enfadan o que se ponen a limpiar la casa para reprimir sus sentimientos. Esta mañana me recuerda usted a esa clase de personas.

Yo no sabía si romper a reír o a llorar.

—Estoy perdida, estoy muy confundida. ¿Qué me pasa realmente, como usted dice? Porque yo sinceramente no sé qué pretende.

La Doctora J guardó silencio durante lo que debió de ser un minuto entero.

—Eso resulta profundamente decepcionante. El tema central es, por supuesto, cómo se ha sentido respecto a mi ausencia. ¿Ha echado de menos la terapia? ¿Ha echado de menos nuestro espacio común?

Me quedé tan atónita que apenas podía articular palabra.

—No puedo creer que me pregunte eso —logré decir al fin—. Me ha insistido una y otra vez en que es mi terapia, no la suya. Sin embargo, ahora quiere saber si he echado de menos la terapia, que es lo mismo que preguntar si la he echado de menos a usted —argüí meneando la cabeza de pura perplejidad.

—Es su terapia, en efecto. Precisamente por eso resulta decepcionante que yo tenga que explicarle cuál es el tema crucial. Llevamos una buena temporada trabajando juntas. ¿Cuánto tiempo? Ocho o nueve meses, más o menos. Viene tres veces a la semana, de manera que las sesiones ya forman parte de su vida. Dos personas recluidas en una relación íntima, o que al menos aspira a serlo. Llevamos un mes sin vernos y usted quiere hablar de lo que sea, de cualquier cosa (cantantes, políticos, turismo sexual, dibujantes) con tal de no hablar de cómo se ha sentido durante ese tiempo. Esa vida tan ajetreada que lleva está llena de acción y aventura, pero no ha pronunciado ni una sola palabra sobre sus sentimientos. Ah, y luego está el personaje de David. La última vez que nos vimos, estaba a punto de convertirse en poco menos que en el amor de su vida. En La Persona. Y ahora pasa usted por ese tema como de puntillas, se limita a decir que lo ha echado todo a perder y ya está. Ni una sola palabra sobre él ni sobre cómo se siente usted respecto a ese tema.

Crucé los brazos y escondí las manos en las axilas. Tras unos instantes de silencio, pasé por alto su último comentario y le pregunté algo que realmente me interesaba saber:

—Y usted ¿me ha echado de menos? —Intenté disimular mi irritación, pero la voz me delató.

La Doctora J tragó saliva antes de responder con serenidad:

—Como he dicho antes, no estamos aquí para analizar mis sentimientos. Son los sentimientos de usted los que intentamos explorar, en concreto sus conflictos con las relaciones, el abandono y el rechazo. Y, después de todo lo que hemos trabajado, sinceramente espero que lo que usted siente no dependa de lo que siento yo. ¿Acaso necesita que yo diga que la he echado de menos para poder manifestar que usted me ha echado de menos a mí? Dicho de otra manera, ¿sólo se siente capaz de decirme que me ha echado de menos si yo lo digo primero? Si yo dijera, Lorna, ¿quiere un abrazo? ¿Usted caería a mis pies y me diría, sí, por favor, es lo que siempre he deseado de usted? ¿Es que el otro tiene siempre que dar el primer paso, después de todo este tiempo?

Yo parpadeé con rapidez para frenar las lágrimas que me habían inundado los ojos y a continuación cogí un Kleenex para limpiarme las que se habían escapado.

—¿Por qué no da voz a sus lágrimas? —me instó.

Rascándome con gesto nervioso la piel que rodeaba la uña de mi dedo pulgar, hice precisamente lo que me pidió:

—Es que a veces todo esto me resulta demasiado frustrante. A veces usted me resulta demasiado frustrante. A veces me saca tanto de quicio que casi la odio. Cuando vengo aquí suelo sentirme bien. Mejor que nunca. De hecho vengo con ganas. Pero usted siempre encuentra algo nuevo, otro punto débil, y cuando me voy me siento miserable. Tengo la sensación de que haga lo que haga o diga lo que diga, siempre le encuentra algún defecto. Tengo la sensación de que es imposible complacerla. De que con usted es imposible ganar.

—Bueno —dijo con un tinte de satisfacción en la voz—, eso está mucho mejor. No es una descripción de la experiencia de otro ni un razonamiento intelectual. Son sus sentimientos. Sin más. Su experiencia emocional. Magnífico. Sería mejor aún si no necesitara comedir sus sentimientos, por no mencionar que resulta bastante decepcionante que todavía intente complacerme y conciba todo esto como una competición. Aquí no se viene a ganar o a perder. Esto no es un juego. Pero ya ha dado un paso, así que ahora, retomemos el tema: ¿cómo se ha sentido en mi ausencia?

—¿Quiere saber la verdad?

Su suspiro me indicó que no tenía la menor intención de responder a una pregunta tan estúpidamente superflua.

—La verdad es que no sé si la he echado de menos. He procurado mantenerme muy ocupada, como siempre, tal vez para evitar echarla de menos. Pero, al mismo tiempo, ha removido y ha revuelto tantas cosas en mi interior que tengo la sensación de que siempre está usted ahí, de que es una presencia permanente posada en el hombro o instalada en el interior de mi cabeza. Tengo la impresión de que siempre me acompaña, cuestionando todo lo que hago y lo que digo.

—Humm —murmuró—. Es casi la hora, pero hay otra cosa que no ha mencionado y que me interesa saber. ¿Ha pensado en la pregunta que le hice en la última sesión sobre qué quiere de la vida?

No añadió «¿O sus múltiples ocupaciones tampoco le han permitido pensar en ello?», pero me dio la clara impresión de que lo estaba insinuando.

—He estado reflexionando y...

—Lo lamento —me interrumpió—, pero se nos ha acabado el tiempo. —Lo dijo con un tono áspero que yo interpreté como: «En la próxima sesión, piénsatelo dos veces antes de perder los primeros treinta minutos (un tiempo precioso, finito e irrecuperable, recuérdalo) en una orgía de trivialidades y evasivas.»

«Zorra», masculló mientras bajaba las escaleras. Pero sabía que ella tenía razón. Como siempre.

—Por qué no salimos a bailar este fin de semana —propuso Katy.

Yo, que nunca he sido animal de discotecas, acepté con la condición de que fuéramos a algún sitio de la vieja escuela donde pincharan canciones de Abba y Sister Sledge. El sábado, Katy, Rachel y yo (Emily estaba en su burbuja de amor) fuimos a cenar a un café bar llamado Stravaigin y luego al OranMor, un local situado en el sótano de una antigua iglesia del West End.

De camino al bar me encontré a un amigo de Johnnie que me dijo que mi ex acababa de casarse. Muchas veces me había preguntado cómo reaccionaría yo ante esa noticia, sobre todo porque, un par de años antes, bajo los ambiguos auspicios de la labor periodística, me había puesto en contacto con él.

Por aquel entonces estaba trabajando en un artículo sobre la excitante tentación de ponerse en contacto con amantes del pasado y el peso del primer amor, inspirándome en la página web de Friends Reunited y en una montaña de libros sobre el tema. Eso me proporcionó la excusa perfecta para llamar a Johnnie y pedirle su opinión sobre por qué rompimos. Aunque en su momento no lo comprendí, ahora me doy cuenta de que el hecho de que yo necesitara saberlo era un síntoma claro de que no había pasado página. Él me escribió una carta larguísima y asombrosamente sincera contándome que a menudo pensaba en los años que pasamos juntos como en una especie de «época dorada», y se disculpaba con toda su alma por lo que había hecho. Sin embargo, añadía en la carta, todos los errores y las meteduras de pata forman parte del hecho de estar vivo. Cuando estábamos juntos, decía, él era inmaduro y egoísta y yo era como una niña pequeña. También me contaba que había conocido a una mujer a la que quería mucho. Yo pensé en los ocho años que había pasado con él y los seis que había tardado en superarlo. Había sido el primer amor de mi vida. Me eché a reír al acordarme de las locuras que hicimos juntos, de los viajes por Europa en bicicleta, de todos nuestros esfuerzos por dar a conocer su grupo de música. Éramos como niños.

Ahora, mientras la canción de Chaka Khan «I'm Every Woman» hacía saltar a Katy a la pista de baile, me sorprendió comprobar que la noticia no me había producido más que placer y una inmensa alegría por Johnnie.

Tras varias horas meneando las caderas y exhibiendo nuestras habilidades sobre la pista de baile, nos fuimos a casa de Katy con Stephen, un chico con el que se había puesto a flirtear al final de la noche, y un par de amigos suyos con atractivo cercano a cero pero muy divertidos. Alguien, y estoy casi segura de que fue Katy, propuso que jugáramos a «verdad o prenda», ese juego que adoran los adolescentes y los adultos que de vez en cuando se comportan como adolescentes. Seguimos con el vino y el vodka y, después de las típicas preguntas y retos inocentes, Stephen elevó la temperatura del juego desafiando a Katy a quedarse en ropa interior y dar una vuelta corriendo alrededor del edificio.

Ella accedió a hacerlo con la condición de que fuera en su jardín secreto, cosa que yo interpreté como una especie de eufemismo sexual hasta que cogió un manojo de llaves y nos invitó a seguirla. Katy vive en un piso precioso en un rincón elegante y arbolado del West End llamado Hyndland. Detrás de la fila de bloques, se oculta un jardín privado rodeado de árboles y arbustos al que sólo tienen acceso los residentes y sus invitados. Yo sabía que existía, pero nunca había entrado. Rachel, Stephen, sus dos amigos y yo seguimos a Katy con la botella de vodka en la mano. Al verme allí, aspirando el aroma de la hierba y el aire fresco de la madrugada —debían de ser cerca de las cuatro—, me pregunté qué demonios habría pensado la Doctora J de todo aquello.

Katy, que a esas alturas ya parecía creerse la estrella de un *show* nocturno, nos lanzó un guiño lascivo antes de deleitarnos con un erótico *striptease* en el que fue despojándose poco a poco de toda la ropa y arrojándola al aire por encima del hombro. Cuando sólo le quedaban las bragas y los zapatos de plataforma puestos, empezó a correr por el perímetro del jardín agitando los brazos en el aire y gritando «¡Yuju!». Aunque de vez en cuando la perdíamos de vista, en ningún momento dejamos de oírla.

Nosotros la jaleábamos entre risas y gestos de incredulidad. Cuando se dirigía hacia la casa, se oyó un sonido similar al crujido de una rama seguido de un grito.

—¡Ay, joder! Socorrooooo. Creo que me he torcido el tobillo.

Todos echamos a correr hacia ella. Stephen la llevó a casa en brazos mientras los demás recuperábamos las prendas de ropa repartidas por los arbustos. Katy se retorcía de dolor, pero insistió en que se encontraba bien y no quiso ir al hospital. De todas formas, nosotros decidimos que era hora de marcharse y cada cual se fue a su casa. O eso creí yo.

A la mañana siguiente, Katy me llamó y me dijo que tenía el tobillo morado y del tamaño de la pata de un elefante.

—Pero si ayer dijiste que te encontrabas bien. —Antes de darle oportunidad de responder, confesé llena de culpabilidad que días atrás yo había deseado que a alguien le sucediera una desgracia—. Pero obviamente no pensaba en algo tan grave como esto.

—Lorna —repuso ella tras un suspiro—, sé que todavía te cuesta aceptar el hecho de que eres una simple mortal y el mundo no gira a tu alrededor. Si tienes algún pensamiento malo y sucede algo malo, no hay prácticamente ninguna puñetera probabilidad de que tenga que ver contigo. No eres tan poderosa ni tan importante. Los humanos, todos los humanos, albergan de vez en cuando pensamientos retorcidos, abominables, egoístas, estúpidos, infantiles u obsesivos. Incluidas las personas buenas, como tu madre y tu padre. Hasta los curas y las monjas. Lo que pasa es que ellos los reprimen tanto que probablemente ni siquiera son conscientes de tenerlos. Je, je. Sólo es preocupante cuando actúas en función de ellos o crees que existe una relación entre un suceso como mi pie roto y uno de tus malos pensamientos. Así que cállate la boca porque estamos hablando de mi pie, no de ti. Ayer no me dolía tanto, pero ahora ya me ha bajado el alcohol. Además, Stephen y yo estuvimos... Bueno, ya me entiendes, estuvimos ocupados..., así que no volví a pensar en el pie. Pero ahora creo que debería ir a urgencias. Creo que me lo he roto.

—Así que ¿estuviste... eh... alternando con alguien toda la noche con un pie roto colgando de la cama? —comenté entre risas.

—Calla —contestó Katy—. ¿Puedes llevarme, por favor? No puedo conducir. —Me dijo que había llamado a Louise para pedirle a Scott que le echara un vistazo, pero había olvidado que se habían marchado de fin de semana.

—Ay, Katy, no sé si puedo. Porque y si... bueno... ya me entiendes. ¿Y si David está trabajando?

—¿Cómo dices? —preguntó.

—Ya ha vuelto. ¿Y si hoy está trabajando?

—Lorna, estoy diciéndote que creo que me he roto el pie. Por favor..., no puedo conducir, no puedo caminar. Me importa un bledo quién esté trabajando.

—Vale, vale, lo siento. Paso a recogerte dentro de diez minutos.

Al cabo de media hora (había estado dudando entre ponerme un vestidito negro, un vestido de verano o unos vaqueros y una camiseta, así que me probé los tres modelos unas veinte veces antes de decidirme por el primero), pasé a buscar a Katy por su casa.

Mientras la ayudaba a subir al coche —cojeaba y estaba resacosa—, me lanzó una mirada de desaprobación.

—¿Por qué has tardado tanto?

—El tráfico —mentí.

Me fulminó enarcando una ceja.

—Ajá. ¿Y se puede saber qué demonios es lo que llevas puesto?

—¿Qué le pasa? —pregunté, ofendida.

—Es un vestido precioso —dijo meneando la cabeza—. Para una fiesta de gala. Pero vamos al maldito servicio de urgencias un domingo por la tarde, donde sólo encontraremos borrachos, colgados y vagabundos. No puedes llevar un vestidito negro como ése. Tienes una pinta ridícula.

Katy entornó la mirada con gesto de desesperación y me hizo sentir tan incómoda que volvimos a mi casa para que pudiera ponerme los vaqueros y la camiseta.

Aparqué todo lo cerca que pude del servicio de urgencias y ayudé a Katy a salir del coche. Cuando nos acercamos a la puerta, tuve que detenerme.

—Lo siento, Katy. Se me ha acelerado el pulso y tengo palpitaciones. Voy a tener que hacer unos ejercicios de respiración de yoga.

—No me jodas, Lorna, ni hablar. Estoy muriéndome —protestó Katy renqueando hacia la puerta.

Justo cuando estábamos a punto de entrar, un coche —que después supimos que era robado— llegó a tanta velocidad que estuvo a punto de atropellarnos al derrapar frente a la puerta y detenerse con gran estrépito. Tres chicos jóvenes vestidos con chándal, gorras de Burberry y cargados de adornos de oro —collares y un anillo de tomo y lomo prácticamente en cada dedo— abrieron las puertas y mantuvieron una frenética pero apasionada conversación sobre quién debía entrar en el hospital con *Killer*, un pit bull terrier herido.

—El perro es mío y lo quiero más que a mi vida —declaró uno.

—Joder, la ha palmado —gritó otro—. ¿*Killer, Killer*? Pienso matar al hijo puta que ha hecho esto.

—Perdonad, chicos —intervine yo con determinación. Me encanta comportarme con determinación—. Esto es un hospital y aquí sólo tratan a seres humanos, no, eh... a animales.

—Cierra la puta boca, putita pija.

—Haz el favor de no emplear esa clase de palabras conmigo —repuse con poca convicción—. Además, da la casualidad de que no soy ninguna pija. Nací en Maryhill, sabéis... Me he limitado a señalar que esto es un hospital, no un...

—Que te jodan. Y cierra el pico, foca fea...

—¿Foca? ¿Me has llamado foca? ¿Y fea?

Todos me ignoraron.

—¿Crees que estoy gorda y que soy fea? —le pregunté a Katy por lo bajo mientras pasaba junto a ellos con la cabeza gacha para resguardarme a toda prisa en el recinto relativamente seguro de la sala de espera. Katy asintió y sonrió con malicia mientras me seguía cojeando.

La sala de espera estaba abarrotada. Los tres vándalos, que pertenecían a la clase de individuos conocidos en Glasgow como «ned» (delincuentes sin educación), se abrieron paso a empujones, abordaron a una enfermera en prácticas, que los miró aterrorizada a pesar de encontrarse al otro lado del panel de metacrilato, y le dijeron que alguien había atropellado a *Killer*. Ella les explicó lentamente, como si hablara con un niño de dos años que se hubiera perdido, que un hospital era un lugar donde se atendía a personas heridas y les sugirió que llevaran a *Killer* a un veterinario o una clínica de animales.

—Cúralo o te juro por mi madre que te denuncio.

«Nadie ve esta cara de la vida en los hospitales», me dije, preguntándome si a Kamal podría interesarle un artículo sobre el tema.

Una media hora más tarde, después de que los guardias de seguridad tuvieran que sacar por la fuerza a los tres chicos y al perro, una encantadora enfermera atendió a Katy (acompañada por mí). Katy le explicó, quizá con un lujo de detalles mayor del estrictamente necesario, lo mucho que había bebido la noche anterior y la historia del incidente jugando a «verdad o prenda». La enfermera le examinó el tobillo y le dijo que sería necesario hacer una radiografía. Mientras nos acompañaba de nuevo hacia la sala de espera, anunció:

—Os atenderá el doctor Mackenzie. —Y luego, guiñando un ojo, añadió—: Esperad y veréis. —Katy y yo nos miramos, y no pude contener un pequeño gritito.

La siguiente hora me la pasé caminando de un lado a otro de la sala de espera como si estuviera esperando a que me informaran de la suerte que había corrido algún ser querido o algún perro asesino. Me mordí las uñas, hice ejercicios de respiración de yoga... Hasta que en un momento dado, dije:

—Voy al bar a comprar un paquete de tabaco.

—Pero si tú no fumas.

—Pues voy a tener que empezar.

Pero luego me di cuenta de que no podía irme por si acaso la llamaban mientras yo estaba ausente. De vez en cuando, soltaba un inmenso resoplido y decía: «Por el amor de Dios, estoy como un puñetero flan...»

De pronto, como un bello milagro de la naturaleza y enfundado en un verde traje de quirófano, apareció tras las puertas abatibles y pronunció el nombre de Katy.

Sintiéndome ligeramente indispuesta, comencé a emitir gorgoritos incontrolables:

—Ay, Dios mío, me mareo, me mareo, voy a desmayarme, Katy, ayúdame, ayúdame, por favor —murmuraba mientras la ayudaba a caminar hacia él.

Él nos miró desconcertado mientras mordía el tapón de un boli. Su entrecejo fruncido se relajó rápidamente hasta convertirse en una amplia sonrisa, cargada todavía de cierta perplejidad.

—Hey, ¿cómo estás? —dijo mirándome, y enseguida añadió—: Katy. Yo no..., claro..., no he reconocido el apellido. ¿Qué te ha pasado?

El corazón me palpitaba tan fuerte que temía que él pudiera oírlo o verlo latir a través de mi camiseta.

—Hey..., humm..., bien, gracias —tartamudeé, intentando ocultar al menos una parte de mi excitación—. Bien, muy bien. Pero Katy, eh..., estaba bailando y bebiendo vodka y corriendo desnuda por su jardín secreto y se cayó y ahora le duele mucho el pie —le dije entregándole con suavidad a mi amiga en los brazos para salir corriendo de allí.

Me compré un paquete de Marlboro Light de diez cigarros, me senté en el coche y me fumé tres de un tirón. Era la segunda vez en mi vida que fumaba desde que la crisis de mi familia me hizo caer en el tabaco siendo todavía menor. (La primera fue cuando Johnnie me dejó y me fumé un paquete de diez de una sentada.)

Al cabo de media hora, Katy salió de urgencias con muletas, el pie escayolado y una sonrisa de oreja a oreja.

—Ha sido tan encantador conmigo —dijo en un tono soñador.

—¡Cállate! ¿Te ha puesto la escayola él? —le pregunté—. Te ha estado tocando el pie, el tobillo y...

—Humm humm... —asintió—. Ha sido genial. El dolor desapareció en cuanto él me tocó. Tiene unas manos prodigiosas, y unos antebrazos..., y un don de gentes...

—¿Quieres hacer el favor de callarte? Déjalo si no quieres que me rompa aquí mismo un pie. Venga, empújame fuera del bordillo. Empújame con todas tus fuerzas.

De camino a casa, le dije a Katy:

—Y una cosa... ¿ha dicho algo... algo de...?, ya me entiendes...

—¿Algo de qué? —preguntó Katy sin entrar en el juego.

—Ya me entiendes.

—No, no entiendo. Suéltalo. Que si ha dicho algo de qué. ¿Del tiempo que tendré que pasar sin trabajar?

—No, ya sabes, que si ha dicho algo de mu... ma..., ya me entiendes, ¡algo de mí!

Katy sonrió.

—Ah, ya veo por dónde vas. ¿Que si dijo algo de ti? Me temo que no, cielo. Estaba demasiado ocupado cuidándome a mí. Además tú le mandaste un e-mail delirante, ¿recuerdas? ¿Qué esperabas que me dijera?: «Oye, ¿Lorna está tan grillada como aparenta por escrito?»

—Entonces, ¿no ha dicho nada?

Katy meneó la cabeza.

Yo intenté fingir que me traía sin cuidado.

—Bueno, pues nada, ¿qué más da? Si en realidad no me gustaba tanto. Quién iba a querer liarse con un médico. Si se creen dioses y tienen complejos mesiánicos. Están siempre tan ocupados salvando la vida de los demás que no tienen tiempo para estar en casa y salvarte a ti. Ja, ja, ja.

Katy me miró de reojo.

—Sí, claro, salir con un médico que está buenísimo sería horrible. Repítetelo unas cuantas veces y a lo mejor hasta empiezas a creértelo.

¿Feliz para siempre?

Octubre

Decirlo es pecado, pero es la verdad:
Te joden bien jodido.

Posé la copa de champán, carraspeé un poco y me dispuse a anunciar una noticia importante.

—Bueno, ya sabéis que hay unos asuntos que estoy intentando arreglar, que ahora mismo soy como un objeto defectuoso —les comenté a mis felicísimos padres.

Era una noche fría y lluviosa de principios de octubre y habíamos salido todos (mis padres, Louise, Scott y Lewis) a cenar en familia para celebrar mi cumpleaños. Nos encontrábamos en Massimo, un restaurante italiano de Bearsden situado a la vuelta de la esquina de casa de mis padres.

—Bueno, no es fácil deciros esto pero, al parecer, toda la culpa es vuestra. Mi psicóloga se ha destapado y lo ha dicho.

Ellos me dirigieron una mirada de perplejidad, así que yo aporté más detalles sin apenas derrochar palabras.

—Lewis, tápate los oídos. En palabras de Philip Larkin: «Te joden bien jodido, tus padres. Tal vez no lo hagan a propósito, pero lo hacen. Proyectan en ti todas sus carencias, y añaden algunas nuevas, sólo para ti.»

—Bueno —dijo Louise mientras cerraba la carta en un vano intento por cambiar de tema—. ¿Ya sabéis todos qué queréis?

—¿Qué queremos desde el punto de vista existencial o para comer? —pregunté.

Louise lanzó una mirada de resignación hacia el techo y sacudió la cabeza en silencio. Yo sonreí con malicia a Lewis y continué, inasequible al desaliento, dictando el veredicto de mis padres:

—No es algo intencionado y no tenéis por qué torturaros por esto, porque sé que lo habéis hecho lo mejor que sabíais y que ser padres es la cosa más difícil del mundo. Sólo digo que como vosotros no os sometisteis a una terapia psicoanalítica a fondo para deshacer los nudos de vuestra infancia, todos los conflictos abiertos que flotaban en vuestro inconsciente sin que vosotros os dierais cuenta, toda esa locura me la habéis transmitido a mí. ¡Yo estoy loca por vuestra culpa! —exclamé llena de satisfacción, como el gato que entrega a su dueño un ratón muerto como regalo—. Ah —añadí en el último momento—, y también por culpa de Louise. —Levanté mi copa de champán y tomé otro trago.

Mi padre apartó de forma momentánea los ojos de su querido nieto y me lanzó una mirada de curiosidad, como si al menos estuviera dispuesto a contemplar la posibilidad de que hubiera algo de cierto en mis palabras. Mi madre, sin embargo, meneó la cabeza.

—Jovencita, necesitas un hombre ya —dijo.

—Lo estoy intentando, mamá, con todas mis fuerzas —respondí agitando con desparpajo la copa de champán—. Pero está resultándome muy difícil por culpa de todos estos temas. Teniendo en cuenta que vosotros dos tenéis gran parte de responsabilidad porque no sólo fuisteis unos padres constructivos, sino también destructivos, aunque fuera sin querer, a lo mejor podríais ayudarme a pagar el crédito que he pedido para costear la terapia.

—Cállate ya, Lorna —me espetó Louise desde el otro lado de la mesa—. No sé si pretendes ser graciosa o ingeniosa, pero sea lo que sea no lo estás consiguiendo.

—Cállate tú —repliqué—. Sólo estoy diciendo lo que pienso. Los psicólogos no paráis de repetir lo reticentes que nos mostramos las personas a aceptar un relato fiel de nosotros mismos y de nuestra infancia. Que nos empeñamos en contemplar el pasado y el reflejo que vemos en el espejo (no sólo el físico, sino el psicológico) a través de un prisma distorsionado. Deberías sentirte orgullosa de mí.

—No es necesario compartir con el grupo, por llamarlo así, todo lo que te pasa por la cabeza o todo lo que surge en la terapia —repuso Louise con vehemencia.

—Y no lo hago —le aseguré—. Hay muchas cosas que me reservo para mí. Montones. He reflexionado mucho sobre las cuestiones que estoy preparada para compartir con el grupo, como tú dices. Simplemente creo que todo esto de la transferencia transgeneracional de las tendencias neuróticas es muy interesante, ¿no te parece, Lewis?

Mi sobrino me lanzó una pedorreta —y no una de esas tiernas, sino apretando los labios con mucha fuerza— que en el lenguaje de los bebés debe de significar algo así como: «Que te zurzan, a mí no me metas en tus asuntos.»

Aunque era mi cumpleaños, el rey Lewis había elegido el lugar porque quería «tar con Lusi». Lucy era una atractiva estudiante de derecho que trabajaba a tiempo parcial en Massimo y con quien Lewis, a pesar de sus dos años y medio de edad, parecía haber tenido un flechazo. Cada vez que la ve se abalanza sobre ella a darle un abrazo y un beso, y se sonroja cuando ella le da un chupa-chups morado y le dice que es el niño más bonito del mundo. «Seguro que les dice lo mismo a todos los niños para que los padres y los abuelos que babean con ellos dejen una propina generosa», se me ocurrió insinuar la primera vez que lo dijo, un comentario con el que me gané la antipatía de los padres y los abuelos que babean con Lewis (que siempre dejan una propina más que generosa) y críticas muy duras a mi sagacidad. Siempre que es el cumpleaños de alguien de la familia y preguntamos «¿Adónde vamos?», Lewis responde inmediatamente «Masmo. Lewis ta con Lusi». Y para ahorrarnos las lágrimas, allí es donde acabamos siempre. Pero no me estoy quejando. Lewis tiene muy buen gusto. En Massimo hacen una pizza cuatro quesos deliciosa y Lucy es un verdadero encanto.

Como respuesta a la macarra reacción de Lewis, sus abuelos estallaron en carcajadas antes de que cada uno le plantara un beso gigante en la mejilla. El niño, por supuesto, estaba sentado entre ellos. Él miró a uno, luego al otro, sonrió y lanzó una pedorreta más grande aún, «¡Brrrrrrr!», y luego otra más, ambas en mi dirección. En esa ocasión sospeché que estaba diciendo algo así como: «Tía Lorna, no me agües la fiesta, te lo advierto. Y no intentes quitarme protagonismo hablando de la transferencia transgeneracional de las tendencias neuróticas. Es un tema que no interesa a nadie porque es un rollo patatero. Y no se te ocurra echarles la culpa a mis maravillosos abuelitos, que en el ocaso de sus vidas han alcanzado un estado sublime de gracia (gracias a mí), sólo porque eres incapaz de encontrar novio. Puede que sea tu cumpleaños, pero no por eso deja de ser mi noche. Basta con que diga una palabra, cuente hasta diez, haga una pedorreta o cante los cinco lobitos para atraer todas las miradas hacia mí entre besos, achuchones y una gran ovación. Todos me admiran, así que no tienes nada que hacer. Ha llegado un tipo nuevo a la familia. Más vale que vayas acostumbrándote.»

—Bueno —dijo Scott—, ¿qué sientes ahora que ya has cruzado el ecuador de la treintena?

Decidí no tomármelo a mal y respondí que me sentía bien. Y era cierto. Recordé cómo estaba el año anterior por esa misma época: anegada en lágrimas en el aeropuerto, abatida por la sugerencia de mi médico de cabecera de que siguiera tomando Prozac un par de años más, mi ridículo comportamiento con Christian. La escalofriante sensación de vergüenza y desconcierto que se había apoderado de mí dio paso rápidamente a un gran alivio.

—Muy bien, de hecho me siento muy bien. Durante este último año he aprendido más que en los treinta y cinco anteriores. Puede que mi desarrollo haya padecido cierto retraso y que esté creciendo más tarde de lo normal, pero con un poco de suerte, cuando salga de ésta, ya habré pasado la crisis de los cuarenta.

—Vale —dijo Louise fulminándome con la mirada—. Y ahora, por favor, ¿podemos pedir?

Después de eternas deliberaciones, decidimos compartir una selección de entrantes y pedir los mismos platos que solíamos pedir desde que abrieron el restaurante, acompañados con una botella de vino tinto y otra de blanco. Luego abrí las tarjetas de felicitación y los regalos, que tuvieron el inesperado efecto de que me viera obligada a disculparme para ir al servicio.

Me encerré en uno de los cubículos y respiré hondo para intentar contener el llanto. Normalmente, a pesar de tener la lágrima fácil, no me afectan los empalagosos sentimentalismos de las tarjetas de cumpleaños, pero esa noche, por alguna razón, las palabras de mi madre fueron directamente a mis hipersensibles lacrimales. «Para nuestra maravillosa hija, con amor, mamá y papá.»

¿Cómo salda uno la deuda con sus padres? ¿Cómo demuestra

el agradecimiento que siente hacia las personas que, si eres afortunado, te han apoyado siempre? ¿A esas personas que, por un extraño capricho de la biología, se muestran ciegas ante tus defectos? ¿O que, incluso cuando los ven, cuando son tan claros y evidentes que resulta imposible no verlos, los perdonan y aceptan de forma incondicional? Yo estaba dirigiendo esas preguntas en silencio a la pared, pero fue mi Doctora J interior la que me proporcionó una vez más respuesta, la misma que me daba cada vez que analizaba este misterio con ella: «Los ves como son y los perdonas.»

Ésa era otra de las muchas ironías curiosas que había descubierto en la terapia: al final acabas reconociendo los defectos de tus padres, reconoces que han contribuido a los tuyos y terminas queriéndolos más aún. Vivimos en una cultura donde criticar a los padres se considera un pecado. La sola idea de sentir rabia hacia ellos (a menos que hayan hecho algo que convierta tu biografía en un drama) se percibe como un hecho despreciable de ingratitud. En la época pre-Doctora J, yo también lo pensaba. Pagar así a las personas que te han creado y te han cuidado, que darían su vida para protegerte, que han sacrificado sus sueños por ti, e incluso pensar, ya no digo decirles «Oye, me habéis hecho polvo», a mí me parecía..., no sé..., casi como acusarles de ser criminales de guerra o colaboradores del régimen nazi. Durante los primeros meses de terapia, yo no me permitía albergar ningún pensamiento negativo o crítico sobre mis padres. Para mí sentir rabia contra las personas a las que quería no sólo era incorrecto, sino aborrecible.

Y en un primer momento, cuando la Doctora J sugirió que reconociera la rabia, que intentara verlos como eran y perdonarlos, yo me revolví como gato panza arriba.

—¿Perdonarlos? —protesté prácticamente a gritos—. No hay nada por lo que tenga que perdonarlos. Les debo la vida. Lo han sacrificado todo por nosotras. En todo caso son ellos los que deberían perdonarme a mí por todo lo que les he hecho pasar en estos años. Han aguantado altibajos de todo tipo, crisis profesionales a mansalva, me han prestado dinero para pagar toda clase de cursillos mientras yo intentaba averiguar qué quería hacer con mi vida, me aceptaron de nuevo en casa cuando me quedé sin dinero para pagar un piso, y asumieron con normalidad que yo hiciera públicos en un periódico mis pecados y mis fracasos. Y eso hablando sólo de las cosas que yo admito.

—Son sus padres —me había dicho ella—. Ellos ya la habrán perdonado todas las pequeñas malas pasadas que les hayas podido jugar. Va con el paquete. Ahora es usted quien ha de perdonarlos. Perdonarlos por ser humanos y no seres perfectos. Por cometer errores.

La Doctora J había sugerido a menudo que mi rechazo a aceptar una visión realista de mis padres era parte de mi problema.

—Sólo los niños creen que sus padres son perfectos y admirables semidioses superiores al resto. Y sólo los niños, y me refiero a niños desde el punto de vista emocional y no de la edad, creen que, a cambio, ellos también tienen que intentar ser perfectos y admirables semidioses superiores al resto. Y sólo ellos esperan que sus parejas, y sus propios hijos, si es que tienen, sean perfectos y superiores al resto. Cuando, en realidad, no existe ningún ser humano que sea un perfecto y admirable semidios superior al resto. Con unas expectativas tan altas, todo el mundo, incluida usted misma, le decepcionará.

Pero después de todos esos meses revisitando, rehabitando y reviviendo mi infancia, poco a poco empecé a comprender el lío mental que había tenido en la cabeza durante el período inicial de mi adolescencia. En todas las relaciones, no sólo de pareja, sino también con jefes, colegas de trabajo e incluso con amigos había proyectado los conflictos provenientes de esa época. Era el drama central de mi vida y, gracias a la Doctora J, empezaba a darme cuenta de que, en muchos aspectos, no había acabado de crecer emocionalmente desde entonces. No pretendo utilizar esto como una explicación ni una justificación de todo, pero sin duda me ayudó a entender muchas cosas, incluidas, por ejemplo, la contradicción entre el temor a las relaciones y el deseo de tener una.

Regresé a la mesa en el momento en que Lucy estaba sirviendo los entrantes.

—¿No es extraño? —dije después de sentarme, mientras me servía un trozo de focaccia y unas aceitunas y regaba la ensalada de tomate y mozzarella con vinagre balsámico.

—¿El qué? —preguntó Louise.

—Todo. Las familias.

Yo sabía que ese comentario exasperaría a Louise. Antes de volver a mudarse a Glasgow había trabajado en uno de los hospitales psiquiátricos más grandes de Londres y gran parte de su trabajo estaba enmarcado en el campo de la terapia de familia. Era, junto a los trastornos de la alimentación, su especialidad. Ella siempre había sostenido, para mi amargura (hasta el día en que lo vi), que todas las familias son en cierto grado disfuncionales, y que todos necesitamos recuperarnos de nuestra infancia. Decía que las personas que se negaban a aceptarlo eran, según su experiencia, las que acababan más hechas polvo.

Scott llevó a Lewis a la cocina abierta del restaurante para que viera trabajar a los cocineros.

—¿Os acordáis de esa época tan difícil que pasamos cuando éramos adolescentes? —les pregunté a Louise y a mis padres—. Bueno, pues quiero que sepáis que os perdono a todos. —Hice una pausa—. Por abandonarme —agregué sonriendo—. Cuando no era más que una niña que necesitaba amor y atención. —Todos me miraron con un gesto ceñudo de perplejidad. Oí la voz de mi Doctora J interior riñéndome por intentar convertir todo aquello en un asunto cómico. Pero es que si no me río, me echo a llorar, le contesté.

Tomé aire y decidí ponerme seria. Nunca habíamos hablado de ese tema en familia. De pronto sentí la imperiosa necesidad de saber cómo lo habían vivido ellos. Cuando les pregunté, mi padre meneó la cabeza y bajó la vista hacia el plato. Mi madre se mordió el labio inferior.

—Como madre —dijo—, lo único que quieres es proteger a tus hijos de cualquier clase de sufrimiento. Ver sufrir a tu hija es..., bueno, no sé cómo decirlo..., es muy difícil. Empiezas a preocuparte por tus hijos desde el instante en que te conviertes en madre y esa preocupación ya no la pierdes jamás.

Yo había querido romper el silencio sobre ese asunto, pero me di cuenta de que no éramos la clase de familia que se sienta a una mesa y habla de los sentimientos reprimidos, el dolor y temas íntimos de esa índole. También fui consciente de que el mero hecho de que yo quisiera sacar algo a la luz no significaba que los demás también quisieran hacerlo. A veces resulta demasiado doloroso remover determinadas cosas. Imaginé a la Doctora J diciendo que si esos temas no interferían en sus vidas, no hacía falta recordarlos y mucho menos forzar a las personas a hacerlo. Louise fue la única que quiso seguir hablando del tema. Dijo que ella cobró conciencia del valor de la vida.

—Era demasiado pequeña en esa época para enterarme de lo que estaba pasando, pero lo comprendí al poco tiempo. Fue por esa razón por la que, por ejemplo, no quise vivir una mentira y seguir con un matrimonio que no funcionaba.

Cuando Scott y Lewis regresaron, yo le dije a Louise que, en la terapia, había descubierto que estaba enfadada con todos ellos sin ni siquiera ser consciente.

—¿No te parece una locura?

—Para nada —me respondió—. Me parece de lo más lógico. A las personas nos aterra nuestra propia ira, y en especial cuando es hacia nuestros familiares. Por eso tendemos a reprimirla. Pero una vez que lo has admitido y lo has entendido y puedes ser más sincero contigo mismo respecto a tus sentimientos, deja de ser un problema.

Mi padre nos rellenó las copas. Yo lo miré. Iba de punta en blanco, como siempre, con su camisa y su corbata. En ese instante recordé algunas sesiones de la terapia en las que había descubierto hasta qué punto me influía mi padre. Que prácticamente todo lo que yo hacía era para complacerle, para intentar obtener su aprobación. Supongo que en mi mente lo concebía más como un Dios que como un ser humano débil y complicado que jamás había tenido padre y que jamás iba a despojarse de su blindaje emocional.

La Doctora J me había preguntado acerca de mis primeros recuerdos, de cómo era él en la vida real y en qué se parecía a mi ideal de padre perfecto. Al principio yo no me acordaba de casi nada, pero la terapia despierta gran cantidad de recuerdos. Mi padre me había enseñado a montar en bicicleta, cosa que yo había olvidado. Y los sábados solía llevarme a la biblioteca Mitchell.

Cuando Lewis volvió a ocupar su sitio entre mis padres, pensé en todas las cosas que no sabía de ellos y que de pronto, de forma imperiosa, deseaba saber.

No sabía, por ejemplo, cómo se habían conocido, ni dónde se casaron, ni si fueron de viaje de novios. No sabía cuál era el trabajo de sus sueños, ni otros sueños que pudieran albergar. Se suponía que yo era una observadora entrenada e interesada en la condición humana. Pero me di cuenta de que precisamente a las dos personas a quienes yo creía conocer a la perfección por el mero hecho de ser mis padres, apenas las conocía. Con esto no quiero decir que uno tenga que conocer los detalles íntimos de la vida de sus padres, pero reconozco que me resultó curioso que hasta hacía poco yo los hubiese concebido simplemente como mi padre y mi madre y no como personas complejas y polifacéticas que desempeñaban papeles diferentes —marido, mujer, hijo, hija, colega de trabajo— en diferentes contextos.

Yo siempre había concebido a mi madre como una persona extrovertida, dicharachera y sociable. Mi padre, sin embargo, es más bien un padre típico, un hombre típico. Tiene ese humor negro y socarrón de los escoceses que a mí me hace mucha gracia pero que otros, entre ellos la Doctora J, tildarían de grosero.

Recuerdo, por ejemplo, cuando Louise y yo éramos adolescentes, que un sábado por la noche estábamos viendo en la tele una entrevista a la humorista Dawn French. Estaba hablando de dónde venía su confianza en sí misma y recordó el día en que tuvo su primera cita. Contó que su padre la miró y le dijo algo así como «Estás preciosa, el chico que logre conquistarte será el hombre más afortunado del mundo», a pesar de que llevaba puesta una minifalda y una camiseta corta con el ombligo al aire y tenía una pinta lamentable. Mi padre nos miró a Louise y a mí, que estábamos revolcándonos y peleándonos en el sofá porque la entrevista nos aburría, y meneó la cabeza. Se echó a reír y dijo: «Los chicos que acaben con vosotras dos serán los más desafortunados del mundo. Probablemente tendré que pagar a alguien para deshacerme de vosotras.» Yo todavía me río cuando lo recuerdo, pero sé perfectamente que a otras personas, sobre todo a gente como la Doctora J, no les hace ninguna gracia. Yo sabía que mi padre presumía de Louise y de mí delante de la gente, pero jamás iba a elogiarnos estando nosotras delante. Sencillamente no va con el carácter escocés.

Justo antes de que nos trajeran el plato principal, mi padre se volvió hacia mí y me dijo:

—He visto que no has publicado nada en el periódico del domingo.

Aunque no empleó un tono acusador, no cabía duda de que estaba insinuando: «¿Qué demonios has estado haciendo toda esta semana?» La vagancia es pecado, ya se sabe, y a estas alturas hay que tener claro que quien no trabaja no come.

Yo había heredado la ética profesional obsesivamente estricta de mi padre.

—Hay semanas buenas y semanas malas cuando trabajas para un dominical —dije a fin de convencerme tanto a mí misma como a mi padre de que mi jefe no estaba a punto de llamarme para comunicarme que ya no requerían mis servicios.

—Lorna, no hagas caso a tu padre —dijo mi madre—. Ya sabes cómo es. ¿Sabes lo que me dijo la otra noche?

—¿Qué? —preguntamos todos a coro mientras mi padre dirigía una sonrisa maliciosa a Lewis antes de concentrarse de nuevo en sus espaguetis a la boloñesa.

—Yo le pregunté: «Owen, ¿te apetece que salgamos a cenar, los dos solos?» ¿Y sabéis qué me respondió?

—¿Qué? —exclamamos todos al unísono.

—Me dijo: «Si ya salimos a cenar hace seis meses.»

Todos nos echamos a reír.

—Pero si es la verdad —protestó mi padre.

Mientras dábamos cuenta del plato principal decidí indagar un poco en la vida de mi padre.

—Papá —dije—, si te dieran a escoger entre todos los trabajos del mundo, ¿cuál elegirías?

Me miró con un gesto característico en él —ceja enarcada con aire sardónico y entrecejo fruncido— mientras enrollaba los espaguetis en el tenedor para llevárselos a la boca.

—A mí me habría gustado ser diseñadora de interiores, yo creo —dijo mi madre—. Ser enfermera me encantaba, no digo que no, pero me gusta hacer cortinas y cojines y cosas de ese tipo. Me habría gustado poder hacer algo un poco más creativo.

—A mí me habría gustado ser monitora de buceo, o trabajar en biología marina —apuntó Louise.

—Y a mí, astronauta —señaló Scott.

Lewis se puso a cantar «Bob el constructor».

—¿Papá? —dije en un intento por atajar el asalto de los intrusos.

Mi padre me lanzó de nuevo la misma mirada antes de murmurar:

—Humm. Lo pensaré.

Yo volví a intentarlo usando mi astucia profesional.

—Papá, ¿cuáles son tus cinco mejores recuerdos? No, mejor otra cosa. Si la casa ardiera en llamas y sólo pudieras llevarte dos cosas, ¿qué te llevarías?

Él meneó la cabeza con un gesto mudo y miró a Lewis como diciéndole: «¿Tú también piensas que tu tía está como una cabra?»

—Papá, ¿cuál es tu filosofía de la vida? —insistí.

Él carraspeó y entonces me incliné sobre la mesa, expectante.

—¿Alguien quiere más vino? —se limitó a decir.

Louise: Ay, ese tema me encanta. A ver, déjame pensar. Creo que en mi caso es vivir siendo sincera conmigo misma y recordar que, hasta en los momentos difíciles en que la vida se pone antipática, un solo día en esta vida es mejor que toda la eternidad que nos espera después. Ah, y por supuesto, intentar no tomarse demasiado en serio a uno mismo.

Mi madre: A mí no me da la cabeza para esas cosas.

Yo, protestando: Pero si eres la más sabia y más inteligente que conozco.

Scott: Mi filosofía es no perder el tiempo hablando durante la sobremesa de cuál es mi filosofía de la vida.

Mi padre soltó una carcajada. Lewis lo imitó.

Yo: ¿Por qué los hombres siempre se hacen los graciosos cuando no quieren responder a una pregunta o cuando se enfrentan al suplicio de intentar expresar sus sentimientos? —Dios, pensé, me estoy convirtiendo en la maldita Doctora J—. Lo siento —proseguí—, ¿qué estaba diciendo? Ah, sí, que los hombres están reprimidos. Guardan sus sentimientos en una caja, los entierran y sólo dejan que afloren cuando están borrachos, drogados o su equipo marca un gol. Proyectan todos sus sentimientos en sus ídolos deportivos. No me fastidies, ¡es demencial! Son capaces de sentir la alegría, la euforia, el sufrimiento o la pérdida de otros, pero no los suyos propios. Yo también era así antes de..., bueno..., de curarme.

Mi padre soltó otra carcajada. Lewis volvió a imitarlo.

—Una última pregunta, papá, y prometo dejarte en paz. ¿Qué es lo más importante que te ha enseñado la vida?

Louise, mi madre y Scott empezaron a hablar a la vez y fue imposible descifrar lo que decía cada cual.

—¿Papá? —insistí yo.

—Creo... —contestó lentamente y mirando al infinito—, creo que la lección más importante que me ha enseñado la vida es que... —Entonces hizo una pausa. Yo estaba al borde de las lágrimas por la intensidad emocional de la situación y la expectación ante lo que mi padre estaba a punto de expresar—. Es que el año que viene recuerde no llevar a mi hija pequeña a cenar por su cumpleaños.

Louise, Scott, mi madre y Lewis estallaron en carcajadas.

Cuando recogieron los platos de la mesa, hice un último intento de interrogar a mis padres.

—Está bien, papá, sólo una pregunta más. La última de la noche. ¿Cómo os conocisteis mamá y tú?

—¿Cómo? —exclamaron los dos al unísono.

—¿Es que nos estás entrevistando? —agregó mi padre.

—No, simplemente no quiero ser una de esas personas que se lamentan de no haberse acercado a su padre a tiempo. No quiero esperar a que sea demasiado tarde y entonces pensar: «Ojalá le hubiera preguntado esto o lo otro. Ojalá lo hubiese conocido mejor...»

Mi padre arrugó la frente una vez más y se mordió el labio.

—¿Acaso sabes algo que yo no sepa? —preguntó.

—Bueno, lo que sé es que antes o después nos tocará a todos y no quiero esperar a ese momento y desperdiciar la oportunidad de decir las cosas importantes a las personas importantes para mí. Estoy segura de que me arrepentiré de muchas cosas, y no quiero añadir más cosas a la lista.

Mi padre bajó la vista hacia el plato.

Y entonces, por primera vez, mis padres me contaron su historia de amor.

—Tu padre estaba en el hospital por un neumotórax espontáneo —explicó mi madre—. Yo tenía veintisiete años. Tu padre era un año mayor. Era la tercera vez que le pasaba porque en esa época era algo habitual en los hombres delgados, algo provocado por una simple tos. Yo trabajaba como enfermera. Tu padre era el único hombre joven en la unidad de enfermedades respiratorias, los demás pacientes eran mayores. Yo trabajaba en el turno de noche y todas las enfermeras solíamos quedarnos de cháchara y tontear con vuestro padre. ¿Os imagináis?

Todos nos echamos a reír.

—Cuando le dieron el alta —prosiguió mi madre—, me envió una carta al hospital, ¿a que sí, Owen?

Mi padre asintió con un tímido gesto.

—Y después siguió escribiéndome.

—¿Papá escribía cartas de amor? —pregunté, como si él no estuviera allí, para comprobar que mis oídos no me engañaban.

Ellos asintieron, e intercambiaron una sonrisa.

—¿En serio?

—En serio —respondieron al unísono.

Miré a mis padres, un abrumador sentimiento de amor se apoderó de mí y acto seguido tuve que volver a excusarme para ir de nuevo al servicio.

Al regresar, pude tachar una cosa de la lista de cosas que quería hacer antes de morir.

—Oh, Dios mío —exclamé mientras tomábamos los cafés y los chupitos—, no os imagináis cuánto os quiero a los dos, papá y mamá, y cuánto os agradezco que hayáis sacrificado vuestros sueños para intentar darnos una vida mejor. Y os perdono por no ser seres perfectos y espero que vosotros también podáis perdonarme a mí, y os pido disculpas si he sido egoísta y os he hecho pasarlo mal alguna vez.

Y, por alguna razón, no me importó lo más mínimo que mi padre respondiera meneando la cabeza, arrugara la frente en un ceñudo gesto de perplejidad y dijera:

—Lorna, haz el favor de dejar de decir tonterías.

A mediados de octubre, decidí que ya no quería seguir tumbándome en el diván. Era una soleada y fría mañana de viernes, el verde de Kelvingrove Park había dejado paso a una gran exuberancia de rojos, naranjas, amarillos y ocres, como si alguien hubiera prendido fuego a todas las hojas caídas. Era una imagen preciosa.

La consulta de la Doctora J estaba tan caldeada y acogedora

como siempre, y llena de aroma a café. Las dos llevábamos un jersey negro de cuello vuelto. Yo, con vaqueros; ella, con unos elegantes pantalones. Cuando le dije que quería sentarme, se le dibujó una leve sonrisa en los labios.

—Como usted prefiera —se limitó a señalar.

Me acomodé en el sillón de cuero y miré por la ventana que se abría a su espalda. Los árboles que alcanzaba a ver a lo lejos se hallaban casi desnudos, una imagen que interpreté como metáfora de lo que me había sucedido a mí en los últimos diez meses.

Permanecimos en silencio, en un silencio cómodo, durante unos minutos.

—Hace unas cuantas sesiones dije que, aunque entendía más cosas sobre mí que cuando empecé, no creía que la terapia me hubiese hecho ningún bien, ¿se acuerda?

Ella asintió.

—Pues bien, no sé por qué lo dije. Usted acababa de regresar de las vacaciones y a lo mejor era una forma retorcida de decirle que la había echado de menos.

Ella sonrió y asintió de nuevo.

—Es extraño —proseguí—, pero me siento en un conflicto permanente de amor-odio hacia usted.

—Es normal —repuso—. En realidad es el conflicto entre afrontar los pensamientos y sentimientos ocultos que la asustan y el impulso de sepultarlos y reprimirlos. Si echa de menos a alguien, asegura que ni siquiera había advertido su ausencia. Lo bueno es que ahora es usted consciente de ese conflicto.

Le hablé del almuerzo familiar y volvimos a tratar el tema de ese período de mi adolescencia y la extraña paradoja de que la rabia me consumiera mucho menos desde que había reconocido su existencia, de la que ni siquiera era consciente. Incluso cuando reflexionaba sobre la terapia, me daba cuenta de que al principio odiaba y, por tanto, ridiculizaba a la Doctora J. Ella era el chivo expiatorio perfecto para dar salida a una ira que yo ni siquiera sabía que sentía. Sin embargo, desde que me había abierto a ella y, sobre todo, desde que había admitido la intensidad de los conflictivos sentimientos hacia mi familia que llevaba reprimiendo desde la infancia, mi relación con ella también había entrado en una nueva fase. Al principio, yo hablaba a borbotones, pero ahora, analizándolo en retrospectiva, me doy cuenta de que no era sino una manera de disfrazar el silencio. La Doctora J era la figura de autoridad y yo quería su aprobación. Entre tanto, ella cuestionaba y ponía en tela de juicio todo, absolutamente todo lo que yo decía, todos los capítulos de mi vida, y de ese modo iba separando mi versión de color de rosa de la realidad. No fue fácil, y a menudo resultaba doloroso, pero ahora que el tiempo se nos acababa sentía que empezaba a mantener una conversación sincera de tú a tú con ella, cosa que, por extraño que parezca, me parecía todo un logro.

A mediados de octubre asistí a una conferencia en Glasgow sobre el terrible problema de los crímenes con arma blanca. A lo largo de los últimos veinte años la tasa de asesinatos había aumentado de manera drástica, convirtiendo a mi entrañable ciudad en una de las más peligrosas del mundo occidental. Acudí a la conferencia con la esperanza de sacar un artículo para el dominical, así que resultó bastante fácil convencerme de que ése era el principal motivo de mi presencia allí. Pero no lo era.

Scott había dejado caer como por casualidad que David pensaba asistir al acto. En los momentos de mayor optimismo, yo quería creer que no había recibido el demencial correo que le había enviado en agosto. Sin embargo, a la vez quería creer, pese a las pruebas que avalaban lo contrario, que yo era una persona realista, y no podía ignorar el hecho de que los e-mails no se desvanecen así como así. Mi e-mail tenía que haber aparecido en su bandeja de entrada. Y podía imaginar qué clase de conclusiones había extraído al leerlo. Pero en todo caso, sostenía mi optimista voz interior: una parrafada delirante, sí, pero que tampoco llegaba a la categoría de chifladura absoluta, no era motivo suficiente para cerrar todas las puertas.

Pese a tener en cuenta las advertencias de la Doctora J sobre mi tendencia a pasar de una obsesión amorosa a la siguiente y a poner en un pedestal a los hombres que me gustaban, era incapaz de dejar de pensar en David. Y no tenía nada que ver con que cumpliera más o menos requisitos de los test de compatibilidad ni nada similar. Sencillamente sentía que había una conexión especial, una química entre nosotros. Seguía pensando que era un firme candidato para el puesto de mi Hombre Ideal, y tal vez incluso La Persona. Pero la idea de coger el teléfono y llamarlo me resultaba impensable. Se supone que son los hombres ideales los que tienen que coger el teléfono y llamarte a ti. En circunstancias ideales es así, por muchas trabas que les pongas.

Lo más parecido a llamarlo que logré hacer fue ponerme en situaciones donde cupiera la posibilidad de que nos encontráramos. El hospital y el incidente del pie de Katy, en teoría, era la situación perfecta, pero verlo con el traje verde me superó. Por otro lado, Katy había rechazado la propuesta de empujarme con todas sus fuerzas fuera de la acera. Ahora, una conferencia de dos horas sobre los crímenes con arma blanca, precedida y seguida por espacios de debate acompañados de té o café, se me presentaba como una oportunidad de oro para que nuestros caminos, en virtud de una forzada casualidad, se cruzaran una vez más.

Al final no fue tanto un encontronazo como una búsqueda entre la multitud de la sala. Al verme, se dirigió hacia mí con el imponente aspecto que exhibía con su traje, camisa y corbata, y me dijo:

—Hey, ¿cómo estás? ¿Hoy has abandonado tu papel de Florence Nightingale?

Mi corazón daba largos y fuertes latidos que esperaba que él no pudiera percibir a través de mi camiseta. No tenía ni pajolera de idea de qué estaba diciéndome. Entonces él aportó algún dato más:

—Lo digo por Katy, tú la llevaste al hospital. En todo caso, ¿cómo tiene el pie?

—Ah, vale. Sí, claro, ya lo pillo. Florence Nightingale, la enfermera. Sí, ja, ja. —«Tierra, trágame», pensé—. Pues nada... —dije desviando la conversación hacia el tema del e-mail después de decidir que lo mejor era hablarlo con él. Tenía que saber si lo había recibido o no. Y, sobre todo, si lo había recibido, por qué no había respondido—. Eh..., ¿te acuerdas del e-mail que te envié? —pregunté con cautela.

—¿Ese que contenía una considerable cantidad de información? —preguntó él frotándose la frente con los dedos.

Mierda. En ese instante me di cuenta de que no tenía ni la menor idea de qué iba a decirle.

—Sí. Bueno, pues... yo..., el caso es que...

Joder. Se supone que soy periodista. Se supone que soy capaz de formular preguntas directas, difíciles y sagaces. «La única pregunta estúpida es aquella que quieres formular pero no formulas», recuerdo que me dijo aquel sabio redactor jefe del *Herald* (él se refería a conferencias de prensa sobre asuntos políticos, no a los intereses de una relación amorosa en potencia, pero era una de esas verdades de Perogrullo que se pueden aplicar a cualquier situación). Aun así, fui incapaz de preguntarle abiertamente por qué no me había respondido. Así que, al final, dije lo primero que se me pasó por la cabeza.

—No quería decir eso —me oí decir.

—No querías decir ¿qué? —respondió él, mirándome con una entrañable sonrisa de perplejidad.

«No quería decir que mi vida era tan maravillosa que no tenía tiempo para relaciones y desde luego no quería decir las cosas que te hicieron pensar que estaba chiflada y te llevaron a no responder», pensé para mis adentros.

Pero en lugar de decírselo, me limité a repetir, tartamudeando y con la vana esperanza de que me leyera la mente y acudiera en mi rescate:

—No quería decir..., bueno..., las cosas que..., no quería decir las cosas que dije sobre...

Él esbozó una leve sonrisa pero no dijo nada. ¿Por qué cuanto mayores y supuestamente más sabios somos, más difíciles nos resultan los asuntos sentimentales?

Como me encontraba en un territorio incómodo, mi cuerpo disfuncional activó el mecanismo de defensa y trató de rescatarme. Consulté el móvil y fingí que tenía una llamada de mi jefe.

—Vaya, mi jefe me está llamando —exclamé, y acto seguido, al caer en la cuenta de que mi teléfono no había sonado, que ni siquiera había vibrado, quise venderle la moto con una explicación convincente, aunque por otra parte del todo innecesaria—. Es que lo tengo silenciado. Por eso no has oído la llamada. Pero no debo ignorar a mi jefe bajo ninguna circunstancia, ja, ja.

¡Aaaaah! Sonreí y le volví la espalda, sintiéndome más torpe que nunca.

Con el teléfono pegado a la oreja, me aparté a un rincón haciendo gestos de asentimiento con la cabeza y diciendo alternativamente «sí» y «sí, claro» a mi inexistente interlocutor.

Cuando me reencontré con él diez minutos después, se hallaba acompañado por un grupo de médicos, unos cuantos periodistas y un par de políticos, todos ellos entregados de lleno a la conversación.

Uno de ellos, ataviado con un traje a rayas, hablaba de «periodismo sensacionalista de la peor especie» y de «escandalosas recreaciones morbosas». Otro, de tez rubicunda, sostenía que los medios tenían el deber y la obligación de mostrar la realidad, y argüía que a veces la táctica del impacto era el método más eficaz para abordar los problemas. Yo alternaba sonrisas y gestos de asentimiento mientras observaba con disimulo a David, cuyas hermosas manos abrazaban una taza de té. Qué afortunada era Katy, pensé sumergida en un estado de ensoñación, por haberse roto el pie y haber gozado de las caricias de esas manos en el pie, y en el tobillo, y luego más arriba, por el interior de los muslos hasta...

Mierda. Todo el mundo estaba mirándome expectante.

—¿Qué? —dije en estado de pánico.

En un tono que sugería que estaba repitiendo algo, David dijo:

—Que qué opinas.

Ay, Dios. Si algo en este mundo puede provocar la aparición de erupciones nerviosas por todo mi cuerpo es que me pregunten mi opinión sobre algo importante delante de un público de intelectuales. Y no ayudaba nada el hecho de no tener la más remota idea del tema sobre el que se suponía que tenía que opinar.

Con el rostro casi en ebullición de puro bochorno, solté una respuesta de la que Salomón se habría sentido orgulloso:

—Sí, estoy totalmente de acuerdo. Con todos. —Luego rematé mi golpe maestro con un también magistral asentimiento a todos los presentes, y me escabullí a la caza de una taza de té y unas galletas.

Antes de marcharse, David me dijo que había sido «muy agradable» verme otra vez. Entonces nos miramos a los ojos un instante y pronunció las palabras mágicas.

—¿Tienes algún plan interesante este fin de semana?

¿Lo preguntaba por decencia y cortesía? ¿Estaba pidiéndome que saliéramos? ¿Me hago la mujer ocupada y aventurera que fingí ser en el e-mail? Podía decirle que iba a escalar una montaña y realizar un descenso de aguas bravas, que después participaría en una carrera ciclista benéfica y salvaría a una ballena antes de irme a dormir. O podía ceñirme a la verdad (iba a tragarme otra colección de dramas televisivos americanos en DVD porque son tan geniales que hacen que, en comparación, tener vida social parezca aburrido). Al final opté por decir:

—Voy a salir con mis amigas.

David me miró a los ojos.

—Pensaba que tal vez, eh... podrías darme tu número de teléfono. Quizá podríamos quedar para tomar algo en algún momento.

Ay, Dios. Tuve que hacer un esfuerzo sobrehumano para contener el gritito que pugnaba por salir de mi garganta. Vale, vale, vale. Aguanta el tipo, guapa, y piensa bien lo que vas a hacer.

De pronto me vino a la cabeza una información que había leído en el periódico esa mañana. Eran diez perfiles de mujeres de treinta y tantos que habían encontrado el amor y daban algunos consejos. Al leerlo, me pregunté qué mujer iba a ser tan estúpida para leer y hacer caso a aquella sarta de tonterías. Al final había un recuadro donde ponía que, con los hombres, lo primordial era adoptar una actitud misteriosa y coqueta a la vez. La regla de oro dictaba que la fórmula infalible para conquistar el corazón de un hombre era mostrarse distante y desinteresada. Ahora, en caliente, no podía creerme que hubiera despreciado tan rápido lo que se revelaba como una valiosísima lección de sabiduría.

—Si quieres mi número —le dije intentando mostrar aplomo y una timidez coqueta a la vez— tendrás que conseguirlo a través de otro.

Él se pasó la mano por el pelo, frunció levemente el entrecejo y dijo:

—Humm, vale, de acuerdo.

Unos días más tarde, hacia finales de octubre, volví a verme mezclada —un grave error por mi parte— con la flor y nata de Glasgow. David no había llamado todavía, pero yo me había propuesto no desesperar y me estaba dedicando a hacer toda clase de actividades. Esa noche me encontraba formando parte de los quinientos invitados a la ceremonia de entrega de los Scottish Style Awards, una glamurosa cena de gala celebrada en los lujosos salones del recién reformado Museo y Galería de Arte Kelvingrove.

Hacia el final de la noche, Rachel y yo nos quedamos charlando con un grupo de periodistas. Al lado teníamos una mesa con unas doce personas. Una mujer con una considerable melopea —que sólo se distinguía de todos los demás que llevaban una melopea similar por su alarmante vestido fucsia modelo tienda de campaña— se acercó dando tumbos.

—Tú escribes esa columna en la revista *Grazia*, ¿no? —me preguntó con mirada acusadora—. La que va sobre una terapia psicológica y todo eso...

Asentí.

—Pues es una vergüenza —replicó con un ligero temblor—. Todas las semanas, cuando la leo... Bah... La verdad es que no sé cómo todavía tienes la desfachatez de aparecer en público.

Se hizo un silencio incómodo. Yo no tengo ningún problema en saludar a mis fans, es más, lo hago encantada, pero nunca he tenido mucha mano izquierda para manejar las situaciones de tensión.

Me pregunté qué haría la Doctora J en esas circunstancias. Si incluso fuera de la consulta se atrevería a decir: «Cálmate. Sólo es una columna de una revista. Sería interesante saber por qué, sin venir a cuento, descargas conmigo ese arrebato de ira y odio.»

Eso, como es natural, no podía decirlo, así que opté por otro de los clásicos de la Doctora J:

—Humm.

—No, en serio, no estoy bromeando —dijo, aunque nadie había insinuado que estuviera haciéndolo—. La leo todas las semanas y pienso... pienso lo espantoso que es lo que tú... —Su voz se apagó y ella meneó la cabeza para enfatizar el total y absoluto desprecio que sentía hacia mí. Pero eso no era todo—. Lo que quiero decir es que la gente normal no se comporta así, no va por ahí teniendo aventuras.

Yo miré a mi alrededor. «Por desgracia —deseaba decir—, pienses lo que pienses la gente normal sí que hace ese tipo de cosas.»

—¿Quién es él? —inquirió de repente.

Yo sacudí la cabeza. Mi Doctora J de a bordo exclamó: «¿A ti qué te importa? ¿Por qué te interesa saberlo? ¿Es que necesitas centrarte en las meteduras de pata de los demás para no pensar en las tuyas, o para sentirte mejor con tu patética vida?»

En lugar de eso, dije:

—No pretendo ser grosera, pero no sólo no es de tu incumbencia, sino que además carece de importancia. A menos que creas que es tu marido, claro, en cuyo caso más valdría que estuvieras en casa manteniendo una seria conversación con él y no arremetiendo contra mí.

—Maldita zorra destruyehogares —farfulló con la lengua pastosa, antes de darse media vuelta tambaleándose y regresar haciendo eses hacia la barra.

—Humm —murmuré. A veces, sobran las palabras.

Una de las periodistas me preguntó si me encontraba bien. Yo asentí, pero de pronto me descubrí justificándome y dándoles un montón de explicaciones:

—En parte, la razón por la que decidí «destaparme», por llamarlo de alguna forma, fue porque creía, tal vez pecando de ingenua, que temas tabúes como la terapia psicológica, la salud mental, los celos o las infidelidades deben hablarse abiertamente y no esconderse bajo la alfombra. Mi intención no es airear por ahí mis rollos. No doy nombres ni pongo en evidencia a nadie salvo a mí misma. Lo único que pretendo es decir que esas cosas ocurren. Y, según mi experiencia, son una absoluta pesadilla. No me siento orgullosa. Y estoy segura de que él tampoco. Ojalá nunca hubiera sucedido. Pero sucede, todos los días, en las oficinas, en los hospitales, en todos los lugares de trabajo. Según las estimaciones más conservadoras, el sesenta por ciento de los hombres y el cuarenta por ciento de las mujeres tendrá una aventura extramatrimonial en algún momento de su vida. Y una de las principales razones por las que eso ocurre es porque no sabemos comunicarnos. Eso es lo que yo intentaba decir. Eso, y que la gente no lo haga.

La periodista asintió y dijo que no conocía a nadie que no se hubiera visto afectado de una manera u otra por una infidelidad.

—Creo que tendemos a fingir que no ocurre porque todos, y en especial las mujeres, vivimos una fantasía, y ese hecho nos arrebataría la posibilidad de tener el final feliz que pensamos que merecemos. Por desgracia, la monogamia es un mito. Y creo que conviene decirlo alto y claro. Así, si ocurre, la infidelidad, eso resultará menos devastador que si nos aferramos a la falsa creencia de que ni nosotros ni nuestra pareja seríamos infieles. Todos, sin excepción, podemos serlo.

Después Rachel y yo nos pusimos a charlar.

—La otra noche —le dije— me llamó mi padre, que no me llama nunca, y me contó que en el supermercado le había llamado la atención una mujer que estaba de pie leyendo mi columna del *Grazia*. Me dijo que se había acercado a ella y le había dicho «Es mi hija». ¡Imagínate! Mi padre, un hombre de sesenta y cuatro años, se compra el *Grazia* todos los martes por la mañana y, pese al contenido de la columna, presume de ello delante de sus colegas y hasta delante de los desconocidos que se encuentra en el súper. Y el otro día me llamó, me llamó sólo para contarme lo de esa mujer, que es una manera de decirme que se siente orgulloso. Eso para mí es mucho más importante que lo que pueda pensar alguien a quien no conozco y que no me conoce.

Rachel y yo brindamos y bebimos un trago de champán.

Unos días después, quedé en reunirme con Katy en Kember and Jones para tomar café con pasteles. Cuando estaba a punto de cruzar la calle, divisé a la Doctora J sentada junto a la ventana. Al verla fuera de contexto fue como si el tiempo se hubiera detenido. Me sentí como si hubiera pillado *in fraganti* a mi madre en una actitud cariñosa con un hombre que no fuese mi padre. La Doctora J estaba con otra mujer, mucho más joven que ella. Lo primero que pensé fue que era su hija. Estaban riéndose y luego, por un momento, me pareció que la Doctora J se limpiaba una lágrima de la mejilla. Si era de felicidad o de tristeza o si en verdad era una lágrima, eso ya quedó a merced de mi imaginación.

Envié un mensaje a Katy y le pregunté si le importaba que entráramos en un café llamado Tinderbox, que se encontraba en la acera de enfrente pero no justo delante de Kember's. Cuando llegó Katy, señalé a la Doctora J, y durante la siguiente media hora nos dedicamos prácticamente a espiar a mi psicóloga.

—¿De qué crees que están hablando? —pregunté.

—De su paciente favorita, por supuesto —se burló Katy.

Agité la mano con gesto de reproche y seguí a lo mío.

—¿Por qué crees que estaría llorando? A lo mejor su hija acaba de decirle que está embarazada o algo así.

—Ni siquiera sabes si es su hija —replicó Katy—. Podría ser una joven amante, quién sabe, o su sobrina, o una alumna. Lo que está claro es que, en cierta manera, tú os ves a tu madre y a ti reflejadas en ellas.

—¡Calla! —le espeté, incómoda, dándole un codazo.

Cuando regresaba a casa por Kelvingrove Park, caminando sobre una crujiente alfombra de hojarasca, no pude quitarme de la cabeza la imagen de la Doctora J, que, de pronto, se había despojado de la máscara. Había dejado de parecer un miembro de una misteriosa patrulla de rescate o alguien en posesión de todas las respuestas para convertirse en un ser sobrecogedoramente humano.

Noviembre

De dentro afuera

Al final de la primera semana de noviembre, David, por lo visto, todavía no había conseguido que nadie le diera mi teléfono. O si lo había conseguido, no había encontrado el momento de llamarme. Yo me daba de cabezadas por haber entrado en un juego tan estúpido en lugar de darle mi número cuando me lo pidió, pero decidí que lo que tuviera que pasar, pasaría. Si mi ineptitud social y sentimental lo desanimaban de forma definitiva, que así fuera; era mejor que conociera a la verdadera Lorna desde el principio.

Y ya que hablo de esto, debo admitir que seguía pensando en él tres minutos de cada cinco. Tremendo, ya lo sé. A pesar de todo lo que me había dicho la Doctora J, no había conseguido detener la invasión, y él había acabado instalándose también en mi espacio mental.

A medida que transcurría el tiempo y el año se acercaba a su fin, yo aguardaba las sesiones con la Doctora J cada vez con mayor ilusión. Las tres primeras cuartas partes del año habían pasado volando. Ahora, con el regreso del invierno y el final ya a la vista, sentía la necesidad de vivir lo que me quedaba a cámara lenta y recrearme en cada una de las sesiones. Sentía, además, un afecto cada vez mayor hacia esa mujer que había practicado conmigo lo equivalente en psicología a una minuciosa disección post mórtem. Aunque, como es obvio, conmigo consciente.

Pese a los inexplicables nervios que pasé hasta que lo hice, le dije que la había visto fuera, en el mundo real.

—¿Y?

En terapia puedes decir lo que sea, por muy estúpido que creas que pueda sonar. Sin embargo, después de tanto tiempo, había ocasiones en que todavía tenía que recordarme que allí no tenía por qué autocensurarme.

—Me vino a la cabeza *El mago de Oz* —dije entre titubeos—. Me acordé del fragmento del final en que *Totó*, el perro, descorre la cortina y descubre que no se trata de ningún mago poderoso y omnisciente, sino de una persona normal. Verla a usted fuera de estas cuatro paredes me recordó que es una persona normal y corriente, probablemente imperfecta. Que no tiene todas las respuestas. Que no puede salvarme.

—¿Y cómo la hizo sentir eso?

—Tuve sentimientos contradictorios —confesé—. Por un lado quería enfadarme, me sentí estafada. Pero luego recapacité y pensé que en ningún momento me había dicho que tuviera usted las respuestas a todo, ni siquiera a algo. Ni que pudiera salvarme. Y que cuando vine aquí yo tampoco dije que fuera eso lo que buscaba. Pero está claro que, en cierto modo, eso era precisamente lo que quería, aunque mi discurso fuese otro. Ahora veo con claridad que lo que quería era que alguien me diera las respuestas, me dijera qué debía hacer, me diera su beneplácito, me salvara o, dicho en su jerga, me infantilizara. En ese momento no era consciente. Y ahora supongo que me resulta un poco decepcionante darme cuenta de que, inconscientemente, esperaba de usted la misma perfección y omnipotencia divina que he esperado siempre de todas las personas importantes de mi vida.

Al mismo tiempo, confesé, eso me había proporcionado una curiosa sensación de alivio, como si de alguna forma hubiese encontrado lo que buscaba, es decir: que no hay respuestas fáciles y que todos buscamos un significado y unas certezas en un universo donde no existen. Supongo que nada ni nadie puede hacer desaparecer las dificultades reales y las incertidumbres que comporta la vida. Fijé la vista en la mesa con el deseo de que las fotografías enmarcadas se volvieran hacia mí y me revelaran sus rostros.

—¿Sabe? —dije—. Antes me daban lástima las personas que creían en Dios. Menospreciaba su necesidad de someterse a una figura de autoridad, su incapacidad para asumir la responsabilidad de su propia vida, y su inclinación a renunciar a su propio poder y libertad a favor de un producto de su imaginación. Pero resulta que yo era exactamente igual. También buscaba consuelo, respuestas, sentido y certezas. La única diferencia es que lo buscaba en otro lugar.

Se hizo un silencio.

—La otra cosa que comprendí —añadí al cabo de un rato— es que mientras usted desmantelaba mi fachada, mientras me descomponía y desmenuzaba para desenmascarar mi auténtico yo, lo que me estaba mostrando, en muchos sentidos, era una máscara. Porque ése era su trabajo. Los silencios, el rostro inescrutable..., al principio yo interpretaba todo eso como prueba de que estaba chiflada o como simple grosería, pero ahora me doy cuenta de que simplemente son las herramientas de su oficio. Cuando rememoro los inicios, pienso en lo frustrante que debía de resultarle a veces. Porque escuchar sin decir nada es mucho más difícil que hablar. No me extrañaría que a veces tuviera usted deseos de gritarme.

Ella sonrió, y a continuación, para mi sorpresa, dijo:

—Lo que ocurre aquí dentro no es la vida real. Lo que sucede en esta sala es, en cierto sentido, un ensayo general para la vida. Un lugar seguro donde se puede reconocer la magnitud y la intensidad de todos los sentimientos y emociones, todos los sentimientos contradictorios y los impulsos que se han estado reprimiendo desde la infancia. Si yo la hubiese abrazado cuando lo estaba pidiendo a gritos, si me hubiera reído ante sus intentos de utilizar el humor para mantenerme alejada, si le hubiese dicho lo que deseaba usted oír, si le hubiera respondido como podrían y deberían hacerlo sus amigos y familiares, si hubiera mantenido una conversación cotidiana con usted, simplemente me habría convertido en su aliada. Y ése no es mi trabajo.

Luego yo le conté que había estado leyendo un libro titulado *Psicoanálisis: la profesión imposible*, donde un psicoanalista relataba que había decidido repetir unas cuantas sesiones con dos mujeres que habían sido pacientes suyas cinco años antes. Una de las mujeres se desvivió en agradecimientos, diciendo que todas las noches daba las gracias por haberle tenido a él como psicólogo. La mujer sostenía que le había cambiado la vida y que no había un solo día que no pensara en él y en cuánto la había ayudado. La otra mujer, que era un caso comparable y había sido en su momento igual de impetuosa y emocional, dijo que la experiencia había estado bien, pero que no sabría decir en qué la había ayudado ni qué cambios se habían producido en su vida que de otro modo no se hubiesen producido. El psicólogo supo de inmediato cuál había sido el mejor tratamiento.

—A mí me gustaría ser como la segunda —anuncié—, pero me preocupa parecerme más a la primera.

—¿Y eso qué importa? —replicó la Doctora J, sin inmutarse—. Si su vida cambia para bien, lo demás da igual.

Yo me eché a reír y asentí. Ella me miró fijamente unos instantes y luego me preguntó:

—¿Le preocupa la forma en que vaya a acabar todo esto? —Y señaló con la mano el espacio entre nosotras.

Yo asentí de nuevo.

—No soporto las despedidas —señalé—. Las odio. No se me da bien pasar página. Con mi primer novio, tardé seis años en conseguirlo, aunque gracias a la terapia me di cuenta de que en realidad no era de él de lo que no quería desprenderme. Creo que las separaciones son muy complicadas. Conozco a gente que ha dejado el trabajo o se ha ido a vivir a otro continente para superar una relación.

—Por una vez —repuso la Doctora J— voy a generalizar y a decir que creo que los finales no se le dan bien a casi nadie. ¿Cuándo se ha visto un final de relación feliz? Rara vez ocurre. Sin embargo, la terapia le ofrece la única oportunidad que probablemente se le presentará de superar un final, una separación y todos los sentimientos y emociones que conllevan. El final de cualquier relación seria, ya sea sentimental, amistosa o laboral, implica una pérdida y la evocación de pérdidas anteriores, lo que a su vez comporta un proceso de duelo. A muchas personas eso no se les da bien y por lo tanto huyen de esos difíciles sentimientos de rabia, frustración, impotencia, resentimiento, tristeza, etcétera. Aquí, sin embargo, puede experimentar todas esas emociones y con suerte vivir el final y la separación como una experiencia positiva.

El viernes por la tarde había quedado con una amiga para tomar algo rápido en Babbity's después del trabajo. Al entrar por la puerta, el corazón se me paró y se me aceleró al mismo tiempo. Si alguien piensa que eso es imposible, es porque obviamente ha sido lo bastante fuerte e inteligente para no enamorarse de quien no debía.

Christian estaba sentado en un rincón, solo, con un periódico delante, una pinta de Guinness medio vacía y una copa de whisky a un lado. Era la primera vez que lo veía desde junio y, aunque yo creía que lo había superado, verlo despertó en mí de nuevo una complicada maraña de sentimientos.

Eché un vistazo por el bar, vi que mi amiga aún no había llegado, me dirigí hacia él y me planté con torpeza junto a su mesa.

—Hola —lo saludé—. ¿Qué tal te...?

Él se cruzó de brazos y meneó lentamente la cabeza.

Yo lo miré, fijando sutilmente la vista en su hombro y sin saber qué decir. Tuve que contener el impulso de disculparme por todo y de asumir la responsabilidad del comportamiento de los dos.

—Mujeres —se lamentó, sacudiendo la cabeza—. La otra me ha jodido la vida, pero tú tampoco te quedas corta.

Fruncí el entrecejo.

Christian me contó que su mujer lo había dejado después de registrarle el móvil y descubrir algunos mensajes condenatorios. No dijo de quién eran y yo no pregunté, pero podía imaginármelo perfectamente.

Suspiré, pero no dije nada.

—Bueno —comentó él al fin—. En cuanto a ti, no eres la chica que yo creía que eras.

Por un momento pensé en decir que yo ya no era una chica, que había crecido. Pero sabía que después no sabría mantener el tipo y salir airosa del aprieto. Además, estaban a punto de saltárseme las lágrimas. Así que me limité a decir:

—Tú tampoco eres el hombre que yo creía. Por muy incorrecto y disfuncional que eso fuera, me enamoré de ti, y, por muy incorrecto que fuera, repito, me rompiste el corazón cuando empezaste a tontear con Charlotte.

Él bajó la mirada hacia la copa.

Lo observé con una mezcla de tristeza y arrepentimiento.

—Los dos la cagamos —dije al fin—. Los dos nos comportamos como adolescentes arrogantes y egoístas. Los dos. Los dos tenemos la culpa.

—Sí, bueno —respondió—, en cualquier caso ahora ya no importa. Me largo por patas de esta puta mierda de país. Nada de esto habría ocurrido si no me hubiese mudado aquí. Me largo a Londres.

—Lo siento —dije—. Lo siento mucho. Por la parte que me toca. —Mi Doctora J de a bordo preguntó si yo debía disculparme. Pues bien, yo creo que sí. No pensaba asumir su parte de responsabilidad, pero lamentaba de todo corazón la mía. Lo miré una última vez, y dije—: Buena suerte.

Luego decidí esperar a mi amiga en la calle y proponerle que fuéramos a otro sitio. Mientras aguardaba, reparé en una rubia joven y atractiva que se dirigía al pub. Se daba un aire a Charlotte, aunque parecía, si cabe, más joven aún. De inmediato di por hecho que iba a reunirse con Christian y un batiburrillo de refranes y sentimientos invadió mi mente: que si perros viejos no aprenden trucos nuevos, que si los que nacen asnos, asnos se quedan..., y la sensación de que hay personas que probablemente no cambien nunca.

Pero al comenzar a menear la cabeza, mi Doctora J interior hizo otra de sus apariciones para disuadirme de que hiciera conjeturas y extrajera conclusiones precipitadas: «No te limites a ver y a creer lo que tú quieres ver y creer. Lo único que consigues así es alimentar tus prejuicios y ahorrarte tener que pensar más allá. Observa los hechos y reconoce que todo lo demás no son más que prejuicios e ideas preconcebidas fruto de la obcecación.»

Si esa chica había quedado con Christian o no, nunca lo supe.

La semana siguiente viajé a Londres para asistir a una reunión del *Observer*. Ya no me desplazaba todas las semanas, ni siquiera cada quince días —creo que ése era otro síntoma del caos en que había estado sumida mi vida— y era la primera vez en un par de meses que visitaba la oficina. Al salir de la estación de metro de Farringdon pensé en lo mucho que había cambiado desde principios de año, cuando me temblaban las piernas cada vez que ponía un pie en el edificio del periódico. Ahora, sin embargo, no veía nada intimidatorio en aquel lugar. Me di cuenta de que todo el terror estaba dentro de mí. Y ahora parecía haberse disipado por completo. No me sentía nada nerviosa. En la reunión del equipo de redacción propuse un par de ideas, di mi propia opinión sobre uno o dos artículos y escuché las valoraciones de los demás sin pensar de forma automática que ellos tuvieran razón y yo no.

Después fui a comer con Kamal y algunos otros periodistas a The Coach and Horses, donde volvieron a invadirme un sinfín de recuerdos del año anterior, porque era en situaciones como ésa en las que yo solía emborracharme y llorar, y al final acababa perdiendo el avión.

—Bueno, ¿qué tal te va, entonces? —preguntó Kamal.

Le dije que jamás, en toda mi edad adulta, me había sentido mejor; que el dinero que había empleado en la terapia era el dinero mejor invertido de mi vida.

—Tengo la sensación —dije—, y sé que va a sonar ñoño, de que me he encontrado a mí misma. He descubierto quién soy. Ahora me siento una persona normal, corriente y moliente. Ya no pienso fingir ni pretender que soy alguien o algo especial que en realidad no soy. Antes, lo que la gente pensaba de mí era mucho más importante que lo que yo pensara de ellos o incluso que lo que yo pensara de mí. Vivía, por decirlo de alguna manera, disculpándome por respirar. Lo que hacía o decía sólo tenía valor si recibía la aprobación de los demás. Carecía de autonomía para formar mis propias opiniones o juicios sobre cualquier cosa. Y cuando digo cualquier cosa, me refiero a cualquier cosa. Incluso al cine. Iba a ver una película y salía parafraseando lo que habían escrito sobre ella David Denby, o Anthony Lane, o Philip French. Ahora sigo leyendo sus reseñas, por supuesto, porque son críticas maravillosamente bien escritas, pero ya no salgo siempre del cine pensando como ellos.

Kamal sonrió. Alguien me preguntó si pensaba convertirme en uno de esos defensores pelmazos de los psicólogos, como los fanáticos del ejercicio o de las dietas, o los cristianos reconvertidos, que creen que su misión es difundir su propia versión del evangelio entre las masas.

Me eché a reír y admití que había fantaseado sobre lo diferente que sería el comportamiento de la gente en las relaciones de pareja, con los padres, los hijos, los amigos o los colegas si recibieran una buena dosis de terapia psicoanalítica intensiva.

—Un mundo feliz —señalé—. No habría divorcios, infidelidades, crímenes ni guerras porque los celos, el control, el poder, la codependencia, la aprobación y los conflictos ocultos con los padres se analizarían y superarían.

Sin embargo, cuando empecé a pensar que podría resolverse el problema de la obesidad y alcanzarse la paz mundial me di cuenta que estaba yendo demasiado lejos. Decidí que no iba a autoproclamarme experta en lo que era o dejaba de ser bueno para los demás. A mí me funcionó la terapia, y punto. A otros les funcionaba la fe, las maratones, las dietas o el arte floral. A cada cual, lo suyo. Mientras no quebrantes la ley ni obligues a nadie a punta de pistola a mostrarse de acuerdo con tu visión, ¿qué demonios importa?

—Yo no soporto eso de mirarse tanto el ombligo —dijo otro—, me parece pura autocomplacencia. Se crean problemas donde no los hay y se obliga a las personas sanas a una introspección insana. Es hacer montañas de lo que no son más que granos de arena.

—Yo entiendo que la gente lo considere un ejercicio autocomplaciente y egoísta —apunté—. Eso era exactamente lo que yo pensaba cuando fui por primera vez. Tenía un sentimiento de culpa descomunal porque pensaba que, en comparación con los problemas «reales» a los que se enfrenta otra gente, no tenía motivos para quejarme. Los seres humanos tienen deberes y responsabilidades para con los demás, pero también para consigo mismos. Creo que si la terapia consigue hacerte una persona mejor y más fuerte y mejora tu relación con los demás, merece la pena el esfuerzo porque revierte en beneficio de todos. Ahora vuelvo la vista atrás y veo cómo estaba. Tomaba Prozac, así que era responsable de parte de los doscientos noventa millones de libras anuales que el Reino Unido destina a la partida de los antidepresivos. Me vi metida en una relación desastrosa que hizo daño a otras personas. Me sentía cohibida en el trabajo. Sin embargo, ahora ya no tomo Prozac y me siento más libre y más productiva en el trabajo. Y aunque sé que nunca debes decir «De esta agua no beberé» (yo solía decirlo y comprobé que era un error), estoy todo lo segura que uno puede estar en estos casos de que no volveré a meterme en una relación así.

—Pero todas esas cosas, todas las preocupaciones y los miedos, son los problemas normales de la vida cotidiana —replicó él—. En realidad a ti no te pasaba nada.

—Por fuera, no, no me pasaba nada, pero en cuanto rascabas un poco el asunto tomaba un cariz completamente diferente —respondí—. Y creo que lo mismo le sucede a un montón de gente. Como sociedad invertimos una fortuna en abonos al gimnasio, en yoga, comida sana, dietas, masajes, ropa cara, etc. Todo lo que tenga que ver con la apariencia física está aceptado. Sin embargo, lo que tiene que ver con la salud mental nos aterra, porque intentar ser mejor persona por dentro está considerado un acto de egoísmo. Yo probablemente llevara un montón de tiempo al borde del precipicio, pero de pronto sucedió algo que me empujó al vacío, y como resultado acabé sometiéndome a una terapia y descubrí que todo lo que yo creía saber sobre mí era erróneo. Un sinfín de cosas bullían bajo la superficie de las que yo ni siquiera era consciente. Y en eso consiste esta clase de terapia, no en recibir lecciones de un sabio consejero, ni en que te digan lo que tienes que hacer, ni en mantener una charla agradable con un pseudoamigo, ni en aprender a pensar en positivo. De hecho, es todo lo contrario. Pensar en positivo todo el tiempo es engañoso. La vida es dura, y se nos presentan retos constantemente. El tipo de terapia a la que yo me estoy sometiendo consiste en dar visibilidad a algunos de los motivos invisibles que nos impulsan a actuar. Y eso, en definitiva, ayuda a disfrutar más de las cosas buenas de la vida y a salvar los obstáculos.

Después de comer, me despedí y, con un gran margen de tiempo, como siempre, emprendí el camino al aeropuerto. Leer el periódico, observar a la gente o contemplar el paisaje por la ventanilla ya no requería concentración. «La vida es mucho mejor —pensé— desde que no corro. Ahora vivo a cámara lenta.»

Una tempestuosa mañana de noviembre, cuando el viento aullaba al otro lado de la ventana de la Doctora J, respondí por fin a la pregunta que me había hecho en julio sobre qué era lo que yo, en realidad, quería de la vida. Ahora que se cernía sobre mí la amenaza del final, no tenía otro remedio que responder a todas sus incisivas preguntas.

Le confesé que, a pesar de que había reflexionado en ello con gran detenimiento, me resultaba difícil decirlo en voz alta.

Cuando me preguntó el porqué, le dije:

—Por si acaso luego no ocurre y tengo que enfrentarme a ese estrepitoso fracaso. No es que sea supersticiosa, pero sí me da la impresión de que no conviene expresar en alto lo que más deseas porque, si lo haces, puede que después no se cumpla.

A ella se le escapó una risita silenciosa, como si pensara: «Vosotros, los que vivís en el mundo real, sois una panda de raros maniáticos.»

—Si uno no se marca un punto de destino, no puede fracasar en alcanzarlo —dijo—, pero puede acabar vagando sin rumbo toda la vida.

Sugirió que tal vez me resultara más fácil comenzar por expresar en voz alta lo que no quería.

—Eso es fácil —respondí—. No quiero estar con alguien a quien no quiera de verdad. No quiero estar con alguien que no me quiera de verdad. No quiero acabar como esa vieja solterona que salió en el periódico local que leí en casa de mi madre, que se cayó de la cama y, como ya no le quedaban amigos ni parientes vivos en el mundo, permaneció tendida en el suelo hasta que un vecino se dio cuenta de que llevaba dos días sin abrir las cortinas y llamó a la policía. No quiero volver a verme implicada en un triángulo amoroso. No quiero perder la oportunidad de tener hijos, aunque quiero decir que, si al final no los tengo, me siento más capaz de sobrellevarlo que antes. No quiero trabajar en algo que no me guste. Quiero...

Y casi sin enterarme pasé de las cosas que no quería a las cosas que sí quería. Soy consciente, por supuesto, de que en la vida no siempre se consigue lo que uno quiere. Pero también me doy cuenta de que hay más probabilidades de ver tus deseos cumplidos si identificas cuáles son esos deseos y tienes unas expectativas realistas sobre lo que supondrían en tu vida.

Había tres cosas.

—Desde que era adolescente, he soñado en secreto con escribir un libro —confesé—. He comenzado cientos de veces a lo largo de estos años, pero jamás he logrado pasar de las cuatro páginas. Siempre me ha frenado lo mismo, la sensación de que no era lo bastante buena. Siempre me ha faltado valor para continuar, pero me gustaría intentarlo en serio, ver si soy capaz de convertir mi sueño en realidad.

La Doctora J asintió con la cabeza.

—¿Y qué cambio cree que supondrá eso en su vida?

—Aparte de realizar un sueño, ninguno —respondí—. La segunda cosa es que, bueno, he aprendido que pueden romperte el corazón por mucho que uno se esfuerce en evitarlo. Ahora me doy cuenta de algo que antes creo que no veía: que el proceso de dos seres humanos que intentan mantener una relación sentimental siempre entraña dificultades y está lleno de altibajos. Siempre surgirán conflictos, internos y externos. Antes pensaba que enamorarse era autodestructivo porque la pérdida y el hondo dolor de la pérdida eran inevitables. Pero ahora me doy cuenta de que esa pérdida forma parte de la vida. Y ahora me siento más preparada para afrontarlo. Entiendo que los afectos, los de toda índole, son ingredientes indispensables para una vida plena. Creo que las personas deberían estar con otras personas, que esta andadura por la vida es mejor compartirla, aunque eso comporte conflictos y entrañe el riesgo de que te rompan el corazón, porque la alternativa conduce a una soledad extrema.

La Doctora J me miró. Resultaba difícil interpretar la expresión de su rostro.

—¿Y la tercera? —me preguntó.

—La última es aprender a valerme por mí misma y mantenerme fiel a mí misma. Y eso, ya lo sé, requiere valentía y atrevimiento. —Me detuve y suspiré—. Creo que ya casi es la hora.

—Sí, ya es la hora —confirmó, consultando el reloj.

La mañana siguiente Scott me llamó para contarme que David le había pedido mi número de teléfono la tarde anterior. Yo tuve que refrenarme para no lanzar un grito de alegría. Pero había un pequeño problema: el día anterior había perdido mi móvil, se lo había dicho a todo el mundo, pero acababa de recuperarlo.

—¿Y qué le dijiste? —le pregunté a Scott.

—Que habías perdido el móvil.

—Pero lo he encontrado esta mañana.

—Ya, bueno, pero ¿cómo iba a saber yo anoche que ibas a encontrarlo esta mañana?

—Mierda. ¿Le diste el número del fijo?

—No.

—¿Por qué no?

—Pues porque no me lo pidió.

—Pero podrías habérselo dado igualmente —gruñí.

—Ya, claro, y tú podrías haberle dado tu número cuando te lo pidió y así nos habrías ahorrado a todos esta situación tan ridícula. Según me contó, hace un par de semanas te lo pidió en esa conferencia y tú le soltaste no sé qué rollo de que no podías dárselo sino que tenía que conseguirlo a través de... eh... otra persona. Lo que, desde mi punto de vista, es una puta chaladura, pero claro, eres una mujer, así que...

—Ahora va a pensar que no me gusta —suspiré y colgué el teléfono murmurando para mis adentros: «Los hombres son unos inútiles. Unos inútiles. Unos putos inútiles redomados.»

Como no había solicitado consejo a mis amigas después de recibir el e-mail en Jamaica y había metido la gamba hasta el fondo, decidí convocar una cumbre de emergencia para debatir si debía pedirle a Scott el teléfono de David y llamarlo yo.

—Pues claro que sí —señaló Rachel—. Él te escribió un e-mail y luego ha hecho el esfuerzo de pedir tu número. El ego de los hombres es mucho más frágil que el nuestro, no lo olvides. Primero le dices que no quieres pareja, luego te niegas a darle tu teléfono, y después, cuando se lo pide a Scott, él le dice que has perdido el móvil. Estaría loco si no pensara que no tienes ningún interés y que estás tratando de decírselo con la mayor delicadeza posible.

—En circunstancias normales —apuntó Katy cuando Rachel hubo terminado—, yo te diría que ni hablar. A los hombres les gusta adoptar el papel de cazador. Les gusta sentir que han perseguido y atrapado a la presa. Por eso, en otras condiciones, te diría que, si de verdad te quiere, que vuelva a intentarlo. Pero la cuestión es que ya ha puesto mucho de su parte, así que en este caso, si fuera tú, me lanzaría. No tienes nada que perder...

Diciembre

El radiante porvenir

Unos días más tarde, un domingo, recibí un mensaje de texto anónimo. El mensaje contenía un comentario sobre un artículo mío que había salido en el periódico de ese día. El artículo en cuestión trataba sobre unos políticos que engañaban a los contribuyentes mediante una estafa en gasto y bienes. No era el Watergate, pero era lo más parecido que yo he conseguido publicar en materia de corrupción política. Y, si soy sincera, ni siquiera puedo atribuirme el mérito. Contrariamente a la opinión popular de que en el mundo del periodismo cada cual va a lo suyo, impera la norma del sálvese quien pueda, y cualquiera vendería a su abuela antes de ayudar a un colega, un benévolo miembro del gremio de periodistas políticos me echó un cable estupendo. Yo estaba deambulando sola por los laberínticos pasillos del Parlamento Escocés en busca de alguna noticia, y cuando le dije lo mucho que detestaba cubrir temas de política, me respondió que a él le resultaba un trabajo apasionante, emocionante y adictivo, y entonces me abrió el camino hacia un pequeño escándalo de corrupción.

Unas horas antes, ese mismo domingo, había recibido un mensaje de alguien que, con voz gutural, me advertía que me mantuviera alejada de ese asunto o me arriesgaría a que me rompieran las piernas. Hasta ese momento yo no era consciente de que el periodismo político en Escocia entrañara tanto peligro. Alarmada por esa intimidación al más puro estilo de *Los Soprano*, aunque en el fondo emocionada por la posibilidad de verme envuelta en un *reality-show* con una tensa trama político-periodística merecedora de una miniserie los domingos por la noche, me puse en contacto con mi jefe.

—Mi vida corre peligro —le dije—. Puede que necesite un guardaespaldas.

Él me respondió que estaba en medio de una comida familiar pero que, si se producían más llamadas, se lo comunicara y consideraríamos la posibilidad de llamar a la policía. «Qué emocionante», pensé, y anoté mentalmente que debía contárselo a Louise para ver si, con un poco de suerte, ella se lo contaba a Scott y éste, a su vez, se lo contaba a David y él, con un poco de suerte, se sentía obligado a acudir en mi auxilio (yo todavía no había reunido el valor para seguir el consejo de mis amigas y pedirle a Scott el número de David).

Y entonces, al cabo de sólo unas horas, recibí ese mensaje de texto anónimo que, concretamente, decía: «¡Un artículo de escándalo! ¡Guárdate las espaldas!» ¿Las espaldas? ¿Es que pensaban romperme también el espinazo? ¿Cómo actuaban esos matones? El artículo no era en absoluto explosivo y tampoco estábamos hablando de millones de libras en juego, sino sólo de unos cuantos miles. Volví a leer el mensaje. «Un artículo de escándalo.» Qué grosería, pensé.

En ese instante me fijé en que el mensaje no era de un número oculto, como la llamada anterior, aunque mi teléfono no lo reconocía.

Supuse (haciendo caso omiso a mi Doctora J de a bordo, que meneó la cabeza y me dijo que nada de suposiciones) que debía de tratarse de la misma persona del mensaje de voz. «Espero que sea un simple pirado o un simpatizante del gobierno y no un fabricante de trajes de hormigón. Lo más probable es que sea el típico capullo que se divierte amenazando a los arrojados periodistas que intentan hacer del mundo un lugar mejor», me dije. Cabreada, decidí coger el toro por los cuernos y tomar cartas en el asunto. Marqué el 141 para ocultar mi número y luego el del teléfono que parpadeaba en la pantalla de mi móvil.

—¿Diga? —dijo la voz anónima masculina al otro lado.

Lo cierto es que el tono de voz era más amable y animado de lo que yo esperaba, sobre todo teniendo en cuenta que se trataba del fanático fantasma telefónico de Charing Cross. Respiré hondo antes de contestar.

—Sí, buenas —dije con serenidad aunque en un tono firme—. Digo... Hola. Acabo de recibir su mensaje. —Noté que la voz estaba a punto de decir algo, pero yo carraspeé enérgicamente y proseguí—: Sólo lo llamo para decirle que debe de llevar una vida triste e insustancial si no tiene nada mejor que hacer que enviar mensajes insultantes a periodistas que sólo cumplen con su obligación al destapar la hipocresía y los escándalos políticos en nombre de los ciudadanos británicos.

Hice una pausa y sonreí para mis adentros. La determinación y la confianza en uno mismo provocan un subidón tremendo. Y como al otro lado de la línea se hizo el silencio, eso me dio alas para continuar:

—No sé quién eres, si un simpatizante del gobierno o uno de los que están sacando tajada de algún caso de corrupción como el que yo me he propuesto destapar, pero los matones como tú no me dan miedo. Puedes dejarme tantos mensajes en el buzón de voz y escribirme tantos mensajes como quieras. Puedes amenazar con partirme las piernas. Pero no conseguirás apartarme de mi firme propósito de sacar a la luz pública escándalos políticos de este tipo y dar a conocer el uso de los recursos al... al... al contribuyente británico.

Justo cuando estaba preguntándome cómo había podido perderme durante todos esos años el espectacular y emocionante mundo de la política escocesa, La Voz dijo:

—¿Lorna?

—¿Sí? —repliqué con frialdad.

—Lorna, soy David.

—¿!?#!¿!?#!¿!?#!?

—Yo... eh... no pretendía... —Su turbada voz se extinguió.

—Nnnn... —Me sentí como si alguien estuviera apuntándome con una pistola a la sien y hubiese apretado el gatillo. «Ay, Dios mío. Ay, ay, ay. PorelamordeDioooos. Esto no puede estar pasándome a mí. ¿Es que nunca voy a dejar de meter la pata con este chico?»

—Yo en ningún momento he pretendido ofenderte —se disculpó—. Yo sólo... Estoy intentando recordar lo que dije exactamente. Yo sólo quería decir que era un buen artículo, pero que algunas personas podían tomárselo mal. Ay, Dios. Yo no quería... Y otra cosa, te juro que sólo te he escrito ese mensaje. No te he dejado ningún mensaje en el buzón de voz. Ni he amenazado con... partirte las piernas.

—Ah —fue la única palabra que logré articular. Estaba demasiado estupefacta para preguntarle cómo había conseguido mi número o explicarle lo de la amenaza que había recibido un rato antes, que probablemente me influyó a la hora de interpretar su mensaje. Tampoco tuve reflejos para preguntarle por qué no había firmado con una D, o con David, para darme una pista de su identidad.

»Ah —repetí. Luego comprendí que tenía que decir algo más sustancial, pero lo máximo que llegué a hilar fue una serie de monosílabos—: Ah. Ya. Sí. No. Bien. Pues. Chao.

—Sí... eh... chao —contestó.

Comencé a caminar de un lado a otro de la cocina considerando la opción de meter la cabeza en el horno. Al final, opté por servirme un copazo de Sauvignon y me pasé el resto de la noche friéndome a mí misma a preguntas que empezaban todas ellas con «por qué, por qué, por qué» y acababan con la misma respuesta inevitable: «porque eres la más gilipollas de tu colegio».

Al cabo de un rato llamé a Louise para distraerme. Considerando que divulgar los detalles de la debacle de David sería un trance demasiado bochornoso, desvié el tema hacia la amenaza real que me habían dejado en el buzón de voz.

—Uno de los riesgos de mi trabajo, supongo —dije finalmente intentando imprimir a mi voz un tono valeroso y corajudo sin tintes melodramáticos.

Louise no se alarmó lo más mínimo. De hecho, daba la sensación de que intentaba contener la risa.

—Espera —se apresuró a decir—, Scott quiere hablar contigo.

—¿Qué ha pasado? —me preguntó él.

Volví a relatarle lo ocurrido y, entonces, cuando con su exageradísimo acento escocés expresó su pesar y preocupación, caí del guindo.

—¡Yo-te-ma-to! —exclamé, y no lo decía en broma.

Scott y Louise estallaron en carcajadas.

—No me puedo creer que me hayas hecho esto —grité—. No tienes ni idea de los problemas que me ha causado.

—¿Qué quieres decir? —preguntó Scott.

—He estado a punto de llamar a la policía —respondí en un tono poco convincente—. Se lo conté a mi jefe y..., bueno..., por no hablar de lo demás. Todo esto es una maldita pesadilla.

Antes de colgar el teléfono para buscar consuelo en los posos de mi Sauvignon, acerté a preguntarle a Scott:

—Sólo por curiosidad, ¿te ha vuelto a pedir David mi teléfono?

—No me lo pidió —aclaró Scott—, pero yo se lo di. Fue la semana pasada, pero me olvidé de decírtelo.

—¿Cómo se te ha podido olvidar algo así? —pregunté con unas ganas cada vez más irreprimibles de asesinar a mi cuñado.

—Soy un hombre —contestó—. Tengo cosas más importantes en que pensar. ¿Por qué, te ha llamado? Si te ha llamado, me debes una.

—No, tú me debes una a mí —repliqué—, y una de las gordas.

«La culpa de que David y yo no estemos juntos la tiene Scott —pensé después mientras escuchaba una y otra vez "Lonely This Christmas" en mi iPod—. Y Katy también tiene parte de responsabilidad por no haberme obligado a ponerme en contacto con él el mes pasado. Si ellos no hubieran puesto tantas trabas en mi búsqueda del amor verdadero, ahora David y yo estaríamos a punto de adentrarnos en las fiestas navideñas con un pie puesto en el camino de la felicidad.

»Supongo que, en parte, también es culpa de ese periodista político. Si no me hubiera dado la historia, nada de esto habría ocurrido. No sé por qué todo el mundo se ha empeñado en estropear la bonita historia de amor que podría haber surgido entre David y yo. Tal vez Scott sienta una secreta atracción hacia mí, y Katy... Katy sin duda quiere que yo siga soltera hasta que ella encuentre pareja o un perro que le haga compañía...», me dije llevando demasiado lejos el reduccionismo freudiano.

«Comprendo que aprender a asumir la plena responsabilidad de tus propias circunstancias vitales constituye uno de los objetivos fundamentales de la terapia. Y comprendo también que no cargarle jamás las culpas a otros es lo ideal. Pero hay ocasiones en que los ideales más nobles se convierten en una utopía.»

Grrr. Había sido un día para olvidar. Ver amenazada tu integridad física y luego padecer una humillación detrás de otra conseguiría arruinarle el día a cualquiera. Lo único positivo que podía decir era que me sirvió como valioso recordatorio de un hecho indiscutible. Por muy bien que empieces a sentirte contigo mismo o con todo lo que te rodea, y a pesar de toda la felicidad que la vida puede procurar, la vida tiene una cara trágica ineludible: el paso de los años, la enfermedad, la muerte, los hombres...

Durante los siguientes días conseguí no pensar mucho en las carencias sentimentales de mi vida llevándome a toda mi familia y a Katy a Aviemore, en el norte de Escocia. («No —le dije a mi Doctora J interna—, antes de que lo digas tú, te diré que no intento hacerle a Lewis un regalo más grande y mejor que los demás.») Fue un par de semanas antes de Navidad y tenía que escribir un artículo para el *Observer* sobre viajes a paraísos invernales. Habíamos barajado la posibilidad de Laponia, pero decidimos reservarlo para cuando Lewis fuese mayor y pudiera disfrutarlo. O al menos hasta que tuviera edad suficiente para poder decirle a todas horas la suerte que tenía y lo agradecido que habría de sentirse durante el resto de su vida porque no todos los niños del mundo eran tan afortunados como él.

Planeamos un montón de actividades —ir al taller del bosque de las Highlands escocesas a conocer a Papá Noel y sus ayudantes elfos, ver renos en estado salvaje, dar un paseo en un trineo tirado por huskies siberianos y alaskianos, y dormir en una cabaña de madera con una chimenea de verdad—, pero Lewis demostró una manifiesta falta de interés por todas ellas.

Nos habíamos pasado casi un mes haciendo lo imposible para conseguir que se empapara del espíritu navideño: lo obligamos a jugar con Santa Claus de juguete y muñecos de nieve, nos colocamos cuernos de ciervo con luces de colores en la cabeza y cantamos a todas horas «Navidad, dulce Navidad» y «Rudolf el reno» con una insistencia que rayaba en la crueldad... Acabamos sumidos en un frenesí prenavideño sin precedentes, pero inútil, porque Lewis se mostró en todo momento impasible y nada de todo aquello logró desviar su atención de sus cinco obsesiones: los camiones, las ambulancias, los coches de bomberos, los trenes y Shrek.

Sólo después de que una tarde de viernes nos embarcáramos en una miniexpedición al encuentro de Santa Claus, Lewis comenzó a mostrar la excitación esperada. Lo preocupante es que fue justo cuando yo conseguí evitar por los pelos un choque frontal con dos venados. Louise y yo habíamos salido de casa pronto con la intención de llegar antes de que se hiciera de noche, dado que los demás estaban trabajando y no podían salir hasta más tarde. El casi trágico suceso ocurrió en la A9, a unos sesenta y cinco kilómetros al sur de Aviemore, donde una ventisca había reducido la visibilidad a cinco metros. En un momento dado, la carretera o, mejor dicho, los cinco metros de carretera que veía, estaba despejada, y al instante siguiente la cruzaban dos venados que se detuvieron fugazmente para mirar el coche. Louise y yo lanzamos un grito cuando pegué un frenazo en un intento por esquivarlos. Nos quedamos atravesados en medio de la carretera. Si no llego a conducir despacio, o si en ese instante hubiese venido un coche detrás o de frente, creo que ahora mismo estaríamos criando malvas.

Cuando aparté el coche hasta el arcén, Lewis estaba desternillándose de risa en su sillita, ajeno al hecho de que acabábamos de tener una experiencia cercana a la muerte. No lo sé, tal vez sí era consciente y resulta que es así como reaccionan los bebés al ver pasar toda su vida ante sus ojos. Louise y yo, en cambio, estábamos un poco menos eufóricas. Permanecimos en silencio con la mirada perdida durante un rato y luego nos dimos un abrazo. El resto del viaje lo hicimos a diez kilómetros por hora, de modo que llegamos cinco minutos después que los demás a pesar de haber salido de Glasgow dos horas antes.

Para cuando nos indicaron el camino a la cabaña del bosque al pie de las montañas de Cairngorm, todo había quedado cubierto por un manto de nieve, algo insólito en esa época del año. No podíamos creernos la suerte que habíamos tenido.

Lewis corrió a la cabaña y, junto a un plato de zanahorias, encontró una carta de Santa Claus donde le decía que pasaría por allí por la mañana. Aunque en casa mi sobrino rara vez tocaba las verduras orgánicas que su madre le cocinaba con todo primor, cogió la zanahoria más sucia del plato y le pegó un mordisco.

—Pero Lewis, si esas zanahorias son para el reno Rudolph y sus amigos. ¿Ahora qué van a comer? —le preguntó Louise en tono de desesperación.

Él se quedó mirándola un instante, y acto seguido escupió cuidadosamente en el plato los restos naranjas masticados.

A la mañana siguiente, Scott anunció que Lewis tendría una visita muy especial. Todos nos asomamos a la ventana para contemplar el paradisíaco paisaje nevado y, entonces, entre los refulgentes pinos blancos, apareció un entrañable y anciano Santa Claus con gafas y unos esquíes cargados al hombro haciendo tintinear una campanilla y gritando: «¡Ho, ho, ho!»

Mi madre, Louise, Katy y yo comenzamos a dar botes de alegría.

—Esto es maravilloso, maravilloso, absolutamente maravilloso —no paraba de exclamar yo.

Lewis nos estudió a las tres con un gesto pensativo y bostezó. Pero en cuanto Santa Claus se sentó, mi sobrino se subió a sus rodillas y le dio un abrazo y un beso.

—¡Un coque de bombeios! —gritó tras romper el papel de regalo. Y de pronto, estando todavía abrazado a Santa Claus, nadie sabe cómo ni por qué, Lewis empezó a cantar una canción que decía «el amor de Jesús es maravilloso».

Se hizo un silencio ligeramente incómodo.

—¿Quién le ha enseñado eso? —preguntó Scott, un ateo confeso, volviéndose hacia mi madre, que había huido a la cocina.

—Oh, Dios mío. Le han lavado el cerebro a vuestro bebé. Ya no podréis recuperarlo nunca. Ahora ya es demasiado tarde —grité yo para darle un efecto dramático, en un débil intento por vengarme de la jugarreta de las amenazas telefónicas.

Las veinticuatro horas siguientes fueron gloriosas: fuimos a Loch Morlich con Murdo, un fotógrafo excepcional del *Observer/Guardian*, para hacer un fotorreportaje de Lewis y Santa Claus. Murdo se pasó horas ajustando y recolocando los focos y los *flashes* mientras Lewis posaba junto al gran Papá Noel con la frialdad de un veterano de las pasarelas. Cuando finalizó la sesión, fuimos a ver a la manada de renos de Cairngorm, la única manada de Gran Bretaña que vive en libertad.

Después de cenar, cuando volvíamos caminando entre los pinos a nuestra cabaña, surgió la magia y comenzó a nevar. Lewis decidió que no quería cogerse de la mano de nadie ni tampoco que lo llevaran en brazos. Se guardó las manos en los bolsillos de la trenca y fue caminando muy despacio entre su padre, que no cabía en sí de orgullo, y su abuelo, al que se le caía la baba cada vez que lo miraba.

Mi madre, Louise, Katy y yo íbamos delante, pero nos deteníamos de vez en cuando para observarlos, escuchar el crujido de la nieve bajo nuestros pies y aspirar el aroma resinoso que desprendían los antiquísimos pinos de Caledonia.

—¿Qué más se le puede pedir a la vida? —pregunté sin dirigirme a nadie en particular.

En ese preciso instante, fui consciente de que aquélla era de una de esas ocasiones —excepcionales, aunque cada vez más frecuentes en mi vida— en que no importaba el pasado ni el futuro. Sólo existía el presente, un presente del que había que exprimir y saborear cada segundo. Tuve la nítida conciencia de que lo que estaba viviendo allí, en ese instante, era uno de esos buenos momentos que se recuerdan para siempre. Y ningún falso miembro de la mafia ni encuentro embarazoso con un hombre conseguiría estropearlo.

Ya de vuelta en Glasgow, unas noches más tarde, después de decorar el árbol de Navidad, me preparé una cena de tres platos para mí sola: cebolla roja asada, ensalada de rúcula con Parmesano, solomillo de ternera a la pimienta con patatas fritas y verduras al horno con romero y, de postre, una generosa tarrina de helado de *cookies* de Ben & Jerry's. Alguien podrá pensar que aunque fue una comilona pantagruélica no tenía mayor importancia, pero no era así. Por dos razones. La primera, porque el año anterior ni siquiera me había molestado en poner el árbol de Navidad, para gran disgusto de mis padres. «Vivo sola —pensé entonces—, así que ¿qué sentido tiene? Nadie lo verá (aparte de mí, claro, pero eso no contaba). Además, lo de sacar todos los adornos es un engorro. Y todo para volver a quitarlos al cabo de un par de semanas.» El año anterior me había parecido una pérdida de tiempo inútil, aunque en lo único en que había empleado todo ese precioso tiempo que tanto me preocupaba malgastar era en deambular por la casa llorando a moco tendido diciéndome que nada tenía sentido. Ese año, sin embargo, me había pasado al extremo contrario. Me compré el árbol más grande que fui capaz de embutir en mi angosto salón. Tenía más de dos metros de altura y, colocado en una mesita baja, casi alcanzaba el techo. También compré los adornos más bonitos que encontré. Lo decoré con mucha antelación para disfrutarlo el máximo tiempo posible e invité a mis amigas una noche a beber vino caliente y dulces navideños para enseñarles mi magnífico árbol y ver *¡Qué bello es vivir!*.

La otra cosa nada insignificante sobre esa noche de glotonería gastronómica fue la glotonería en sí. A lo largo de los tres años que llevaba viviendo en ese piso, aparte de la comida tailandesa que hacía de vez en cuando para mis amigas (vale, lo admito, una vez al año), jamás había cocinado una comida decente, y mucho menos para mí sola. A menos que otro cocinara para mí, yo no pasaba de la comida para llevar, el picoteo y, cuando la mala conciencia me concomía, ensaladas, sopas y batidos de fruta.

Cuando esa noche fui a por la segunda ración de helado, recuerdo que pensé que, excepto cuando salía a comer fuera con mi familia o algún amigo o cuando otra persona cocinaba, pocas veces el mero hecho de comer me había proporcionado tanto placer. Aunque sentía que en muchos aspectos la terapia me había ayudado a crecer, había situaciones en las que me sentía como un niño, como si hubiera empezado desde cero: muchas de las cosas a las que antes no prestaba ninguna atención, sobre todo las más sencillas, de pronto me causaban una mezcla de estupor y asombro. Hacía poco, por ejemplo, me había sentado con Lewis a hacer un dibujo y, por alguna razón, observar cómo la combinación del azul y el rojo se convertía en morado, y la del rojo y el amarillo en naranja me había maravillado mucho más que a él.

—¡Mira, mira! —había exclamado yo—. Impresionante, es impresionante. —Cuando él me miró con extrañeza, le dije—: Verás cuando lo redescubras dentro de treinta años.

Esa misma noche, volví a sacar mi cuaderno y busqué con temor la página inicial de las «Notas sobre la recuperación».

En ese primer, largo e incoherente monólogo interior de doce páginas que había escrito entre lágrimas y tragos de gin-tonic en el aeropuerto, había expresado, entre otras cosas, algunas de mis reservas sobre la terapia. Éstas incluían comentarios como: «No creo que nadie sea capaz de conocer a una persona mejor que ella misma; un desconocido no puede solucionar los problemas mejor de lo que puede hacerlo uno mismo; yo me conozco a mí misma, soy una persona introspectiva desde que era adolescente.»

La idea de que yo entonces creyera de veras que me conocía a mí misma me hizo sonrojar por un lado y sonreír por otro. En realidad estaba bastante perdida. Para cuando cumplí los treinta y cinco, el grueso armazón que había construido a mi alrededor me protegía tanto como si fuera de papel de fumar. Y ni las horas mirándome el ombligo, ni la biblioterapia, ni mudarme de continente, ni encontrar nuevos retos, trabajos o parejas me habría permitido ver más allá de mi fachada. Para hacerlo, había necesitado la excepcional y peculiar relación con la Doctora J.

¿Cómo sé que una excursión con fines benéficos por el Himalaya o un retiro budista o volver a misa o reemplazar a Christian por un modelo de hombre distinto no habría surtido el mismo efecto? Bueno, la única respuesta completamente honesta es que nunca sabré de qué modo me habrían influido todas esas cosas. Pero lo que sí sé es que ninguna de ellas me habría brindado la oportunidad de explorar mi comportamiento en las relaciones, como tampoco ninguna me habría obligado a adentrarme en mi inconsciente y descubrir algunas de las motivaciones que me impulsaban y que se encontraban ocultas en lo más profundo de mi ser. Nadie salvo una persona neutral, imparcial, cualificada y sin vínculos emocionales contigo puede hacerlo. En los últimos meses, varias personas me han preguntado cuál es la diferencia entre hablar con un psicólogo y hacerlo con un buen amigo o un familiar. Yo me había dado cuenta de que era como comparar el country con la música punk. Son cosas totalmente distintas.

En algún sitio había leído que la relación terapéutica constituye un punto de inflexión: es la relación tras la cual todo el mundo será diferente. Yo todavía tenía que someter eso a prueba con un hombre, pero desde luego había conseguido entablar relaciones mucho más sanas, sinceras y maduras con mi familia, mis amigos y mis compañeros de trabajo.

Una tarde de mediados de diciembre me detuve en un anuncio, algo que casi nunca hago, mientras leía el *New Yorker*. Había una foto de Roger Federer y eso me llevó a pensar automáticamente en David. Con eso no quiero decir que antes no lo tuviera presente. De hecho, en los últimos días me había pasado horas contemplando una foto que había encontrado en la que salía muy cachas, guapísimo. Vale, lo admito, lo había buscado en el Google. Y, sí, me compré el libro de *El periodista deportivo*. El mero hecho de saber que el libro estaba, o había estado, cerca de la cama de David hacía la lectura de las andanzas de Frank Bascombe más placentera, si cabía, que sin esa conexión especial. Pero a lo que iba: el anuncio. No fue sólo la foto de Federer ni su parecido con David lo que me llamó la atención. Fue el lema que aparecía debajo, que decía: «No hablemos de historia todavía.» «Sí —pensé—, no hablemos de historia todavía.» Como Lisandro le dijo a Hermia (y como todo el mundo sabe), el curso del amor verdadero nunca ha discurrido con suavidad. Tal vez todos esos obstáculos nos los había enviado Cupido para poner a prueba la resistencia de nuestros sentimientos. Me estaba dejando llevar por el entusiasmo, ya lo sé. Se supone que ya no creo en los cuentos de hadas, el destino ni en los dichos favoritos de mi abuela: «Lo que tenga que ser, será» o «Lo bueno se hace esperar» (o, dependiendo de la situación: «Quien duda está perdido» o «A quien madruga, Dios le ayuda». No me extraña que en el pasado estuviera desorientada...). Volví al anuncio de la revista, donde describían a Federer como una persona extraordinaria de las que no se encuentran muchas en el mundo.

«Bueno —pensé yo—, en esta vida no sólo escasean los jugadores de tenis fuera de serie. Las oportunidades de encontrar el amor verdadero también se cuentan con los dedos de una mano. Los médicos guapos como David Mackenzie no aparecen todos los días.» Racionalmente, yo sabía que sólo un tonto dejaría pasar una oportunidad de oro como ésa, pero poco a poco iba adquiriendo también cierta conciencia emocional, y eso me impulsó a actuar.

Telefoneé a Louise, le di una versión aséptica del incidente del mensaje y le pregunté si se le ocurría qué podía hacer para encontrarme con David de forma «casual» lo más pronto posible. Ella me llamó al cabo de un rato y me dijo que David iba a estar tomando unas cervezas en el Ben Nevis ese viernes porque era su último día en el Western Infirmary, ya que se trasladaba al servicio de pediatría de otro hospital de Glasgow.

Mis adorables amigas Katy y Rachel (Emily estaba en unas minivacaciones románticas) se ofrecieron a acompañarme con la condición de que antes fuéramos a otros bares. Supongo que pensaron, con razón, que verme hacer el ridículo otra vez no era entretenimiento suficiente para llenar toda una noche.

Para cuando llegamos al Ben Nevis, que es otra de las fabulosas, cálidas y acogedoras whiskerías de Glasgow donde te sientes como en el salón de tu casa, eran más de las diez.

Nada más entrar, eché un vistazo rápido a mi alrededor, pero no lo vi. Había unos cuantos corrillos, alguna que otra pareja, unos cuantos hombres solos, pero David no aparecía por ninguna parte. En ese instante se apoderó de mí esa horrible sensación de decepción que sientes cuando te presentas en un lugar con el único propósito de ver a alguien y te das cuenta de que eso no va a suceder. No obstante, delante de Katy y Rachel intenté fingir que no me importaba, aunque sabía que se me notaba tanto como si hubiera roto a llorar: «¡No está, no está, buaaa, buaaa!»

Nada más sentarnos en la única mesa que quedaba libre, se abrió la puerta. Era él. Sólo llevaba puesta una camiseta, y eso que hacía una noche heladora, y estaba tan guapo como siempre. Katy y yo estábamos sentadas de espaldas a la pared mirando hacia la puerta, y ella me avisó con una patada por debajo de la mesa. En cuanto nos vio, David cogió un vaso de cerveza a medio beber de la zona de la barra donde estaba uno de los grupos y se acercó a nosotras. Debía de haber salido un momento a hablar por teléfono porque llevaba el móvil en la mano.

Yo le presenté a Rachel y a partir de ahí ellos tres se embarcaron en una conversación trivial sobre los planes y los preparativos de las

Navidades. Mierda, ¿por qué no puedo hablar con él? A pesar de los pesares, mi posición parecía seguir siendo, por defecto, la de concentrar todas mis fuerzas en que no se notara que me encantaba y, hasta tal punto era así, que estaba dando una imagen de formalidad y total desinterés. Al cabo de unos momentos y un silencio ligeramente incómodo, David dijo que debía volver con sus amigos.

Cuando cerraron el local, salimos todos en tropel y nos quedamos charlando en la acera. David me preguntó dónde vivía, yo le respondí que a sólo cinco minutos de allí, y entonces se ofreció a acompañarme a casa andando.

Cuando llegamos al portal, nos apoyamos contra el muro sin saber qué decir.

Él me tomó la mano y justo cuando yo creía que iba a volver a darme uno de sus maravillosos besos, me miró con un leve gesto de preocupación.

—Mira... Yo... —comenzó a decir, y tragó saliva. Yo no dije nada. Él continuó—: A mí me gustas, me gustas mucho.

Nos quedamos mirándonos durante unos segundos. En ocasiones como ésa, mi cerebro procesa la información a un ritmo extremadamente lento, y no es hasta después, a toro pasado, cuando se me ocurren cosas adecuadas que decir. En el momento, sin embargo, cuando no me embarco en divagaciones sin pies ni cabeza, me quedo como un pasmarote escuchando con los ojos muy abiertos y cara de encontrarme bajo los efectos de algún fuerte medicamento o sufrir un grave trastorno. ¿Qué se suponía que tenía que decir: «A mí también me gustas mucho»? Si se suponía que sí, no lo hice. Me limité a morderme el labio inferior con gesto ceñudo.

Él hizo una inspiración y prosiguió:

—Pero me dio la impresión de que tú no sentías lo mismo después de..., ya sabes..., lo del e-mail, el mensaje y todo eso. —Yo permanecí callada, pero de pronto noté un picor insoportable en los pulgares hasta que él dijo—: Y el caso es que he empezado a salir con alguien. —Y entonces se me heló la sangre.

En mi determinación por no permitir que mi expresión me delatara, intenté mantener la misma cara de ligera confusión. Recordé que, hace mucho tiempo, Louise me había comentado que varias chicas andaban detrás de él. «He perdido mi oportunidad», pensé al repasar mentalmente los últimos meses: le había dicho que no quería pareja, me había negado a darle mi número de teléfono y, para colmo de males, le había montado el escándalo del mensaje. «Joder, qué forma de cagarla, he perdido mi oportunidad.»

Luego, como a lo lejos, oí que me decía:

—Aún es muy pronto para saber cómo irán las cosas, pero no querría que tú... Ya me entiendes... —Él mantenía la misma expresión de preocupación y gesticulaba con las manos para ayudarse a encontrar las palabras—. No quiero verme envuelto en una situación de infidelidad. Todavía es muy pronto, pero prefiero frenarlo ya. Ya he pasado por eso y sé que cuando las cosas se enredan la situación acaba siendo horrible e injusta para todos.

Antes de que yo acertara a expresar lo que sentía, mi instinto de supervivencia se adueñó de mí y, sin poder evitarlo, tartamudeé:

—No, no, no, no te preocupes. Está bien. En realidad yo también he empezado a salir con alguien.

—Oh.

Después empecé a desvariar sobre un sinfín de chorradas, le di un beso en la mejilla, me di media vuelta y me metí en casa preguntándome si algún día, en lo que concierne a los asuntos del corazón, lograría decir lo que pienso y pensar lo que digo.

Había llegado el momento de dejarlo. Hay personas que prolongan esta clase de terapia durante años y la verdad es que no es extraño que les resulte adictiva, pero en ese momento yo era consciente de que tenía que elegir entre hacerme cargo de mí misma o permanecer para siempre siendo una niña ligada a una fuerza superior en busca de la aprobación, la aceptación y la autoridad de otros. Quería aprender a valerme por mí misma, aunque con eso no quiero decir que fuera a evitar las relaciones; sé que unirse a otro no tiene por qué equivaler a abandonarse a uno mismo.

Mi última sesión con la Doctora J tuvo lugar una heladora mañana de jueves justo una semana antes de Navidad. Los leves copos de nieve se arremolinaban bajo el azote del viento. Yo me arropé bien y atravesé caminando Kelvingrove Park inundada por una extraña mezcla de sentimientos.

Paseé la mirada por la sala de espera para contemplar una última vez esas fotografías que ya habían quedado grabadas en mi retina: la bella cadena montañosa nevada, la playa solitaria y agreste de las Hébridas y el sobrecogedor paisaje del Loch Lomond. Como de costumbre, el aroma a café era tan intenso que casi podía paladearlo.

Ella me recibió con el habitual «Pase, por favor». Yo asentí con la habitual sonrisa y ella me respondió con otra, nada habitual, detalle que me provocó unas irreprimibles ganas de llorar más que familiares.

—Quiero darle las gracias —dije antes de que ninguna lágrima lograra escapar—. Quiero agradecerle de todo corazón que me haya ayudado a llevarme mejor conmigo misma y, como consecuencia, espero, también con las personas importantes para mí. Al principio no tenía ni idea de lo mucho que me desagradaba como persona ni de la cantidad de rabia que abrigaba en mi interior.

Ella volvió a sonreír.

—No puedo creer —continué— que al principio me pareciera usted fría y antipática. —Eso me evocó el dicho talmúdico de que no vemos las cosas tal como son, sino tal como somos—. Aunque en ese momento no me daba cuenta, vine aquí, a la terapia, buscando una vez más aprobación, afirmación y amor. Al no obtener nada de eso, pensé que era usted un ser horrible y decidí abandonar.

—¿Y entonces? —preguntó.

—Y entonces —respondí—, no sé qué pasó, pero gracias a Dios perseveré. Por primera vez en mi vida perseveré de verdad, y lo hice sin ningún reto externo, como había hecho tantas veces antes: maratones, triatlones, viajes en solitario, todas las profesiones imaginables, encargos complicados de trabajo, teniendo pareja, estando sola, poniendo a prueba mis límites... Por primera vez, perseveré en la tarea de conocerme a mí misma, conocer tanto la cara buena como la mala, y sincerarme conmigo misma, cosa que resultó ser mil veces más difícil que todos esos otros proyectos.

Me quedé en silencio mirando por la ventana que había a su espalda. La nieve arreciaba con más fuerza y los copos martilleaban el cristal con un sordo golpeteo.

—Ha trabajado mucho —dijo—. Se propuso usted hacerlo y no

se rindió ni siquiera en los momentos, que los hubo, porque yo fui testigo, en que todo esto se le hacía cuesta arriba, los momentos en que no quería estar aquí explorando sentimientos incómodos y descubriendo cosas de usted que no eran particularmente agradables.

Yo solté una risita. Ella levantó una ceja como preguntándome de qué me reía.

—Es la experiencia más extraña que jamás he vivido —confesé—. Antes de venir aquí, yo estaba convencida de que me conocía. Y nada más lejos. Estaba acordándome de que el primer día, cuando me senté en el coche a pensar que no tenía ningún sentido someterme a la terapia porque a mí no me pasaba nada, tenía la cabeza hecha un lío. Ahora lo veo todo distinto. Todo. Antes pensaba que la terapia era para los débiles, los desvalidos y los egoístas. Ahora me doy cuenta de que no existe un solo ser humano que no se sienta débil, desvalido o egoísta alguna vez.

Nos sumimos en un silencio extrañamente cómodo durante unos minutos.

Al rato, le dije que antes de comenzar la terapia no tenía la menor idea de que todos, como seres humanos, estamos en conflicto desde que nacemos. Existe el fuerte conflicto, que comienza a los dos años de edad, entre dependencia y autonomía, entre el deseo de que nos cuiden y nos protejan, y el deseo de ser libres. Ese tira y afloja persiste en una u otra medida toda la vida. En algunos casos (como el mío), se vuelve tan extremo —abandono o hundimiento— que resulta paralizante. También existe el conflicto, que de nuevo comienza en la tierna infancia, entre nuestra búsqueda instintiva del placer y el miedo al castigo y la culpabilidad. Dentro de cada cual, aunque en diferentes grados, conviven dos impulsos contradictorios: la tendencia a la aquiescencia y la conciliación, y la tendencia a la rebelión. Y luego existe la eterna lucha interior entre lo racional y lo irracional, lo cual guarda una estrecha relación con el miedo que, en mayor o menor medida, todos tenemos a perder el control y vernos dominados por nuestros impulsos. Ésa es la razón por la que con frecuencia las personas cometen locuras, para tener la falsa sensación de que ellas «tienen el control».

La mayoría de nosotros aprendemos a comportarnos de forma racional; los pensamientos irracionales resultan tan aterradores que desde pequeños aprendemos a mantenerlos ocultos. Ahora pienso que el truco para tener una vida feliz, satisfactoria y auténtica no reside en pensar en positivo y desterrar los pensamientos negativos. Es mucho más sano, creo yo, entrar en contacto con todos esos impulsos «negativos» e irracionales que nos han dicho que eran malos y darnos la oportunidad de sentirlos tal como son. No acabo de entender muy bien por qué de ese modo el problema, en gran medida, desaparece, pero el hecho es que es así.

—¿Cuál cree que ha sido el cambio más manifiesto o más significativo para usted? —preguntó la Doctora J, tras unos momentos de silencio.

Yo me quedé reflexionando un buen rato. Recordé que alguien comparaba el proceso con la escena final de *El sueño de una noche de verano* en que los mortales se despiertan y se frotan los ojos sin saber muy bien qué les ha ocurrido. Tienen la sensación de que han sucedido muchas cosas, de que las cosas han cambiado para mejor, pero no saben exactamente qué ha sido lo que ha provocado el cambio. Dicen que la terapia psicoanalítica es igual para muchos pacientes.

Se lo comenté a la Doctora J y le dije que yo me sentía también de ese modo.

—Creo que se han producido cambios sutiles, pero al mismo tiempo tengo la sensación de que la persona que saldrá hoy por esa puerta es completamente diferente a la que entró hace doce meses. He crecido. Ahora entiendo que la vida no se puede controlar. Que siempre habrá cosas buenas y cosas malas. Sin embargo, ahora me siento más preparada para afrontar lo que me depare el futuro.

Ella asintió con la cabeza.

—Yo he notado muchos cambios en usted.

—Me siento como si hubiera hecho las paces conmigo misma. También sé que ya no voy a vivir de forma atropellada buscando algo o alguien que me haga feliz. Ya no voy a ser tan crítica conmigo ni con los demás. Ahora, cada día, al levantarme, me siento afortunada de estar viva. Ya sé que puede sonar ridículo, pero es la verdad. Y cuando tengo uno de esos días inevitables en que todo me sale al revés o pasa algo malo, lo vivo de un modo mucho menos dramático y radical. Ahora soy capaz de soportar emociones incómodas o aparentemente irracionales como los celos, la rabia, el enfado, la tristeza, la soledad, la culpa, el aburrimiento o simplemente la ansiedad que surge de la nada. Ahora puedo sentirlos en toda su magnitud sin obligarme por ello a actuar impulsada por ellas. Antes, sin embargo, me producían tanto miedo que, inconscientemente, debía de guardarlas a toda prisa en una caja y enterrarlas sin ni siquiera darme cuenta de que lo hacía. La evasión era mi *modus operandi* y yo no lo sabía.

La Doctora J volvió a asentir mientras yo continuaba reflexionando sobre el año más raro de mi vida.

—Recuerdo que leí en alguna parte que, por lo visto, Paul Federn [un famoso psicoanalista contemporáneo de Freud] solía decir a sus pacientes del sexo femenino que no podía prometerles mucho, pero que les prometía que cuando acabaran serían más hermosas. Yo no sé si mi aspecto físico ha cambiado, pero me siento como si hubiera perdido doce kilos. Como si hubiera vaciado la mochila que acarreaba conmigo a todas partes para repasar las cosas una a una, clasificarlas y tirar las que no me servían. Y como si la pesada armadura que llevaba para defenderme ya no me hiciera falta, lo cual es, una vez más, paradójico. Yo habría creído que sería mucho más vulnerable sin ella, cuando en realidad ahora me siento mucho menos vulnerable que hace un año. Ahora ya no siento la constante necesidad de justificarme, defenderme ni disculparme por todo. Me he aceptado a mí misma, con mis defectos y todo. He aceptado que soy una persona normal y corriente. Y ahora ya no tengo la sensación de que hago las cosas para complacer a otros ni me da miedo lo que piensen de mí.

—Me pregunto cómo se siente respecto al hecho de que la terapia se acabe —dijo ella al fin.

—Es raro —respondí—, una vez más me resulta extraño. Siento una mezcla de sentimientos. Me produce cierta ansiedad dejar algo que para mí se ha convertido en el bastón que me ayuda a caminar. A lo largo de los últimos meses, cada vez que he tenido que enfrentarme a una situación dura o complicada, me aliviaba pensar que podía hablar de ello aquí, y ahora soy consciente de que ya no podré hacerlo. Pero a la vez me ilusiona comenzar una nueva etapa, intentar caminar sin bastón.

También le conté que había leído que la terapia, como la escritura de un poema, nunca se acaba, simplemente se abandona.

Ella asintió y me dijo:

—El hecho de que deje de venir aquí tres veces a la semana, de que la terapia haya acabado, no significa que el proceso haya terminado. Muchas personas no asimilan muchas de las cosas que se abordan durante la terapia hasta meses o incluso años después de abandonar las sesiones.

Yo asentí y le dije que había imaginado esa última sesión muchas veces durante los últimos días. Me había imaginado dándole un abrazo e incluso había pensado en hacerle un regalo. También había echado un vistazo a la consulta para ver si había algo que ella no fuera a echar de menos para llevarme como recuerdo. Le confesé que incluso se me había pasado fugazmente por la cabeza guardarme en el bolso el ejemplar de 1985 del *National Geographic* que había en la sala de espera y que yo había hojeado tres veces a la semana durante el último año pero no había leído. Hasta había pensado en grabar una sesión (no lo hice) sólo para poder volver a oír su voz.

La Doctora J me lanzó una mirada de complicidad.

—Ya sólo nos quedan un par de minutos —dijo—, así que me gustaría insistir en que ha realizado un gran trabajo y en que ahora veo en usted a una persona distinta a la que entró por la puerta a comienzos de año.

—Antes de venir —apunté—, pensaba que la vida era demasiado corta y preciosa para malgastar el tiempo explorando quiénes somos: por qué sentimos lo que sentimos, tememos lo que tememos, pensamos lo que pensamos, hacemos lo que hacemos y, probablemente lo más importante, nos comportamos como nos comportamos con los demás: amigos, parejas, compañeros de trabajo, padres e hijos. Ahora creo que la vida es demasiado corta y preciosa para no hacerlo.

Ella se levantó y me acompañó hasta la puerta, algo que nunca había hecho.

Nos miramos en silencio por un momento. Yo todavía estaba planteándome si rodearla con los brazos cuando ella alzó la mano y la posó sobre mi hombro en una especie de semiabrazo.

—Le deseo todo lo mejor —me dijo con la sonrisa más cálida que jamás me había dedicado—, y espero que tenga suerte en su andadura y alcance sus sueños.

—Gracias —respondí tomándola por el antebrazo—. Muchas, muchas gracias.

Al salir, me quedé unos minutos junto al portal del edificio contemplando la caída caótica y liviana de los copos de nieve. Luego me alejé a paso lento, sabiendo que ya no volvería a verla.

Epílogo

Tiempo después...

Comprendí a qué se refería Katy el anterior enero cuando dijo que había otras maneras de ser feliz aparte de casarse y tener hijos. Tras años demorándolo, afrontó sus dificultades con los compromisos y finalmente se hizo con un perro. No fue *Mylo*, el galgo abandonado —dejó pasar su oportunidad—, pero descubrió que había muchos otros perros en las perreras. *Bella* le profesa un amor incondicional y Katy es más feliz que nunca. Emily ha conocido a su señor Darcy. Él le propuso matrimonio y ella dijo que sí. Rachel está persiguiendo su sueño de rodar un documental. En cuanto al rey Lewis, el mundo tal como él lo conoce está a punto de acabarse. Pronto va a ser destronado por la llegada de un hermanito o una hermanita. Mis padres, al enterarse de la noticia, abrieron una botella de champán antes de marcarse un pasodoble improvisado en la cocina de Louise y Scott.

Basta de rodeos, al grano. (Gracias, Doctora J.)

Pues el caso es que...

Yo pensé, bah, por qué no. Y decidí decirle a David lo que sentía por él. No entré en detalles, ya que, de saberlos, cualquiera en su lugar habría empezado a gritar aterrorizado y se habría marchado por piernas. Yo había tenido algunas otras citas, pero cada vez que cerraba los ojos y volvía a abrirlos me llevaba una decepción al comprobar que quien se hallaba sentado frente a mí no era el entrañable doctor. No quería pasar el resto de mi vida preguntándome «qué habría pasado si» ni arrepintiéndome por no haber sido más sincera con él. Sí, él había comentado que salía con alguien, pero había llegado a mis oídos que la historia no había funcionado. Así que decidí, por primera vez en el mundo real, sacar las cartas que guardaba en la manga y ponerlas sobre la mesa.

El momento de la verdad llegó al final de otra gran noche de copas que, en un acto más de amabilidad, Scott había orquestado y durante la cual yo, como los atletas en entrenamiento, me cuidé muy mucho de tomar una sola copa de vino. Ya en la calle, bajo una lluvia torrencial, cuando todo el mundo se había marchado a casa, me volví hacia David y le dije:

—Creo que puede ser que tal vez... eh... —«Nada de artificios retóricos», me corregí enseguida—. Lo que quiero decir es que me gustas.

Él me dirigió una de sus habituales sonrisas curiosas y un tanto misteriosas. Yo no tenía ni idea de lo que iba a suceder. Lo único que sabía era que, por mucho que Roger Federer se esforzara en ser guapo, no le llegaba ni a la suela de los zapatos.

Él me tomó en sus brazos. Me envolvió en besos y abrazos, me llevó hacia la puesta de sol —es decir, a la parada de taxis más próxima— y vivimos felices por siempre jamás.

Eh... No. La cosa no fue exactamente así. La vida real no es como en las películas de Hollywood, o al menos no donde yo vivo, en Glasgow.

Lo que en realidad sucedió fue un silencio incómodo entre nosotros. Él me dijo que yo también le gustaba. Pero luego me dijo que no habíamos aprovechado ese pequeño resquicio que se abre en un momento dado para que dos adultos complicados se unan. Y que además tenía, añadió, algunos temas pendientes que resolver. Lo que tal vez fue —soy consciente— una manera educada de decir que estoy demasiado chiflada para él.

Tuve un momento devastador de súbito arrepentimiento. Por un instante deseé no haberle dicho nada. Me sentí abochornada y humillada. Quería romper a llorar o retroceder en el tiempo o decir «Ja, ja, ja, si era broma». Pero no lo hice. Asentí con prudencia, me fui a casa, bebí un poco de vino, derramé algunas lágrimas y me fumé tres cigarrillos. Después me arrastré hasta la cama, enterré la cara en las manos y lo llamé capullo por negarme el final feliz que yo tanto deseaba. Durante un rato traté de encontrar consuelo en la ficción de que en realidad no me importaba porque no me gustaba tanto, y que el mar está lleno de peces, y que si las cosas eran así, por algo sería, y bla, bla, bla, y más bla, bla, bla hasta que me sumí en un ligero y agitado sueño.

A la mañana siguiente, con la combinación de los efectos del rechazo, las lágrimas, el alcohol y la nicotina, me sentía peor aún. Y con el transcurso de las horas, las cosas tampoco mejoraron, hasta que al final me di cuenta de que estaba enferma. No de la cabeza. Había cogido un resfriado y me dolía la garganta. Me levanté para prepararme algo caliente de beber o coger unas medicinas y volví a la cama. Mi piso, especialmente cuando estaba enferma, era como un cuarto de aislamiento. Pasé los tres días siguientes en la cama envidiando a todas las parejas felices del mundo y, desechando el alivio temporal que podía procurarme el tópico de que todo me importaba un rábano, me sumergí en las profundidades del sentimiento de rechazo y me abandoné a todo el malestar emocional que trae consigo. No fue agradable. De hecho, fue horroroso. Antes de que la Doctora J entrara en mi vida, estoy segura de que no habría podido soportarlo. Habría hecho lo posible por deshacerme de él. Lo habría eludido, lo habría ignorado, habría mirado hacia otro lado, habría hecho un chiste sobre ello, lo habría rehuido, habría fingido que no existía o le habría enviado un par de e-mails delirantes a David diciéndole una cosa que en realidad significaba otra. De hecho, antes de la Doctora J, es probable que de entrada no hubiera corrido el riesgo de que nadie me rechazara. Habría desperdiciado varios años imaginándome a David y a mí viviendo felices y comiendo perdices.

Unos días más tarde, con el resfriado casi superado, me desperté y me asomé a la ventana. Hacía un día de sol espléndido. Salí a dar un paseo por Kelvingrove Park y comprobé con sorpresa que no sólo me sentía aliviada, sino feliz y optimista respecto al futuro. Todos los sentimientos incómodos habían desaparecido. No cabe duda de que me habría gustado que las cosas hubiesen sido diferentes, pero no todos los sueños pueden hacerse realidad. En ese instante, sentí que había echado a andar yo sola, sin ayuda de la Doctora J ni de ningún arrebato amoroso, sólo con la posibilidad de ejercer de padre y madre de mí misma.

Me senté en un banco y me abracé. De todas las lecciones que aprendí durante el extraño viaje con la Doctora J, creo que la más valiosa fue no reprimir ni negar los sentimientos y no dejar de decir, o decir sólo a medias, las cosas importantes. Ahora, gracias a ella, sé que rehuir los sentimientos incómodos o difíciles —ya sean de pérdida, amor, rabia o celos— provoca un dolor mayor y más duradero.

Me sentía ligera y sabía por qué. El miedo, la ansiedad, la inseguridad, la rabia, el odio hacia mí misma, la culpa y, en definitiva, todos los sentimientos que conformaban la pesada carga que yo arrastraba desde la adolescencia y de la que ni siquiera era consciente, habían desaparecido. Me di cuenta de que no sólo me había aceptado, sino que además me gustaba, con todas mis imperfecciones y mis defectos.

Me descubrí sonriendo a completos desconocidos como una lunática y saludándoles con un «¡Buenos días, preciosa mañana!», simplemente porque me sentía afortunada de formar parte de este disparatado, extraordinario y fascinante espectáculo que llamamos vida. Uno de mis sueños no se hizo realidad, ¿y qué? Podía seguir con otros.

Agradecimientos

Son muchas las personas que me ayudaron a hacer realidad este sueño, así que estoy muy, muy agradecida a muchas, muchas personas...

Estoy en deuda con Rupert Heath, un agente extraordinario, por su tiempo, sus sugerencias, su entusiasmo, su inteligencia y su ingenio. Él concibió la idea del libro antes que yo, y sin él no existiría.

También estoy inmensamente agradecida a todo el personal de John Murray por su incondicional apoyo, entusiasmo y ayuda. Trabajar con Eleanor Birne, mi editora, fue una experiencia extraordinaria, así como contar con sus sensatas y acertadas sugerencias; Helen Hawksfield, su paciente ayudante, también fue maravillosa, al igual que Nikki Barrow, James Spackman y Roland Philipps. Gracias también a todos aquellos que trabajan con empeño y dedicación en la sombra.

Asimismo, quiero expresar mi agradecimiento a Jill Schwartzmann, de Random House Nueva York, por la agudeza de sus sugerencias, y a todos aquellos que se emplearon a fondo en el trabajo relacionado con los derechos para el extranjero.

Aunque en estas páginas lo he relatado en clave de humor, es cierto que un día estuve al borde del precipicio en el *Observer*. No creo que hubiese sido un plato de buen gusto para nadie, y jamás olvidaré a las cuatro personas que dejaron momentáneamente sus responsabilidades en un periódico de tirada nacional para ayudarme: Kamal Ahmed, Lucy Rock, Jan Thompson y Viv Taylor. Siento una profunda gratitud hacia todos ellos, y también hacia Ruaridh Nicoll, Tracy McVeigh, y todos los periodistas y trabajadores del *Observer* por su amistad y su apoyo a lo largo de estos años.

Gracias también a Jane Bruton y Vicki Harper, de la revista *Grazia*, por proponerme la columna «Conversaciones con mi psicoterapeuta» y a los muchos lectores que la encontraron útil, o sencillamente amena, y me lo hicieron saber.

A lo largo de los años, he trabajado y he salido de copas (es decir, me he cogido unas turcas de cuidado) con muchos periodistas. Muchos de ellos, sin ni siquiera saberlo, han sido para mí una fuente de inspiración además de una magnífica compañía. En particular, me gustaría expresar mi agradecimiento a Bill McDowall y Iain Gray, antiguos colaboradores del *Herald*. Ellos fueron los primeros periodistas de prensa auténticos con los que trabajé y junto a ellos descubrí, al fin y de una vez por todas, que había encontrado un trabajo que me encantaba. También me gustaría dar las gracias a Mark Douglas-Home, un redactor jefe para el que fue un placer trabajar, y a Kevin McKenna, un compañero fantástico y además amigo. Y gracias también a Tom Gordon y a BH.

Y como no podía ser de otro modo, siento una inmensa gratitud hacia cierta psicoterapeuta cuya peculiar y desconcertante forma de aplicar la medicina ayudó a salvar mi vida. «Humm, una pizca melodramático, ¿no le parece?», la oigo decir. Es posible, pero no quiero ni pensar en el desastre en el que me hallaría inmersa en estos momentos si no hubiera buscado ayuda.

Me siento afortunada de contar con unas amigas tan maravillosas, leales y siempre dispuestas a ayudar, esas mujeres con quienes he compartido momentos de risas y de lágrimas y a quienes, por supuesto, les di la matraca noches y noches en el Wee Pub. A todas ellas, y en especial a Katy, Kay, Susan y Elaine, les estaré eternamente agradecida por su amistad y su apoyo constante, sobre todo durante la elaboración de este libro.

También quiero dar las gracias a mis familiares por permitirme contar pequeños fragmentos de su vida. Louise es la crítica más dura y al mismo tiempo la mejor amiga que tengo, y hasta hace poco no me había dado cuenta de lo afortunada que soy de tenerla como hermana. También quiero expresar mi agradecimiento a Scott por abrirme las puertas de su casa y permitirme que me sintiera como en la mía, y por todas las fantásticas comidas, los vinos, las partidas de póquer y las horas de buena conversación. Y, por supuesto, gracias a ambos por traer al mundo a un maravilloso diablillo, y al diablillo, el rey Lewis, por hacerme tía, que es probablemente lo mejor que me ha pasado en la vida.

Las dos personas, por encima de todos los demás, a las que les debo mi gratitud eterna son mis padres.

Cuando les hablé del libro, ellos podrían haber dicho: «¿Ataque de nervios? ¿Psicoterapia? ¿Antidepresivos? ¿Cosas así? Virgen Santa, ¿y qué vamos a decirles a nuestros vecinos, a los amigos, a la familia, a tu abuela?» Pero no fue así. Abrieron una botella de champán y no sólo me prestaron apoyo sino su inagotable aliento. Son personas fuertes, honestas y admirables que, gracias a Dios, cuentan con un magnífico sentido del humor. Tenerlos como padres es para mí una bendición del cielo.

La autora y la editorial quieren expresar su agradecimiento a quienes les han autorizado para reproducir el siguiente material sujeto a derechos de autor: extracto de «This be the Verse», de Philip Larkin, de *High Windows* (*Ventanas Altas*), publicado por Faber & Faber Ltd (1947); extracto de *Totem and Taboo* (*Tótem y tabú*), edición estándar, volumen 13, de Sigmund Freud, reproducido conforme al acuerdo alcanzado con Paterson Marsh Ltd, Londres.

Índice